PAPIEROWE MIASTA

JOHN GREEN

PAPIEROWE MIASTA

przełożyła

Renata Biniek

BUKOWY ♣ LAS

Tytuł oryginału: *Paper Towns*

Copyright © 2008 by John Green

This edition published by arrangement with Dutton Children's Books, a division of Penguin Young Readers Group, a member of Penguin Group (USA) Inc.

Copyright © for the Polish edition and translation by Wydawnictwo Bukowy Las Sp. z o.o., 2013

ISBN 978-83-8074-000-6 (miękka opr.)
ISBN 978-83-64481-83-3 (twarda opr.)

REDAKCJA: Renata Otolińska
KOREKTA: Iwona Huchla
REDAKCJA TECHNICZNA: Adam Kolenda

WYDAWCA:
Wydawnictwo Bukowy Las Sp. z o.o.
ul. Sokolnicza 5/76, 53-676 Wrocław
www.bukowylas.pl

WYŁĄCZNY DYSTRYBUTOR:
Firma Księgarska Olesiejuk
Spółka z ograniczoną odpowiedzialnością Sp.j.
ul. Poznańska 91, 05-850 Ożarów Mazowiecki
tel. 22 721 30 11, fax 22 721 30 01
www.olesiejuk.pl, e-mail: fk@olesiejuk.pl

DRUK I OPRAWA: Druk Intro S.A.

Julie Strauss-Gabel,
bez której wszystko to nie mogłoby się urzeczywistnić

A potem, gdy wyszłyśmy na drogę,
by stamtąd popatrzeć na jej ukończony lampion,
powiedziałam, że podoba mi się sposób,
w jaki światło prześwieca tę twarz migocząca w ciemności.

fragment wiersza *Jack O`Lantern*
z tomu *Atlas* Katriny Vandenberg

Ludzie mówią, że przyjaciele nie niszczą się nawzajem.
Cóż oni wiedzą o przyjaciołach?

fragment piosenki *Game Shows Touch Our Lives*
zespołu The Mountain Goats

Prolog

Osobiście widzę to tak: każdemu przydarza się jakiś cud. Umówmy się, że prawdopodobnie nigdy nie trafi we mnie piorun, nie zdobędę Nagrody Nobla, nie zostanę dyktatorem niewielkiego państwa na jednej z wysp Pacyfiku, nie zapadnę na nieuleczalny nowotwór ucha ani nie ulegnę spontanicznemu samozapłonowi. Jeśli jednak wziąć po uwagę wszelkie nieprawdopodobne historie, zapewne okaże się, że przynajmniej jedna z nich przytrafia się każdemu. Mogłem zobaczyć deszcz żab. Mogłem postawić nogę na Marsie. Mogłem zostać pożarty przez wieloryba. Mogłem ożenić się z królową Anglii albo przetrwać kilka miesięcy na morzu. Jednak mój cud był inny. Moim cudem było to, że spośród wszystkich domów na wszystkich osiedlach mieszkaniowych w całym stanie Floryda zamieszkałem w domu w sąsiedztwie Margo Roth Spiegelman.

Nasze osiedle, Jefferson Park, było kiedyś bazą marynarki wojennej. Kiedy zaś marynarka przestała jej potrzebować, ziemię zwrócono obywatelom miasta Orlando w stanie Floryda, które postanowiło wybudować tu ogromne osiedle, bo właśnie tak robi się w stanie Floryda.

Moi rodzice i rodzice Margo wprowadzili się do sąsiadujących ze sobą domów tuż po tym, jak postawiono pierwsze budynki. Margo i ja mieliśmy wtedy po dwa lata.

Zanim Jefferson Park stało się osiedlem przypominającym miasteczko Pleasantville, i zanim jeszcze zmieniono je w bazę marynarki wojennej, rzeczywiście należało do niejakiego Jeffersona, jegomościa o nazwisku Dr. Jefferson Jefferson. Nazwiskiem Dr. Jeffersona Jeffersona nazwano szkołę w Orlando, a także dużą fundację dobroczynną, jednak tym, co w historii Dr. Jeffersona Jeffersona jest naprawdę fascynujące i niewiarygodne, choć prawdziwe, jest fakt, że nie był on żadnym doktorem. Był zwykłym sprzedawcą soku pomarańczowego i nazywał się Jefferson Jefferson. Kiedy stał się bogaty i wpływowy, poszedł do sądu i „Jefferson" przyjął jako drugie imię, a pierwsze zmienił na „Dr.". Duże D, małe r. Kropka.

Margo i ja mieliśmy już po dziewięć lat. Nasi rodzice się przyjaźnili, więc czasami bawiliśmy się razem i wyjeżdżaliśmy na rowerach poza ślepe uliczki aż do samego Parku Jeffersona, „piasty" koła, którym było nasze osiedle.

Za każdym razem, kiedy słyszałem, że za chwilę ma przyjść Margo, stawałem się jednym wielkim kłębkiem nerwów, ponieważ była to najbardziej niesamowita i zachwycająca istota, jaką stworzył Bóg. Tamtego ranka miała na sobie białe szorty i różowy T-shirt, na którym widniał zielony smok ziejący ogniem pomarańczowego brokatu. Nie sposób wyjaśnić, jak fantastyczny wydawał mi się wtedy ów T-shirt.

Margo jak zwykle pedałowała na stojąco, prostując ręce w łokciach i pochylając się nad kierownicą roweru, a jej fioletowe tenisówki rozmywały się w koliste plamy. Był gorący, parny marcowy dzień. Niebo było bezchmurne, ale powietrze miało cierpki smak, jakby zbierało się na burzę.

W tamtym czasie miałem się za wynalazcę, więc kiedy tylko założyliśmy blokady na rowery i rozpoczęliśmy nasz krótki spacer przez park w stronę placu zabaw, opowiedziałem Margo o moim pomyśle na wynalazek, który nazwałem pierścieniarka. Pierścieniarka miała być gigantyczną armatą wystrzeliwującą na bardzo bliską orbitę wielkie kolorowe kamienie, które tworzyłyby wokół Ziemi pierścienie podobne do tych, jakie ma Saturn. (Nadal uważam, że to świetny pomysł, ale okazuje się, że zbudowanie armaty zdolnej wystrzeliwać kamienne bryły na bliską orbitę jest dość skomplikowane).

Byłem w tym parku już tyle razy, że w pamięci miałem wyrytą jego mapę, wystarczyło więc zaledwie kilka kroków, abym poczuł, że porządek owego świata został zaburzony, chociaż nie od razu potrafiłem stwierdzić, co się zmieniło.

– Quentin – cichym, spokojnym głosem odezwała się Margo.

Wskazywała na coś. Dopiero wtedy zorientowałem się, gdzie zaszła zmiana.

Kilka metrów przed nami rósł dąb. Gruby, sękaty i wyglądający na wiekowy – to nie było nowe. Po naszej prawej stronie znajdował się plac zabaw – i to też nic nowego.

Lecz oto o pień dębu bezwładnie opierał się ubrany w szary garnitur mężczyzna. Nie ruszał się. Oto co było nowe. Otaczał go krąg krwi, której na wpół zaschnięty strumień wypływał mu z ust. Usta zaś miał otwarte w nienaturalny dla ust sposób. Jego blade czoło obsiadły muchy.

– Nie żyje – oznajmiła Margo, jakbym sam nie potrafił tego stwierdzić. Zrobiłem dwa małe kroki w tył. Pamiętam, iż wydawało mi się wtedy, że jeśli wykonam jakiś nagły ruch, mężczyzna może się ocknąć i rzucić na mnie. To mógł być zombie. Wiedziałem, że zombie nie istnieją, ale on z pewnością w y g l ą d a ł jak potencjalny zombie.

Podczas gdy ja robiłem dwa kroki w tył, Margo zrobiła dwa równie małe i bezgłośne kroki w przód.

– Ma otwarte oczy – stwierdziła.

– Musimy iść do domu – wymamrotałem.

– Myślałam, że kiedy się umiera, zamyka się oczy.

– Margo musimy iść do domu i komuś powiedzieć.

Postąpiła jeszcze o krok. Była teraz na tyle blisko, że gdyby wyciągnęła rękę, mogłaby dotknąć stopy mężczyzny.

– Jak myślisz, co mu się stało? – zapytała. – Może to narkotyki albo coś takiego.

Nie chciałem zostawiać Margo samej z martwym facetem, który mógł się okazać atakującym zombie, jednak nie miałem również ochoty tkwić w miejscu i dyskutować o okolicznościach jego zgonu. Zebrałem się więc na odwagę, zbliżyłem do Margo i złapałem ją za rękę.

– Margo, musimy natychmiast iść do domu!

– Okej, dobra.

Puściliśmy się biegiem w stronę naszych rowerów i poczułem, jak serce podchodzi mi do gardła, zupełnie jakby działo się coś ekscytującego, mimo iż wcale tak nie było. Wsiedliśmy na rowery i puściłem Margo przodem, ponieważ płakałem, a nie chciałem, żeby to zobaczyła. Na podeszwach jej fioletowych tenisówek ujrzałem krew. Jego krew. Krew martwego faceta.

Chwilę później byliśmy już z powrotem w swoich domach. Moi rodzice zadzwonili na 911, a kiedy w oddali usłyszałem syreny, chciałem iść zobaczyć wozy policyjne, ale mama mi nie pozwoliła. Potem się zdrzemnąłem.

Moi rodzice są terapeutami, co oznacza, że jestem naprawdę cholernie dobrze przystosowany do życia. Kiedy się więc obudziłem z drzemki, odbyłem z mamą długą rozmowę o cyklu życia i o tym, że śmierć jest jego częścią, ale nie częścią, którą powinienem jakoś szczególnie zaprzątać sobie głowę w wieku dziewięciu lat, i poczułem się lepiej. Szczerze mówiąc, nigdy się tą sytuacją zbytnio nie przejąłem. O czymś to świadczy, jako że miewam skłonność do notorycznego przejmowania się.

No bo co: znalazłem martwego faceta. Mały, rozkoszny dziewięcioletni ja i moja jeszcze mniejsza, i jeszcze bardziej rozkoszna koleżanka z podwórka znaleźliśmy mężczyznę, z którego ust lała się krew, i ta krew była na jej małych, rozkosznych tenisówkach, kiedy wracaliśmy rowerami do domu. Wszystko to bardzo dramatyczne i w ogóle, ale co z tego? Nie znałem faceta. Do cholery, ludzie, których nie znam, umierają przez cały czas. Gdybym miał przechodzić załamanie nerwowe za każdym razem, kiedy na świecie wydarza się coś okropnego, byłbym bardziej szurnięty niż wściekły makak.

Tamtego wieczoru o dziewiątej poszedłem do swojego pokoju, bo dziewiąta była godziną, o której powinienem być w łóżku. Mama otuliła mnie kołdrą, powiedziała, że mnie kocha, a ja jej powiedziałem: „Do zobaczenia jutro", ona odpowiedziała: „Do zobaczenia jutro", a potem zgasiła światło i prawie zamknęła za sobą drzwi.

Kiedy obróciłem się na bok, zobaczyłem Margo Roth Spiegelman stojącą po drugiej stronie okna z twarzą niemal wciśniętą w okienną moskitierę. Wstałem i otworzyłem okno, ale siatka wciąż tkwiła między nami, pikselizując jej twarz.

– Przeprowadziłam śledztwo – oświadczyła dość poważnym tonem. Nawet z bliska siatka rozmazywała jej twarz, ale zdołałem dostrzec, że Margo trzyma w ręku mały notes i ołówek ze śladami zębów wokół gumki. Spojrzała w dół na swoje notatki. – Pani Feldman z Jefferson Court powiedziała mi, że facet nazywał się Robert Joyner i mieszkał na Jefferson Road w jednym z tych mieszkań nad sklepem spożywczym, więc tam poszłam i zobaczyłam kilku policjantów, i jeden z nich zapytał mnie, czy pracuję dla szkolnej gazety, a ja powiedziałam, że nasza szkoła nie ma gazety, a on na to, że skoro nie jestem dziennikarką, to odpowie na moje pytania. Powiedział mi, że Robert Joyner miał trzydzieści sześć lat. Był prawnikiem. Nie chcieli wpuścić mnie do jego mieszkania, ale drzwi w drzwi z nim mieszka kobieta o nazwisku Juanita Alvarez, więc do niej poszłam i zapytałam, czy mogłabym pożyczyć szklankę cukru, a ona zaraz mi powiedziała, że Robert Joyner zastrzelił się z pistoletu. Wtedy zapytałam ją, dlaczego to zrobił, a ona na to, że się rozwodził i był z tego powodu smutny.

Tu Margo zamilkła, a ja tylko na nią patrzyłem, na jej szarą twarz, rozświetloną przez księżyc i podzieloną przez splot siatki na tysiąc małych kawałków. Jej szeroko otwarte, okrągłe oczy przeskakiwały znad notesu na mnie i z powrotem.

– Mnóstwo ludzi się rozwodzi i się nie zabija – skomentowałem.

– Wiem – odparła podekscytowanym głosem. – To samo powiedziałam Juanicie Alvarez. Ale wtedy ona powiedziała... – Margo przerzuciła kartkę – ...powiedziała, że pan Joyner był zgnębiony. Zapytałam, co to znaczy, a ona odparła tylko, że powinniśmy się za niego modlić i żebym zaniosła mamie cukier, a ja powiedziałam „nieważne" i wyszłam.

I tym razem nie odezwałem się od razu. Chciałem tylko, aby nie przestawała mówić – ten cichy głos napięty z podniecenia bliskim odkryciem czegoś dawał mi poczucie, że właśnie przydarza mi się coś ważnego.

– Myślę, że chyba wiem dlaczego – powiedziała Margo.

– Dlaczego?

– Może popękały w nim już wszystkie struny.

Usiłując wymyślić jakąś odpowiedź, wyciągnąłem rękę, nacisnąłem blokadę na dzielącej nas moskitierze

i ściągnąłem ją z okna. Postawiłem siatkę na podłodze,
ale Margo nie dała mi szansy powiedzenia czegokolwiek.
Zanim zdążyłem z powrotem usiąść, uniosła twarz w moją stronę i szepnęła:

– Zamknij okno.

Więc je zamknąłem. Myślałem, że Margo odejdzie, lecz
ona wciąż stała w tym samym miejscu i tylko na mnie
patrzyła. Pomachałem do niej i uśmiechnąłem się, ale jej
oczy zdawały się utkwione w czymś za moimi plecami,
czymś potwornym, co sprawiło, że z twarzy odpłynęła jej
krew, ja zaś zbytnio się bałem, żeby się obejrzeć. Jednak
za moimi plecami niczego rzecz jasna nie było – no, może
prócz tego martwego faceta.

    Przestałem machać. Moja głowa znajdowała się teraz
na wysokości głowy Margo i wpatrywaliśmy się w siebie z przeciwległych stron szyby. Nie pamiętam, jak to się
skończyło – czy ja poszedłem do łóżka, czy ona odeszła.
W moich wspomnieniach ta scena nie ma końca. Trwamy
tak, na zawsze wpatrzeni w siebie.

    Margo zawsze kochała tajemnice. W obliczu wyda-
rzeń, które nastąpiły potem, nigdy nie opuszczała mnie
myśl, że być może kochała je tak bardzo, że sama stała się
tajemnicą.

CZĘŚĆ PIERWSZA

Struny i sznurki

1

Najdłuższy dzień mojego życia zaczął się z opóźnieniem. Tego środowego poranka obudziłem się zbyt późno, zbyt dużo czasu spędziłem pod prysznicem i w końcu nie pozostało mi nic innego, jak zabrać się do śniadania o 7.17, dopiero gdy siedziałem na miejscu pasażera w minivanie mojej mamy.

Zwykle jeździłem do szkoły razem z moim najlepszym przyjacielem Benem Starlingiem, jednak Ben wyjechał do szkoły punktualnie, więc tego poranka nie miałem z niego żadnego pożytku. „Punktualnie" w naszym wypadku oznaczało trzydzieści minut przed właściwym rozpoczęciem lekcji, ponieważ te pół godziny przed pierwszym dzwonkiem, spędzone na wystawaniu przed bocznym wejściem do sali orkiestry szkolnej i gawędzeniu, było najważniejszym wydarzeniem w naszym kalendarzu towarzyskim. Duża grupa moich znajomych należała do orkiestry, co wiązało się z tym, że większość wolnego czasu w szkole spędzałem w odległości pięciu metrów od sali muzycznej. Sam nie byłem członkiem orkiestry, ponieważ cierpię na ten rodzaj muzycznej głuchoty, który w zasadzie utożsamiany jest z absolutną głuchotą. Byłem spóźniony dwadzieścia minut, co formalnie rzecz biorąc, oznaczało, że i tak będę w szkole na dziesięć minut przed rozpoczęciem lekcji.

Siedząca za kierownicą mama wypytywała mnie o lekcje, egzaminy końcowe i bal pożegnalny na zakończenie szkoły.

– Nie uznaję balów pożegnalnych – przypomniałem jej, kiedy wchodziła w zakręt. Z wprawą przechyliłem miskę pełnoziarnistych płatków śniadaniowych z rodzynkami, kompensując siłę grawitacji. To dla mnie nie pierwszyzna.

– Cóż, nic by się chyba nie stało, gdybyś po prostu poszedł z jakąś koleżanką. Jestem pewna, że mógłbyś zaprosić Cassie Hiney. – Owszem m o g ł e m zaprosić Cassie Hiney, która istotnie była bardzo miła, sympatyczna i urocza, pomimo niezwykle niefortunnego nazwiska*.

– Nie chodzi tylko o to, że nie lubię balów pożegnalnych. Nie lubię także ludzi, którzy je lubią – wyjaśniłem, choć w rzeczywistości nie była to prawda. Ben miał totalnego bzika na punkcie balu.

Mama skręciła na szkolny parking, a ja przytrzymałem prawie pustą już miskę obiema rękami, bo właśnie przejeżdżaliśmy przez próg zwalniający. Zerknąłem na parking dla uczniów ostatniej klasy. Srebrna honda Margo Roth Spiegelman była zaparkowana tam, gdzie zawsze. Mama wjechała minivanem w ślepą uliczkę prowadzącą do sali orkiestry i pocałowała mnie w policzek. Dostrzegłem Bena i moich pozostałych przyjaciół stojących w półkręgu.

Podszedłem do nich, a półkole płynnie się rozsunęło, by zrobić dla mnie miejsce. Rozmawiali o mojej eks-

---

* *Hiney* (ang.) – pośladki, tyłek. Wszystkie przypisy pochodzą od tłumacza.

dziewczynie Suzie Chung, która grała na wiolonczeli i najwyraźniej wywołała niemałe poruszenie, umawiając się z baseballistą, znanym jako Taddy Mac. Czy to było jego prawdziwe imię – nie wiedziałem. W każdym razie Suzie postanowiła iść na bal z Taddym Makiem. Kolejna ofiara.

– Stary – powitał mnie stojący naprzeciwko Ben. Dał mi znak głową i obrócił się na pięcie. Wyszedłem z kręgu i w ślad za nim wszedłem do budynku. Ben, niskie stworzenie o oliwkowej karnacji, które co prawda weszło w okres dojrzewania, ale nigdy nie weszło weń zbyt głęboko, był moim najlepszym przyjacielem od piątej klasy, kiedy to obaj w końcu przyznaliśmy się do faktu, że żaden z nas nie ma dużych szans na innego najlepszego przyjaciela. A prócz tego Ben bardzo się starał, a mnie to się podobało. Zazwyczaj.

– Co nowego? – zapytałem. Staliśmy bezpiecznie na korytarzu, rozmowy innych zagłuszały nasze słowa.

– Radar idzie na bal – oznajmił posępnie Ben. Radar był naszym drugim najlepszym przyjacielem. Nazwaliśmy go „Radar", bo wyglądał jak ten mały gość w okularach, Radar, ze starego serialu telewizyjnego $M*A*S*H$, tyle tylko że: 1. telewizyjny Radar nie był czarnoskóry i 2. jakiś czas po nadaniu mu tego przezwiska nasz Radar urósł około piętnastu centymetrów i zaczął nosić szkła kontaktowe, więc zapewne 3. w istocie wcale nie wyglądał jak ten facet z $M*A*S*H$, ale 4. na trzy i pół tygodnia przed zakończeniem szkoły średniej nie mieliśmy najmniejszego zamiaru wymyślać mu nowego przezwiska.

– Z tą dziewczyną, Angelą? – upewniłem się. Radar nigdy nic nam nie opowiadał o swoim życiu miłosnym, co jednak nie przeszkadzało nam w częstym spekulowaniu na ten temat.

Ben przytaknął i powiedział:

– Pamiętasz mój wielki plan, żeby zaprosić na bal którąś ze świeżynek, bo to jedyne dziewczyny, które nie znają historii o Krwawym Benie? – Skinąłem głową. – No więc – ciągnął Ben – dziś rano jakaś słodka mała królisia z dziewiątej klasy podeszła do mnie i zapytała, czy to ja jestem Krwawy Ben, a kiedy zacząłem jej tłumaczyć, że to była infekcja nerek, zachichotała i uciekła. Więc już po sprawie.

W dziesiątej klasie Ben był hospitalizowany z powodu infekcji nerek, ale Becca Arrington, najlepsza przyjaciółka Margo, rozpuściła plotkę, że prawdziwym powodem tego, że Ben miał w moczu krew, była chroniczna masturbacja. Pomimo swej bezpodstawności z medycznego punktu widzenia od tamtej pory ta historia prześladowała Bena.

– No to lipa – stwierdziłem.

Ben zaczął kreślić nowe plany znalezienia partnerki na bal, ale ja słuchałem go tylko jednym uchem, bo pośród gęstniejącej ludzkiej masy tłoczącej się w korytarzu dostrzegłem Margo Roth Spiegelman. Stała przy szafce na książki razem ze swoim chłopakiem Jase'em. Miała na sobie białą spódnicę do kolan i bluzkę w niebieskie wzory. Widziałem jej obojczyk. Śmiała się z czegoś przezabawnego z pochylonymi do przodu ramionami, od zewnętrznych kącików jej wielkich oczu rozchodziły się delikatne linie, a usta miała szeroko otwarte. Jednak najwyraźniej nie śmiała się z niczego, co powiedział Jase, bo nie patrzyła na niego, tylko w kierunku rzędu szafek po przeciwnej stronie korytarza. Podążyłem w ślad za jej spojrzeniem i zobaczyłem Beccę Arrington, uwieszoną na jakimś baseballiście niczym ozdoba na bożonarodzeniowej choince. Posłałem Margo uśmiech, choć wiedziałem, że mnie nie widzi.

– Stary, powinieneś do niej uderzyć i tyle. Zapomnij o Jasie. Boże, aleź z niej lukrowana królisia. – Kiedy przemierzaliśmy korytarz, spoglądałem na nią ukradkiem poprzez tłum, utrwalając sobie w pamięci migawki składające się na serię fotografii pod tytułem: „Ideał stoi w miejscu mijany przez śmiertelników". Kiedy znalazłem się bliżej, pomyślałem, że może jednak wcale się nie śmiała. Może coś ją zaskoczyło albo dostała prezent, czy coś w tym stylu. Wydawało się, że nie może zamknąć ust.

– No – rzuciłem do Bena, nadal nie słuchając, nadal starając się nasycić jej widokiem bez zwracania na siebie uwagi. Nie chodziło nawet o to, że była tak ładna. Margo była wprost niesamowita, i to całkiem dosłownie. W końcu zbyt się od niej oddaliliśmy, zbyt wiele osób przechodziło między nią a mną i nigdy nie znalazłem się wystarczająco blisko, by choć usłyszeć jej głos albo dowiedzieć się, cóż to była za zabawna niespodzianka. Ben pokręcił głową, bo już tysiąc razy widział, jak na nią patrzę, i był do tego przyzwyczajony.

– Daj spokój, fajna z niej laska, ale nie aż t a k fajna. Wiesz, kto jest naprawdę wystrzałowy?

– Kto? – zapytałem.

– Lacey – odparł. Druga najlepsza przyjaciółka Margo. – No i twoja mama. Stary, widziałem, jak cię całowała
w policzek dziś rano i daruj mi, ale przysięgam na Boga,
pomyślałem sobie: „Rany, chciałbym być na miejscu Q.
A do tego chciałbym, żeby moje policzki miały penisy".

Dźgnąłem go łokciem w żebra, ale wciąż myślałem
o Margo, bo była dla mnie jedyną legendą z sąsiedztwa. Margo Roth Spiegelman, której sześciosylabowe
imię i nazwisko często były wymawiane w pełnym
brzmieniu z nutą cichej rewerencji. Margo Roth Spiegelman, której opowieści o heroicznych przygodach
przetaczały się przez szkołę niczym letnia nawałnica:
staruszek mieszkający w walącym się domu w Hot Cof-
fee w stanie Missisipi nauczył Margo grać na gitarze;
Margo Roth Spiegelman przez trzy dni podróżowała
z cyrkiem (uważali, że ma potencjał na trapezie); Margo
Roth Spiegelman wypiła kubek ziołowej herbaty z The
Mallionaires za kulisami po koncercie w St. Louis, podczas gdy oni pili whisky; Margo Roth Spiegelman weszła na ów koncert, mówiąc bramkarzom, że jest dziewczyną basisty i czy jej nie poznają, i serio, dajcie spokój,
chłopaki, nazywam się Margo Roth Spiegelman, i jeśli
wejdziecie tam i powiecie basiście, żeby rzucił na mnie
okiem, albo powie wam, że jestem jego dziewczyną, albo że chciałby, żebym nią była, więc bramkarz to zrobił, a basista powiedział: „No jasne, to moja dziewczyna, wpuście ją na show", a jeszcze później ów basista
chciał się z nią umówić, a ona dała kosza basiście
z The Mallionaires.

Kiedy opowiadano sobie te historie, nieuchronnie kończyło je pytanie: „Dacie wiarę?". Często nie wierzyliśmy, jednak opowieści zawsze okazywały się prawdziwe. Dotarliśmy do naszych szafek. Radar stał oparty o szafkę Bena, pisząc coś na tablecie.

– A więc idziesz na bal – zagaiłem. Podniósł na mnie wzrok i zaraz znów go opuścił.

– Usuwam w Omniklopedii skutki wandalizmu w artykule o byłym premierze Francji. Wczoraj w nocy ktoś wykasował całą treść, a na jej miejsce wpisał zdanie: „Jacques Chirac to gey", co, jak wiadomo, jest niezgodne zarówno ze stanem faktycznym, jak i z zasadami ortografii.

Radar jest pełnoetatowym redaktorem tworzonej przez użytkowników internetowej encyklopedii o nazwie Omniklopedia. Całe jego życie podporządkowane jest nadzorowaniu Omniklopedii i dbaniu o jej dobro. To tylko jeden z wielu powodów, dla których fakt, że Radar ma partnerkę na bal, był nieco zaskakujący.

– A więc idziesz na bal – powtórzyłem.

– Sorry – bąknął, nie podnosząc wzroku. Fakt, że jestem przeciwnikiem balu pożegnalnego, był powszechnie znany. Żaden jego aspekt absolutnie mnie nie pociągał – ani wolny taniec, ani szybki taniec, ani suknie, a już z całą pewnością nie wypożyczany smoking. Wypożyczanie smokingu jawiło mi się jako znakomity sposób na złapanie jakiejś paskudnej choroby od poprzedniego „najemcy", a nie aspirowałem do tytułu jedynego na świecie prawiczka z wszami łonowymi.

– Stary – odezwał się Ben do Radara– młode kicie znają historię o Krwawym Benie. – Radar w końcu oderwał się od komputera i współczująco pokiwał głową. – W tej sytuacji – ciągnął Ben – dwie pozostające mi strategie to albo kupić partnerkę na bal w internecie, albo polecieć do Missouri i porwać jakąś małą, śliczną, wykarmioną kukurydzą królisię.

Kiedyś próbowałem wytłumaczyć Benowi, że „królisia" brzmi raczej seksistowsko i tandetnie niż retro i cool, ale on nie zamierzał porzucać swoich zwyczajów. Mówił „królisia" nawet na własną matkę. Był niereformowalny.

– Zapytam Angelę, czy kogoś nie zna – zaoferował Radar. – Chociaż znalezienie ci partnerki na bal będzie trudniejsze niż przemienienie ołowiu w złoto.

– Znalezienie ci partnerki na bal jest tak przygniatającym zadaniem, że samej hipotezy jego realizacji używa się do rozkruszania diamentów – dodałem.

Radar dwukrotnie uderzył pięścią w szafkę na książki, wyrażając swą aprobatę i dorzucił:

– Ben, znalezienie ci partnerki na bal jest tak poważnym problem, że rząd Stanów Zjednoczonych uważa, iż nie sposób rozwiązać go na drodze dyplomatycznej i konieczne jest użycie siły.

Usiłowałem wymyślić coś jeszcze, kiedy wszyscy trzej równocześnie dostrzegliśmy idący ku nam z jakimś zamiarem człekokształtny zbiornik na sterydy anaboliczne znany jako Chuck Parson. Chuck Parson nie brał udziału w zajęciach sportowych, ponieważ to odwracałoby jego uwagę od większego celu w życiu: aby pewnego dnia zostać skazanym za morderstwo.

– Hej, cioty! – zawołał.

– Chuck – odparłem na tyle przyjaźnie, na ile mogłem się zdobyć. Przez ostatnich kilka lat Chuck nie przysparzał nam poważniejszych kłopotów – najwyraźniej ktoś w Krainie Fajnych Ludzi wydał edykt, żeby zostawił nas w spokoju. Było więc raczej niezwykłe, że w ogóle się do nas odezwał.

Może dlatego, że przemówiłem, a może nie, Chuck uderzył dłońmi w szafki po obu stronach mojej głowy, a następnie pochylił się ku mnie na tyle blisko, że mogłem poczuć zapach jego pasty do zębów:

– Co wiesz o Margo i Jasie?

– Ehm – bąknąłem. Zebrałem w myślach wszystko, co o nich wiedziałem: Jase był pierwszym i jedynym poważnym chłopakiem Margo Roth Spiegelman. Zaczęli ze sobą chodzić pod sam koniec zeszłego roku. Po wakacjach oboje wybierali się na Uniwersytet Florydzki. Jase dostał tam stypendium dla baseballistów. Nigdy nie był u niej w domu, jedynie po nią przyjeżdżał. Ona nigdy nie okazywała, że jakoś szczególnie go lubi, ale z drugiej strony Margo nigdy nie okazywała, że lubi kogokolwiek. – Nic – powiedziałem w końcu.

– Nie leć sobie ze mną w kulki – warknął.

– Ja ledwo ją znam – powiedziałem, co było bliskie prawdy.

Rozważał przez chwilę moją odpowiedź, podczas gdy ja usilnie starałem się nie odwrócić wzroku od jego blisko

osadzonych oczu. Skinął lekko głową, odepchnął się od
szafek i poszedł na swoją pierwszą tego ranka lekcję: pielęgnacja i żywienie mięśni piersiowych. Rozbrzmiał drugi
dzwonek. Minuta do lekcji. Radar i ja mieliśmy analizę
matematyczną; Ben – matematykę dyskretną. Nasze klasy
przylegały do siebie, więc ruszyliśmy razem w ich kierunku, nas trzech w jednym szeregu, licząc na to, że fala
naszych kolegów i koleżanek z klasy rozstąpi się na tyle,
by nas przepuścić, co też się stało.

– Ben, znalezienie ci partnerki na bal jest tak trudne,
że tysiąc małp piszących na tysiącu maszyn do pisania
przez tysiąc lat nawet raz nie napisałoby „Pójdę z Benem
na bal" – powiedziałem.

Ben nie mógł się oprzeć pokusie ostatecznego pognębienia się:

– Moje widoki na bal są tak marne, że babcia Q dała mi
kosza. Powiedziała, że czeka, aż zaprosi ją Radar.

Radar powoli pokiwał głową.

– To prawda, Q. Twoja babcia uwielbia czarnych braci.

Tak żałośnie łatwo było zapomnieć o Chucku, rozmawiać o balu, mimo że bal guzik mnie obchodził. Takie było
życie tego poranka: nic tak naprawdę nie miało znaczenia,
ani te dobre sprawy, ani te złe. Byliśmy zajęci zabawianiem siebie nawzajem i całkiem dobrze nam to szło.

Kolejne trzy godziny spędziłem w różnych klasach,
usiłując nie spoglądać na zegary nad różnymi tablicami,
ostatecznie jednak spoglądając na te zegary i dziwiąc się,
że minęło zaledwie kilka minut, odkąd zerkałem na nie

po raz ostatni. Miałem prawie cztery lata doświadczenia w obserwowaniu tych zegarów, ale ich ślamazarność nigdy nie przestała mnie zaskakiwać. Jeśli ktoś mi kiedyś powie, że został mi jeden dzień życia, udam się prosto ku świętym korytarzom Winter Park High School, gdzie jeden dzień zwykł trwać tysiąc lat.

Chociaż zdawało mi się, że trzecia tego dnia lekcja nigdy się nie skończy, fizyka jednak minęła i już siedziałem w stołówce z Benem. Radar miał przerwę na lunch dopiero na piątej przerwie, razem z resztą naszych znajomych, więc Ben i ja zwykle siedzieliśmy sami, oddaleni o kilka krzeseł od znanej nam grupki z kółka teatralnego. Dzisiaj obaj jedliśmy minipizzę z pepperoni.

– Dobra pizza – zauważyłem. Ben z roztargnieniem pokiwał głową. – Co się stało? – zapytałem.

– Nic – przemówił z pełnymi ustami. Przełknął. – Wiem, że myślisz, że to głupie, ale ja chcę iść na bal.

– 1. Owszem, uważam, że to głupie; 2. Jak chcesz iść, to idź; 3. O ile się nie mylę, nikogo jeszcze nawet nie zapytałeś.

– Zapytałem Cassie Hiney na analizie. Napisałem jej liścik. – Uniosłem pytająco brwi. Ben sięgnął do kieszeni szortów i podsunął mi mocno pognieciony kawałek papieru. Rozwinąłem go i przeczytałem:

Ben!
Bardzo chciałabym pójść z Tobą na bal, ale umówiłam się już z Frankiem. Sorry!

C.

Zwinąłem papier i przesunąłem go po stole do Bena. Przypomniało mi się, jak grywaliśmy na tych stołach w papierową piłkę nożną.

– To przykre – powiedziałem.

– E tam, mniejsza z tym. – Ściany dźwięku wokół nas zdawały się nas osaczać, więc zamilkliśmy na chwilę, a potem Ben spojrzał na mnie bardzo poważnym wzrokiem i oświadczył: – Mam zamiar poużywać sobie w college'u. Mam zamiar znaleźć się w *Księdze rekordów Guinnessa* w kategorii „Największa liczba zaspokojonych króliś".

Parsknąłem śmiechem. Właśnie rozmyślałem o tym, że rodzice Radara naprawdę s ą w *Księdze Guinnessa*, kiedy zobaczyłem, że obok nas stanęła ładna afroamerykańska dziewczyna z krótkimi nastroszonymi dredami. Minęła chwila, zanim zorientowałem się, że to Angela, domniemana dziewczyna Radara.

– Cześć – zwróciła się do mnie.

– Hej – odpowiedziałem. Mieliśmy razem lekcje i znałem ją z widzenia, ale nigdy nie mówiliśmy sobie „cześć" na korytarzu, ani nic w tym stylu. Zaprosiłem ją gestem, by usiadła. Przysunęła sobie krzesło do szczytu stołu.

– Zdaje się, że wy dwaj znacie Marcusa lepiej niż ktokolwiek inny – powiedziała, używając prawdziwego imienia Radara. Pochyliła się ku nam, opierając łokcie na stole.

– To gówniana robota, ale ktoś musi to robić – odpowiedział z uśmiechem Ben.

– Myślicie, że on, no wiecie, wstydzi się mnie?

Ben się roześmiał.

– Co? Nie!

– Na dobrą sprawę – dodałem – to ty powinnaś się wstydzić jego.

Przewróciła oczami i uśmiechnęła się jak dziewczyna przyzwyczajona do komplementów.

– Ale jednak nigdy mnie nie zaprosił, żeby coś z wami porobić.

– Aha – powiedziałem, kiedy w końcu dotarło do mnie, o co jej chodzi. – To dlatego, że on wstydzi się nas.

Zaśmiała się.

– Wydajecie się całkiem normalni.

– Jeszcze nie widziałaś, jak Ben wciąga nosem sprite'a, a potem wypluwa go ustami – ostrzegłem.

– Wyglądam jak obłąkana gazowana fontanna – dopowiedział ze śmiertelną powagą Ben.

– Ale serio, mówicie, że mam się nie przejmować? No bo, chodzimy ze sobą już pięć tygodni, a on nigdy nawet nie zaprosił mnie do siebie do domu.

Wymieniliśmy z Benem spojrzenia, a ja zasłoniłem usta, by stłumić śmiech.

– Co? – dopytywała się Angela.

– Nic – odpowiedziałem. – Serio, Angela, gdyby zmuszał cię do spędzania czasu z nami i ciągle zabierał cię do swojego domu…

– …z całą pewnością znaczyłoby to, że cię n i e lubi – dokończył Ben.

– Ma dziwnych rodziców?

Głowiłem się, jak szczerze odpowiedzieć na to pytanie.

– Hm, nie. Są spoko. Tylko chyba nieco nadopiekuńczy.

– Właśnie, nadopiekuńczy – zgodził się trochę zbyt szybko Ben.

Uśmiechnęła się i wstała, mówiąc, że musi się jeszcze z kimś przywitać przed końcem przerwy na lunch. Ben odczekał, aż Angela odejdzie, zanim powiedział:

– Ta dziewczyna jest niesamowita.

– Wiem – odparłem. – Ciekawe, czy udałoby nam się zastąpić nią Radara?

– Tyle że ona nie zna się chyba zbyt dobrze na komputerach. Potrzebujemy kogoś, kto zna się na komputerach. Poza tym założę się, że jest beznadziejna w „Odrodzeniu". – To była nasza ulubiona gra komputerowa. – A przy okazji – dodał Ben – niezły manewr z tym stwierdzeniem, że starzy Radara są nadopiekuńczy.

– Nie do mnie należy poinformowanie jej o tym.

– Ciekawe, jak długo potrwa, zanim dane jej będzie zwiedzić Rezydencję i Muzeum Drużyny Radara – uśmiechnął się Ben.

Przerwa dobiegała już końca, więc Ben i ja wstaliśmy i odstawiliśmy nasze tace na taśmę. Dokładnie tę samą, na którą Chuck Parson rzucił mnie na początku szkoły średniej, posyłając do przerażającego podziemnego świata oddziałów pomywaczy Winter Park High School. Ruszyliśmy w stronę szafki Radara i staliśmy tam, dopóki nie przybiegł do nas tuż po pierwszym dzwonku.

– Na wiedzy o społeczeństwie doszedłem do wniosku, że gotów byłbym naprawdę, dosłownie ssać ośle jądra, jeśli dzięki temu mógłbym darować sobie ten przedmiot przez resztę semestru – obwieścił.

– Z oślich jąder można się wiele dowiedzieć o społeczeństwie – zgodziłem się. – A właśnie, mówiąc o powodach, dla których żałujesz, że nie masz przerwy na lunch razem z nami – właśnie jedliśmy z Angelą.

Ben uśmiechnął się znacząco do Radara, podejmując wątek:

– No, i ona chce wiedzieć, dlaczego nigdy jeszcze nie była u ciebie w domu.

Radar zaczął robić długi wydech, wprowadzając jednocześnie za pomocą pokrętła kod otwierający szafkę. Wydychał powietrze tak długo, że pomyślałem, iż zaraz chyba straci przytomność.

– Szlag by to – powiedział w końcu.

– Czyżbyś czegoś się wstydził? – zapytałem z uśmiechem.

– Zamknij się – odpowiedział, dźgając mnie łokciem w brzuch.

– Mieszkasz w uroczym domu. – Nie zrażałem się.

– Poważnie, stary – dodał Ben. – To naprawdę fajna dziewczyna. Nie rozumiem, dlaczego nie miałbyś jej przedstawić swoim rodzicom i oprowadzić po Casa Radar.

Radar wrzucił książki do szafki i ją zatrzasnął. Gwar rozmów wokół nas akurat nieco ucichł, kiedy zwrócił oczy ku niebu i krzyknął:

– TO NIE MOJA WINA, ŻE MOI RODZICE POSIADAJĄ NAJWIĘKSZĄ NA ŚWIECIE KOLEKCJĘ CZARNOSKÓRYCH MIKOŁAJÓW!

Słyszałem, jak Radar mówi „największa na świecie kolekcja czarnoskórych mikołajów" prawdopodobnie tysiąc razy w moim życiu, ale nigdy ani trochę nie przestało mnie to śmieszyć. Jednak Radar nie żartował. Pamiętam pierwszy raz, kiedy do niego przyszedłem. Miałem może trzynaście lat. Była wiosna, wiele miesięcy po świętach Bożego Narodzenia, a mimo to parapety okien zastawione były czarnoskórymi mikołajami. Czarnoskóre mikołaje powycinane z tektury zwisały z poręczy schodów. Czarne świeczki w kształcie mikołajów przystrajały stół jadalni. Obraz olejny przedstawiający czarnoskórego Świętego Mikołaja wisiał nad kominkiem, którego gzyms także był zastawiony czarnymi figurkami mikołajów. Mieli sprowadzony z Namibii podajnik do pudrowych dropsów Pez, z głową czarnoskórego Świętego Mikołaja. Podświetlany, plastikowy czarnoskóry mikołaj, który od Święta Dziękczynienia do Nowego Roku stał w ogródku wielkości znaczka pocztowego przed ich domem, resztę roku spędzał, dumnie trzymając wartę w kącie łazienki dla gości – łazienki z tapetą w czarnoskóre mikołaje własnoręcznie wykonaną za pomocą farby i gąbki w kształcie mikołaja. Każdy pokój w ich domu, z wyjątkiem pokoju Radara, tonął w czarnoskórych mikołajowych bytach – z gipsu i z plastiku, i z marmuru, i z gliny, i z drewna, i z żywicy, i z tkaniny. Łącznie kolekcja rodziców Radara liczyła ponad tysiąc dwieście czarnoskórych mikołajów wszelkiego rodzaju. Jak głosiła tablica przy drzwiach wejściowych, dom Radara był oficjalnie zarejestrowanym Obiektem Reprezentacyjnym Świętego Mikołaja, zatwierdzonym przez Towarzystwo ds. Bożego Narodzenia.

– Powinieneś jej po prostu powiedzieć, stary – poradziłem. – Musisz powiedzieć jej prosto z mostu: „Angela, naprawdę cię lubię, ale jest coś, o czym powinnaś wiedzieć: kiedy pójdziemy do mnie do domu, by sobie pogruchać, będzie nas obserwować dwa tysiące czterysta oczu należących do tysiąca dwustu czarnoskórych mikołajów".

Radar przejechał dłonią po swoich ściętych na jeża włosach i potrząsnął głową.

– Taa, raczej nie ujmę tego dokładnie w ten sposób, ale zajmę się tym.

Odmaszerowałem na lekcję wiedzy o społeczeństwie; Ben na zajęcia fakultatywne z projektowania gier komputerowych. Obserwowałem zegary jeszcze przez dwie godziny lekcyjne, a kiedy zajęcia wreszcie się skończyły, po mojej klatce piersiowej promieniście rozeszło się uczucie ulgi – koniec każdego dnia był niczym próba generalna przed wypadającym za mniej niż miesiąc ukończeniem szkoły średniej.

Wróciłem do domu. Na wczesny obiad zjadłem dwie kanapki z masłem orzechowym i dżemem. Obejrzałem w telewizji pokera. O szóstej wrócili do domu moi rodzice, przytulili się nawzajem, potem przytulili mnie. Na obiadokolację zjedliśmy zapiekankę z makaronu. Zapytali mnie o szkołę. Zapytali mnie o bal pożegnalny. Pozachwycali się, jaką to wspaniałą robotę wykonali, wychowując mnie. Opowiedzieli mi o swoim dniu, podczas którego zajmowali się ludźmi wychowanymi znacznie mniej wspaniale. Poszli oglądać telewizję. Ja poszedłem do swojego pokoju sprawdzić maile. Napisałem notatkę na temat *Wielkiego Gatsby'ego* na angielski. Przeczytałem kilka artykułów z „The Federalist Papers" w ramach wczesnych przygotowań do egzaminu końcowego z wiedzy o społeczeństwie. Czatowałem przez chwilę z Benem, potem online pojawił się także Radar. W naszej rozmowie czterokrotnie użył frazy „największa na świecie kolekcja czarnoskórych mikołajów" i za każdym razem wybuchałem śmiechem. Powiedziałem mu, że cieszę się, że ma dziewczynę. On napisał, że to będzie wspaniałe lato. Przyznałem mu rację. Był piąty maja, ale równie dobrze mógł to być każdy inny dzień. Moje dni nacechowane były przyjemną identycznością. Zawsze to lubiłem: lubiłem rutynę. Lubiłem czuć się znudzony. Nie chciałem tego, ale to lubiłem. A zatem piąty maja mógł być dniem jak każdy inny – aż do chwili tuż przed północą, kiedy Margo Roth Spiegelman otworzyła niezabezpieczone siatką okno mojej sypialni po raz pierwszy, odkąd przed dziewięciu laty kazała mi je zamknąć.

2

Obróciłem się na dźwięk otwieranego okna i ujrzałem wpatrujące się we mnie niebieskie oczy Margo. Z początku widziałem wyłącznie jej oczy, jednak kiedy mój wzrok przywykł do ciemności, zauważyłem, że Margo ma twarz pomalowaną czarną farbą, a na głowie czarny kaptur.

– Uprawiasz cyberseks?

– Czatuję z Benem Starlingiem.

– To nie jest odpowiedź na moje pytanie, zboku.

Roześmiawszy się z zakłopotaniem, podszedłem do okna i uklęknąłem. Moja twarz znajdowała się teraz kilkanaście centymetrów od jej twarzy. Nie miałem pojęcia, dlaczego Margo tu była, pod moim oknem, w tym stroju.

– Czemu zawdzięczam tę przyjemność? – zapytałem. Margo i ja nadal byliśmy w koleżeńskich stosunkach, jak sądzę, jednak nie była to komitywa w rodzaju: spotkajmy się w środku nocy z twarzami pomalowanymi czarną farbą. Do tego typu akcji z pewnością miała przyjaciół. Ja zaś nie należałem do ich grona.

– Potrzebny mi twój samochód – wyjaśniła.

– Nie mam samochodu – wyznałem, poruszając tym samym dość drażliwą dla mnie kwestię.

– No to potrzebny mi samochód twojej mamy.

– Masz własny samochód – zauważyłem.

Margo wydęła policzki i westchnęła.

– Zgadza się, ale problem w tym, że rodzice zabrali kluczyki do mojego samochodu i zamknęli je w sejfie, który włożyli pod swoje łóżko, a w ich pokoju śpi Myrna Mountweazel*. – To był pies Margo. – A Myrna Mountweazel dostaje cholernego świra, kiedy tylko znajdę się w jej polu widzenia. Jasne, że mogłabym się wślizgnąć do środka, wykraść ten sejf, rozbić go, zabrać kluczyki i odjechać, ale prawda jest taka, że zwyczajnie szkoda zachodu, bo Myrna Mountweazel zacznie szczekać jak opętana, jeśli choćby lekko uchylę drzwi. Więc jak już mówiłam, potrzebny mi samochód. No i ty musisz prowadzić, bo mam jedenaście spraw do załatwienia dzisiejszej nocy, a co najmniej pięć z nich wymaga kierowcy w pełnej gotowości do ucieczki.

Kiedy przestawałem skupiać wzrok, Margo stawała się samymi oczami, unoszącymi się w eterze. Ale kiedy ponownie koncentrowałem na niej spojrzenie, mogłem rozróżnić kontury twarzy i jeszcze mokrą farbę na skórze. Kości policzkowe Margo tworzyły wraz z brodą trójkątny kształt, a czarne jak smoła wargi układały się w ledwo zauważalny uśmiech.

– Jakieś przestępstwa? – zapytałem.

– Hmm – westchnęła. – Przypomnij mi, czy włamanie z wtargnięciem to przestępstwo.

– Nie – odpowiedziałem stanowczo.

---

* *Mountweazel* (ang.) – słowo-widmo; fikcyjny wpis celowo umieszczony przez wydawcę w publikacjach źródłowych, takich jak słowniki, encyklopedie, mapy, dla żartu lub dla zabezpieczenia publikacji przed plagiatem. Po raz pierwszy użyty przez magazyn „The New Yorker" w 1975 r.

– Nie, to nie jest przestępstwo, pomożesz mi?

– Nie, nie pomogę ci. Nie możesz zwerbować którejś ze swoich służek, żeby cię woziły?

Lacey i / lub Becca zawsze były na każde jej skinienie.

– Ściśle rzecz biorąc, one są częścią problemu – powiedziała Margo.

– Co to za problem?

– Jest jedenaście problemów – odparła nieco zniecierpliwiona.

– Żadnych przestępstw – zaznaczyłem.

– Przysięgam na Boga, że nikt nie będzie ci kazał popełniać przestępstwa. W tym momencie zapaliły się wszystkie światła wokół domu Margo. Jednym błyskawicznym ruchem wykonała salto przez moje okno i przetoczyła się pod moje łóżko. Kilka sekund później na ganku stanął jej ojciec.

– Margo! – krzyknął. – Widziałem cię!

Spod mojego łóżka dobiegło mnie stłumione „Chryste!". Margo wyskoczyła spod łóżka, wyprostowała się, podeszła do okna i odkrzyknęła:

– Wyluzuj, tato! Ja tylko usiłuję pogadać trochę z Quentinem. Zawsze mi powtarzasz, jak wspaniały mógłby mieć na mnie wpływ i w ogóle.

– Więc tylko ucinasz sobie pogawędkę z Quentinem?

– Tak.

– To dlaczego masz twarz pomalowaną na czarno?

Margo zawahała się tylko przez moment.

– Tato, odpowiedź na to pytanie wymagałaby wielogodzinnego opisu wcześniejszych wydarzeń, a wiem, że jesteś prawdopodobnie bardzo zmęczony, więc może wróć do...

– Do domu! – zagrzmiał. – W tej chwili!

Margo chwyciła mnie z koszulę, szepcząc mi do ucha: „Za minutę będę z powrotem", a potem wyszła przez okno.

Gdy tylko wyszła, zabrałem z biurka kluczyki do samochodu. Kluczyki są moje, samochód pechowo nie. Na szesnaste urodziny rodzice wręczyli mi bardzo mały prezent, a ja wiedziałem już w chwili, kiedy mi go dawali, że to kluczyki do samochodu, i niemal się posikałem, bo stale mi powtarzali, że nie stać ich na sprezentowanie mi samochodu. Jednak kiedy wręczali mi to maleńkie, zawinięte w ozdobny papier pudełko, zrozumiałem, że przez cały ten czas mnie zwodzili i że jednak dostanę samochód. Rozerwałem papier i otworzyłem pudełeczko. Rzeczywiście znajdowały się w nim kluczyki.

Przy bliższym oglądzie okazało się jednak, że znajdowały się w nim kluczyki do chryslera. Kluczyki do minivana Chryslera. Do tego samego minivana Chryslera, którego właścicielem była moja matka.

– Mój prezent to kluczyki do twojego samochodu? – zapytałem mamę.

– Tom – zwróciła się do taty – mówiłam ci, że będzie sobie robił nadzieje.

– Och, nie zrzucaj winy na mnie – bronił się tata. – Ty po prostu sublimujesz swoją frustrację z powodu moich zarobków.

– Czy ta błyskawiczna analiza nie jest aby odrobinę pasywno-agresywna? – zripostowała mama.

– Czy retoryczne oskarżenia o pasywną agresję nie są w swej naturze pasywno-agresywne? – odparował tata i kontynuowali tę wymianę zdań jeszcze przez dobrą chwilę.

Krótko mówiąc, sytuacja przedstawiała się następująco: miałem dostęp do tego cudu na kółkach, jakim jest najnowszy model minivana Chryslera, wyjąwszy czas, w którym jeździła nim mama. A ponieważ jeździła nim codziennie do pracy, mogłem korzystać z samochodu wyłącznie w weekendy. No, w weekendy i w środku głuchej nocy.

Powrót do mojego okna zajął Margo tylko trochę dłużej niż obiecaną minutę. A mimo to pod jej nieobecność zdążyłem znowu się zawahać.

– Jutro jest szkoła – przypomniałem jej.

– Tak, wiem – odparła Margo. – Jutro jest szkoła i pojutrze też, a rozmyślanie nad tym zbyt długo może doprowadzić dziewczynę do szału. Więc zgoda, jest środek tygodnia. Właśnie dlatego musimy już iść, żeby do rana wrócić.

– No nie wiem.

– Q – powiedziała – Q. Kochanie. Od jak dawna jesteśmy bliskimi przyjaciółmi?

– Nie jesteśmy przyjaciółmi. Jesteśmy sąsiadami.

– Chryste, Q. Czy nie jestem dla ciebie miła? Czy nie nakazuję czeredzie moich pachołków, żeby dobrze cię traktowali w szkole?

– Mhm – odmruknąłem z powątpiewaniem, choć szczerze mówiąc, zawsze podejrzewałem, że to właśnie

Margo powstrzymywała Chucka Parsona i jemu podobnych przed znęcaniem się nad nami.

Zamrugała. Nawet powieki pomalowała sobie na czarno.

– Q – ponagliła – musimy iść.

Więc poszedłem. Wyślizgnąłem się oknem i z pochylonymi głowami pobiegliśmy wzdłuż ściany mojego domu,
aż dopadliśmy drzwi minivana. Margo szepnęła, żebym
nie zamykał drzwi – za dużo hałasu – więc przy otwartych
drzwiach wrzuciłem luz i odepchnąłem się stopą od betonu,
pozwalając, by minivan wytoczył się z podjazdu. Powoli
przetoczyliśmy się obok kilku domów, zanim włączyłem
silnik i światła. Zatrzasnęliśmy drzwi i ruszyłem w niekończące się serpentyny ulic Jefferson Park, którego domy wciąż
wyglądały na nowe i plastikowe, niczym wioska z klocków
zamieszkana przez dziesiątki tysięcy prawdziwych ludzi.

Margo zaczęła mówić:

– Najgorsze jest to, że tak naprawdę wcale im nie zależy; im się po prostu wydaje, że moje wybryki stawiają
ich w złym świetle. Nawet teraz, wiesz, co mi powiedział?
Powiedział: „Nie obchodzi mnie, jeśli schrzanisz swoje
życie, ale nie ośmieszaj nas przed Jacobsenami – to nasi
przyjaciele". Żałosne. Nawet nie masz pojęcia, jak utrud-
nili mi wydostanie się z tego cholernego domu. Kojarzysz,
jak ci w filmach o ucieczce z więzienia wkładają zwinięte ubrania pod koc, żeby wyglądało, że ktoś tam leży?
– Skinąłem głową. – No, a moja mama umieściła w moim pokoju przeklętą elektroniczną nianię, żeby przez całą
noc mogła słyszeć, jak oddycham podczas snu. Musiałam

więc zapłacić Ruthie pięć dolców, żeby spała w moim pokoju, a zwinięte ubrania włożyłam do łóżka w jej pokoju.
– Ruthie to młodsza siostra Margo. – Teraz to pieprzona *mission impossible*. Kiedyś mogłam się wymknąć jak normalna amerykańska dziewczyna – zwyczajnie wyjść przez okno i zeskoczyć z dachu. Ale, Boże, teraz to jak życie w faszystowskiej dyktaturze.

– Zamierzasz powiedzieć mi, dokąd jedziemy?

– Dobra, najpierw jedziemy do Publixu. Z powodów, które wyjaśnię później, chcę, żebyś zrobił dla mnie małe zakupy. A potem do Wal-Martu.

– Czyli co, wybieramy się na wielką objazdową wyprawę po wszystkich placówkach handlowych środkowej Florydy? – zapytałem.

– Dziś w nocy, kochanie, będziemy naprawiać wiele złego. A także popsujemy trochę dobrego. Ostatni będą pierwszymi; a pierwsi ostatnimi; pokorni posiądą trochę ziemi. Jednak zanim radykalnie zmienimy oblicze świata, musimy pójść na zakupy.

Wkrótce zajechałem pod Publix i zaparkowałem na niemal całkowicie pustym parkingu.

– Słuchaj – rzuciła – ile masz przy sobie pieniędzy?

– Zero dolarów i zero centów – odparłem. Wyłączywszy zapłon, obróciłem się w jej stronę. Margo wcisnęła rękę do kieszeni obcisłych, ciemnych dżinsów i wyciągnęła kilka studolarowych banknotów.

– Na szczęście dobry Bóg nam pobłogosławił – oznajmiła.

– Co to, u diabła?

– Pieniądze na bat micwę, psia mać. Rodzice nie dali
mi dostępu do konta, ale znam ich hasło, bo do wszystkiego używają „myrnamountw3az3l". To sobie wypłaciłam.
Usiłowałem nie dać po sobie poznać ogarniającego
mnie podziwu, lecz ona dostrzegła, jak na nią patrzę,
i uśmiechnęła się do mnie znacząco.

– Krótko mówiąc – dodała – to będzie najlepsza noc
w twoim życiu.

3

Problem z Margo Roth Spiegelman polegał na tym, że tak naprawdę jedyne, co mogłem zrobić, to pozwolić jej mówić, a kiedy przestawała mówić, zachęcać ją do dalszego mówienia ze względu na to, że 1. byłem w niej niezaprzeczalnie zakochany, 2. była absolutnie bezprecedensowa pod każdym względem i 3. nigdy nie zadawała mi żadnych pytań, więc jedynym sposobem na uniknięcie ciszy było skłanianie jej do mówienia dalej.

I tak, na parkingu przed Publixem powiedziała:

– No dobra. Zrobiłam ci listę. Jak będziesz miał jakieś pytania, po prostu zadzwoń na moją komórkę. Słuchaj, to mi o czymś przypomina: wcześniej pozwoliłam sobie włożyć na tył vana trochę ekwipunku.

– Co? Niby, zanim zgodziłem się na to wszystko?

– No, tak. Formalnie rzecz biorąc, tak. Nieważne, po prostu zadzwoń do mnie, jak będziesz miał jakieś pytania; tylko jeśli chodzi o wazelinę, to znajdź opakowanie, które będzie większe od twojej pięści. No wiesz, jest dziecko-wazelina, potem mama-wazelina i wreszcie wielka, tłusta tata-wazelina i właśnie tę masz kupić. A jeśli nie będzie, kup, no, ze trzy mamuśki. – Wręczyła mi listę, studolarowy banknot i dodała: – To powinno wystarczyć.

Lista Margo:

3 całe Sumy, osobno Zapakowane
Veet (To do Golenia nóg Tyle że Bez golarki Będzie tam
gdzie wszystkie inne Babskie kosmetyki i bajery)
Wazelina
sześciopak Mountain Dew
tuzin Tulipanów
Butelka wody
Chusteczki
Puszka niebieskiej farby W spreyu

– Frapujące użycie wielkich liter – zauważyłem.
– Widzisz, jestem gorącą zwolenniczką przypadkowego użycia wielkich liter. Obowiązujące zasady są okropnie krzywdzące wobec wyrazów w środku zdania.

Nie jestem pewien, co wypadałoby powiedzieć kobiecie przy kasie o wpół do pierwszej w nocy, kiedy kładzie się na taśmę sześć kilo sumów, krem Veet, opakowanie wazeliny w rozmiarze Tłusty Tatuś, sześciopak Mountain Dew, puszkę niebieskiej farby w spreyu i tuzin tulipanów. Ja w każdym razie powiedziałem:
– To nie jest takie dziwne, jak się wydaje.
Kobieta odchrząknęła, ale nie podniosła wzroku.
– A jednak dziwne – mruknęła pod nosem.

– Naprawdę nie chcę pakować się w żadne kłopoty – powiedziałem Margo, kiedy znów siedzieliśmy w minivanie, a ona przy użyciu wody z butelki i chusteczek zmywała czarną farbę z twarzy. Najwyraźniej ten kamuflaż był jej potrzebny tylko po to, żeby wydostać się z domu. – W moim liście informacyjnym o przyjęciu na studia z uniwersytetu Duke'a jest wręcz wprost napisane, że mnie nie przyjmą, jeśli zostanę aresztowany.

– Jesteś bardzo lękliwym człowiekiem, Q.

– Po prostu nie pakujmy się w kłopoty, co? – poprosiłem. – Nie zrozum mnie źle, chcę się dobrze bawić i w ogóle, ale nie kosztem, no wiesz, mojej przyszłości.

Podniosła na mnie wzrok, z twarzy zmyła już większość czerni, i ledwo zauważalnie się uśmiechnęła.

– Dziwi mnie, że uważasz wszystkie te bzdury za choćby potencjalnie interesujące.

– Co masz na myśli?

– College: zostać przyjętym albo nie zostać przyjętym. Kłopoty: pakować się albo się nie pakować. Szkoła: dostawać szóstki albo dostawać jedynki. Kariera: robić albo nie robić. Dom: duży albo mały, kupić albo wynająć. Pieniądze: mieć albo nie mieć. To wszystko jest takie nudne.

Zamierzałem już coś powiedzieć, choćby, że najwyraźniej ją to wszystko nieco obchodziło, bo miała dobre oceny, a w przyszłym roku wybierała się na Uniwersytet Florydzki w ramach programu dla najlepszych absolwentów, lecz ona rzuciła tylko:

– Wal-Mart.

Weszliśmy razem do Wal-Martu i kupiliśmy ten wihajster z telewizyjnych kanałów reklamowych, którym blokuje się kierownicę samochodu. Kiedy przechodziliśmy przez dział dziecięcy, zapytałem:

– Po co nam ta blokada?

Margo przemówiła swoim zwykłym maniakalnym solilokwium, nie odpowiadając jednak na moje pytanie:

– Wiedziałeś, że na dobrą sprawę przez większość historii rodzaju ludzkiego przeciętna długość życia wynosiła mniej niż trzydzieści lat? Mogłeś liczyć na jakieś dziesięć lat właściwego dorosłego życia, czaisz? Nikt nie planował życia na emeryturze. Nikt nie planował kariery. W ogóle nikt nic nie planował. Nie było czasu na planowanie. Nie było czasu na przyszłość. Ale potem długość życia zaczęła się wydłużać i ludzie mieli coraz więcej i więcej przyszłości, zaczęli więc spędzać coraz więcej czasu na rozmyślaniu o niej. O przyszłości. A dzisiaj życie stało się przyszłością. W każdym momencie swojego życia człowiek żyje dla przyszłości – idzie do szkoły średniej, żeby móc pójść do college'u, żeby dostać dobrą pracę, żeby kupić ładny dom, żeby było go stać na posłanie dzieci do college'u, żeby one dostały dobrą pracę i mogły posłać swoje dzieci do college'u.

Miałem wrażenie, że Margo plecie piąte przez dziesiąte tylko po to, żeby uniknąć odpowiedzi na zadane jej pytanie. Więc powtórzyłem:

– Po co nam ta blokada?

– Zaufaj mi, dowiesz się wszystkiego, zanim noc dobiegnie końca. To chyba oczywiste. – Margo poklepała mnie lekko po plecach, a potem w dziale z akcesoriami żeglarskimi wyszperała pneumatyczny klakson. Wyjęła go z pudełka i uniosła wysoko w powietrze, więc powiedziałem: „Nie", a ona na to: „Co nie?", więc ja na to: „Nie, nie trąb", tylko że kiedy doszedłem mniej więcej do „t" w słowie „trąb", ścisnęła klakson, a ten wydał z siebie potwornie głośny skowyt, który odczułem w głowie jako słuchowy odpowiednik zawału, a potem Margo powiedziała: „Wybacz, nie słyszałam cię. Co mówiłeś?", więc ja: „Przestań t...", a ona znów to zrobiła.

Pracownik Wal-Martu, niewiele starszy od nas, podszedł do nas i oznajmił:

– Nie możecie tu tego używać.

– Sorry, nie wiedziałam – odparła Margo z pozorną szczerością.

– Spoko. Mnie to nie przeszkadza, szczerze mówiąc.

– Konwersację można by uznać właściwie za skończoną, gdyby nie to, że chłopak nie mógł oderwać wzroku od Margo, a ja oczywiście nie mogłem go za to winić, bo od niej trudno oderwać wzrok. Wreszcie odezwał się: – Planujecie coś dziś w nocy?

– Niewiele. A ty? – zapytała Margo.

– Schodzę ze zmiany o pierwszej, a potem wybieram się do tego baru na końcu Orange Avenue, jeśli chciałabyś się przyłączyć – powiedział. – Ale musiałabyś pozbyć się najpierw swojego brata, bo dokładnie sprawdzają dowody.

Jej k o g o?!

– Nie jestem jej bratem – wycedziłem, wbijając wzrok w tenisówki kolesia.

Natomiast Margo zełgała jak z nut:

– Tak naprawdę jest moim kuzynem – oświadczyła, przysunęła się do mnie i objęła ramieniem w pasie tak, że mogłem poczuć, jak każdy z jej palców zaciska się na mojej kości biodrowej, i dorzuciła jeszcze: – I kochankiem.

Chłopak tylko przewrócił oczami i zmył się, natomiast palce Margo nie ruszyły się z miejsca jeszcze przez minutę, więc wykorzystałem okazję i objąłem ją ramieniem.

– Naprawdę jesteś moją ulubioną kuzynką – powiedziałem. Uśmiechnęła się, trąciła mnie delikatnie biodrem i okręciła się wokół własnej osi, wyswobadzając się z moich objęć.

– Jakbym nie wiedziała – odparła.

4

Jechaliśmy cudownie pustą I-4, Margo wskazywała mi drogę. Zegar na desce rozdzielczej wskazywał 1.07.

– Ładnie, no nie? – powiedziała. Siedziała odwrócona ode mnie, wyglądając przez okno, więc ledwo ją widziałem. – Uwielbiam przejeżdżać szybko pod latarniami.

– „Światło – zadeklamowałem – Światła Niewidzialnego widzialne przypomnienie"*.

– Piękne słowa – rzuciła.

– T.S. Eliot – wyjaśniłem. – Też to czytałaś. Na angielskim w zeszłym roku. – Właściwie nigdy nie przeczytałem całego wiersza, z którego pochodził ten wers, ale kilka fragmentów, które przeczytałem, utkwiło mi w pamięci.

– Ach, to cytat – powiedziała, lekko rozczarowana. Jej dłoń spoczywała na konsoli między naszymi fotelami. Mógłbym położyć na konsoli także moją dłoń, a wtedy nasze dłonie znajdowałyby się w tym samym miejscu o tym samym czasie. Ale nie zrobiłem tego. – Powiedz to jeszcze raz – poprosiła.

– „Światło, Światła Niewidzialnego widzialne przypomnienie".

---

* Cytat z dramatu *Opoka* T.S. Eliota w przekładzie Michała Sprusińskiego, „Więź" nr 12/1976.

– No. Cholernie dobre. Pewnie pomaga ci to w relacjach z twoją przyjaciółką.

– Eksprzyjaciółką – poprawiłem ją.

– Suzie cię rzuciła?

– Skąd wiesz, że to ona rzuciła mnie?

– Och, sorry.

– Bo rzuciła – przyznałem, a Margo się roześmiała. Zerwaliśmy ze sobą już dobre kilka miesięcy temu, ale nie winiłem Margo za to, że nie poświęcała uwagi romansom ze świata niższych kast. Co dzieje się w sali orkiestry, zostaje w sali orkiestry.

Margo położyła stopy na desce rozdzielczej i zaczęła kiwać palcami w rytm własnych słów. Zawsze mówiła w ten sposób, z wyczuwalnym rytmem, jakby recytowała poezję.

– No cóż, przykro mi to słyszeć. Ale rozumiem cię. Mój czarujący chłopak, który jest ze mną od, ożeż, tylu miesięcy, posuwa moją najlepszą przyjaciółkę.

Zerknąłem na nią, ale włosy zasłaniały jej twarz, więc nie mogłem stwierdzić, czy to żart.

– Serio? – Nie odpowiedziała. – Ale przecież dopiero co śmiałaś się z nim dziś rano. Widziałem was.

– Nie wiem, o czym mówisz. Dowiedziałam się o wszystkim przed pierwszą lekcją, a potem natknęłam się na tych dwoje rozmawiających ze sobą i zaczęłam drzeć się wniebogłosy, więc Becca dała drapaka w ramiona Clinta Bauera, a Jase nic tylko stał jak jakiś bęcwał, ze śliną cieknącą mu z jego zatęchłej gęby.

Najwyraźniej źle zinterpretowałem tamtą scenę na korytarzu.

– To dziwne, bo Chuck Parson pytał mnie dziś rano, co wiem o tobie i Jasie.

– Chuck robi, co mu się powie. Pewnie Jase kazał mu się dowiedzieć, kto o tym wiedział.

– Jezu, czemu poleciał na Beccę?

– Hm, Becca nie słynie ze swojej osobowości ani zalet ducha, więc pewnie dlatego, że niezła z niej laska.

– Nie tak niezła jak ty – wypaliłem, zanim zdążyłem się zastanowić.

– Zawsze wydawało mi się absurdalne, że ludzie chcą się z kimś zadawać tylko dlatego, iż ten ktoś jest ładny. To jakby wybierać płatki śniadaniowe ze względu na kolor, a nie na smak. Następny zjazd, tak w ogóle. Ale ja nie jestem ładna, nie z bliska, w każdym razie. Na ogół im bardziej ludzie się do mnie zbliżają, tym mniej staję się dla nich atrakcyjna.

– To… – zacząłem.

– Zapomnij – zgasiła mnie.

Uderzyło mnie poczucie pewnej niesprawiedliwości, że taki dupek jak Jason Worthington miał możliwość uprawiania seksu zarówno z Margo, jak i z Beccą, podczas gdy zupełnie sympatycznym osobnikom takim jak ja, nie było dane uprawiać seksu z żadną z nich – czy z kimkolwiek innym, na dobrą sprawę. To powiedziawszy, lubię myśleć o sobie jako o facecie, który nie poleciałby na Beccę Arrington. Może i jest atrakcyjna, ale jest również 1. banalną intrygantką oraz 2. nieposkromioną wściekłą suką z piekła rodem. Ci z nas, którzy bywają w sali orkiestry, od dawna podejrzewają, że Becca utrzymuje tę swoją śliczną figurę, żywiąc się wyłącznie duszyczkami kociąt i snami ubogich dziatek.

– Becca to faktycznie dość beznadziejny przypadek – powiedziałem, usiłując na powrót wciągnąć Margo w rozmowę.

– No – mruknęła w odpowiedzi, wyglądając przez okno po stronie pasażera; w jej włosach odbijał się blask przybliżających się latarni. Przemknęło mi przez myśl, że może płacze, ale szybko wzięła się w garść, naciągnęła na głowę kaptur i wyjęła z torby Wal-Martu blokadę kierownicy. – Teraz, bądź co bądź, czeka nas dobra zabawa – zapowiedziała, rozrywając opakowanie blokady.

– Mogę już zapytać, dokąd jedziemy?

– Do Bekki – odparła.

– O nie – wymknęło mi się, kiedy zatrzymywałem się przed znakiem stopu. Zaciągnąłem hamulec postojowy i zacząłem perswadować Margo, że zabieram ją z powrotem do domu.

– Żadnych przestępstw. Obiecuję. Musimy znaleźć samochód Jase'a. Ulica Bekki to ta następna przed nami po prawej, ale on nie zaparkowałby tam samochodu, bo rodzice Bekki są w domu. Sprawdźmy kolejną. Od tego zaczniemy.

– Okej – ustąpiłem – ale potem wracamy do domu.

– Nie, potem przechodzimy do Części Drugiej z Jedenastu.

– Margo, to zły pomysł.

– Po prostu jedź – rozkazała i tak też zrobiłem. Lexusa Jase'a znaleźliśmy zaparkowanego w ślepej uliczce, dwie przecznice za ulicą Bekki. Zanim jeszcze całkiem się zatrzymałem, Margo wyskoczyła z minivana z blokadą w ręce. Otworzyła drzwi lexusa od strony kierowcy, usiadła w fotelu i zaczęła zakładać blokadę na kierownicę. Następnie cicho zamknęła drzwi samochodu.

– Głupi skurczygnat nigdy nie zamyka wozu – wymamrotała, wsiadając z powrotem do minivana. Klucz od blokady schowała do kieszeni. Wyciągnęła rękę i zmierzwiła mi włosy. – Część Pierwsza załatwiona. Teraz jedziemy do Bekki.

Po drodze Margo wyjaśniła mi Część Drugą i Trzecią.

– To wprost genialny plan – powiedziałem, mimo iż od środka rozsadzały mnie nerwy.

Skręciwszy w ulicę Bekki, zaparkowałem dwa domy dalej od jej McRezydencji. Margo przelazła do części bagażowej minivana i wróciła z lornetką i aparatem cyfrowym. Najpierw sama popatrzyła przez lornetkę, potem podała ją mnie. Zobaczyłem zapalone światło w suterenie domu, ale nie dostrzegłem żadnego ruchu. Przede wszystkim zaskoczył mnie fakt, że dom w ogóle ma suterenę – na większości terenów w Orlando nie da się kopać zbyt głęboko, żeby nie natknąć się na wodę.

Sięgnąłem do kieszeni, wyjąłem komórkę i wybrałem numer, który podyktowała mi Margo. Telefon zadzwonił raz, drugi raz, a potem odezwał się jakiś półprzytomny męski głos:

– Halo?

– Pan Arrington? – upewniłem się. Margo chciała, żebym to ja zadzwonił, ponieważ nikt nie rozpozna mojego głosu.

– Kto mówi? Boże, która godzina?

– Proszę pana, wydaje mi się, że powinien pan wiedzieć, iż w pańskiej suterenie pańska córka właśnie uprawia seks z Jasonem Worthingtonem. – I zaraz się rozłączyłem. Część Druga: *finito*.

Z impetem otworzyliśmy drzwi minivana i pognaliśmy w dół ulicy, nurkując tuż za żywopłotem otaczającym ogródek domu Bekki. Margo podała mi aparat, ja zaś patrzyłem, jak zapala się światło w sypialni na piętrze, światło na schodach, światło w kuchni, a wreszcie światło na schodach prowadzących do sutereny.

– Oto nadchodzi – szepnęła Margo, a ja nie wiedziałem, co ma na myśli, dopóki kątem oka nie dostrzegłem nagiego torsu Jasona Worthingtona, gramolącego się przez okno sutereny. W samych tylko bokserkach puścił się sprintem przez trawnik, a kiedy znalazł się wystarczająco blisko, poderwałem się na nogi i zrobiłem mu zdjęcie, kończąc tym samym Część Trzecią. Błysk lampy zaskoczył chyba nas obu, bo przez jeden oślepiający moment Jase gorączkowo zamrugał w moim kierunku, usiłując przeniknąć ciemność, zanim popędził w noc.

Margo szarpnęła mnie za nogawkę dżinsów; spojrzałem w dół i zobaczyłem, że głupawo się uśmiecha. Wyciągnąłem do niej rękę i pomogłem jej wstać, i z miejsca pognaliśmy z powrotem do samochodu. Wkładałem właśnie kluczyk do stacyjki, kiedy zażądała:

– Pokaż mi zdjęcie.

Podałem jej aparat i wspólnie patrzyliśmy, jak obraz pojawia się na ekranie; nasze głowy niemal się dotykały.

Na widok zdumionej, bladej twarzy Jasona Worthingtona nie mogłem powstrzymać śmiechu.

– O Boże – westchnęła Margo i wskazała na coś palcem. Wyglądało na to, że w ferworze ucieczki Duży Jason nie zdążył schować do bokserek Małego Jasona, który teraz ukazał się naszym oczom, cyfrowo utrwalony dla potomności. – Taki z niego penis – wygłosiła – jak z Rhode Island stan: może i ma wspaniałą historię, ale z pewnością nie grzeszy rozmiarem.

Odwróciłem się, by spojrzeć na dom, i dostrzegłem, że światło w suterenie już się nie paliło. Zdałem sobie sprawę, że mam lekkie wyrzuty sumienia z powodu Jasona – to nie jego wina, że ma mikropenisa i wybitnie mściwą dziewczynę. Z drugiej jednak strony w szóstej klasie Jason obiecał, że nie przywali mi w ramię, jeśli zjem żywą dżdżownicę, więc zjadłem żywą dżdżownicę, a wtedy on przywalił mi w twarz. Dlatego moje wyrzuty sumienia nie były zbyt dokuczliwe i nie trwały zbyt długo.

Kiedy zerknąłem na Margo, obserwowała właśnie dom przez lornetkę.

– Musimy iść – oznajmiła. – Do sutereny.

– Co? Dlaczego?

– Część Czwarta. Zabrać jego ubrania na wypadek, gdyby zamierzał zakraść się z powrotem do jej domu. Część Piąta. Zostawić rybę dla Bekki.

– Nie.

– Tak. I to już – ponagliła. – Beccę besztają teraz rodzice na piętrze. Tylko, jak długo może trwać taki wykład? No bo, umówmy się, co mają powiedzieć? „Nie powinnaś gzić się z chłopakiem Margo w suterenie". To praktycznie wykład jednozdaniowy. Dlatego musimy się sprężać. Wysiadła z samochodu z farbą w spreyu w jednej ręce i sumem w drugiej.

– To zły pomysł – szepnąłem, ale ruszyłem w ślad za Margo, przyczajony jak ona, aż znaleźliśmy się na wprost nadal otwartego okna sutereny.

– Pójdę pierwsza – powiedziała. Przełożywszy najpierw nogi, stanęła na biurku Bekki, na wpół wewnątrz domu, na wpół na zewnątrz, kiedy zapytałem:

– Nie mogę po prostu zostać na czatach?

– Rusz swój kościsty tyłek i właź tutaj! – odparła, więc tak zrobiłem. Prędko pochwyciłem wszystkie chłopięco wyglądające ubrania, jakie wypatrzyłem na wyłożonej lawendową wykładziną podłodze. Dżinsy ze skórzanym paskiem, parę japonek, czapkę z daszkiem drużyny Żbików z Winter Park High School i błękitną koszulkę polo. Odwróciłem się do Margo, która podała mi owiniętego w papier suma i jeden z mieniących się fioletowych pisaków Bekki. Dyktowała mi, co mam pisać:

Wiadomość od Margo Roth Spiegelman: Twoja przyjaźń z nią – śpi z rybami.

Margo ukryła rybę w szafie Bekki między poskładanymi szortami. Usłyszałem kroki na piętrze, więc klepnąłem Margo w ramię, wytrzeszczając ku niej oczy. Margo tylko się uśmiechnęła i nieśpiesznie wyciągnęła farbę. Wspiąłem się na okno i wyszedłem z sutereny, a obejrzawszy się za siebie, ujrzałem, jak Margo pochyla się nad biurkiem i nieśpiesznie potrząsa puszką z farbą. Eleganckim ruchem – jaki kojarzy się z kaligrafią albo Zorro – namalowała na ścianie literę „M".

Margo wyciągnęła do mnie ręce, a ja wyciągnąłem ją przez okno. Właśnie się podnosiła z ziemi, kiedy dobiegł nas piskliwy krzyk: „DWIGHT!". Porwałem ubrania i wziąłem nogi za pas. Margo deptała mi po piętach.

Słyszałem, ale nie widziałem, jak otwierają się na oścież frontowe drzwi domu Bekki, jednak nie zatrzymywałem się ani nie oglądałem za siebie, ani kiedy tubalny głos krzyknął „STAĆ!", ani nawet kiedy dobiegł mnie charakterystyczny odgłos przeładowywania strzelby.

Usłyszałem, jak za moimi plecami Margo wymamrotała „broń"– nie wydawała się tym szczególnie przejęta; po prostu poczyniła obserwację – a potem, zamiast obejść rosnący przy domu Bekki żywopłot, zanurkowałem ponad nim głową naprzód. Nie potrafię powiedzieć, jak zamierzałem wylądować – być może, wykonując jakieś zgrabne salto czy coś w tym stylu – w każdym razie runąłem na asfalt, lądując na lewym barku. Na szczęście zwinięte ubrania Jase'a uderzyły o ziemię jako pierwsze i złagodziły upadek.

Zakląłem i zanim jeszcze zacząłem zbierać się z ziemi, poczułem, jak ręce Margo ciągną mnie w górę, i już byliśmy w samochodzie, i już jechałem na wstecznym z wyłączonymi światłami, przez co nieomal nie przejechałem w przeważającej części nagiego łącznika rozpoczynającego drużyny baseballowej Żbiki z Winter Park High School. Jase biegł bardzo szybko, ale nie zdawał się zmierzać w żadnym konkretnym kierunku. Poczułem kolejne ukłucie winy, kiedy go mijaliśmy na wstecznym, opuściłem więc szybę w oknie do połowy i mniej więcej w jego kierunku rzuciłem koszulkę polo. Na szczęście chyba nie widział ani Margo, ani mnie, ani też nie miał podstaw, by rozpoznać minivana, ponieważ – i nie chcę, by to zabrzmiało jakoś gorzko, kiedy znów o tym wspomnę – n i e mogę nim jeździć do szkoły.

– Czemu to, do cholery, zrobiłeś? – warknęła Margo, kiedy włączyłem światła i zacząłem, teraz już przodem, przedzierać się przez podmiejski labirynt, kierując się z powrotem ku autostradzie międzystanowej.

– Zrobiło mi się go żal.

– Jego? Niby dlaczego? Dlatego że przez sześć tygodni mnie zdradzał? Dlatego że zaraził mnie Bóg raczy wiedzieć jaką chorobą? Dlatego że jest odrażającym idiotą, który prawdopodobnie przez całe życie będzie bogaty i szczęśliwy, potwierdzając tym samym absolutną niesprawiedliwość kosmosu?

– Po prostu wyglądał na dość zdesperowanego. – Broniłem się.

– Nieważne. Jedziemy do domu Karin. To na Pennsylvania Avenue, koło monopolowego ABC Liquors.

– Nie wkurzaj się na mnie – poprosiłem. – Właśnie jakiś facet mierzył do mnie z cholernej strzelby za to, że ci pomagam, więc nie wkurzaj się na mnie.

– NIE WKURZAM SIĘ NA CIEBIE! – wrzasnęła Margo, uderzając pięścią w tablicę rozdzielczą.

– No, ale krzyczysz.

– Myślałam, że może… nieważne. Że może mnie jednak nie zdradzał.

– Aha.

– Karin powiedziała mi w szkole. I wygląda na to, że wiele osób od dawna o tym wiedziało. I nikt mi nie powiedział, dopóki nie zrobiła tego Karin. Myślałam, że może chciała tylko namieszać.

– Przykro mi – powiedziałem.

– Dobra, już dobra. Dziwię się, że w ogóle się tym przejmuję.

– Serce strasznie mi wali – wyznałem.

– To znak, że dobrze się bawisz – odparła Margo.

Ja jednak nie czułem się, jakbym dobrze się bawił; czułem się, jakbym właśnie przechodził zawał serca. Zjechałem na parking przed sklepem 7-Eleven i przyłożyłem palec do żyły szyjnej, jednocześnie obserwując migający co sekundę dwukropek na cyfrowym zegarze. Kiedy spojrzałem na Margo, przewróciła oczami.

– Mój puls jest niebezpiecznie szybki.

– Nie pamiętam już, kiedy ostatni raz byłam czymś tak podekscytowana. Adrenalina w gardle i otwierające się płuca.

– Wdech przez nos, wydech przez usta – odpowiedziałem jej.

– Te twoje wszystkie małe lęki. To takie…

– …urocze?

– Tak się dziś mówi na dziecinne? – Uśmiechnęła się.

Wgramoliła się na tylne siedzenie i wróciła z torebką. Ile tego badziewia ona tam naniosła? – pomyślałem. Otworzyła torebkę i wyjęła z niej pełną buteleczkę lakieru do paznokci tak ciemnoczerwonego, że niemal czarnego.

– Kiedy będziesz się uspokajał, pomaluję sobie paznokcie – oświadczyła, posyłając mi uśmiech i spoglądając na mnie spod grzywki. – Nie śpiesz się.

I tak sobie siedzieliśmy, ona zanurzając pędzelek
w stojącej niepewnie na desce rozdzielczej buteleczce z lakierem, ja z drżącym palcem na własnym pulsie. Kolor lakieru był ładny, a Margo miała zgrabne palce, smuklejsze
i bardziej kościste niż cała jej reszta, którą tworzyły same
krągłości i miękkie krawędzie. Miała ten rodzaj palców,
które chciałoby się spleść z własnymi. Przypomniałem
sobie ich dotyk na mojej kości biodrowej w Wal-Marcie
i miałem wrażenie, że wydarzyło się to już wiele dni temu. Moje tętno uspokajało się. Próbowałem sobie wmówić, że Margo ma rację. Tu nie ma się czego bać, nie w tym
małym mieście tej spokojnej nocy.

5

– Część Szósta – oznajmiła Margo, kiedy znów byliśmy
w drodze. Machała palcami w powietrzu, jakby grała na
pianinie. – Zostawić kwiaty na progu domu Karin z liści-
kiem z przeprosinami.

– Co jej zrobiłaś?

– Jakby to powiedzieć… Kiedy powiedziała mi o Jasie,
strzeliłam do posłańca.

– Jak to? – zapytałem. Musieliśmy się zatrzymać na
czerwonym świetle, a jacyś gówniarze w sportowym wozie obok zaczęli wyć silnikiem – jakbym zamierzał ścigać
się chryslerem. Kiedy wciskało się w nim gaz do dechy,
zaczynał jęczeć.

– No, nie pamiętam dokładnie, jak ją nazwałam, ale było
to coś w guście „płaczliwa, odrażająca, bezmózga, osyfiała
na plecach, krzywozęba, grubodupa suka z najgorszymi
włosami w środkowej Florydzie – a to o czymś świadczy".

– Jej włosy rzeczywiście są niedorzeczne.

– W i e m. Ze wszystkiego, co o niej powiedziałam, ta
jedna rzecz była prawdą. Kiedy mówi się wstrętne rzeczy
o innych, nie wolno mówić tych prawdziwych, bo potem
nie można ich szczerze do końca odwołać, rozumiesz? No
bo wiesz: Są pasemka. Są pasma. No i są skunksowe pasy.

* * *

Kiedy dojeżdżałem do domu Karin, Margo zniknęła w części bagażowej, i wróciła z bukietem tulipanów. Do łodygi jednego z kwiatków przymocowany był liścik, który Margo złożyła na kształt koperty. Gdy zatrzymałem samochód, podała mi bukiet, a ja popędziłem chodnikiem, i położywszy kwiaty na progu Karin, sprintem wróciłem do samochodu.

– Część Siódma – zaanonsowała Margo, gdy tylko znalazłem się w minivanie. – Zostawić rybę dla uroczego pana Worthingtona.

– Przypuszczam, że jeszcze nie będzie go w domu – powiedziałem, z lekką tylko nutą współczucia w głosie.

– Mam nadzieję, że gliny znajdą go bosego, obłąkanego i nagiego w jakimś przydrożnym rowie za tydzień od dziś – odparła beznamiętnym głosem.

– Przypomnij mi, żebym nigdy nie zadzierał z Margo Roth Spiegelman – mruknąłem pod nosem, a Margo się roześmiała.

– Dobrze powiedziane – przyznała. – Pogrążymy naszych wrogów w gównie po same nozdrza.

– Twoich wrogów – poprawiłem ją.

– Zobaczymy – odpowiedziała szybko, a potem ożywiła się i dodała: – O, hej, ja się tym zajmę. Problem z domem Jasona polega na tym, że mają obłędnie czuły system alarmowy. A my nie możemy pozwolić sobie na kolejny atak paniki.

– Uhm – mruknąłem.

Jason mieszkał kawałek dalej na tej samej ulicy co Karin, w hiperbogatej dzielnicy o nazwie Casavilla. Wszystkie domy w Casavilla są zbudowane w stylu hiszpańskim, mają dachy z czerwonej dachówki i całą resztę, tyle że nie wybudowali ich Hiszpanie. Wybudował je ojciec Jasona, który jest jednym z najbogatszych planistów przestrzennych na Florydzie.

– Wielkie brzydkie domy dla wielkich brzydkich ludzi – powiedziałem do Margo, kiedy wjeżdżaliśmy do Casavilla.

– Bez jaj! Jeśli kiedykolwiek stanę się jedną z tych, co to mają jedno dziecko i siedem sypialni, wyświadcz mi przysługę i mnie zastrzel.

Zatrzymaliśmy się przed domem Jase'a, architektonicznym monstrum wyglądającym z grubsza jak przerośnięta hiszpańska hacjenda, z wyjątkiem trzech grubych, sięgających dachu kolumn w stylu doryckim. Margo zabrała z tylnego siedzenia drugiego suma, otworzyła zębami flamaster i nagryzmoliła pismem, które zupełnie nie przypominało jej pisma:

Miłość MS Do ciebie: Śpi z Rybami

– Słuchaj, zostaw silnik na chodzie – zakomenderowała. Włożyła na głowę czapkę baseballową WPHS Jase'a daszkiem do tyłu.

– Okej.

– Wrzuć bieg i czekaj.

– Okej – powtórzyłem, czując, jak przyśpiesza mi puls. Wdech przez nos, wydech przez usta. Wdech przez nos, wydech przez usta. Z sumem i puszką farby w dłoni Margo otworzyła drzwi na oścież, przebiegła truchtem przez rozległy trawnik przed domem Worthingtonów i schowała się za dębem. Pomachała do mnie z ciemności, a kiedy jej odmachałem, teatralnie zaczerpnęła powietrza, wydęła policzki, obróciła się na pięcie i puściła się biegiem.

Zdołała zrobić zaledwie jeden długi krok, gdy dom rozjaśnił się jak miejska bożonarodzeniowa choinka i rozwyła się syrena. Przez krótki moment rozważałem pozostawienie Margo jej własnemu losowi, lecz zamiast tego kontynuowałem wdychanie powietrza przez nos i wydychanie przez usta, podczas gdy ona biegła w stronę domu. Cisnęła rybą w okno, ale syreny wyły tak głośno, że prawie nie usłyszałem brzęku tłuczonego szkła. A potem, ponieważ Margo Roth Spiegelman była Margo Roth Spiegelman, zatrzymała się na chwilę, aby na nierozbitej części okna z całą starannością wymalować śliczne „M".

Kilka sekund później biegła, już wcale się nie kryjąc, w stronę samochodu, a ja trzymałem jedną stopę na pedale gazu, a drugą na hamulcu, chrysler zaś zmienił się na chwilę w rasowego konia wyścigowego. Margo biegła tak szybko, że pęd powietrza zdmuchnął jej czapkę, a gdy po chwili wskoczyła do samochodu, wyrwałem do przodu, zanim nawet zdążyła zamknąć drzwi.

Gdy zatrzymałem się przed znakiem stopu na końcu ulicy, Margo krzyknęła:

– Co do cholery? Jedź, jedź, jedź, jedź, jedź!

– Aha, racja – zreflektowałem się, bo umknęło mi, że miałem zapomnieć o rozsądku i w ogóle. Zignorowałem trzy kolejne znaki stopu w Casavilla i byliśmy już ponad półtora kilometra dalej na Pennsylvania Avenue, gdy minął nas rozświetlony radiowóz na sygnale.

– To był niezły hardkor – wyznała Margo. – Poważnie, nawet jak dla mnie. Jak by to powiedział Q, mam nieco przyśpieszony puls.

– Jezu, Margo, nie mogłaś tego po prostu zostawić w jego wozie? Albo przynajmniej pod drzwiami?

– Pogrążamy ich po same nozdrza, Q. Nie tylko po kostki.

– Powiedz, że Część Ósma jest mniej przerażająca.

– Bez obaw. Część Ósma to dziecinna igraszka. Wracamy do Jefferson Park i jedziemy do domu Lacey. Wiesz, gdzie ona mieszka, no nie?

Wiedziałem, choć Bóg mi świadkiem, Lacey Pemberton nigdy nie raczyłaby zaprosić mnie do siebie. Mieszkała po przeciwległej stronie Jefferson Park, półtora kilometra ode mnie, w ładnym mieszkaniu nad sklepem papierniczym – w tym samym budynku, w którym mieszkał tamten martwy facet, nawiasem mówiąc. Już kiedyś byłem w środku, bo przyjaciele moich rodziców mieszkają na trzecim piętrze. Żeby w ogóle dostać się do części mieszkalnej, trzeba przejść przez dwoje zamykanych drzwi. Na moje oko nawet Margo Roth Spiegelman nie zdołałaby się tam włamać.

– No więc, Lacey była grzeczna czy niegrzeczna? – zapytałem.

– Lacey była zdecydowanie niegrzeczna – odparła Margo. Znów wyglądała przez okno po swojej stronie, mówiąc w przeciwnym kierunku, więc ledwo ją słyszałem. – Wiesz, przyjaźniłyśmy się od przedszkola.

– No i?

– I nie powiedziała mi o Jasie. Ale nie tylko o to chodzi. Kiedy patrzę wstecz, stwierdzam, że była wprost beznadziejną przyjaciółką. No bo, na przykład, uważasz, że jestem gruba?

– Jezu, nie – zaprotestowałem. – Nie jesteś... – I powstrzymałem się od powiedzenia: „...chuda, ale na tym polega cały twój urok; cały twój urok w tym, że nie wyglądasz jak chłopak". – Nie powinnaś zrzucać ani kilograma.

Roześmiała się, machnęła na mnie ręką i powiedziała:

– Ty po prostu uwielbiasz mój wielki tyłek.

Oderwałem na chwilę wzrok od drogi i zerknąłem na nią, a nie powinienem był tego robić, bo wyraz mojej twarzy mówił wszystko, a mówił: „cóż, po pierwsze – nie powiedziałbym akurat, że jest wielki, a po drugie – rzeczywiście jest raczej spektakularny". Jednak było w tym coś więcej. Nie można oddzielać Margo osoby od Margo ciała. Nie można widzieć jednego, nie widząc jednocześnie drugiego. Patrząc w oczy Margo, widzi się zarazem ich niebieskość i ich „margowość". W ostatecznym rozrachunku nie można stwierdzić, czy Margo Roth Spiegelman jest gruba, czy chuda, podobnie jak nie można stwierdzić, czy wieża Eiffla jest samotna, czy nie. Uroda Margo była swego rodzaju zaplombowanym naczyniem doskonałości – bez żadnych pęknięć i nie do rozbicia.

– Zawsze rzucała takie drobne uwagi – ciągnęła Margo. – „Pożyczyłabym ci te szorty, ale wydaje mi się, nie będą na tobie dobrze leżeć". Albo: „Masz taki temperament. Strasznie mi się podoba, jak rozkochujesz facetów swoją osobowością". Ciągle mnie umniejszała. Myślę, że nigdy nie powiedziała niczego, co nie byłoby próbą umniejszowienia mnie.

– Umniejszenia.

– Dziękuję, panie Irytujący McGramatykologu.

– Gramatyku.

– Trzymajcie mnie, bo go zamorduję! – Jednak zaczęła się śmiać.

Jechałem po obrzeżach Jefferson Park, żeby uniknąć przejeżdżania obok naszych domów, na wypadek gdyby rodzice obudzili się i odkryli naszą nieobecność. Przejechaliśmy wzdłuż jeziora (Jefferson Lake), następnie skręciliśmy na Jefferson Court, a potem wjechaliśmy do niewielkiego udawanego śródmieścia Jefferson Park, sprawiającego wrażenie niepokojąco opustoszałego i wyciszonego. Znaleźliśmy czarnego SUV-a Lacey zaparkowanego przed restauracją sushi. Zatrzymaliśmy się przecznicę dalej na pierwszym nieoświetlonym miejscu parkingowym, na jakie natrafiliśmy.

– Bądź tak miły i podaj mi, proszę, ostatnią rybę – powiedziała Margo. Z radością pozbywałem się ryby, bo zaczynała już cuchnąć. Na papierowym opakowaniu Margo napisała swoim charakterem pisma:

twoja Przyjaźń z ms Śpi z rybami

Lawirowaliśmy pomiędzy kręgami świateł ulicznych latarni, idąc tak zwyczajnie, jak tylko może iść dwoje ludzi, kiedy jedno z nich (Margo) trzyma słusznych rozmiarów rybę zawiniętą w papier, a drugie (ja) niesie puszkę niebieskiej farby w spreyu. Zaszczekał pies i oboje zamarliśmy, jednak po chwili znów zrobiło się cicho i niebawem staliśmy już przy samochodzie Lacey.

– Hmm, to utrudnia sprawę – oznajmiła Margo, widząc, że jest zamknięty. Sięgnęła do kieszeni i wyciągnęła kawałek drutu, który niegdyś był wieszakiem na ubrania. Pokonanie zamka zabrało jej mniej niż minutę. Poczułem należny respekt.

Otworzywszy drzwi od strony kierowcy, przechyliła się i odblokowała drzwi po mojej stronie.

– Tutaj, pomóż mi podnieść fotel – szepnęła.

Wspólnymi siłami dźwignęliśmy tylne siedzenie. Margo wsunęła rybę pod spód, a potem policzyła do trzech i jednocześnie spuściliśmy fotel na rybę. Usłyszałem ohydny dźwięk eksplodujących wnętrzności suma. Wyobraziłem sobie, jak samochód Lacey będzie cuchnąć zaledwie po jednym dniu smażenia się w słońcu i muszę przyznać, że spłynął na mnie niespodziewany spokój. A potem Margo powiedziała:

– Namaluj dla mnie „M" na dachu.

Nie zastanawiając się nawet przez sekundę, skinąłem głową, wdrapałem się na tylny zderzak, a następnie pochyliłem i pośpiesznie wymalowałem gigantyczne „M" na całej powierzchni dachu SUV-a. W zasadzie jestem przeciwnikiem wandalizmu. Ale w zasadzie jestem również przeciwnikiem Lacey Pemberton – i w ostatecznym rozrachunku to ostatnie okazało się mocniej ugruntowanym przekonaniem. Zeskoczyłem z samochodu. Biegłem w ciemności aż do następnej przecznicy, gdzie stał minivan, zupełnie tracąc oddech. Kiedy kładłem rękę na kierownicy, spostrzegłem, że mój palec wskazujący jest niebieski. Podniosłem go, by pokazać Margo. Uśmiechnęła się, wyciągnęła w moją stronę swój niebieski palec i nasze palce dotknęły się: jej niebieski delikatnie naciskał na mój palec, sprawiając, że mój puls nie był w stanie się uspokoić. Po długiej chwili milczenia Margo zakomunikowała:

– Część Dziewiąta – śródmieście.

Była 2.49 rano. Nigdy, w całym swoim życiu, nie czułem się mniej zmęczony.

6

Turyści nigdy nie zachodzą do śródmieścia Orlando, ponieważ nie ma tam nic prócz kilku drapaczy chmur będących własnością banków i firm ubezpieczeniowych. To ten rodzaj śródmieścia, które w nocy i weekendy całkowicie się wyludnia, wyjąwszy kilka klubów nocnych zapełnionych do połowy przez desperatów i beznadziejnych nieudaczników. Jechałem zgodnie ze wskazówkami Margo gąszczem jednokierunkowych ulic, minęliśmy kilkoro ludzi śpiących na chodnikach albo siedzących na ławkach, nie było jednak widać żadnego ruchu. Margo opuściła szybę i poczułem na twarzy powiew gęstego powietrza, cieplejszego, niż powinno być nocne powietrze. Zerknąłem w bok i zobaczyłem rozwiane pasma włosów na całej jej twarzy. Choć widziałem ją obok siebie, poczułem się całkiem sam pośród tych wysokich i pustych budynków, jakbym ocalał z apokalipsy i otrzymał świat w darze, cały ten niesamowity i nieskończony świat, czekający, bym zaczął go odkrywać.

– Oprowadzasz mnie po mieście, czy co? – zapytałem.

– Nie – odpowiedziała. – Usiłuję dostać się do budynku SunTrust. Jest tuż obok Szparaga.

– O – zdziwiłem się, ponieważ po raz pierwszy tej nocy otrzymałem jakąś użyteczną informację. – To na South Street. – Przejechałem jeszcze kilka przecznic, a potem skręciłem. Margo uradowana wskazała na coś palcem i owszem, oto przed nami wyłonił się Szparag.

Szparag nie przedstawia, formalnie rzecz biorąc, łodygi szparaga ani bynajmniej nie jest wykonany ze szparagów. To po prostu rzeźba wykazująca osobliwe podobieństwo do ponaddziewięciometrowego egzemplarza szparaga – choć zdarzało mi się też słyszeć opinie, że przypomina:

1. Wykonaną z zielonego szkła łodygę fasoli.
2. Abstrakcyjną interpretację drzewa.
3. Bardziej zielony, bardziej szklany, bardziej paskudny pomnik Waszyngtona.
4. Olbrzymiego radośnie zielonego fallusa Radosnego Zielonego Olbrzyma – maskotki firmy Jolly Green Giant.

W każdym razie rzeźba ta z pewnością n i e w y g l ą - d a jak Wieża Światła, co jest jej oficjalną nazwą. Zatrzymałem się przed parkometrem i zerknąłem na Margo. Przyłapałem ją na wpatrywaniu się w przestrzeń, przez krótką chwilę jej pozbawione wyrazu oczy patrzyły nie na Szparaga, ale gdzieś poza niego. Wtedy po raz pierwszy przyszło mi na myśl, że coś może nie być w porządku – nie nie w porządku z kategorii „mójchłopaktodupek", ale naprawdę n i e w p o r z ą d k u. Powinienem był wtedy coś powiedzieć. To oczywiste. Powinienem był mówić, mówić i mówić słowo za słowem. Jednak zapytałem tylko:

– Po co ściągnęłaś mnie do Szparaga?

Margo obróciła głowę w moją stronę i posłała mi uśmiech. Była tak piękna, że nawet jej wymuszone uśmiechy były przekonujące.

– Musimy ocenić nasze postępy. A najlepsze do tego miejsce znajduje się na szczycie budynku SunTrust.

Przewróciłem oczami.

– Nie. Zapomnij. Nie ma mowy. Powiedziałaś, że nie będzie żadnych wtargnięć i włamań.

– To nie jest wtargnięcie i włamanie. To tylko wtargnięcie, bo drzwi nie są zamknięte na zamek.

– Margo, to absurdalne. Oczywi...

– Przyznaję, w ciągu dzisiejszego wieczoru, doszło zarówno do wtargnięcia, jak i włamania. Było wtargnięcie do domu Bekki. Było włamanie do domu Jase'a. I będzie wtargnięcie tutaj. Jednak ani razu nie doszło do równoczesnego wtargnięcia i włamania. Teoretycznie gliniarze mogliby postawić nam zarzut włamania i mogliby postawić nam zarzut wtargnięcia, jednak nie mogliby postawić nam zarzutu włamania z wtargnięciem. Więc dotrzymałam obietnicy.

– W SunTrust na pewno mają, no, ochroniarza albo kogoś takiego.

– Mają – przyznała Margo, odpinając pas bezpieczeństwa. – Oczywiście, że tak. Ma na imię Gus.

* * *

Weszliśmy przez drzwi frontowe. Za szerokim, pół-okrągłym biurkiem siedział młody chłopak z walczącą o uznanie kozią bródką, ubrany w mundur ochroniarza Regents Security.

– Siema, Margo.

– Hej, Gus.

– Co to za dzieciak?

JESTEŚMY W TYM SAMYM WIEKU! Chciałem krzyknąć, jednak pozwoliłem Margo mówić w moim imieniu.

– To mój kolega, Q. Q, to jest Gus.

– Co słychać, Q? – zapytał Gus.

Och, po prostu rozrzucamy sobie martwe ryby po mieście, rozbijamy trochę okien, fotografujemy nagich chłopaków, sterczymy w holach drapaczy chmur o trzeciej piętnaście rano, takie tam.

– Nic szczególnego – burknąłem.

– Windy w nocy nie działają – powiedział Gus.

– O trzeciej musiałem je wyłączyć. Ale proszę bardzo, możecie iść schodami.

– Super. Nara, Gus.

– Nara, Margo.

– Skąd, u licha, znasz ochroniarza w SunTrust? – zapytałem, kiedy znaleźliśmy się w bezpiecznej odległości na schodach.

– Był w ostatniej klasie, kiedy zaczynaliśmy szkołę średnią – wyjaśniła. – Musimy się sprężać, okej? Zegar tyka. – Margo zaczęła wspinać się po dwa schody naraz, jedną ręką podciągając się w górę po poręczy, a ja starałem się dotrzymać jej kroku, ale nie mogłem. Margo nie uprawiała żadnego sportu, ale lubiła biegać – czasem widywałem ją w Parku Jeffersona, jak biega samotnie, słuchając muzyki. Tymczasem ja nie lubiłem biegać. Ani, na dobrą sprawę, angażować się w jakąkolwiek formę fizycznego wysiłku. Teraz jednak usiłowałem utrzymywać równe tempo, ocierając sobie pot z czoła i ignorując palący ból w nogach. Kiedy dotarłem na dwudzieste piąte piętro, Margo czekała już na mnie na podeście schodów.

– Popatrz na to – powiedziała. Otworzyła drzwi klatki schodowej i znaleźliśmy się w ogromnym pokoju z dębowym stołem długości dwóch samochodów i długim rzędem okien sięgających od podłogi do sufitu. – Sala konferencyjna – oznajmiła. – Jest z niej najlepszy widok w całym budynku. – Zaczęła iść wzdłuż okien, więc ruszyłem za nią. – Okej, no więc tam – powiedziała, wskazując palcem – jest Jefferson Park. Widzisz nasze domy? Światła są nadal zgaszone, to dobrze. – Przesunęła się kilka tafli dalej. – Dom Jase'a. Światła zgaszone, nie ma już radiowozów. Znakomicie, choć może to znaczyć, że dotarł już do domu, co jest niefortunne. – Dom Bekki był zbyt daleko, by go dojrzeć, nawet z tej wysokości.

Zamilkła na chwilę, podeszła do samej szyby i oparła o nią czoło. Trzymałem się z tyłu, ale złapała mnie za T-shirt i pociągnęła do przodu. Nie chciałem, by nasz wspólny ciężar napierał na pojedynczą taflę szkła, ale Margo nie przestawała mnie ciągnąć do przodu, aż w końcu oparłem czoło o szybę najdelikatniej, jak to możliwe, i rozejrzałem się.

Widziane z góry Orlando było dość dobrze oświetlone. Pod nami ujrzałem migające znaki STOP na skrzyżowaniach i niezliczone miejskie latarnie tworzące idealną siatkę prostopadłych linii aż do granic śródmieścia, gdzie zaczynały się kręte ulice i ślepe zaułki niekończących się peryferii Orlando.

– Piękne – powiedziałem.

Margo prychnęła:

– Serio? Naprawdę tak uważasz?

– No może... może nie... – bąknąłem, choć widok był piękny. Kiedy patrzyłem na Orlando z samolotu, wyglądało jak konstrukcja z lego zatopiona w oceanie zieleni. Stąd, w nocy, wyglądało jak prawdziwe miejsce – i po raz pierwszy takie je zobaczyłem. Spacerując wokół sali konferencyjnej, a potem po innych biurach na piętrze, miałem wszystko jak na dłoni: tam była szkoła; tam był Jefferson Park. Tam, w oddali, Disney World. Tam był wodny park rozrywki Wet'n Wild. Tam, sklep 7-Eleven, przed którym Margo malowała sobie paznokcie, a ja próbowałem złapać oddech. Miałem tu wszystko – cały mój świat, a mogłem go zobaczyć, krążąc po jednym tylko budynku. – Robi większe wrażenie – powiedziałem na głos. – No wiesz, z pewnej odległości. Nigdzie nie widać oznak upływu czasu. Nie widać rdzy ani chwastów, ani odpryśniętej farby. Możesz zobaczyć to miejsce takie, jakie ktoś je sobie kiedyś wyobraził, rozumiesz?

– Z bliska wszystko jest brzydsze – odparła Margo.

– Nie ty – wypaliłem, nim zdążyłem się zastanowić, co mówię.

Nie odrywając czoła od szyby, spojrzała w moją stronę i się uśmiechnęła.

– Powiem tak: jesteś uroczy, kiedy okazujesz pewność siebie. A mniej, kiedy jej nie okazujesz. – Zanim zdołałem cokolwiek odpowiedzieć, jej oczy powędrowały z powrotem na panoramę i zaczęła mówić: – Oto, co nie jest w tym piękne: stąd nie możesz zobaczyć rdzy ani popękanej farby, ani całej reszty, ale możesz stwierdzić, jakie to miejsce jest naprawdę. Możesz się przekonać, jakie to wszystko jest sztuczne. Nie jest nawet na tyle trwałe, by je nazwać miastem z plastiku. To papierowe miasto. Mówię ci, tylko popatrz, Q: popatrz na te wszystkie ślepe zaułki, ulice, które zawracają same na siebie, wszystkie te domy wybudowane po to, by się rozpaść. Na wszystkich tych papierowych ludzi mieszkających w swych papierowych domkach i wypalających swoją przyszłość, byle tylko siedzieć w cieple. Na wszystkie te papierowe dzieciaki pijące piwo, które kupił im jakiś menel w papierowym całodobowym. Każdy opętany jest manią posiadania przedmiotów. Cienkich jak papier i jak papier kruchych. No i wszyscy ci ludzie. Mieszkam tu osiemnaście lat i ani razu w swoim życiu nie spotkałam kogoś, komu zależałoby na czymkolwiek istotnym.

– Postaram się nie wziąć tych słów do siebie – powiedziałem. Oboje wpatrywaliśmy się w atramentową dal, ślepe uliczki i działki jak spod sztancy. Jej ramię było tuż przy moim, wierzchnie strony naszych dłoni stykały się ze sobą, i mimo że nie patrzyłem na Margo, przyciskając się do szyby, czułem, że przyciskam się do niej.

– Sorry – odezwała się. – Być może wszystko potoczyłoby się dla mnie inaczej, gdybym cały ten czas spędziła z tobą zamiast... Ech! Tylko że, Boże, jak ja się za to nienawidzę, że też w ogóle zaprzątam sobie głowę tak zwanymi przyjaciółmi. To znaczy, dla twojej wiadomości, to nie tak, że jestem wielce załamana z powodu Jasona. Czy Bekki. Czy nawet Lacey, choć nawet ją lubiłam. Ale to była ostatnia struna. To była słaba struna, fakt, ale jedyna, jaka mi pozostała, a każda papierowa dziewczynka potrzebuje choć jednej struny, nieprawdaż?

A oto, co ja powiedziałem:

– Będziesz jutro mile widziana przy naszym stoliku w przerwie na lunch.

– To słodkie – odpowiedziała cichnącym głosem. Odwróciła się do mnie i lekko skinęła głową. Uśmiechnąłem się. Ona też się uśmiechnęła. Uwierzyłem w ten uśmiech. Ruszyliśmy ku schodom, a potem pobiegliśmy w dół. Na końcu każdej kondygnacji zeskakiwałem z ostatniego stopnia i stukałem piętą o piętę, żeby ją rozśmieszyć – i śmiała się. Wydawało mi się, że ją rozweselam. Wydawało mi się, że można ją rozweselić. Wydawało mi się, że jeśli będę pewny siebie, coś może się między nami wydarzyć.

Myliłem się.

7

Kiedy siedzieliśmy w minivanie, a kluczyki były już w stacyjce, choć silnik jeszcze nie był włączony, Margo zapytała:

– A tak w ogóle, o której wstają twoi rodzice?

– Nie wiem, około szóstej piętnaście? – Była 3.51. – Mamy dwie godziny z hakiem, a załatwiliśmy już dziewięć części.

– Wiem, ale najbardziej mozolne zadanie zachowałam na sam koniec. Nieważne, zdążymy załatwić wszystko. Część Dziesiąta – kolej na Q, by wybrał ofiarę.

– Co?

– Ja wybrałam już karę. Ty musisz tylko wybrać, na kogo głowę ma spaść nasz gorejący gniew.

– Na czyją głowę ma spaść nasz gorejący gniew – poprawiłem ją, na co skrzywiła się z niesmakiem. – A poza tym nie mam nikogo, na czyją głowę chciałbym spuścić mój gorejący gniew – dodałem, ponieważ naprawdę nikogo takiego nie miałem. Zawsze wydawało mi się, że trzeba być kimś ważnym, żeby mieć wrogów. Przykład: historycznie Niemcy mieli więcej wrogów niż Luksemburg. Margo Roth Spiegelman była Niemcami. I Wielką Brytanią. I Stanami Zjednoczonymi. I carską Rosją. A ja – ja jestem Luksemburgiem. Siedzę sobie na uboczu, doglądam owiec i jodłuję.

– A Chuck? – zapytała.

– Hm – zamyśliłem się. To fakt, Chuck Parson b y ł dość podły przez te wszystkie lata, zanim ukrócono mu cugli. Oprócz tamtego incydentu z przenośnikiem taśmowym w stołówce, któregoś razu dorwał mnie poza szkołą, kiedy czekałem na autobus, i wykręcił mi ramię, powtarzając: „Powiedz, że jesteś pedziem". To była uniwersalna obelga typu znam-dwanaście-słów-więc-nie-oczekuj-szerokiego-wachlarza-obelg. I mimo że było to żałośnie dziecinne, koniec końców musiałem powiedzieć, że jestem „pedziem", co naprawdę mnie rozeźliło, bo 1. nie uważam, że ktokolwiek powinien używać tego słowa, a tym bardziej ja, i 2. tak się składa, że nie jestem gejem, a ponadto 3. w opinii Chucka Parsona nazwanie samego siebie „pedziem" stanowi szczyt upokorzenia, mimo iż nie ma zupełnie nic upokarzającego w byciu gejem, co też usiłowałem mu powiedzieć, podczas gdy coraz bardziej wykręcał mi ramię, naciągając je w stronę łopatek, ale on powtarzał tylko: „Skoro jesteś tak dumny z bycia pedziem, to dlaczego nie przyznasz, że jesteś pedziem, pedziu?".

Jak widać, w kwestiach logiki Chuck Parson nie był Arystotelesem. Ale miał nieco ponad metr dziewięćdziesiąt wzrostu i ważył sto dwadzieścia trzy kilogramy, a to nie jest bez znaczenia.

– Chyba znalazłyby się argumenty za Chuckiem – przyznałem. A potem zapaliłem silnik i ruszyłem z powrotem w stronę międzystanówki. Nie wiedziałem, dokąd jedziemy, ale na bank nie zostawaliśmy w śródmieściu.

– Pamiętasz tamtą lekcję w szkole tańca Crown School of Dance? – zapytała Margo. – Właśnie dzisiaj o tym myślałam.

– Mhm.

– Przepraszam za to, przy okazji. Nie mam pojęcia, dlaczego dałam mu się namówić.

– Spoko. W porządku – powiedziałem, jednak wspomnienie przeklętej Crown School of Dance rozwścieczyło mnie, więc dodałem: – Właśnie, Chuck Parson. Wiesz, gdzie on mieszka?

– Wiedziałam, że uda mi się obudzić w tobie mściwe Ja. Mieszka w College Park. Zjedź na Princeton. – Skręciłem na wjazd na autostradę i wcisnąłem gaz do dechy.

– Hejże! – zawołała Margo. – Nie rozwal chryslera.

W szóstej klasie pewną grupę dzieciaków, łącznie z Margo, Chuckiem i mną, rodzice zmusili do wzięcia udziału w lekcjach tańca towarzyskiego w Szkole Upokorzenia, Poniżenia oraz Tańca, znanej również jako Crown School of Dance. A wyglądało to tak: chłopcy stali po jednej stronie, a dziewczynki po drugiej, a potem na znak nauczycielki chłopcy mieli podejść do dziewcząt i chłopiec miał powiedzieć: „Mogę prosić do tańca?", a dziewczynka miała odpowiedzieć: „Tak". Dziewczynkom n i e w o l n o było powiedzieć „nie". Jednak któregoś dnia – przerabialiśmy akurat fokstrota – Chuck Parson przekonał wszystkie dziewczyny, żeby mi odmówiły. Nikomu innemu. Tylko mnie. No i podszedłem do Mary Beth Shortz i zapytałem: „Mogę prosić do tańca?", a ona powiedziała: „Nie". Więc zapytałem następną dziewczynę, a potem następną, a potem Margo, która także powiedziała: „Nie", a potem jeszcze jedną i w końcu się rozpłakałem.

Jedyną gorszą rzeczą od odrzucenia w szkole tańca jest płacz z powodu odrzucenia w szkole tańca, a jedyną rzeczą gorszą od płaczu jest pomaszerowanie do nauczycielki tańca i poskarżenie się przez łzy: „Psze pani, dziewczynki mówią nie, kiedy im nie wolno". Więc ja oczywiście pobiegłem z płaczem do nauczycielki, a w konsekwencji tego większość czasu w gimnazjum spędziłem, próbując się zrehabilitować po tym upokarzającym wydarzeniu. Krótko mówiąc, Chuck Parson na zawsze obrzydził mi fokstrota, co nie wydaje się jakąś szczególnie okrutną krzywdą, jaką można wyrządzić szóstoklasiście. I nawet nie byłem już o to wściekły ani o całą resztę tego, co mi zrobił w ciągu minionych lat. Ale z pewnością nie miałem zamiaru wylewać łez nad jego cierpieniem.

– Poczekaj, on nie będzie wiedział, że to ja, co nie?

– Nie. Dlaczego?

– Nie chcę, by kutafon pomyślał, że jest dla mnie na tyle ważny, iż zadaję sobie trud, by dać mu popalić. – Położyłem rękę na konsoli, a Margo mnie poklepała.

– Bez obaw – powiedziała. – Nigdy się nie dowie, co go zdepilowało.

– Wydaje mi się, że właśnie nieprawidłowo użyłaś tego słowa, ale nie mam pojęcia, co ono znaczy.

– Znam jakieś słowo, którego ty nie znasz – zapiała Margo. – JESTEM NOWĄ KRÓLOWĄ SŁOWNICTWA! UZURPOWAŁAM SOBIE TWOJĄ WŁADZĘ!

– Przeliteruj „uzurpowałam" – rzuciłem.

– Nie – odparła ze śmiechem. – Nie zamierzam oddawać mojej korony z powodu „uzurpowałam". Będziesz musiał bardziej się postarać.

– Niech będzie – przystałem na to z uśmiechem.

Przejeżdżaliśmy przez College Park, okolicę, która uchodzi za historyczną dzielnicę Orlando, choć tutejsze domy w większości wybudowano ledwie trzydzieści lat temu. Margo nie mogła sobie przypomnieć dokładnego adresu Chucka ani jak wygląda jego dom, ani nawet z całą pewnością stwierdzić, na jakiej znajduje się ulicy („Jestem pewna prawie na jakieś dziewięćdziesiąt pięć procent, że to na Vassar Street"). W końcu, po tym jak chrysler wolno przejechał trzy przecznice Vassar Street, Margo wskazała na lewo i oznajmiła:

– Ten.

– Jesteś pewna?

– Jestem pewna na jakieś dziewięćdziesiąt siedem przecinek dwa procent. No, jestem prawie pewna, że jego sypialnia jest właśnie tam – powiedziała, pokazując palcem. – Kiedyś robił imprezę, a gdy przyjechały gliny, wylazłam przez okno. Jestem prawie pewna, że to właśnie jego okno.

– To mi pachnie kłopotami.

– Ale jeśli okno jest otwarte, nie będzie żadnego włamania. Jedynie wtargnięcie. A my dopiero co dokonaliśmy wtargnięcia do SunTrust i nie była to wcale taka wielka afera, no nie?

Roześmiałem się.

– Wygląda na to, że robisz ze mnie rozrabiakę.

– Taki jest plan. Dobra, narzędzia: weź Veet, farbę i wazelinę.

– Robi się. – Złapałem, co trzeba.

– A teraz nie wpadaj mi w panikę, Q. Dobra wiadomość jest taka, że Chuck śpi jak zahibernowany niedźwiedź – wiem, bo miałam z nim angielski w zeszłym roku i nie obudził się, nawet kiedy pani Johnston pacnęła go po głowie *Jane Eyre*. A więc wdrapiemy się na okno jego sypialni, otworzymy je, zdejmiemy buty, potem bardzo cicho wejdziemy do środka, a ja zabiorę się za Chucka. Potem ty i ja rozejdziemy się po domu w przeciwnych kierunkach i gałki wszystkich drzwi wysmarujemy wazeliną, więc nawet jeśli ktoś się obudzi, diabelnie trudno będzie mu się wydostać z domu, co da nam czas na ucieczkę. Potem jeszcze trochę poigramy sobie z Chuckiem, pomalujemy nieco jego dom i już nas nie ma. I żadnego gadania.

Przytknąłem palec do szyi, ale na twarzy miałem uśmiech.

Oddaliliśmy się od samochodu, kiedy Margo wzięła mnie za rękę, splotła swoje palce z moimi palcami, i je zacisnęła. Odwzajemniłem uścisk i spojrzałem na nią. Z powagą skinęła głową, ja zrobiłem to samo, a wtedy zabrała rękę. Szybko podkradliśmy się do okna. Delikatnie pchnąłem w górę drewnianą ramę dolnej części rozsuwanego okna. Skrzypnęła cichutko, ale bez przeszkód powędrowała w górę. Zajrzałem do środka. Było ciemno, ale dostrzegłem leżącą w łóżku postać.

Okno było trochę za wysoko dla Margo, więc splotłem dłonie, a ona stanęła na nich w samej skarpetce, bym mógł ją podsadzić. Jej bezgłośne wejście do domu mogłoby niejednego ninja przyprawić o atak zazdrości. Następnie podskoczyłem i przełożywszy głowę i ramiona przez okienną ramę, usiłowałem, wykonując skomplikowaną operację falowania tułowiem, wpełznąć do środka jak gąsienica. Zejście mogłoby się udać, gdyby nie to, że zgniotłem sobie jądra o parapet. Zabolało tak mocno, że jęknąłem, a to okazało się dość poważnym błędem.

Zapaliła się nocna lampka. I oto w łóżku leżał jakiś stary facet – z całą pewnością nie był to Chuck Parson. Mężczyzna z przerażenia wybałuszył oczy, ale nie wydusił ani słowa.

– O – zdumiała się Margo. Przemknęło mi przez myśl, by wycofać się z okna i biegiem wrócić do samochodu, ale przez wzgląd na Margo pozostałem górną połową ciała w środku, równolegle do podłogi. – Ehm, chyba jesteśmy w niewłaściwym domu. – Odwróciła się i spojrzała na mnie nagląco, i dopiero wtedy zdałem sobie sprawę, że blokuję Margo drogę ucieczki. Odepchnąwszy się rękami, wycofałem się więc na zewnątrz, capnąłem swoje buty i dałem drapaka.

Pojechaliśmy na drugi koniec College Park, żeby się naradzić.

– Myślę, że w tym wypadku oboje ponosimy winę – zdecydowała Margo.

– Hm, to ty wybrałaś niewłaściwy dom – zauważyłem.

– To prawda, ale to ty narobiłeś hałasu. – Na jakąś minutę zapadła cisza, w której krążyliśmy po okolicy, aż wreszcie odezwałem się:

– Pewnie moglibyśmy znaleźć jego adres w internecie. Radar zna hasło do szkolnej bazy danych.

– Świetnie – zapaliła się Margo.

Zadzwoniłem więc do Radara, ale od razu włączyła się poczta głosowa. Rozważałem, czy nie zadzwonić na stacjonarny, ale rodzice Radara przyjaźnili się z moimi rodzicami, więc to odpadało. W końcu przyszło mi do głowy, żeby zadzwonić do Bena. Ben to nie Radar, ale zna wszystkie jego loginy. Zadzwoniłem. Włączyła się poczta, lecz dopiero po sygnale. No to zadzwoniłem ponownie. Poczta. Zadzwoniłem jeszcze raz. Poczta.

– Najwyraźniej nie odbiera – podpowiedziała mi Margo.

Ponownie wybierając numer, zapewniłem ją:

– Odbierze.

I rzeczywiście, po zaledwie czterech kolejnych próbach, Ben odebrał.

– Lepiej, żebyś dzwonił, żeby mi powiedzieć, że masz u siebie jedenaście nagich króliś, domagających się tego Wyjątkowego Uczucia, które może im dać wyłącznie Wielki Tatko Ben.

– Chcę, żebyś użył loginu Radara i znalazł mi w katalogu uczniów adres Chucka Parsona.

– Nie.

– Proszę.

– Nie.

– Nie pożałujesz, że to zrobiłeś, Ben. Słowo.

– Dobra, dobra, już to zrobiłem. Robiłem to, kiedy mówiłem „nie" – gdzie diabeł nie może, tam Bena pośle. Amherst Avenue cztery cztery dwa. Ty, Q, po co ci adres Chucka Parsona o czwartej dwanaście rano?

– Prześpij się trochę, rzuciłem w odpowiedzi.

– Uznam to za sen – odparł Ben i się rozłączył.

Amherst Avenue znajdowała się zaledwie kilka przecznic dalej. Zaparkowaliśmy na ulicy naprzeciwko numeru 418, zebraliśmy nasz ekwipunek i truchtem przebiegliśmy przez trawnik przy domu Chucka, a poranna rosa spadała na moje łydki.

Jego okno znajdowało się na szczęście niżej niż okno Przypadkowego Starego Faceta, wdrapałem się więc po cichu do wnętrza domu, a następnie podciągnąłem Margo w górę i do środka. Chuck Parson spał na plecach. Margo podkradła się do niego na palcach, a ja stałem za nią z sercem walącym mi w piersi. Gdyby się obudził, zabiłby nas oboje. Margo wyciągnęła Veet, wycisnęła na dłoń odrobinę czegoś, co wyglądało jak krem do golenia, a następnie delikatnie i dokładnie rozsmarowała to na całej długości prawej brwi Chucka. Nawet nie drgnął.

Potem otworzyła wazelinę – pokrywka zrobiła głośne „klop", które wydało mi się wprost ogłuszające, ale i tym razem Chuck nie przejawił żadnych oznak przytomności. Margo nabrała z opakowania sporą ilość mazi i zgarnęła ją na moją dłoń, po czym rozeszliśmy się do przeciwległych części domu. Najpierw skierowałem kroki do frontowego korytarza i grubą warstwą wazeliny posmarowałem gałkę drzwi wejściowych, następnie udałem się ku otwartym drzwiom jakiejś sypialni i nasmarowawszy ich gałkę od środka, cicho, jedynie z lekkim skrzypnięciem, zamknąłem je.

W końcu wróciłem do pokoju Chucka – Margo już tam była – zamknęliśmy drzwi i potwornie nawazelinowaliśmy Chuckowi gałkę. Resztą wazeliny wysmarowaliśmy każdą powierzchnię okna jego sypialni, mając nadzieję, że gdy już zamkniemy je za sobą, wychodząc z pokoju Chucka, utrudni to jego otwarcie.

Margo zerknęła na swój zegarek i uniosła dwa palce. Czekaliśmy. Przez te dwie minuty wpatrywaliśmy się w siebie, a ja podziwiałem błękit jej oczu. To było przyjemne – stać tam w ciemności i ciszy, bez ryzyka, że jakimś słowem wszystko schrzanię, i widzieć, jak jej oczy odwzajemniają moje spojrzenie, jakby także we mnie było coś, na co warto popatrzeć.

Po chwili Margo skinęła głową; podszedłem do Chucka. Owinąłem sobie dłoń T-shirtem, tak jak mi kazała, nachyliłem się i – najdelikatniej jak potrafiłem – przycisnąłem palec do jego czoła i szybkim ruchem starłem krem. Wraz z nim zniknęły co do jednego wszystkie włosy, stanowiące do tej pory prawą brew Chucka Parsona. Kiedy tak nad nim stałem z jego prawą brwią na moim T-shircie, Chuck nagle otworzył oczy. Margo z szybkością błyskawicy chwyciła jego kołdrę i zarzuciła mu ją na głowę, a kiedy podniosłem wzrok, mała ninja była już za oknem. Najszybciej, jak mogłem, poszedłem w jej ślady, podczas gdy Chuck zawodził: „MAMO! TATO! ZŁODZIEJE ZŁODZIEJE!".

Kusiło mnie, by sprostować: „Jedyne, co ukradliśmy, to twoja brew", ale nawet nie pisnąłem, wyskakując przez okno nogami naprzód. O mały włos nie wylądowałem na Margo, która właśnie malowała spreyem literę „M" na winylowym pokryciu ściany domu Chucka, zaraz też oboje porwaliśmy nasze buty i pognaliśmy ile sił w nogach do minivana. Kiedy obejrzałem się na dom, światła były zapalone, ale nikogo nie było jeszcze na zewnątrz, co było świadectwem genialności planu nawazelinowania gałki drzwi. Zanim pan (a może pani, nie miałem czasu przyjrzeć się dokładnie) Parson rozsunął zasłony w salonie i wyjrzał na zewnątrz, my jechaliśmy już na wstecznym w stronę Princeton Street i międzystanówki.

– Jest! – wykrzyknąłem. – Boże, to było genialne.

– Widziałeś to? Jego twarz bez jednej brwi? Wygląda teraz na permanentnie zdziwionego, co nie? Jakby chciał powiedzieć: „No co ty, naprawdę? Więc mówisz, że mam tylko jedną brew? Bo ci uwierzę". O, jakże cudownie wiedzieć, że zmuszony będzie wybrać: lepiej zgolić Lewuskę, czy domalować sobie Prawuskę? Miodzio. A jak wołał swoją mamusię, mazgajowaty pętak.

– Chwileczkę, a ty dlaczego go nienawidzisz?

– Nie powiedziałam, że go nienawidzę. Powiedziałam, że to mazgajowaty pętak.

– Ale zawsze się z nim jakby przyjaźniłaś – przypomniałem jej, bo myślałem, że tak było.

– Właśnie, ja zawsze jakby się przyjaźniłam z wieloma ludźmi – odparła. Przechyliła się na bok i oparła głowę na moim kościstym ramieniu, a jej włosy opadły mi na szyję.

– Jestem zmęczona – westchnęła.

– Kofeina – rzuciłem. Margo sięgnęła na tylne siedzenie i wyjęła po jednym Mountain Dew dla każdego z nas. Wypiłem napój dwoma długimi haustami.

– No to jedziemy do SeaWorld – powiedziała. – Część Jedenasta.

– A co, mamy uwolnić orkę, czy coś w tym stylu?

– Nie – odparła. – Po prostu pójdziemy do oceanarium, to wszystko. To jedyny park rozrywki, do którego jeszcze się nie włamałam.

– Nie możemy włamać się do SeaWorld – zaprotestowałem, zjechałem na pusty parking przed jakimś sklepem meblowym i wyłączyłem silnik.

– Czas nas trochę nagli – napomniała mnie i wyciągnęła rękę, żeby ponownie uruchomić silnik.

Odepchnąłem jej rękę.

– Nie możemy włamać się do SeaWorld – powtórzyłem.

– No i masz, znowu ta gadka o łamaniu prawa. – Umilkła i otworzyła sobie jeszcze jedną Mountain Dew. Światło odbiło się od puszki i padło na jej twarz, i przez sekundę widziałem, jak uśmiecha się na myśl o tym, co zaraz powie: – Nie będziemy niczego łamać. Nie myśl o tym, jak o włamywaniu się do SeaWorld. Pomyśl o tym, jak o zwiedzaniu SeaWorld w środku nocy za darmo.

8

– Po pierwsze: złapią nas – ostrzegłem. Nie zapaliłem silnika i wymieniałem powody, dla których nie miałem zamiaru go zapalić, zastanawiając się jednocześnie, czy Margo widzi mnie w tej ciemności.

– Oczywiście, że nas złapią. I co z tego?

– To nielegalne.

– Q, zastanów się, w jakie kłopoty może nas wpakować SeaWorld? Jezu, po tym wszystkim, co dla ciebie zrobiłam dziś w nocy, nie możesz zrobić dla mnie tej jednej rzeczy? Nie możesz po prostu się zamknąć, wyluzować i przestać tak trząść portkami przed każdą małą przygodą? – Na koniec mruknęła pod nosem: – Boże, gdzie twoje jaja?

Teraz to ja się wściekłem. Zanurkowałem pod pasem bezpieczeństwa, żeby nachylić się do niej nad konsolą.

– Po wszystkim, co TY zrobiłaś dla MNIE? – prawie krzyknąłem. Chciała, żebym był pewny siebie? No to właśnie stawałem się pewny siebie. – Czy to TY zadzwoniłaś do ojca MOJEJ przyjaciółki, która pieprzyła się z MOIM chłopakiem, aby nikt nie wiedział, że to JA dzwonię? Czy to TY woziłaś MÓJ tyłek Bóg wie gdzie, nie dlatego, że jesteś dla mnie Bóg wie jak ważna, ale dlatego, że potrzebny był mi szofer, a ty byłaś pod ręką?

Czy to taką gównianą robotę odwalałaś dzisiaj dla mnie przez całą noc?

Nie patrzyła na mnie. Wzrok miała utkwiony w winylowym pokryciu ściany sklepu meblowego na wprost.

– Myślisz, że byłeś mi potrzebny? Myślisz, że nie mogłam podać Myrnie Mountweazel benadrylu, żeby przespała moment, kiedy będę wykradać sejf spod łóżka rodziców? Albo wślizgnąć się do twojej sypialni, kiedy spałeś, i zabrać twoich kluczyków do samochodu? Ja cię nie potrzebowałam, ty idioto. Ja cię w y b r a ł a m. A ty wybrałeś mnie. – Teraz na mnie spojrzała. – A to jak obietnica. Przynajmniej na dzisiejszą noc. W zdrowiu i w chorobie. Na dobre i na złe. W dostatku i w biedzie. Dopóki świt nas nie rozłączy.

Zapaliłem silnik i wyjechałem z parkingu, ale pomimo całej tej przemowy o pracy zespołowej nadal miałem poczucie, że jestem podpuszczany, więc chciałem mieć ostatnie słowo.

– No dobra, ale kiedy SeaWorld SA, czy jak im tam, wyśle do dziekana Uniwersytetu Duke'a list z informacją, że szubrawiec Quentin Jacobsen wdarł się na teren ich obiektu o czwartej trzydzieści rano z jakąś lalą z obłędem w oczach u boku, Duke będzie wściekły. Mało tego, moi rodzice też będą wściekli.

– Q, przyjmą cię na Duke'a. Będziesz miał bardzo udaną karierę jako prawnik, czy kim tam sobie będziesz, ożenisz się, będziesz miał dzieci i w ten sposób przeżyjesz całe swoje marne życie, a potem umrzesz. A kiedy w swoich ostatnich chwilach będziesz dławił się własną żółcią w domu starców, powiesz sobie: „No cóż, zmarnowałem całe moje pieprzone życie, ale przynajmniej w ostatniej klasie szkoły średniej włamałem się do SeaWorld z Margo Roth Spiegelman. Przynajmniej zdołałem *carpe* tamten jeden *diem"*.

– *Noctem* – poprawiłem ją.

– Okej, znów jesteś Królem Gramatyki. Odzyskałeś swój tron. A teraz zawieź mnie do SeaWorld.

Kiedy jechaliśmy w ciszy I-4, złapałem się na tym, że myślę o dniu, w którym ukazał się nam tamten martwy facet w szarym garniturze. Może właśnie dlatego mnie wybrała, pomyślałem. J wtedy, w końcu, przypomniałem sobie, co Margo powiedziała o tamtym facecie i o strunach – a także o sobie i o strunach.

– Margo – przerwałem ciszę.

– Q – odparła.

– Powiedziałaś… Kiedy zginął tamten facet, powiedziałaś, że może pękły w nim wszystkie struny, a potem powiedziałaś to samo o sobie – że pękła ostatnia struna.

Zaśmiała się półgębkiem.

– Za bardzo się przejmujesz. Ja nie chcę, żeby pewnego sobotniego poranka jakieś dzieciaki znalazły mnie w Parku Jeffersona całą oblazłą muchami. – Odczekała chwilę, zanim wygłosiła puentę. – Jestem zbyt próżna na taki los.

Roześmiałem się z ulgą i zjechałem z autostrady. Wjechaliśmy na arterię International Drive, turystyczną stolicę świata. Na International Drive mieściło się jakieś tysiąc sklepów, a we wszystkich sprzedawano dokładnie to samo: mnóstwo gówna. Gówna uformowanego w muszelki, breloczki na klucze, szklane żółwie, magnesy na lodówkę w kształcie Florydy, plastikowe różowe flamingi i temu podobne. Jakby tego było mało, na I-Drive było kilka sklepów sprzedających, dosłownie, prawdziwe gówno pancernika – 4,95 $ za woreczek. Jednak o 4.50 nad ranem turyści pogrążeni byli we śnie. I-Drive była całkowicie martwa, podobnie jak wszystkie inne ulice, kiedy mijaliśmy sklep za sklepem, parking za parkingiem.

– SeaWorld jest zaraz za tą szeroką autostradą – poinformowała mnie Margo. Znów była w części bagażowej minivana, zapewne grzebiąc w plecaku. – Mam gdzieś całe mnóstwo map satelitarnych, wyrysowałam też plan naszego ataku, ale za cholerę nie mogę ich nigdzie znaleźć. Nieważne, jak miniesz tę autostradę, po lewej będziesz mieć sklep z pamiątkami.

– Po mojej lewej jest jakieś siedemnaście tysięcy sklepów z pamiątkami.

– No tak, ale zaraz za tą autostradą będzie tylko jeden.

I rzeczywiście stał tam tylko jeden sklep, wjechałem więc na pusty parking i zaparkowałem minivana bezpośrednio pod latarnią, bo na I-Drive bez przerwy kradną samochody. I chociaż jedynie złodziej o prawdziwie masochistycznych skłonnościach w ogóle rozważałby kradzież tego chryslera, wcale nie uśmiechała mi się perspektywa tłumaczenia mamie, jak i dlaczego jej samochód został skradziony w późnych godzinach nocnych w środku tygodnia.

Staliśmy na zewnątrz, opierając się o tył minivana, a powietrze było tak ciepłe i gęste, że ubranie kleiło mi się do skóry. Znów ogarnął mnie strach, jak gdyby przyglądali mi się ludzie, których nie mogłem zobaczyć. Już zbyt długo było zbyt ciemno, a od wielogodzinnego niepokoju rozbolał mnie brzuch. Margo znalazła swoje mapy i teraz przy świetle parkingowej latarni jej niebieski od farby koniuszek palca wskazującego kreślił naszą trasę.

– Wydaje mi się, że ogrodzenie jest właśnie tam – powiedziała, wskazując na skrawek terenu porośniętego drzewami, który minęliśmy zaraz za autostradą. – Czytałam o tym w sieci. Postawili je kilka lat temu, po tym jak jakiś pijany facet wszedł do parku w środku nocy i postanowił popływać z orką Shamu, która natychmiast go zabiła.

– Serio?

– No, a jeśli tamten facet mógł dostać się do środka po pijaku, to my z pewnością możemy to zrobić na trzeźwo. W końcu jesteśmy ninja.

– Może ty jesteś ninja.

– Ty jesteś co prawda naprawdę głośnym i niezdarnym ninja – powiedziała Margo – ale oboje jesteśmy ninja. – Założyła włosy za uszy, naciągnęła na głowę kaptur i ściągnęła go sznurkiem; blask latarni rozświetlił ostre rysy jej bladej twarzy. Może i oboje byliśmy ninja, ale tylko ona miała właściwy strój. – Dobra – dodała. – Zapamiętaj, co jest na mapie.

Zdecydowanie najbardziej przerażającą częścią niemal kilometrowej trasy, którą nakreśliła dla nas Margo, była fosa. Park SeaWorld miał kształt trójkąta. Jedną stronę zabezpieczała droga, która, jak twierdziła Margo, była regularnie patrolowana przez nocnych stróżów. Druga strona była strzeżona przez jezioro o co najmniej półtorakilometrowym obwodzie, a od trzeciej strony znajdował się rów melioracyjny; jeśli wierzyć mapie, był mniej więcej równie szeroki co dwupasmówka. A gdzie na Florydzie są wypełnione wodą rowy melioracyjne w pobliżu jezior, tam często są też aligatory.

Margo złapała mnie za ramiona i obróciła w swoją stronę.

– Złapią nas, prawdopodobnie, a kiedy to nastąpi, daj mi mówić. Ty tylko wyglądaj uroczo i prezentuj tę swoją dziwną mieszankę niewinności i pewności siebie, a wszystko będzie dobrze.

Zamknąłem samochód, spróbowałem przygładzić napuszone włosy i szepnąłem:

– Jestem ninja. – Nie było to przeznaczone dla uszu Margo, ale podchwyciła:

– Żebyś wiedział, że jesteś! A teraz chodźmy.

Przebiegliśmy truchtem przez I-Drive, a potem zaczęliśmy przedzierać się przez gąszcz wysokich krzewów i dębów. Zacząłem z niepokojem myśleć o trującym bluszczu, ale ninja nie myślą z niepokojem o trującym bluszczu, przecierałem więc szlak ku fosie wyciągniętymi przed siebie rękami, rozpychając na boki cierniste krzewy i zarośla. W końcu drzewa się skończyły i ukazał się nam płaski teren. Po naszej prawej mogłem stąd dostrzec autostradę, a na wprost przed nami fosę. Gdyby drogą jechały teraz jakieś samochody, ktoś mógłby nas zobaczyć, , jednak o tej porze autostrada była pusta. Ramię w ramię puściliśmy się biegiem przez zarośla, a następnie wykonaliśmy ostry skręt w stronę autostrady. Margo syknęła: „Teraz, teraz!", a ja przebiegłem przez sześciopasmówkę. Mimo że była pusta, było coś ekscytującego i niestosownego w przebieganiu przez tak szeroką drogę. Znalazłszy się po jej drugiej stronie, przycupnęliśmy w sięgającej kolan trawie. Margo wskazała pasmo drzew pomiędzy gigantycznym parkingiem SeaWorld a czarną stojącą wodą fosy. Biegliśmy przez prawie minutę wzdłuż linii drzew, kiedy Margo pociągnęła mnie za tył koszulki i szepnęła:

– Teraz fosa.

– Panie przodem.

– Ależ proszę, nie krępuj się.

Ani przez chwilę nie pomyślałem o aligatorach, ani o ohydnej warstwie słonawych wodorostów. Po prostu wziąłem rozbieg i skoczyłem najdalej, jak mogłem. Wylądowałem w głębokiej po pas wodzie i unosząc wysoko nogi, ruszyłem w stronę drugiego brzegu. Woda cuchnęła niemiłosiernie i była oślizgła w dotyku, ale przynajmniej nie byłem mokry powyżej pasa. A przynajmniej nie byłem, dopóki Margo nie wskoczyła do fosy, rozbryzgując na mnie wodę. Odwróciłem się i ochlapałem ją. Udała, że zbiera się jej na wymioty.

– Ninja nie ochlapują innych ninja – poskarżyła się.

– Prawdziwy ninja w ogóle nie chlapie – zauważyłem.

– Amen.

Patrzyłem, jak Margo wydostaje się z fosy, czując głębokie zadowolenie z powodu braku aligatorów. Mój puls był przyśpieszony, ale do zaakceptowania. Czarny T-shirt pod jej rozpiętą bluzą zrobił się ciężki od wody i zaczął kleić się do ciała. Krótko mówiąc, wiele spraw układało się całkiem nieźle, kiedy kątem oka dostrzegłem coś pełzającego w wodzie obok Margo. Margo już wychodziła z wody, już widziałem jej napinające się ścięgno Achillesa, lecz nim zdążyłem cokolwiek powiedzieć, wąż zaatakował i ugryzł ją w lewą kostkę, tuż pod rantem nogawki jej dżinsów.

– Cholera! – syknęła Margo, a spojrzawszy w dół, powtórzyła: – Cholera!

Wąż ciągle był wczepiony w jej kostkę. Rzuciłem się w dół, złapałem węża, oderwałem go od nogi Margo i cisnąłem do fosy.

– Rany! Co to było? Czy to był mokasyn?

– Nie wiem. Połóż się, połóż się – przykazałem i chwyciwszy jej nogę, podwinąłem nogawkę. Dwie krople krwi wydobywały się z miejsc, w których wąż zatopił swoje kły. Schyliłem się, przytknąłem do rany usta i ssałem, jak mogłem najmocniej, usiłując wydobyć z niej jad. Splunąłem i już miałem zamiar znów przywrzeć do jej nogi, kiedy mnie powstrzymała:

– Czekaj, widzę go. – Przerażony poderwałem się na nogi, a ona dodała: – Nie, nie, Boże, to tylko pończosznik. – Wskazywała na fosę, a kiedy powiodłem spojrzeniem za jej palcem, zobaczyłem małego pończosznika wijącego się po powierzchni wody w poświacie latarni. Z tej odległości, dobrze oświetlony, był nie bardziej przerażający niż młoda jaszczurka.

– Dzięki Bogu – powiedziałem, siadając obok Margo
i łapiąc oddech.

Po oględzinach ugryzienia i stwierdzeniu, że krwawie-
nie już ustąpiło, zapytała:

– Jak się całowało z moją nogą?

– Całkiem nieźle – odparłem zgodnie z prawdą. Oparła
się o mnie lekko i poczułem, jak jej ramię napiera mi na
żebra.

– Ogoliłam się dziś rano specjalnie na tę okazję. Pomyślałam sobie: „Hmm, nigdy nie wiadomo, kiedy ktoś
rzuci się na moją łydkę i będzie próbował wyssać z niej
jad węża".

Przed nami znajdowało się metalowe ogrodzenie
z drucianej siatki, ale miało niecałe dwa metry wysokości.
Jak to ujęła Margo:

– Bez jaj, najpierw pończoszniki, a teraz ta siatka? Tutejszy system ochrony jest doprawdy zniewagą dla ninja.

Wspięła się na siatkę, przelazła na drugą stronę i zeszła
na dół, jakby to była drabina. Mnie cudem udało się nie
spaść.

Przebiegliśmy przez niewielkie skupisko drzew, ciasno
przylegających do ogromnych nieprzejrzystych zbiorni-
ków, mogących służyć do przewożenia zwierząt, a potem
wyszliśmy na asfaltową ścieżkę i zobaczyłem wielki amfi-
teatr, w którym Shamu ochlapał mnie, kiedy byłem dzieckiem. Z małych głośników ciągnących się wzdłuż alejki
płynął cicho muzak. Może uspokajał zwierzęta.

– Margo – powiedziałem – jesteśmy w SeaWorld.

– Co ty powiesz? – odparła i puściła się biegiem, a ja za nią. Zatrzymaliśmy się przy basenie dla fok, ale wyglądało na to, że teraz nie było w nim fok.

– Margo – powtórzyłem – jesteśmy w SeaWorld.

– Baw się dobrze – wymamrotała, prawie nie poruszając ustami. – Bo oto nadchodzi strażnik.

Rzuciłem się na rząd wysokich do pasa krzaków, jednak kiedy Margo nie poszła w moje ślady, zatrzymałem się. Mężczyzna w kamizelce z napisem SEAWORLD SECURITY podszedł do nas spacerowym krokiem i bardzo beztrosko zapytał:

– Co porabiacie? – W ręce trzymał jakąś puszkę; uznałem, że to gaz pieprzowy.

Aby się uspokoić, zacząłem się zastanawiać: nosi przy sobie zwykłe kajdanki, czy może ma jakieś specjalne kajdanki SeaWorld? Na przykład takie w kształcie dwóch wygiętych w łuk delfinów, stykających się ze sobą nosami?

– Właśnie zbieraliśmy się do wyjścia – powiedziała Margo.

– No, co do tego nie ma wątpliwości – przyznał mężczyzna. – Pytanie tylko, czy udacie się tam pieszo, czy zawiezie was tam szeryf hrabstwa Orange.

– Jeśli tobie nie robi to różnicy – odparła Margo – wolelibyśmy się przejść.

Zamknąłem oczy. To, chciałem jej powiedzieć, nie pora na pyskowanie. Ale facet się roześmiał.

– Nie wiem, czy wiesz, ale kilka lat temu jednego kolesia zakatrupiło, jak se wskoczył do tego wielkiego basenu, i tera kazali nam nie wypuszczać nikogo, kto się włamie, nieważne jak jest ładny. Margo wyciągnęła koszulkę ze spodni, żeby nie przylegała tak do jej ciała. A ja dopiero wtedy się zorientowałem, że facet cały czas mówił do jej piersi.

– No cóż, w takim razie musisz nas chyba aresztować.

– W tym cały problem. Miałem właśnie zejść ze zmiany, pojechać do domu, wychylić se browarka i walnąć się do wyra, a jak zadzwonię po policję, będą mi się guzdrać z przyjazdem. Ja tak se tylko głośno myślę – powiedział, na co Margo podniosła oczy na znak zrozumienia. Wcisnęła rękę do mokrej kieszeni i wyciągnęła ociekający wodą z fosy studolarowy banknot.

– A tera lepiej się już zbierajcie. Na waszym miejscu nie przechodziłbym koło basenu dla orek. Mają tam wszędzie całonocne kamery, a przecież nie chcielibyśmy, żeby ktokolwiek dowiedział się, żeście tutaj byli – poradził strażnik.

– Taajest – powiedziała ugodowo Margo i facet zniknął w ciemności. – Kurczę – wymamrotała, kiedy strażnik już sobie poszedł – naprawdę nie chciałam płacić temu dewiantowi. No ale cóż, pieniądze są po to, żeby je wydawać.

Prawie nie docierało do mnie, co Margo mówi; jedyne, czego byłem świadom, to przechodząca mi dreszczem po skórze ulga. Ta niekontrolowana przyjemność była warta całego poprzedzającego ją stresu.

– Dzięki Bogu, że nas nie wyda – westchnąłem.

Margo nie odpowiedziała. Wpatrywała się gdzieś w przestrzeń za mną, mrużąc oczy tak mocno, że zdawały się niemal zamknięte.

– Dokładnie tak samo się czułam, kiedy znalazłam się w Universal Studios – odezwała się po chwili. – Wszystko jest fajne i w ogóle, ale nie ma za wiele do oglądania. Kolejki i zjeżdżalnie są nieczynne. Wszystkie atrakcje są pozamykane. Większość zwierząt przenosi się na noc do innych basenów. – Rozejrzała się, taksując wzrokiem Sea-World wokół nas. – Myślę, że przyjemność nie polega na znalezieniu się w środku.

– A na czym?

– Na planowaniu, chyba. Nie wiem. Robienie czegoś nigdy nie okazuje się tak przyjemne, jak się spodziewasz.

– Jak dla mnie jest dość przyjemnie – wyznałem. – Nawet jeśli nie ma czego oglądać.

Usiadłem na ławce, a Margo do mnie dołączyła. Wpatrywaliśmy się w basen dla fok, ale nie było w nim fok, tylko pusta wysepka z wystającymi skałami z plastiku. Czułem zapach Margo tuż obok mnie, zapach jej potu i wodorostów z fosy, czułem jej szampon pachnący bzem i jej skórę o aromacie mielonych migdałów.

Po raz pierwszy ogarnęło mnie zmęczenie i przyszło mi do głowy, że moglibyśmy się położyć gdzieś na porośniętym trawą skrawku SeaWorld, ja na plecach, a ona na boku, obejmując mnie ramieniem, z głową na mojej piersi, z twarzą zwróconą ku mnie. Nic byśmy nie robili, tylko tak leżeli razem pod nocnym niebem, tak jasno tu oświetlonym, że gwiazdy w nim tonęły. Mógłbym poczuć na szyi jej oddech, może moglibyśmy tak zostać do rana, a rano mijaliby nas ludzie przychodzący do parku i widząc nas, myśleliby, że my też jesteśmy turystami, a potem wmieszalibyśmy się w ten tłum.

Ale nie. Miałem do obejrzenia Chucka bez jednej brwi, i historię do opowiedzenia Benowi, i lekcje, i salę muzyczną, i Duke'a, i przyszłość.

– Q – odezwała się Margo.

Podniosłem na nią wzrok, nie mając pojęcia, dlaczego wymówiła moje imię, dopiero po chwili otrząsnąłem się z mojego półsnu. I wtedy to usłyszałem. Muzak z głośników zrobił się głośniejszy, tylko że to nie był już muzak – to była prawdziwa muzyka. Stara jazzowa piosenka, którą lubi mój ojciec, *Stars Fell on Alabama*. Nawet przez te maleńkie głośniki było słychać, że ktokolwiek ją śpiewał, potrafił wyśpiewać tysiąc cholernie dobrych nut naraz.

Poczułem wtedy nieprzerwaną więź mojego i jej życia rozciągającą się od naszych dziecięcych łóżeczek do tamtego martwego mężczyzny, do naszej znajomości i do teraz. Zapragnąłem jej powiedzieć, że dla mnie przyjemnością nie było planowanie, działanie czy odchodzenie; przyjemnością było patrzenie, jak struny naszego życia krzyżują się i rozchodzą, a potem znów się do siebie zbliżają – ale zabrzmiałoby to zbyt banalnie, a poza tym Margo już wstawała.

Powieki jej niezwykle niebieskich oczu zamrugały, w tym momencie wyglądała tak pięknie, mokre dżinsy opinały jej nogi, jej twarz jaśniała w szarym świetle.

Podniosłem się, wyciągnąłem do niej rękę i zapytałem:

– Mogę prosić do tańca?

Margo dygnęła, podała mi dłoń i powiedziała:

– Tak.

Moja ręka znalazła się na zaokrągleniu pomiędzy jej talią a biodrem, a ręka Margo spoczęła na moim ramieniu. Raz-dwa-krok-w-bok, raz-dwa-krok-w-bok. Obtańczyliśmy fokstrotem cały basen dla fok, a piosenka o spadających gwiazdach nie milkła.

– Wolny taniec z szóstej klasy – zarządziła Margo i zmieniliśmy pozycje, jej ręce znalazły się na moich ramionach, moje na jej biodrach, łokcie wyprostowane, byliśmy oddaleni od siebie o dobre pół metra. Potem znów przez chwilę tańczyliśmy fokstrota, dopóki nie skończyła się piosenka. Wysunąłem nogę do przodu i przechyliłem Margo w tył, tak jak nas uczyli w Crown School of Dance. Uniosła nogę i wyginając się, oddała mi cały swój ciężar. Albo mi ufała, albo chciała upaść.

9

W 7-Eleven na I-Drive kupiliśmy papierowe ręczniki, którymi usiłowaliśmy zetrzeć muł i smród fosy z naszych ubrań i skóry, po czym uzupełniłem paliwo w baku do takiego samego poziomu, jak przed naszą wyprawą wokół całego Orlando. Fotele w chryslerze będą nieco mokre, kiedy mama będzie jechać do pracy, ale miałem nadzieję, że tego nie zauważy, gdyż zwykle bywa dość roztargniona. Moi rodzice z reguły wierzyli, że jestem najlepiej przystosowaną osobą na świecie, w wypadku której prawdopodobieństwo włamania się do SeaWorld jest niezwykle znikome, jako że moje zdrowie psychiczne jest miernikiem ich zawodowych talentów.

Nie śpieszyłem się do domu, rezygnując z międzystanówek na rzecz bocznych dróg. Słuchaliśmy z Margo radia, próbując ustalić, która stacja zagrała *Stars Fell on Alabama*, lecz Margo wkrótce wyłączyła odbiornik i powiedziała:

– Ogólnie rzecz biorąc, uważam, że to był sukces.

– Zdecydowanie – zgodziłem się, choć już teraz się zastanawiałem, jak będzie wyglądał jutrzejszy dzień. Czy Margo pojawi przy sali orkiestry przed lekcjami, żeby z nami pogadać? Zje lunch ze mną i z Benem? – Zastanawiam się, czy jutro będzie inaczej – powiedziałem na głos.

– No, ja też – odpowiedziała Margo. Pozwoliła, by jej słowa zawisły w powietrzu, a potem dodała: – Hej, skoro mowa o jutrze, w ramach podziękowania za twoją ciężką pracę i poświęcenie tego wyjątkowego wieczoru chciałabym ci wręczyć mały upominek. – Pogmerała w torbie pod stopami, a po chwili wyciągnęła z niej aparat. – Weź to – poleciła. – I mądrze rozporządzaj Mocą Wacusia.

Roześmiałem się i schowałem aparat do kieszeni.

– Przerzucę zdjęcie, gdy wrócimy do domu, i oddam ci aparat jutro w szkole? – upewniłem się.

Nadal pragnąłem, żeby powiedziała: „Tak, w szkole, gdzie wszystko będzie inaczej, gdzie będę się z tobą otwarcie przyjaźnić i gdzie będę zdecydowanie stanu wolnego", jednak ona powiedziała tylko:

– Taa, albo kiedyśtam.

Była 5.42, kiedy wjeżdżaliśmy do Jefferson Park. Pojechaliśmy wzdłuż Jefferson Drive do Jefferson Court i skręciliśmy w naszą ulicę, Jefferson Way. Po raz ostatni wyłączyłem światła i przy zgaszonym silniku wtoczyłem się na nasz podjazd. Nie wiedziałem, co powiedzieć, Margo też się nie odzywała. Wypełniliśmy reklamówkę 7-Eleven śmieciami, starając się, żeby chrysler wyglądał i pachniał, jak gdyby ostatnich sześć godzin nigdy się nie wydarzyło. W drugiej torbie Margo oddała mi resztki wazeliny, farbę w spreyu i ostatnią pełną puszkę Mountain Dew. Mój mózg walczył ze zmęczeniem.

Z torbą w każdej ręce przystanąłem na chwilę na zewnątrz vana, wpatrując się w Margo.

– To była naprawdę supernoc – odezwałem się w końcu.

– Chodź tu – powiedziała Margo, a ja zrobiłem krok do przodu. Objęła mnie, ale torby utrudniały mi odwzajemnienie uścisku. Gdybym wypuściłbym je z rąk, hałas mógłby kogoś obudzić. Poczułem, że Margo staje na palcach, a gdy jej usta znalazły się tuż przy moim uchu, szepnęła:

– Będzie. Mi. Ciebie. Brakowało.

– Nie musi tak być – odpowiedziałem na głos. Usiłowałem ukryć swoje rozczarowanie. – Jeśli już ich nie lubisz – dodałem – po prostu trzymaj się ze mną. Moi przyjaciele są naprawdę, no, fajni.

Jej usta były tak blisko mnie, że poczułem, jak się uśmiecha.

– Obawiam się, że to niemożliwe – wyszeptała. Potem się odsunęła, ale nadal patrzyła na mnie, cofając się krok za krokiem. W końcu uniosła brwi i uśmiechnęła się, a ja uwierzyłem w ten uśmiech. Patrzyłem, jak wspina się po drzewie, a następnie podciąga na dach przed oknem swojej sypialni na piętrze. Pomajstrowała przy oknie i wczołgała się do środka.

Wszedłem do domu przez niezamknięte drzwi, przekradłem się na palcach przez kuchnię do mojej sypialni. Zrzuciłem z siebie dżinsy, wcisnąłem je w najdalszy kąt szafy obok okiennej moskitiery, skopiowałem zdjęcie Jase'a i poszedłem do łóżka, podczas gdy mój umysł huczał od tego, co jej powiem w szkole.

CZĘŚĆ DRUGA

Trawa

1

Kiedy budzik zadzwonił o 6.32, spałem od jakichś trzydziestu minut. Osobiście nie zauważyłem, że alarm wył
przez siedemnaście minut, dopóki nie poczułem czyichś
rąk na ramionach i nie usłyszałem odległego głosu matki,
mówiącego:
– Dzień dobry, śpiochu.
– Mhm – odpowiedziałem. Czułem się znacznie bardziej zmęczony, niż byłem o 5.55, i odpuściłbym sobie
szkołę, gdyby nie to, że miałem perfekcyjną frekwencję,
i choć zdawałem sobie sprawę, że perfekcyjna frekwen-
cja nie jest czymś szczególnie imponującym ani specjalnie
godnym podziwu, chciałem podtrzymać moją reputację.
Ponadto chciałem zobaczyć, jak Margo będzie się zacho-
wywać w mojej obecności.

Kiedy wszedłem do kuchni, rodzice jedli śniadanie
przy blacie, a tata opowiadał coś mamie. Przerwał na
chwilę, kiedy mnie zobaczył, i zapytał:
– Jak się spało?
– Fantastycznie – odpowiedziałem zgodnie z prawdą.
Krótko, ale dobrze.
Uśmiechnął się.

– Właśnie mówiłem twojej mamie, że mam ten powracający, dręczący sen – zaczął. – No więc tak, jestem w college'u. I jestem na zajęciach z hebrajskiego, tylko że profesor nie mówi po hebrajsku ani testy nie są po hebrajsku – są po bełkocku. Wszyscy jednak zachowują się tak, jakby ten wymyślony język z wymyślonym alfabetem był rzeczywiście hebrajskim. Przystępuję więc do egzaminu i muszę pisać test w języku, którego nie znam, używając alfabetu, którego nie rozumiem.

– Interesujące – skomentowałem, mimo iż w rzeczywistości wcale nie było. Nie ma nic nudniejszego od snów innych ludzi.

– To metafora wieku dojrzewania – wtrąciła mama.

– Pisanie w języku (dorosłość), którego nie rozumiesz, używając alfabetu (dojrzała interakcja społeczna), którego nie potrafisz odszyfrować. – Mama pracowała z szurniętymi nastolatkami w zakładach poprawczych i więzieniach dla młodocianych przestępców. Myślę, że właśnie dlatego nigdy poważnie się o mnie nie martwiła – dopóki nie przeprowadzałem rytualnych dekapitacji myszoskoczków i nie oddawałem moczu na własną twarz, uważała mnie za sukces.

Normalna matka mogłaby powiedzieć: „Hej, zauważyłam, że wyglądasz, jakbyś wracał z libacji z metą i z lekka czuć od ciebie wodorosty. Czy ty przypadkiem kilka godzin temu nie pląsałeś z pogryzioną przez węża Margo Roth Spiegelman?". Ale nie. Oni woleli sny.

Wziąłem prysznic, włożyłem T-shirt i dżinsy. Byłem spóźniony, ale cóż, ja zawsze byłem spóźniony.

– Jesteś spóźniony – zauważyła mama, kiedy ponownie wszedłem do kuchni.

Usiłowałem otrząsnąć mózg ze spowijającej go mgły na tyle, by móc przypomnieć sobie, jak sznuruje się tenisówki.

– Zdaję sobie z tego sprawę – odpowiedziałem półprzytomnie.

Mama odwiozła mnie do szkoły. Siedziałem na miejscu Margo. Mama milczała przez większą część drogi, co mi odpowiadało, gdyż spałem głęboko z głową opartą o szybę minivana.

Kiedy mama zajechała pod szkołę na parking dla uczniów najstarszych klas, zobaczyłem, że miejsce, w którym zwykle stał samochód Margo, jest puste. Jednak nie mogłem jej winić za to, że się spóźnia. Jej przyjaciele nie zbierali się tak wcześnie jak moi.

Kiedy zbliżałem się do orkiestrowego towarzystwa, Ben krzyknął:

– Jacobsen, czy mi się śniło, czy ty... – Ledwo zauważalnie pokręciłem głową, na co Ben zmienił kierunek w środku zdania. – ...i ja wybraliśmy się zeszłej nocy na szaloną wyprawę po Polinezji Francuskiej żaglówką zrobioną z bananów?

– To była naprawdę smakowita żaglówka – odpowiedziałem. Radar spojrzał na mnie znacząco i powoli wycofał się w cień drzewa. Poszedłem za nim.

– Zapytałem Angelę o partnerkę na bal dla Bena. Żadnych szans. – Zerknąłem w stronę Bena, który opowiadał coś z ożywieniem, trzymając w ustach mieszadełko do kawy, które podskakiwało w rytm jego słów.

– To klops – stwierdziłem. – Ale będzie dobrze. Ja i on dotrzymamy sobie nawzajem towarzystwa, zorganizujemy jakiś maraton gry w „Odrodzenie" albo coś w tym stylu.

Wtedy podszedł do nas Ben i powiedział:

– Usiłujecie być subtelni? Bo ja i tak wiem, że rozprawiacie o balowej tragedii bez królisi, jaką jest moje życie.

– Obrócił się na pięcie i wszedł do budynku. Poszliśmy za nim pogrążeni w rozmowie, mijając salę muzyczną, w której pośród stert futerałów na instrumenty siedzieli, gawędząc, uczniowie pierwszej i drugiej klasy.

– Dlaczego ty w ogóle chcesz tam iść? – zapytałem Bena.

– Stary, to nasz b a l p o ż e g n a l n y. To moja ostatnia najlepsza szansa, żeby zostać dla jakiejś słodkiej królisi najmilszym wspomnieniem ze szkoły średniej. – Przewróciłem oczami.

Zadzwonił pierwszy dzwonek, co oznaczało, że do lekcji zostało pięć minut i wszyscy, niczym psy Pawłowa, zaczęli kręcić się gorączkowo wte i wewte, zapełniając korytarze. Ben, Radar i ja stanęliśmy przy szafce Radara.

– Więc dlaczego zadzwoniłeś do mnie o trzeciej nad ranem po adres Chucka Parsona?

Rozważałem właśnie, jaka będzie najlepsza odpowiedź na to pytanie, kiedy zobaczyłem idącego ku nam Chucka. Wymierzyłem Benowi kuksańca w bok i wskazałem oczami Chucka, który, nawiasem mówiąc, zdecydował, że najlepszą strategią będzie zgolić Lewuskę.

– O w mordę jeża – wydyszał Ben.

Zaledwie chwilę później Chuck przystawił mi do twarzy swoje cudownie bezwłose czoło, wskutek czego grzmotnąłem w szafkę za plecami.

– Na co się, dupki, gapicie?

– Na nic – pośpieszył Radar. – Z całą pewnością nie gapimy się na twoje brwi.

Chuck pokazał Radarowi środkowy palec, rąbnął otwartą dłonią w szafkę obok mnie i poszedł sobie.

– Ty to zrobiłeś? – zapytał z niedowierzaniem Ben.

– Nie wolno wam się przed nikim wygadać – ostrzegłem ich obu i szybko dodałem: – Byłem z Margo Roth Spiegelman.

Głos Bena zrobił się piskliwy z podniecenia:

– Byłeś wczoraj w nocy z Margo Roth Spiegelman? O TRZECIEJ NAD RANEM? – Pokiwałem głową. – Sam na sam? – Pokiwałem głową. – O mój Boże, jeśli się z nią migdaliłeś, musisz mi w najdrobniejszych szczegółach opowiedzieć, co się wydarzyło. Musisz mi napisać pracę semestralną, o tym, jakie są w dotyku i jak wyglądają piersi Margo Roth Spiegelman. Minimum trzydzieści stron!

– Ja poproszę o fotorealistyczny rysunek ołówkiem – dołączył się Radar.

– Rzeźba także byłaby mile widziana – ekscytował się Ben.

Radar podniósł lekko ugiętą rękę. W poczuciu obowiązku udzieliłem mu głosu.

– Tak się zastanawiam, czy byłoby możliwe, żebyś napisał sestynę o piersiach Margo Roth Spiegelman? Twoich sześć słów to: różowe, okrągłe, jędrne, mięsiste, sprężyste i jak poduszka.

– Osobiście uważam – wtrącił Ben – że przynajmniej jedno ze słów powinno brzmieć: bababa.

– Nie wydaje mi się, żebym znał to słowo.

– To dźwięk, jaki wydają moje usta, kiedy wykonuję jakiejś królisi opatentowaną Motorówkę Bena Starlinga.

– Mówiąc to, Ben zademonstrował, co by zrobił w mało prawdopodobnym przypadku znalezienia się jego twarzy w rowku między kobiecymi piersiami.

– W tej oto chwili – wygłosiłem – choć nie mają pojęcia dlaczego, tysiące dziewczyn w całej Ameryce czuje przebiegający im po plecach dreszcz strachu i obrzydzenia. Zresztą, nie migdaliłem się z nią, degeneracie.

– Typowe – powiedział Ben. – Jestem jedynym znanym mi facetem z jajami zdolnymi dać królisi, czego jej trzeba, i jedynym bez jakichkolwiek możliwości.

– Cóż za nieprawdopodobne zrządzenie losu – przyznałem. Życie toczyło się dawnym torem – tyle że byłem bardziej zmęczony. Miałem nadzieję, że poprzednia noc zmieni w jakiś sposób moje życie, ale nie zmieniła – przynajmniej na razie.

Zadzwonił drugi dzwonek i popędziliśmy na lekcje.

Podczas analizy matematycznej, którą miałem na pierwszej lekcji, poczułem się skrajnie wykończony. Co prawda, czułem się zmęczony od chwili przebudzenia, ale łączenie zmęczenia i analizy matematycznej wydawało się okrucieństwem. Żeby nie zapaść w sen, bazgrałem liścik do Margo – nic, co bym kiedykolwiek do niej wysłał, zwykłe podsumowanie moich ulubionych momentów z wczorajszej nocy – ale nawet to nie było w stanie utrzymać mnie w przytomności. Ni stąd, ni zowąd mój długopis zwyczajnie przestał się poruszać, a ja obserwowałem, jak moje pole widzenia kurczy się coraz bardziej, i próbowałem sobie przypomnieć, czy ograniczone pole widzenia należy do objawów wyczerpania. Uznałem, że musi tak być, ponieważ przed oczami miałem tylko jedno, a był to pan Jiminez przy tablicy, i był to jedyny obraz, jaki mój mózg potrafił przetworzyć. Kiedy więc pan Jiminez powiedział: „Quentin?", byłem niepomiernie zdezorientowany, ponieważ jedyną rzeczą, jaka działa się w moim wszechświecie, był pan Jiminez piszący coś na tablicy. Nie mogłem zatem pojąć, jakim cudem może on być obecny w moim życiu jednocześnie wizualnie i akustycznie.

– Tak? – zapytałem.

– Słyszałeś pytanie?

– Tak? – znów zapytałem.

– I podniosłeś rękę, żeby na nie odpowiedzieć?

Spojrzałem w górę, i rzeczywiście, moja ręka była uniesiona, ale nie wiedziałem, jak się tam znalazła, miałem jedynie niejasne pojęcie, w jaki sposób ją z powrotem opuścić. Jednak po wyczerpującej walce mój mózg zdołał zakomunikować ręce, żeby wróciła na dół, a ręka zdołała wykonać polecenie i w końcu wydukałem:

– Ja tylko chciałem zapytać, czy mogę iść do łazienki?

Pan Jiminez powiedział: „Proszę bardzo", a potem ktoś inny podniósł rękę i odpowiedział na jakieś pytanie dotyczące równania różniczkowego.

Poszedłem więc do łazienki, ochlapałem twarz wodą,
a następnie pochyliłem się w stronę lustra nad umywalką
i dokonałem oględzin. Spróbowałem usunąć przekrwiony
deseń z moich oczu, pocierając je, ale nic z tego nie wyszło.
I nagle przyszedł mi do głowy genialny pomysł. Wszedłem
do kabiny, opuściłem deskę, usiadłem, oparłem się o boczną
ściankę i zapadłem w sen. Sen trwał przez jakieś szesnaście
milisekund, po czym zadzwonił dzwonek na drugą lekcję.
Podniosłem się i powlokłem na łacinę, potem na fizykę,
a potem nareszcie była przerwa na lunch, więc odnalazłem
Bena w stołówce i oświadczyłem:

– Nie daję rady, chyba naprawdę muszę się zdrzemnąć.

– Zjedzmy lunch ze ZJOB-em – zaproponował Ben.

Trzeba wyjaśnić, że ZJOB był piętnastoletnim buic-
kiem, którym bezkarnie jeździła cała trójka starszego
rodzeństwa Bena, składającym się, w chwili gdy trafił
do Bena, głównie z wodoodpornej taśmy klejącej i masy
uszczelniającej. Jego pełna nazwa brzmiała Zajechany Jak
Osioł Bury, ale nazywaliśmy go w skrócie ZJOB-em. Nie
był napędzany benzyną, lecz niewyczerpywalnymi pokła-
dami ludzkiej nadziei. Siadało się w piekielnie nagrzanym
winylowym fotelu i miało się nadzieję, że silnik zapali,
a potem Ben przekręcał kluczyk w stacyjce i silnik robił
kilka obrotów, jak wyrzucona na ląd ryba miotająca się
w ostatnich niemrawych, śmiertelnych podrygach. Wtedy
należało pokładać jeszcze większą nadzieję, dzięki czemu
silnik obracał się jeszcze kilkakrotnie. I jeśli dodało się
jeszcze trochę nadziei, silnik w końcu zaskakiwał.

Ben uruchomił ZJOB-a i włączył klimatyzację na wysokie obroty. Trzy z czterech okien w ogóle się nie otwierały, ale klima działała znakomicie, choć przez pierwszych kilka minut z otworów wentylacyjnych buchało tylko gorące powietrze, mieszające się z gorącym stęchłym powietrzem w samochodzie. Odchyliłem fotel pasażera całkiem do tyłu, tak że teraz niemal leżałem, i opowiedziałem mu wszystko: Margo przy moim oknie, Wal-Mart, zemsta, budynek SunTrust, wejście do niewłaściwego domu, Sea-World, „Będzie mi ciebie brakowało".

Ben nie przerwał mi ani razu – Ben to dobry przyjaciel w kwestii nieprzerywania – jednak kiedy skończyłem, natychmiast zadał mi najbardziej nurtujące go pytanie:

– Czekaj no, wracając do Jase'a Worthingtona, o jak małym rozmiarze rozmawiamy?

– Zjawisko kurczenia mogło odegrać tu pewną rolę, jako że Jase znajdował się w stanie silnego lęku, ale wiesz, jak wygląda ołówek? – zapytałem, a Ben pokiwał głową. – No, a wiesz, jak wygląda gumka na końcu ołówka? – Znów pokiwał głową. – No, a wiesz, jak wyglądają te małe gumowe wiórki, jakie zostają na papierze po wymazaniu czegoś? – Kolejne skinięcie głową. – Według mnie jakieś trzy wiórki na długość i jeden na szerokość – skonstatowałem.

Ben ścierpiał wiele świństw ze strony typków takich jak Jason Worthington i Chuck Parson, więc uznałem, że należy mu się odrobina uciechy. Tymczasem nawet się nie zaśmiał. Kręcił tylko powoli głową, oniemiały z wrażenia.

– Boże, ależ z niej szelma.

– Wiem.

– Osoby jej pokroju albo tragicznie umierają w wieku dwudziestu siedmiu lat, jak Jimi Hendrix i Janis Joplin, albo wyrastają na laureatów pierwszej w historii Nagrody Nobla za Zachwycającość.

– No – zgodziłem się. Rzadko męczyło mnie mówienie o Margo Roth Spiegelman, ale też rzadko bywałem tak zmęczony. Oparłem głowę na popękanym winylowym zagłówku i natychmiast zapadłem w sen. Kiedy się obudziłem, na moich kolanach leżał hamburger z restauracji Wendy's z dołączoną kartką: „Musiałem iść na lekcję, stary. Do zobaczenia po próbie orkiestry".

Później, po mojej ostatniej lekcji, pracowałem nad swoim tłumaczeniem Owidiusza, siedząc oparty o ścianę z pustaków na zewnątrz sali muzycznej i usiłując ignorować zawodzącą kakofonię wydobywającą się z wnętrza. Zawsze kręciłem się koło szkoły przez dodatkową godzinę, w czasie gdy Ben i Radar mieli próbę orkiestry, ponieważ udanie się do domu bez nich oznaczało konieczność znoszenia niemożliwego upokorzenia, byłbym bowiem jedynym uczniem najstarszej klasy w autobusie.

Kiedy w końcu się pojawili i ruszyliśmy, Ben podrzucił Radara pod jego dom tuż przy „centrum wioski" Jefferson Park, niedaleko domu Lacey. Potem odwiózł do domu mnie. Zauważyłem, że samochodu Margo nie ma także na podjeździe jej domu. A zatem nie urwała się ze szkoły, żeby odespać. Urwała się ze szkoły dla kolejnej przygody – przygody beze mnie. Zapewne spędziła swój dzień na rozsmarowywaniu kremu do depilacji na poduszkach innych wrogów albo na czymś równie awanturniczym. Poczułem się trochę wykluczony, kiedy wchodziłem do domu, lecz ona oczywiście wiedziała, że i tak nigdy bym się do niej nie przyłączył – za bardzo zależało mi na byciu tego dnia w szkole. No i któż mógł przewidzieć, czy jeden dzień zadowoliłby Margo. Może wybrała się na kolejną trzydniową wyprawę do Missisipi albo na jakiś czas przyłączyła do cyrku? Jednak oczywiście nie było to nic z tych rzeczy. To było coś, czego nie potrafiłem sobie wyobrazić, czego nigdy nie byłbym w stanie sobie wyobrazić, ponieważ nie mogłem być Margo.

Zastanawiałem się, z jakimi opowieściami wróci do domu tym razem. I zastanawiałem się, czy mi je opowie podczas lunchu, siedząc po drugiej stronie stolika. Może, pomyślałem, to właśnie to miała na myśli, mówiąc, że będzie jej brakowało mnie. Już wtedy wiedziała, że wybiera się na kolejny ze swoich krótkich wypoczynków od papierowości Orlando. Ale gdy wróci, kto wie? Nie mogła spędzić ostatnich tygodni szkoły z przyjaciółmi, z którymi zawsze trzymała, może więc jednak spędzi je ze mną.

Jej nieobecność nie musiała trwać długo, by zaczęły krążyć plotki. Ben zadzwonił do mnie tego samego wieczoru po kolacji.

– Słyszałem, że nie odbiera telefonu. Ktoś na fejsie powiedział, że ponoć mu powiedziała, że być może wprowadzi się do tajnego składziku w parku rozrywki Tomorrowland Disneya.

– To idiotyczne – skomentowałem.

– Wiem. Przecież Tomorrowland to zdecydowanie najbardziej gówniany ze wszystkich disnejowskich landów.
Ktoś inny powiedział, że poznała jakiegoś chłopaka przez
internet.

– Absurdalne.

– Okej, dobra, ale co?

– Jest gdzieś sama i właśnie urządza sobie zabawę,
o jakiej możemy sobie tylko pomarzyć.

Ben zachichotał.

– Sugerujesz, że zabawia się sama ze sobą?

Jęknąłem.

– Daj spokój, Ben. Mam na myśli, że Margo robi to, co
zwykle robi Margo. Tworzy opowieści. Wstrząsa światami.

Tej nocy leżałem na boku, wpatrując się przez okno
w niewidzialny świat na zewnątrz. Wielokrotnie próbowałem zasnąć, ale za każdym razem moje oczy gwałtownie się otwierały, tak na wszelki wypadek. Nie mogłem
nic poradzić na to kołaczące się we mnie uczucie nadziei,
że Margo Roth Spiegelman wróci pod moje okno i gdzieś
powlecze mój zmęczony tyłek przez jeszcze jedną noc,
której nigdy nie zapomnę.

2

Margo znikała na tyle często, że w szkole nie organizowano żadnych akcji pod hasłem „Odnajdźmy Margo" ani nic w tym guście, ale wszyscy odczuwaliśmy jej nieobecność. Szkoła średnia to ani demokracja, ani dyktatura – ani też, wbrew popularnemu przekonaniu, stan anarchii. Szkoła średnia to monarchia z prawa boskiego. A kiedy królowa jest na urlopie, rzeczy się zmieniają. Ściślej mówiąc, zmieniają się na gorsze. Na ten przykład, to właśnie podczas wycieczki Margo do Missisipi w drugim roku szkoły średniej Becca roztrąbiła światu historię o Krwawym Benie. I tym razem nie mogło być inaczej. Dziewczynka zatykająca palcem tamę uciekła. Powódź była nieunikniona.

Tego ranka dla odmiany byłem gotowy na czas i zabrałem się do szkoły z Benem. Zastaliśmy wszystkich przed salą orkiestry w niecodziennej ciszy.

– Chłopaki – przemówił nasz kolega Frank z wielką powagą.

– Co?

– Chuck Parson, Taddy Mac i Clint Bauer wzięli tahoe Clinta i rozjechali nim dwanaście rowerów należących do pierwszo- i drugoklasistów.

– Jasna cholera – powiedziałem, potrząsając głową.

Nasza koleżanka Ashley dodała:

– Poza tym ktoś wczoraj powypisywał w łazience chłopców nasze numery telefonów, no wiecie, z nieprzyzwoitymi komentarzami.

Potrząsnąwszy ponownie głową, przyłączyłem się do ogólnego milczenia. Nie mogliśmy na nich donieść; próbowaliśmy tego sposobu wielokrotnie w gimnazjum i nieuchronnie kończyło się to jeszcze większą karą. Zwykle musieliśmy czekać, aż ktoś taki jak Margo przypomni im wszystkim, jakimi są niedojrzałymi pajacami.

Jednak tym razem Margo podsunęła mi sposób na rozpoczęcie kontrofensywy. Już zamierzałem coś powiedzieć, gdy kątem oka dostrzegłem jakieś wielkie indywiduum nacierające na nas galopem. Biegnący chłopak miał na głowie czarną kominiarkę, a w ręku ogromną zieloną armatkę wodną o skomplikowanej konstrukcji. Mijając mnie, pchnął mnie w ramię, a ja, utraciwszy równowagę, upadłem lewym bokiem na popękany beton. Kiedy dobiegł do drzwi, obrócił się i krzyknął do mnie:

– Jak będziesz zadzierać z nami w kulki, zrobimy ci z dupy jesień średniowiecza! – Głos nie brzmiał znajomo.

Ben i jeszcze ktoś z naszego grona pomogli mi wstać. Ramię mnie bolało, ale nie chciałem go rozcierać.

– W porządku? – zapytał Radar.

– Taa, nic mi nie jest. – Teraz rozmasowałem ramię.

Radar pokręcił głową.

– Ktoś powinien mu wyjaśnić, że o ile można z kimś zadzierać, jak również można lecieć sobie z kimś w kulki, o tyle nie da się „zadzierać z kimś w kulki". – Roześmiałem się. Ktoś wskazał głową na parking, a kiedy spojrzałem w tamtym kierunku, zobaczyłem dwóch idących w naszą stronę mizernych chłopaków z pierwszej klasy, których mokre T-shirty bezkształtnie zwisały na wąskich sylwetkach.

– To były siki! – krzyknął do nas jeden z nich. Drugi nic nie mówił, tylko trzymał ręce z dala od swojego T-shirta, co przynosiło niewielki efekt. Widziałem, jak z rękawa w dół ramienia sączą się strumyczki cieczy.

– To były siki zwierzęcia czy siki człowieka? – zapytał ktoś.

– Skąd mam wiedzieć?! A co ja jestem, ekspert w badaniach nad sikami?

Podszedłem do chłopaka. Położyłem rękę na czubku jego głowy, jedynym miejscu, które wyglądało na całkiem suche.

– Zajmiemy się tym – obiecałem.

Zadzwonił drugi dzwonek, więc Radar i ja popędziliśmy na analizę matematyczną. Kiedy wślizgiwałem się do mojej ławki, uderzyłem się w ramię i ból promieniście rozszedł się po moim barku. Radar postukał w swój notatnik, w którym zakreślił pytanie: *Ramię w porzo?*

Odpisałem w rogu mojego notatnika: *W porównaniu z tamtymi pierwszakami spędziłem poranek na tęczowej łące, figlując z kociętami.*

Radar roześmiał się na tyle głośno, że pan Jiminez posłał mu spojrzenie. Napisałem: *Mam plan, ale musimy dowiedzieć się, kto to zrobił.*

Radar odpisał: *Jasper Hanson* i zakreślił te słowa kilkakrotnie. Tego się nie spodziewałem.

Ja: *Skąd wiesz?*

Radar: *Nie zauważyłeś? Kretyn miał na sobie swoją koszulkę piłkarską z nazwiskiem.*

Jasper Hanson był w klasie niżej. Zawsze myślałem,
że jest nieszkodliwy i z tym swoim bełkotliwym „Jak
leci, ziomuś" nawet dość sympatyczny. Nie był typem
chłopaka, po którym można się spodziewać, że będzie
strzelał w pierwszaków gejzerami sików. Bez jaj, w hie-
rarchii rządowej biurokracji Winter Park High School
Jasper Hanson był w Ministerstwie Sportu i Chamskich
Zagrań Wicezastępcą Asystenta Podsekretarza. Gdy taki
koleś awansuje na stanowisko Wiceministra w Ministerstwie Strzelania Uryną, należy podjąć natychmiastowe
kroki.

Kiedy więc wróciłem po południu do domu, założy-
łem sobie nowe konto mailowe i napisałem do mojego
starego przyjaciela, Jasona Worthingtona.

Od: mmsciciel@gmail.com
Do: jworthington90@yahoo.com
Temat: Ty, Ja, dom Bekki Arrington, Twój Penis itd.

Szanowny Panie Worthington!

*1. Dostarczy Pan 200 $ w gotówce każdej z 12 osób, któ-
rych rowery*

zniszczyli Pańscy koledzy za pomocą chevroleta tahoe. Nie powinno stanowić to problemu, biorąc pod uwagę Pańskie olśniewające bogactwo.

2. To graffiti w łazience chłopców ma zniknąć.

3. Pistolety na wodę? Wypełnione moczem? Serio? Dorośnij Pan.

4. Wszystkich uczniów będzie Pan traktować z szacunkiem, zwłaszcza tych, którzy zajmują mniej uprzywilejowane pozycje niż Pan.

5. Lepiej będzie, jeśli pouczy Pan członków Pańskiego klanu, by zachowywali się w równie taktowny sposób.

Zdaję sobie sprawę, że wykonanie niektórych z powyższych zadań może nastręczyć pewnych trudności. Z drugiej jednak strony podobnych trudności może nastręczyć niepodzielenie się ze światem załączoną fotografią.

Z poważaniem,
Życzliwa Nemezis z Sąsiedztwa

Odpowiedź nadeszła dwanaście minut później:

Słuchaj, Quentin, i tak wiem, że to ty. Wiesz, że to nie ja opryskałem sikami tych pierwszaków. Przykro mi, ale nie mam kontroli nad poczynaniami innych ludzi.

Moja odpowiedź:

Panie Worthington!

Rozumiem, że nie ma Pan kontroli nad Chuckiem i Jasperem. Ale widzi Pan, ja jestem w podobnej sytuacji. Nie mam kontroli nad siedzącym mi na lewym ramieniu diabełkiem. Diabeł mówi: „WYDRUKUJ ZDJĘCIE WYDRUKUJ ZDJĘCIE ROZKLEJ JE PO CAŁEJ SZKOLE ZRÓB TO ZRÓB TO". Z kolei na moim prawym ramieniu siedzi tyci tyciusieńki biały aniołek. I aniołek mówi: „Rany Bonia, mam cholerną nadzieję, że wszystkie te pierwszaki dostaną swoje pieniądze bladym świtem w poniedziałek rano". I ja też, aniołku, ja też.

Z pozdrowieniami,
Życzliwa Nemezis z Sąsiedztwa

Nie odpowiedział. I nie musiał. Wszystko zostało powiedziane.

Ben przyszedł do mnie po kolacji i graliśmy w „Odrodzenie", włączając pauzę co jakieś pół godziny, żeby zadzwonić do Radara, będącego na randce z Angelą. Zostawiliśmy mu jedenaście wiadomości, każdą bardziej irytującą i bardziej sprośną od poprzedniej. Było po dziewiątej, kiedy zadzwonił dzwonek do drzwi.

– Quentin! – zawołała moja mama.

Ben i ja uznaliśmy, że to Radar, więc zatrzymaliśmy grę i przeszliśmy do salonu. Na progu mojego domu stali Chuck

Parson i Jason Worthington. Kiedy do nich podszedłem, Jason odezwał się:

– Hej, Quentin.

Skinąłem mu głową. Jason spojrzał na Chucka, który łypnął na mnie, i wymamrotał:

– Sorry, Quentin.

– Za co? – zapytałem.

– Za to, że kazałem Jasperowi oblać sikami z pistoletu tamtych pierwszaków – burknął. Po chwili milczenia dodał: – I za rowery.

Ben rozpostarł ramiona jak do uścisku.

– Cho no tu, stary – zaprosił.

– Co?

– Cho no tu – powtórzył Ben. Chuck zrobił krok do przodu. – Bliżej – zachęcił Ben. Chuck stał teraz już w holu, jakieś pół metra od Bena. Nagle, bez ostrzeżenia Ben rąbnął Chucka pięścią w brzuch. Chuck ledwie drgnął, ale natychmiast zamachnął się, żeby przyłożyć Benowi. Jase złapał go jednak za ramię.

– Wyluzuj, stary – powiedział Jase. – Przecież cię nie zabolało. – Wyciągnął do mnie rękę. – Podoba mi się twój tupet, stary – oświadczył. – Jesteś wprawdzie dupkiem, ale masz nerw. – Uścisnąłem mu rękę.

Potem wsiedli do lexusa Jase'a i tyłem zjechali z podjazdu. Gdy tylko zamknąłem frontowe drzwi, Ben wydał z siebie potężny jęk.

– Aaaaaaaauuu. Och, słodki Jezu, moja ręka. – Spróbował zacisnąć dłoń w pięść i skrzywił się. – Chuck Parson chyba przywiązał sobie do brzucha jakiś podręcznik.

– Niektórzy mówią na to mięśnie brzucha – skwitowałem.

– A tak, coś o nich słyszałem. – Poklepałem go po plecach
i wróciliśmy do mojego pokoju grać w „Odrodzenie".

Ledwo wznowiliśmy grę, kiedy Ben powiedział:

– À propos, zauważyłeś, że Jase mówi „stary"? Kur-
debalans, wskrzesiłem „starego". Samą tylko siłą mojej
wspaniałości.

– Pewnie, spędzasz piątkowy wieczór na graniu i pielę-
gnowaniu ręki, którą złamałeś, usiłując komuś znienacka
przywalić. Nic dziwnego, że Jase Worthington postanowił
podpiąć swoją Gwiazdorską Mość pod twój wagonik.

– Ja przynajmniej jestem dobry w „Odrodzenie" – powiedział, strzelając mi w plecy, chociaż graliśmy w trybie
drużynowym.

Graliśmy jeszcze przez jakiś czas, dopóki Ben nie zwi-
nął się w kłębek na podłodze, przyciskając kontroler do
piersi, i zapadł w sen. Ja także byłem zmęczony – to był
długi dzień. Sądziłem, że do poniedziałku Margo i tak będzie już z powrotem, ale mimo to czułem pewną dumę,
że ja właśnie byłem osobą, która powstrzymała falę nie-
godziwości.

3

Teraz każdego ranka wyglądałem przez okno sypialni, wypatrując oznak życia w pokoju Margo. Ratanowe rolety zawsze miała opuszczone, ale w dniu, gdy zniknęła, jej mama albo ktoś inny podciągnął je do góry, tak że widziałem mały skrawek niebieskiej ściany i białego sufitu. Nie oczekiwałem, że tamtego sobotniego poranka, zaledwie czterdzieści osiem godzin od swojego zniknięcia, Margo będzie już w domu, a jednak poczułem ukłucie rozczarowania, gdy zobaczyłem, że rolety wciąż są podciągnięte.

Umyłem zęby, kopnąłem Bena, próbując go obudzić, po czym wyszedłem z pokoju w bokserkach i T-shircie. Przy stole w pokoju jadalnym siedziało pięcioro ludzi. Moja mama i mój tata. Mama Margo i tata Margo. Oraz wysoki, tęgi Afroamerykanin w ogromnych okularach i szarym garniturze, trzymający tekturową teczkę.

– Ehm, cześć – powiedziałem.

– Quentin – zwróciła się do mnie mama – widziałeś Margo w środę wieczorem?

Wszedłem do pokoju i oparłem się o ścianę na wprost nieznajomego. W głowie miałem już przygotowaną odpowiedź na to pytanie.

– Tak – przyznałem. – Zjawiła się przy moim oknie gdzieś koło północy i rozmawialiśmy przez minutę, a potem pan Spiegelman ją przyłapał, więc wróciła do domu.

– I to był... Widziałeś ją jeszcze później? – zapytał pan Spiegelman. Wydawał się całkiem spokojny.

– Nie, dlaczego?

Odpowiedziała mi mama Margo, jej głos brzmiał ostro i nieprzyjemnie.

– No cóż, wygląda na to, że Margo uciekła z domu. Znowu. – Westchnęła. – To będzie już... Który to już raz, Josh, czwarty?

– Och, straciłem rachubę – wycedził ojciec Margo z irytacją.

Wtedy do rozmowy włączył się Afroamerykanin.

– Piąty raz wypełniliście państwo raport. – Mężczyzna skinął mi głową i przedstawił się: – Detektyw Otis Warren.

– Quentin Jacobsen.

Mama wstała i położyła ręce na ramionach pani Spiegelman.

– Debbie – przemówiła. – Tak mi przykro. To bardzo frustrująca sytuacja.

Znałem ten trik. To był trik psychologiczny zwany empatycznym słuchaniem. Trzeba mówić to, co czuje w danej chwili druga osoba, tak żeby czuła się rozumiana. Mama nagminnie stosuje tę metodę wobec mnie.

– Nie jestem sfrustrowana – odparła pani Spiegelman. – Ja po prostu mam tego dość.

– Tak jest – dodał pan Spiegelman. – Dziś po południu przychodzi ślusarz. Zmieniamy zamki. Ona ma osiemnaście lat. No, a detektyw właśnie powiedział, że nic nie można zrobić...

– Właściwie – przerwał mu detektyw Warren – nie to powiedziałem. Powiedziałem, że Margo nie jest zaginioną nieletnią i że w związku z tym ma prawo opuścić dom.

Pan Spiegelman kontynuował, zwracając się do mojej mamy:

– Z chęcią opłacimy jej college, ale nie możemy popierać tych... tych jej głupstw. Connie, ona ma osiemnaście lat! A wciąż jest tak skoncentrowana na sobie! Musi ponieść jakieś konsekwencje.

Mama zabrała ręce z ramion pani Spiegelman i powiedziała:

– Ja bym się upierała, że trzeba jej pokazać konsekwencje miłości.

– Cóż, ona nie jest twoją córką, Connie. To nie po tobie chodziła jak po wycieraczce przez całą dekadę. Mamy jeszcze jedno dziecko i o nim też musimy pomyśleć.

– I o nas samych – dodał pan Spiegelman i spojrzał na mnie. – Quentin, bardzo cię przepraszam, jeśli próbowała wciągnąć cię w tę swoją małą grę. Możesz sobie wyobrazić, jak bardzo... jak bardzo to dla nas upokarzające. Z ciebie jest taki dobry chłopiec, a z niej... no cóż.

Odepchnąłem się od ściany i wyprostowałem. Znałem trochę rodziców Margo, ale nigdy nie widziałem, żeby zachowywali się tak podle. Nic dziwnego, że w środę w nocy była na nich wkurzona. Zerknąłem na detektywa, który przerzucał papiery w teczce.

– Margo ma zwyczaj zostawiania za sobą śladów, no, znaczenia ścieżki okruszkami chleba, prawda?

– Zostawia wskazówki – potwierdził pan Spiegelman, wstając. Detektyw położył teczkę na stole, a tata Margo pochylił się do przodu, by do niej zajrzeć. – Wszędzie wskazówki. W dniu, w którym uciekła do Missisipi, jadła zupę z literkowym makaronem i zostawiła w swojej misce dokładnie cztery litery: M, I, S i P. Była rozczarowana, że nie poskładaliśmy sobie tego, choć jej powiedziałam, kiedy w końcu wróciła: „Niby jak mielibyśmy cię znaleźć, skoro jedyne, co nam zostawiłaś, to »Missisipi«? To wielki stan, Margo!".

Detektyw odchrząknął.

– Innym razem zostawiła na łóżku Myszkę Minnie, bo postanowiła spędzić noc w Disney World.

– Tak – przyznała mama Margo. – Wskazówki. Te głupie wskazówki. Tylko że one nigdy donikąd nie prowadzą, proszę mi wierzyć.

Detektyw podniósł wzrok znad notesu.

– Roześlemy oczywiście wiadomość, ale Margo nie można zmusić do powrotu do domu; raczej nie powinni się jej państwo spodziewać pod swoim dachem w najbliższej przyszłości.

– Ja jej n i e c h c ę pod naszym dachem. – Pani Spiegelman podniosła chusteczkę do oczu, choć w jej głosie nie usłyszałem oznak płaczu. – Wiem, że to okropne, ale to prawda.

– Deb – odezwała się terapeutycznym głosem mama.

Pani Spiegelman tylko nieznacznie potrząsnęła głową.
– Cóż nam pozostaje? Zawiadomiliśmy detektywa. Wypełniliśmy raport. Ona jest dorosłym człowiekiem, Connie.
– Ona jest waszym dorosłym człowiekiem – poprawiła ją mama, nadal spokojnym tonem.
– Och, daj spokój, Connie. Posłuchaj, czy to chore, że jej wyniesienie się z domu uważamy za błogosławieństwo? Oczywiście, że to chore. Ale to ona była chorobą w tej rodzinie! Niby jak mamy szukać kogoś, kto oznajmia, że nie pozwoli się znaleźć i kto zawsze zostawia za sobą prowadzące donikąd wskazówki? To niemożliwe!

Moi rodzice spojrzeli po sobie, a do mnie w tym momencie zwrócił się detektyw:
– Synu, czy moglibyśmy pogawędzić na osobności?
– Przytaknąłem. Przeszliśmy do sypialni rodziców, on usiadł w głębokim fotelu, a ja przycupnąłem w rogu ich łóżka. – Pozwól, że dam ci dobrą radę, chłopcze: nigdy nie pracuj dla rządu. Bo kiedy pracujesz dla rządu, pracujesz dla ludzi. A kiedy pracujesz dla ludzi, musisz mieć do czynienia z ludźmi, nawet Spiegelmanami. – Zaśmiałem się krótko. – Będę z tobą szczery, chłopcze. Ci ludzie potrafią być rodzicami, tak jak ja potrafię utrzymać dietę. Pracowałem z nimi już wcześniej i nie lubię ich. Nie obchodzi mnie, czy powiesz jej rodzicom, gdzie ona jest, ale doceniłbym, gdybyś powiedział to mnie.
– Nie wiem – powiedziałem. – Naprawdę nie wiem.
– Chłopcze, myślałem o tej dziewczynie. O tym, co robi – na przykład włamuje się do Disney World, tak? Wyjeżdża do Missisipi i zostawia wskazówki w literkowej zu-

pie. Organizuje ogromne kampanie obrzucania domów papierem toaletowym.

– A o tym skąd pan wie? – Dwa lata temu Margo istotnie poprowadziła akcję obrzucania papierem toaletowym dwustu domów w ciągu jednej nocy. Nie trzeba dodawać, że nie zostałem zaproszony na tę akcję.

– Pracowałem kiedyś nad tą sprawą. No więc, chłopcze, oto w czym mi potrzebna twoja pomoc: kto planuje to wszystko? Te szalone intrygi? Ona jest tą gotową na wszystko dziewczyną z megafonem. Ale kto to planuje? Kto ślęczy nad notesami pełnymi diagramów, obliczając, ile papieru toaletowego potrzeba na owinięcie papierem toaletowym całego osiedla?

– Ona sama, jak sądzę.

– Ale może ma jakiegoś wspólnika, kogoś, kto pomaga jej osiągać te wszystkie wielkie i wspaniałe rzeczy, i może ta wtajemniczona w jej sekret osoba nie jest oczywistą osobą, nie jest jej najlepszą przyjaciółką ani jej chłopakiem. Może to ktoś, kogo nie podejrzewałoby się w pierwszej kolejności? – Wziął wdech i już miał powiedzieć coś jeszcze, kiedy mu przerwałem.

– Nie mam pojęcia, gdzie ona jest – zapewniłem go.

– Przysięgam na Boga.

– Tylko się upewniam, chłopcze. No dobra, ale coś jednak wiesz, prawda? Zacznijmy więc od tego.

Opowiedziałem mu wszystko. Ufałem facetowi. Zrobił kilka notatek, kiedy mówiłem, jednak niezbyt szczegółowych. Przez to, że opowiedziałem mu o Margo, przez jego skrobanie w notesie i przez żałosną postawę Spiegelmanów

– przez to wszystko po raz pierwszy wezbrała we mnie myśl, iż Margo być może zniknęła na stałe. Kiedy kończyłem mówić, poczułem, jak niepokój zaczyna odbierać mi dech. Detektyw nie odzywał się przez chwilę, tylko pochylił do przodu w fotelu i wpatrywał gdzieś w przestrzeń poza mną, aż wypatrzył, co chciał zobaczyć, i dopiero wtedy przemówił:

– Posłuchaj, chłopcze. To się zdarza: ktoś – zwykle dziewczyna – jest wolnym duchem, nie dogaduje się zbyt dobrze z rodzicami. Takie dzieciaki są jak wypełnione helem balony na uwięzi. Naprężają sznurek i naprężają, aż w końcu coś się wydarza i sznurek zostaje przecięty, a one po prostu ulatują w powietrze. I być może takiego balonu już nigdy się nie zobaczy. Ląduje potem w Kanadzie albo w podobnym miejscu, dostaje pracę w restauracji, i zanim się taki balon obejrzy, nalewa kawę w tej samej knajpie tym samym smutnym łajdakom już przez trzydzieści lat. A być może za trzy, cztery lata albo za trzy, cztery dni jakiś silniejszy podmuch przywieje taki balon z powrotem do domu, bo potrzebne mu będą pieniądze, albo dlatego, że otrzeźwiał, albo dlatego, że zatęsknił za małym braciszkiem. Ale posłuchaj, chłopcze, takie sznurki są przecinane cały czas.

– Tak, ale…

– Jeszcze nie skończyłem, chłopcze. Problem z tymi balonami polega na tym, że jest ich tak cholernie dużo. Niebo jest zapchane balonami ocierającymi się jeden o drugi, kiedy tak dryfują to tu, to tam, a każdy z tych przeklętych balonów w taki czy inny sposób ląduje na moim biurku, więc po pewnym czasie człowiek może się zniechęcić. Wszędzie te balony, a każdy z nich z matką albo z ojcem, albo, nie daj Boże, z obojgiem, i po pewnym czasie przestaje się na nie patrzeć jak na indywidualne przypadki. Człowiek spogląda wtedy na te wszystkie balony na niebie i widzi je wszystkie, ale pojedynczego balonu nie potrafi już dostrzec. – Po tych słowach umilkł na chwilę i wziął gwałtowny wdech, jakby właśnie zdał sobie z czegoś sprawę. – Któregoś razu jednak człowiek rozmawia z jakimś dzieciakiem o wielkich oczach i ze zbyt dużą ilością włosów jak na jego głowę, i przychodzi mu nagle ochota, by go okłamać, bo wydaje mu się, że dobry z niego dzieciak. I wtedy człowiek zaczyna współczuć temu dzieciakowi, ponieważ jedyną rzeczą gorszą od nieba pełnego balonów, które się widzi, jest to, co widzi ów dzieciak: bezchmurny, pogodny dzień, zmącony tylko tym jednym balonem. Lecz kiedy sznurek zostanie przecięty, nie można tego już cofnąć. Rozumiesz, co mam na myśli, chłopcze? – Pokiwałem głową, choć nie byłem pewien, czy rzeczywiście rozumiem. Wstał. – Myślę, że ona wkrótce wróci, chłopcze. Jeśli to jakieś pocieszenie.

Podobała mi się wizja Margo jako balonu, ale domyślałem się, że detektyw, w swej nagłej potrzebie sięgnięcia do poetyckiej obrazowości, dostrzegł we mnie większy niepokój niż owo ściśnięcie serca, które w rzeczywistości odczuwałem. Wiedziałem, że ona wróci. Spuści trochę powietrza i przyleci z powrotem do Jefferson Park. Zawsze tak było.

Poszedłem do pokoju jadalnego w ślad za detektywem, który oznajmił, że chciałby wrócić do domu Spiegelmanów i rozejrzeć się trochę po pokoju Margo. Pani Spiegelman uścisnęła mnie i powiedziała:

– Zawsze byłeś takim dobrym chłopcem… Przykro mi, że w ogóle wplątała cię w całą tę niedorzeczność.

Pan Spiegelman uścisnął mi dłoń i wyszli. Kiedy tylko zamknęły się za nimi drzwi, tata westchnął:

– O rety.

– O rety – zgodziła się mama.

Tata otoczył mnie ramieniem.

– Dość niepokojąca dynamika rodzinna, no nie, kolego?

– Trochę z nich dupki – zawyrokowałem. Moi rodzice zawsze lubili, kiedy przeklinałem w ich obecności. Widziałem tę przyjemność wypisaną na ich twarzach. Miało to oznaczać, że im ufam, że jestem sobą w ich obecności. Lecz mimo to zdawali się smutni.

– Rodzice Margo przechodzą ostre narcystyczne zranienie, za każdym razem, gdy ona uzewnętrznia swoje emocje – zwrócił się do mnie tata.

– To staje im na drodze efektywnego rodzicielstwa – uzupełniła mama.

– To dupki – powtórzyłem.

– Szczerze mówiąc – przyznał tata – oni mogą mieć rację. Margo zapewne potrzebuje uwagi. Bóg mi świadkiem, ja także potrzebowałbym uwagi, gdybym za rodziców miał tych dwoje.

– Kiedy Margo wróci – ciągnęła mama – będzie zdruzgotana. Porzucona w taki sposób! Odepchnięta, kiedy najbardziej potrzebuje miłości.

– Może będzie mogła zamieszkać tutaj, kiedy wróci
– podsunąłem, a wypowiadając te słowa, zdałem sobie
sprawę, jak fantastycznie wspaniały był to pomysł. Oczy
mamy także się zaświeciły, ale potem dostrzegła coś
w wyrazie twarzy taty i odpowiedziała mi swym zwykłym wyważonym tonem.

– No cóż, oczywiście będzie mile widziana, choć wią-
załoby się to z pewnymi komplikacjami – bądź co bądź
jesteśmy sąsiadami Spiegelmanów. Ale kiedy wróci do
szkoły, powiedz jej, że jest tu mile widziana i że jeśli nie
zechce zostać u nas, istnieje wiele innych możliwości, które z przyjemnością z nią przedyskutujemy.

Z mojego pokoju wyszedł Ben z włosami tak zmierz-
wionymi, że zdawały się przeczyć ogólnie przyjętym wy-
obrażeniom o tym, jak grawitacja oddziałuje na materię.

– Dzień dobry, pani i panie Jacobsen – jak zawsze miło
państwa widzieć.

– Dzień dobry, Ben. Nie wiedziałam, że zostałeś u nas
na noc.

– Ja też nie wiedziałem, szczerze mówiąc – odparł.

– Co się stało?

Opowiedziałem Benowi o detektywie i Spiegelmanach,
i o tym, że prawnie rzecz biorąc, Margo jest zaginioną dorosłą. A kiedy skończyłem, pokiwał głową i powiedział:

– Myślę, że powinniśmy to przedyskutować nad paru-
jącym talerzem „Odrodzenia".

Uśmiechnąłem się i poszedłem za nim z powrotem
do pokoju. Jakiś czas później dołączył do nas Radar,
a skoro tylko się zjawił, zostałem wykopany z druży-

ny, ponieważ znaleźliśmy się w obliczu trudnej misji, a ja, mimo iż jako jedyny z nas posiadałem tę grę, nie byłem zbyt dobrym graczem. Kiedy obserwowałem, jak przemierzają rojącą się od ghuli stację kosmiczna, Ben wrzasnął:

– Goblin, Radar, goblin!

– Widzę.

– Chodź tu, ty mała kanalio – wycedził Ben, przekrzywiając kontroler w ręce. – Tatuś wsadzi cię na łódkę i pośle na drugi brzeg Styksu.

– Czy ty właśnie wykorzystałeś grecką mitologię, żeby rozkojarzyć goblina? – zapytałem.

Radar się roześmiał. Ben zaczął walić w przyciski, krzycząc:

– Żryj to, goblinie! Połknij to, jak Zeus połknął Metydę!

– Wydaje mi się, że Margo wróci do poniedziałku – powiedziałem. – Nikt nie chce opuszczać zbyt wielu lekcji, nawet Margo Roth Spiegelman. Może zamieszka tutaj do wręczenia dyplomów.

Radar odpowiedział mi w ów chaotyczny sposób, w jaki odpowiada ktoś grający właśnie w „Odrodzenie":

– Ja w ogóle nie rozumiem, dlaczego ona uciekła, czy to po prostu *chochlik na godzinie szóstej nie stary użyj miotacza promieni*, no tego, z powodu utraconej miłości? Wydawałoby się, że ona jest *gdzie ta krypta czy to to po lewej* odporna na tego rodzaju sprawy.

– Nie – odparłem – to nie to, nie sądzę. W każdym razie nie tylko to. Ona chyba nienawidzi Orlando; nazwała je papierowym miastem. W sensie, no wiesz, że wszystko

jest takie sztuczne i nietrwałe. Myślę, że po prostu potrze-
bowała od tego odpocząć.

Mimochodem zerknąłem przez okno i natychmiast zauważyłem, że ktoś – prawdopodobnie detektyw – opuścił
roletę w pokoju Margo. Ale to, co zobaczyłem, nie było
zwykłą roletą. Coś było w niej niezwykłe — przyklejony
do niej od zewnątrz czarno-biały plakat. Zdjęcie przedsta-
wiało mężczyznę, który stał z lekko pochylonymi do przodu
ramionami i patrzył przed siebie. Z ust zwisał mu papieros.
Przez ramię miał przewieszoną gitarę, na której wymalo-
wane były słowa: TA MASZYNA ZABIJA FASZYSTÓW.

– Coś jest w oknie Margo. – Ścieżka dźwiękowa gry
zamilkła, a Radar i Ben przyklękli po obu moich stronach.

– To coś nowego? – zapytał Radar.

– Widziałem tył tej rolety z milion razy – odparłem
– i nigdy przedtem nie było na niej tego plakatu.

– Dziwne – rzucił Ben.

– Rodzice Margo właśnie mówili dziś rano, że ona czasem zostawia jakieś wskazówki – wspomniałem. – Ale nigdy nic na tyle konkretnego, żeby można ją było znaleźć,
zanim sama nie wróci do domu.

Radar zdążył już wyciągnąć swój tablet i właśnie szpe-
rał w Omniklopedii w poszukiwaniu napisu z plakatu.

– To zdjęcie Woody'ego Guthriego – zakomunikował.
– Piosenkarz folkowy, żył od 1912 do 1967. Śpiewał o klasie pracującej. *This Land Is Your Land*. Trochę komunista.
Ehm, był inspiracją dla Boba Dylana. – Radar puścił kawałek jednej z jego piosenek; wysoki chropowaty głos śpiewał o związkach zawodowych. – Wyślę maila do kolesia,

który napisał większość tekstu do tego artykułu, i sprawdzę, czy istnieją jakieś oczywiste powiązania między Woodym Guthriem i Margo – zaoferował.

– Nie wyobrażam sobie, że mogłaby lubić jego piosenki – powiedziałem.

– Powaga – zgodził się ze mną Ben. – Ten kolo brzmi jak przepita Żaba Kermit z rakiem krtani.

Radar otworzył okno i wystawił głowę na zewnątrz, obracając nią na wszystkie strony.

– Wygląda jednak, że zostawiła tę wiadomość dla ciebie, Q. No bo, czy jest ktoś jeszcze, kto mógłby zobaczyć to okno? – Pokręciłem przecząco głową.

Po chwili Ben dodał:

– Zobaczcie, jak on na nas patrzy – jakby mówił: „Przyjrzyjcie mi się uważnie". A jego głowa tak jakoś, no wiecie... Nie wygląda, jakby stał na scenie; wygląda, jakby stał w jakichś drzwiach.

– Myślę, że on chce, żebyśmy weszli do środka – powiedziałem.

4

Z mojej sypialni nie mogliśmy zobaczyć drzwi frontowych ani garażu domu Margo: musielibyśmy siedzieć w pokoju dziennym. Podczas gdy Ben kontynuował grę w „Odrodzenie", Radar i ja przeszliśmy więc do pokoju dziennego i udawaliśmy, że oglądamy telewizję, w rzeczywistości obserwując przez panoramiczne okno drzwi frontowe Spiegelmanów i czekając, aż rodzice Margo wyjdą z domu. Czarna crown victoria detektywa Warrena nadal stała na podjeździe.

Detektyw wyszedł po jakichś piętnastu minutach, ale ani drzwi garażowe, ani drzwi frontowe nie otworzyły się ponownie przez następną godzinę. Oglądaliśmy z Radarem jakąś średnio zabawną komedię konopną na HBO, i już zacząłem wciągać się w historię, gdy Radar powiedział:

– Drzwi do garażu.

Zeskoczyłem z kanapy i zbliżyłem się do okna, żeby zobaczyć, kto dokładnie jest w samochodzie. Siedzieli w nim oboje, pan i pani Spiegelman. W domu została Ruthie.

– Ben! – krzyknąłem. Przybiegł z prędkością błyskawicy, i kiedy Spiegelmanowie skręcali z Jefferson Way w Jefferson Road, wypadliśmy na zewnątrz prosto w parny poranek.

Przeszliśmy przez trawnik Spiegelmanów do drzwi frontowych. Zadzwoniłem i usłyszałem tupot łap Myrny Mountweazel na drewnianym parkiecie. Dopadłszy drzwi, suka zaczęła szczekać jak opętana, wpatrując się w nas przez szklany panel z boku. Ruthie otworzyła drzwi. Była słodką dziewczynką, może jedenastoletnią.

– Hej, Ruthie.

– Cześć, Quentin.

– Słuchaj, są twoi rodzice?

– Właśnie wyjechali – powiedziała – na zakupy do Targetu. – Miała wielkie oczy Margo, tylko że orzechowe. Skupiła na mnie wzrok i z niepokojem ściągnęła usta.

– Spotkałeś się z policjantem?

– Tak – potwierdziłem. – Wydawał się miły.

– Mama mówi, że to tak jakby Margo poszła wcześniej do college'u.

– No – zgodziłem się, myśląc, że najprostszym sposobem na rozwiązanie tajemnicy jest uznanie, że nie ma żadnej tajemnicy do rozwiązania. Teraz było dla mnie jasne, że Margo jednak zostawiła za sobą wskazówki do jakiejś zagadki.

– Posłuchaj, Ruthie, musimy rozejrzeć się po pokoju Margo – zacząłem. – Tylko że… Pamiętasz, jak Margo prosiła cię czasem o zrobienie jakichś supertajnych rzeczy? No więc, jesteśmy teraz w takiej samej sytuacji.

– Margo nie lubi, jak ktoś wchodzi do jej pokoju – poinformowała nas Ruthie. – Prócz mnie. I czasem mamusi.

– Ale my jesteśmy jej przyjaciółmi.

– Ona nie lubi, jak przyjaciele wchodzą do jej pokoju.

– Ruthie nie poddawała się.

Nachyliłem się do niej.

– Ruthie, proszę.

– I nie chcecie, żebym powiedziała o tym mamie i tacie.

– Zgadza się.

– Pięć dolarów – zażądała. Zamierzałem się z nią targować, kiedy Radar wyciągnął pięciodolarowy banknot i podał jej. – Jak zobaczę samochód na podjeździe, dam wam znać – powiedziała konspiracyjnym tonem.

Uklęknąłem, żeby porządnie wygłaskać starzejącą się, ale nadal entuzjastyczną Myrnę Mountweazel, a potem pognaliśmy schodami w górę do pokoju Margo. Kiedy kładłem rękę na gałce drzwi, zdałem sobie sprawę z tego, że nie widziałem całego pokoju Margo, odkąd miałem jakieś dziesięć lat.

Wszedłem do środka. Panował tam znacznie większy ład, niż mogłem się spodziewać po Margo, ale być może to jej mama wszystko pozbierała. Po mojej prawej stała pękająca w szwach szafa z ubraniami. Na jej drzwiach zawieszony był wieszak na buty z kilkoma tuzinami par, od płaskich czółenek z paskiem po wizytowe buty na wysokim obcasie. Nie wyglądało, jakby czegoś w szafie brakowało.

– Jestem na komputerze – powiedział Radar. Ben majstrował przy rolecie.

– Plakat jest przyklejony taśmą – poinformował. – Zwykła taśma klejąca. Nic mocnego.

Największa niespodzianka znajdowała się na ścianie przy biurku z komputerem: półki na książki wysokie jak ja i szerokie na dwa razy tyle, zapełnione płytami winylowymi. Setkami płyt.

– W gramofonie jest *A Love Supreme"* Johna Coltrane'a – doniósł Ben.

– Boże, to genialny album – rzucił Radar, nie odrywając wzroku od komputera. – Dziewczyna ma gust. – Zerknąłem na Bena zdezorientowany, a Ben wyjaśnił:

– Był saksofonistą.

Pokiwałem głową.

Ciągle pisząc na klawiaturze, Radar skomentował:

– Nie mogę uwierzyć, że Q nigdy nie słyszał o Coltranie. Gra Trane'a to najbardziej przekonujący dowód na istnienie Boga, z jakim kiedykolwiek się spotkałem.

Zacząłem przeglądać płyty. Były uporządkowane alfabetycznie, skanowałem więc je wzrokiem, szukając litery „G". Dizzy Gillespie, Jimmie Dale Gilmore, Green Day, Guided by Voices, George Harrison.

– Ma tu chyba każdego muzyka świata oprócz Woody'ego Guthriego – stwierdziłem, wróciłem na początek i zacząłem od litery A.

– Jej wszystkie podręczniki szkolne wciąż tu są – usłyszałem głos Bena. – I jeszcze jakieś inne książki przy stoliku nocnym. Pamiętnika brak.

Ja byłem jednak zaabsorbowany kolekcją muzyczną Margo. Lubiła wszystko. Nigdy nie przeszłoby mi nawet przez myśl, że mogłaby słuchać tych wszystkich starych nagrań. Widziałem, że słucha muzyki podczas biegania, ale nigdy nie podejrzewałem takiej obsesji. O większości tych zespołów nigdy nie słyszałem i byłem zaskoczony, że nagrania nowszych w ogóle wydaje się na płytach winylowych.

Kontynuowałem przeglądanie pod literą A, a potem
B – przedzierając się przez Beatlesów, Blind Boys of Alabama i Blondie – w końcu zacząłem przerzucać je trochę
szybciej, tak szybko, że nawet nie zobaczyłem tyłu okładki
Mermaid Avenue Billy'ego Bragga, dopóki nie doszedłem
do Buzzcocks. Zatrzymałem się, cofnąłem i wysunąłem
z półki płytę Billy'ego Bragga. Na przodzie była fotografia
szeregu miejskich domów, za to z tyłu okładki patrzył na
mnie Woody Guthrie, z papierosem zwisającym mu z ust
i gitarą w ręku, na której widniał napis: TA MASZYNA
ZABIJA FASZYSTÓW.

– Hej – rzuciłem. Ben się obejrzał.

– Kurna hacjenda – wypalił. – Niezłe znalezisko.

Radar okręcił się na krześle i dodał:

– Imponujące. Ciekawe, co jest w środku.

Niestety w środku była tylko płyta. Płyta wyglądała
jak zwyczajna płyta. Umieściłem ją w gramofonie Margo
i kiedy w końcu wykombinowałem, jak go włączyć, opuściłem igłę. Jakiś mężczyzna śpiewał piosenki Woody'ego
Guthriego. Śpiewał je lepiej od Woody'ego Guthriego.

– Co to ma być, jakiś obłędny zbieg okoliczności? – Ben
trzymał w ręku okładkę albumu. – Popatrz. – Wskazywał
na listę utworów. Cienkim czarnym długopisem ktoś zakreślił tytuł *Walt Whitman's Niece*.

– Interesujące – przyznałem. Mama Margo powiedziała, że wskazówki Margo nigdy donikąd nie prowadzą, ale
teraz już wiedziałem, że Margo stworzyła cały łańcuch
wskazówek – i, jak się zdaje, stworzyła go dla mnie. Natychmiast przypomniałem sobie, jak w budynku SunTrust

powiedziała mi, że jestem lepszy, kiedy okazuję pewność siebie. Obróciłem płytę na drugą stronę i ją puściłem. *Walt Whitman's Niece* była pierwszą piosenką na stronie drugiej. Całkiem niezłą, szczerze mówiąc.

Wtedy zobaczyłem Ruthie stojącą w drzwiach. Patrzyła na mnie.

– Masz dla nas jakieś wskazówki, Ruthie? – Potrząsnęła przecząco głową.

– Już szukałam – powiedziała ponuro.

Radar spojrzał na mnie, wskazując głową Ruthie.

– Mogłabyś dla nas popilnować, czy twoja mama nie wraca? – zapytałem. Skinęła głową i wyszła. Zamknąłem za nią drzwi. – Co jest? – zapytałem Radara. Przywołał nas gestem do komputera.

– W ciągu tygodnia przed swoim zniknięciem Margo spędziła sporo czasu na Omniklopedii. Mogę to stwierdzić na podstawie liczby minut przy jej nazwie użytkownika, którą zapamiętała razem z hasłami. Niestety, wyczyściła historię przeglądania, nie wiem więc, co sprawdzała.

– Ty, Radar, sprawdź, kim był Walt Whitman – rzucił Ben.

– Był poetą – odpowiedziałem. – Dziewiętnasty wiek.

– Świetnie – powiedział Ben, przewracając oczami. – Poezja.

– W czym problem? – zapytałem.

– Poezja jest taka emo – odparł. – Ach, ta boleść. Och, ten ból. Zawsze pada. W duszy mej.

– Brawo, to zdaje się Szekspir – podsumowałem lekceważąco. – Czy Whitman miał jakieś bratanice? – zwróci-

łem się do Radara, który już był na artykule o Whitmanie
w Omniklopedii. Krępy facet z ogromną brodą. Nigdy go
nie czytałem, ale w y g l ą d a ł na dobrego poetę.
– Żadnej, która byłaby sławna. Piszą tu, że miał kilku braci, ale nie ma wzmianki, czy mieli jakieś dzieci.
Prawdopodobnie da się to sprawdzić, jeśli chcesz. – Potrząsnąłem głową. Raczej nie chodziło o to. Wróciłem do
rozglądania się po pokoju. Na dolnej półce z kolekcją płyt
stało kilka książek – księgi pamiątkowe z gimnazjum,
zszargany egzemplarz The Outsiders* – i jakieś stare numery magazynów dla nastolatków. Nic, co by się wiązało
z bratanicą Walta Whitmana, to pewne.
Przejrzałem książki przy jej nocnym stoliku. Nic god-
nego zainteresowania.
– Byłoby sensowne, gdyby miała jakąś książkę z jego
wierszami – powiedziałem. – Ale nie wygląda na to.
– Ma! – wykrzyknął podekscytowany Ben. Podszedłem do miejsca, w którym klęknął przy półce na książki, i teraz to zobaczyłem. Wcześniej nie zauważyłem
cienkiego tomiku na dolnej półce, wciśniętego między
dwie pamiątkowe księgi szkolne. Walt Whitman. Źdźbła
trawy. Wyciągnąłem książkę. Na okładce była fotografia Whitmana, jego jasne oczy wpatrywały się prosto
we mnie.
– Nieźle – pochwaliłem Bena.
Skinął głową.

---

* The Outsiders – powieść z 1967 r. o młodzieżowych gangach, podzia-
łach społecznych i problemach dorastania, napisana przez szesnastoletnią
amerykańską autorkę S.E. Hinton. Na podstawie książki nakręcono film
Wyrzutki.

– No, czy teraz możemy się już stąd wynieść? Może to dziwne, ale wolałbym tutaj nie być, kiedy wrócą rodzice Margo.

– Brakuje nam jeszcze czegoś?

Radar wstał.

– Naprawdę wygląda na to, że Margo rysuje dość prostą linię; coś musi być w tej książce. To jednak dziwne... No bo, bez obrazy, ale skoro zawsze zostawiała wskazówki dla rodziców, dlaczego tym razem miałaby je zostawić dla ciebie?

Wzruszyłem ramionami. Nie znałem odpowiedzi na to pytanie, ale oczywiście miałem swoje nadzieje: może Margo chciała zobaczyć moją pewność siebie; może tym razem chciała być znaleziona, i to znaleziona przeze mnie; może – tak jak wybrała mnie tamtej najdłuższej nocy, wybrała mnie także i tym razem. I może nieopisane bogactwa czekały na tego, kto ją znajdzie.

Ben i Radar poszli do siebie niedługo po tym, jak wróciliśmy do mojego domu, i po tym, jak każdy z nich przejrzał książkę i nie znalazł żadnych oczywistych wskazówek. Wziąłem sobie na lunch trochę zimnych lasagne z lodówki i poszedłem z Waltem do swojego pokoju. To było pierwsze wydanie *Źdźbeł trawy* w serii Penguin Classics. Przeczytałem kawałek wstępu, a potem przekartkowałem książkę. Kilka cytatów było zakreślonych na niebiesko, wszystkie pochodziły z długiego jak epopeja poematu, znanego jako *Pieśń o mnie*. Były też dwa wersy zakreślone na zielono:

Z drzwi powyrywajcie zamki!
*Drzwi same wyrwijcie z futryn!**

Większość popołudnia spędziłem na próbie zrozumienia tego fragmentu, myśląc, że może w ten sposób Margo mówi mi, że powinienem stać się większym rozrabiaką, czy coś w tym guście. Przeczytałem również, raz i drugi, wszystkie fragmenty zakreślone na niebiesko:

Nie będziesz więcej brał rzeczy z drugiej i trzeciej ręki,
nie będziesz patrzył oczami zmarłych, ani karmił się widmami z książek.

Zawsze w drodze, zawsze na szlaku [...]

Wszystko pędzi przed siebie, nic nie ginie,
A umrzeć jest czymś innym niż można by sądzić, i lepszym.

Jeśli nikt na całym świecie nie wie o moim istnieniu – jestem zadowolony,
I jeśli każdy i wszyscy wiedzą o mnie – jestem zadowolony.

Trzy końcowe trzy strofy *Pieśni o mnie* także były zakreślone.

Zapisuję się w spadku ziemi, by wyrosnąć z trawy, którą kocham,

---

* Wszystkie fragmenty *Pieśni o mnie* Walta Whitmana w przekładzie Andrzeja Szuby [w:] *256: wiersze i poematy*, Miniatura, Kraków 2002.

Jeśli zatęsknicie za mną, szukajcie mnie pod podeszwą buta.

Ledwie będziecie wiedzieć, kim jestem i co oznaczam,
Ale i tak będę wam niósł zdrowie,
Będę filtrem i fibrem waszej krwi.

Nie uda się mnie chwycić za pierwszym razem – nie traćcie otuchy,
Nie znajdziecie mnie w jednym miejscu – szukajcie w innym,
Gdzieś się w końcu zatrzymam, czekając na was.

Ów weekend stał się weekendem czytania i uporczywego poszukiwania Margo we fragmentach poematu, który dla mnie zostawiła. Nie było szans, żebym cokolwiek zrozumiał, ale i tak nie przestawałem o nich rozmyślać, ponieważ nie chciałem jej rozczarować. Chciała, żebym wydobył z tej struny wszystko, żebym odnalazł miejsce, w którym się zatrzymała i na mnie czekała, żebym poszedł za śladem z okruszków chleba, aż na jego końcu znajdę Margo.

5

W poniedziałek rano doszło do niezwykłego wydarzenia. Byłem spóźniony, co było normalne; mama pod-
wiozła mnie do szkoły, co było normalne; postałem przed
szkołą, rozmawiając ze znajomymi, co było normalne; po
pewnym czasie Ben i ja skierowaliśmy się do budynku
szkoły, co też było normalne. Jednak gdy tylko otworzyliśmy na oścież stalowe drzwi, na twarz Bena wystąpiła
mieszanina podekscytowania i paniki, jakby właśnie ma-
gik wybrał go z tłumu do pokazu sztuczki z przepiłowy-
waniem człowieka na pół. Podążyłem wzrokiem za jego
spojrzeniem w głąb korytarza.

Dżinsowa minispódniczka. Obcisła biała koszulka.
Okrągły dekolt. Nieziemsko oliwkowa skóra. Nogi, które
sprawiają, że zaczyna się myśleć o nogach. Perfekcyjnie
ufryzowane kręcone brązowe włosy. Laminowana pla-
kietka z napisem: JA NA KRÓLOWĄ BALU. Lacey Pemberton. Szła w naszą stronę. Korytarzem przy s a l i m u -
z y c z n e j.

– Lacey Pemberton – wyszeptał Ben, mimo iż Lacey
znajdowała się już jakieś trzy kroki od nas i mogła wyraźnie go usłyszeć, i faktycznie posłała nam pozornie nie-
śmiały uśmiech, usłyszawszy swoje imię.

– Quentin – zwróciła się do mnie, a to, że zna moje imię, wydało mi się najbardziej zdumiewającą rzeczą na świecie. Ruchem głowy dała mi znak, więc poszedłem za nią; minąwszy salę muzyczną, zatrzymaliśmy się przy rzędzie szafek. Ben dotrzymywał mi kroku.

– Cześć, Lacey – powiedziałem, gdy tylko przystanęliśmy. Poczułem zapach perfum i przypomniałem sobie ten zapach z jej SUV-a, przypomniałem też sobie chrzęst rozgniatanego suma, kiedy razem z Margo z hukiem opuściłem nań siedzenie fotela.

– Podobno byłeś z Margo. – Tylko na nią patrzyłem.

– Tamtej nocy, z rybą? W moim samochodzie? I w szafie Bekki? I u Jase'a przez okno? – Ciągle się w nią wpatrywałem. Nie byłem pewien, co mam powiedzieć. Człowiek może przeżyć długie i awanturnicze życie, nie będąc nigdy zagadniętym przez Lacey Pemberton, więc kiedy ta tak rzadka okazja jednak się nadarza, człowiek wolałby nie powiedzieć czegoś niewłaściwego. Ben przemówił więc za mnie:

– To prawda, kręcili się gdzieś razem – potwierdził, jakbym był z Margo w zażyłych stosunkach.

– Była na mnie zła? – zapytała Lacey po krótkiej chwili. Wzrok miała wbity w podłogę; mogłem teraz podziwiać brązowy cień na jej powiekach.

– Co?

Wtedy przemówiła cicho, delikatnie łamiącym się głosem, i nagle Lacey Pemberton nie była już Lacey Pemberton. Była, jakby to ująć, zwyczajnym człowiekiem.

– No wiesz, czy była na mnie o coś wściekła?

Zastanawiałem się przez chwilę, jak odpowiedzieć na to pytanie.

– Eee, była trochę rozczarowana, że nie powiedziałaś jej o Jasie i Becce, ale znasz Margo. Przejdzie jej.

Lacey poszła dalej korytarzem. Ben i ja nie zatrzymywaliśmy jej, jednak po chwili zwolniła. Chciała, żebyśmy z nią poszli. Ben szturchnął mnie porozumiewawczo i pomaszerowaliśmy dalej we trójkę.

– Ja nawet nie wiedziałam o Jasie i Becce. W tym rzecz. Boże, mam nadzieję, że będę mogła jej to wkrótce wytłumaczyć. Przez chwilę naprawdę się bałam, że może, no, odeszła na dobre, ale potem zajrzałam do jej szafki na książki, bo znam kod, i wiszą tam wciąż jej zdjęcia, i pełno tam jej książek, i wszystkiego.

– To dobrze – zgodziłem się.

– Tak, ale minęły już cztery dni. To niemal rekord. No i wiesz, to była naprawdę paskudna sprawa, bo Craig wiedział, a ja byłam tak wściekła na niego, że mi nie powiedział, że z nim zerwałam, i teraz nie mam z kim iść na bal, a moja najlepsza przyjaciółka zniknęła, nie wiadomo gdzie, w Nowym Jorku czy gdzieś, przekonana, że zrobiłam coś, czego NIGDY bym nie zrobiła.

Posłałem Benowi spojrzenie. Ben także spojrzał na mnie porozumiewawczo.

– Muszę lecieć na lekcję – oznajmiłem. – Ale dlaczego myślisz, że ona jest w Nowym Jorku?

– No bo jakieś dwa dni przed zniknięciem powiedziała Jase'owi, że Nowy Jork to jedyne miejsce w Ameryce, w którym człowiek może wieść w miarę znośne życie. Może tak tylko mówiła. Nie wiem.

– Dobra, muszę pędzić – rzuciłem na pożegnanie.

Wiedziałem, że Ben nigdy nie zdoła przekonać Lacey, żeby poszła z nim na bal, ale uznałem, że przynajmniej zasługuje na szansę, by spróbować. Pobiegłem truchtem przez korytarze do mojej szafki, klepiąc Radara po głowie, kiedy go mijałem. Rozmawiał z Angelą i jakąś pierwszaczką, która także była w orkiestrze.

– Nie dziękuj mnie. Podziękuj Q. – Usłyszałem, jak mówi do tej dziewczyny, a ona zawołała:

– Dziękuję za moje dwieście dolarów!

Nie oglądając się za siebie, odkrzyknąłem:

– Nie dziękuj mnie, podziękuj Margo Roth Spiegelman! – Ponieważ, rzecz jasna, to ona dała mi narzędzia, których potrzebowałem.

Dotarłem do mojej szafki i wyjąłem z niej zeszyt do analizy, jednak nie ruszyłem się z miejsca, nawet po drugim dzwonku; stałem tak nieruchomo pośrodku korytarza, niczym pośrodku autostrady, podczas gdy wokół mnie ludzie pędzili w obu kierunkach. Kolejny dzieciak podziękował mi za swoje dwieście dolarów. Uśmiechnąłem się do niego. Szkoła zdawała mi się bardziej moja niż przez te wszystkie cztery lata, które w niej spędziłem. Wymierzyliśmy sprawiedliwość w imieniu dziwaków z orkiestry pozbawionych rowerów. Odezwała się do mnie Lacey Pemberton. Chuck Parson przeprosił.

Znałem te korytarze tak dobrze – i nareszcie zaczynałem czuć, że i one mnie znają. Stałem tam, dopóki nie zabrzmiał trzeci dzwonek i tłum się nie rozpierzchł. Dopiero wtedy poszedłem na analizę, siadając w ławce w chwili, gdy pan Jiminez rozpoczął kolejny niekończący się wykład.

Zabrałem ze sobą do szkoły egzemplarz *Źdźbeł trawy* należący do Margo i zacząłem ponownie czytać zaznaczone fragmenty *Pieśni o mnie* pod ławką, podczas gdy pan Jiminez kreślił coś na tablicy. Nie dostrzegałem w nich żadnych bezpośrednich odniesień do Nowego Jorku. Po kilku minutach podałem książkę Radarowi, który przyglądał się fragmentom przez pewien czas, a potem napisał w rogu swojego notatnika, najbliżej mnie: *Te zielone zakreślenia muszą coś znaczyć. Może ona chce, żebyś otworzył drzwi do swojego umysłu?* Wzruszyłem ramionami i odpisałem: *A może po prostu czytała ten wiersz w dwóch różnych dniach i miała dwa różne zakreślacze.*

Kilka minut później, kiedy zerkałem dopiero po raz trzydziesty siódmy na zegar, po drugiej stronie drzwi do klasy ujrzałem Bena Starlinga, trzymającego w dłoni pozwolenie na wyjście z lekcji, tańczącego spazmatyczną gigę.

Kiedy zadzwonił dzwonek na przerwę na lunch, popędziłem do swojej szafki, ale jakimś cudem Ben mnie prześcignął i jakimś cudem rozmawiał tam teraz z Lacey Pemberton. Stał zbyt blisko niej, garbiąc się lekko, by patrzeć jej w twarz, gdy do niej mówił. Rozmawianie z Benem nawet we mnie wywoływało czasem uczucie lekkiej klaustrofobii, a co dopiero w ładnej dziewczynie.

– Cześć wam – zagadałem, znalazłszy się obok nich.

– Hej – odpowiedziała Lacey, wyraźnie odsuwając się od Bena. – Ben właśnie podawał mi najświeższe nowiny w sprawie Margo. Wiesz, nikt nigdy nie był w jej pokoju. Mówiła, że rodzice nie pozwalają jej zapraszać do domu przyjaciół.

– Naprawdę? – Lacey przytaknęła. – Wiedziałaś, że Margo posiada jakieś tysiąc winyli?

Lacey poderwała do góry ręce.

– Nie, właśnie Ben powiedział mi o tym! Margo nigdy nie rozmawiała o muzyce. Pewnie, rzucała czasem jakąś uwagę, że podoba jej się coś w radiu i tak dalej. Ale nic więcej. Ona jest taka dziwna.

Wzruszyłem ramionami. Może i była dziwna, a może to my byliśmy dziwni. Lacey nie przestawała mówić:

– Właśnie rozmawialiśmy o tym, że Walt Whitman pochodził z Nowego Jorku.

– A według Omniklopedii także Woody Guthrie mieszkał tam przez długi czas – dodał Ben.

Pokiwałem głową.

– Z łatwością mogę ją sobie wyobrazić w Nowym Jorku. Myślę, że musimy jednak rozszyfrować kolejną wskazówkę. To nie może się kończyć na książce. W tych zakreślonych wersach musi być ukryta jakaś wiadomość.

– Otóż to, mogę przejrzeć tę książkę podczas lunchu? – spytała Lacey.

– Jasne – odparłem. – Albo, jak chcesz, mogę zrobić ci kopię w bibliotece.

– Nie trzeba, przeczytam to. Przecież ja nie mam zielonego pojęcia o poezji. Aha, właśnie, mam tam kuzynkę w college'u, na Uniwersytecie Nowojorskim, i wysłałam jej do wydrukowania ulotkę. Powiem jej, żeby porozwieszała je w sklepach z płytami. Okej, wiem, że tam jest dużo sklepów z płytami, ale to chyba nie zaszkodzi.

– Dobry pomysł – przyznałem. Ruszyli w stronę stołówki, a ja za nimi.

– Hej – Ben zagadnął Lacey – w jakim kolorze masz sukienkę?

– W odcieniu szafiru, dlaczego?

– Chcę się tylko upewnić, że mój smoking będzie do niej pasował – wyjaśnił Ben. Nigdy przedtem nie widziałem, żeby Ben uśmiechał się w tak skołowany i niedorzeczny sposób, a to o czymś świadczyło, ponieważ Ben był dość skołowaną i niedorzeczną osobą.

Lacey skinęła głową.

– No, ale nie możemy wyglądać na za bardzo dopasowanych. Może wybierzesz opcję tradycyjną: czarny smoking, czarna kamizelka?

– Ale bez szerokiego pasa, co myślisz?

– Właściwie są w porządku, byle nie te z bardzo odstającymi plisami, wiesz, o czym mówię?

Rozmawiali tak dalej – najwyraźniej idealny stopień odstawania plis to temat, któremu można poświęcić godziny konwersacji – ja jednak przestałem słuchać, ustawiwszy się w kolejce do Pizza Hut. Ben znalazł partnerkę na bal, a Lacey znalazła chłopaka, który z przyjemnością będzie z nią godzinami rozmawiał o balu. Teraz każdy miał z kim iść – oprócz mnie, a ja się nie wybierałem. Jedyna dziewczyna, którą chciałbym zabrać na bal, jest zawsze w drodze, zawsze na szlaku, czy gdzieś.

Kiedy usiedliśmy, Lacey zaczęła czytać *Pieśń o mnie* i przyznała, że nic z niczym się jej nie kojarzy, a już na pewno nie kojarzy się jej z Margo. Nadal nie mieliśmy pojęcia, co Margo próbowała powiedzieć, jeśli w ogóle coś próbowała powiedzieć. Lacey oddała mi książkę i znów zaczęli rozmawiać z Benem o balu.

Przez całe popołudnie czułem, że wpatrywanie się w zakreślone cytaty donikąd nie prowadzi, ale potem zaczynałem się nudzić, sięgałem więc do plecaka, kładłem sobie książkę na kolanach i wracałem do gapienia się. Pod koniec dnia, na siódmej godzinie, miałem lekcję angielskiego, na której zaczynaliśmy przerabiać *Moby'ego Dicka*, w związku z czym dr Holden sporo opowiadała o połowach ryb w dziewiętnastym wieku. Lekturę rozłożyłem na ławce, Whitmana zaś na kolanach, ale nawet czytanie wierszy na angielskim nic nie pomogło. Wyjątkowo przez kilka minut nie spoglądałem na zegar, byłem więc zaskoczony, kiedy zadzwonił dzwonek, przez co spakowanie plecaka zajęło mi więcej czasu niż pozostałym. Kiedy przerzuciwszy go przez ramię, ruszyłem do wyjścia, dr Holden uśmiechnęła się do mnie i zagadnęła:

– Walt Whitman, co? – Przytaknąłem z zakłopotaniem.
– Dobra literatura – kontynuowała. – Tak dobra, że prawie mi nie przeszkadza, że czytasz go na mojej lekcji. Ale nie do końca.

Wymamrotałem „przepraszam" i wyszedłem z budynku na parking dla uczniów najstarszych klas.

* * *

W czasie gdy Ben i Radar muzykowali, ja siedziałem
w ZJOB-ie z otwartymi na oścież drzwiami, a leniwy,
rześki wietrzyk przelatywał przez wnętrze samochodu.
Czytałem „The Federalist Papers", przygotowując się do
testu, który miałem następnego dnia z wiedzy o społeczeństwie, moje myśli krążyły jednak wciąż po tej samej
pętli: Guthrie – Whitman – Nowy Jork – Margo. Pojechała do Nowego Jorku, żeby zanurzyć się w folkowej
muzyce? Czy istniała jakaś tajemnicza, zakochana w takiej muzyce Margo, której dotąd nie znałem? Czyżby
zatrzymała się w mieszkaniu, w którym kiedyś żył Guthrie czy Whitman? I czemu chciała powiedzieć o tym
akurat mnie?

W bocznym lusterku zobaczyłem nadchodzących Bena
i Radara; Radar, dziarsko idąc w stronę ZJOB-a, wyma-
chiwał swoim futerałem z saksofonem. Wpakowali się do
środka przez otwarte już drzwi, Ben przekręcił kluczyk
w stacyjce i ZJOB zacharczał, następnie skupiliśmy się
na żywieniu nadziei, po czym znów zacharczał, jeszcze
trochę skupiliśmy się na nadziei, aż w końcu zabulgotał
i ożył. Ben pomknął przez parking i wyjechał z terenu
szkoły, zanim zapiał:

– DAJESZ WIARĘ W TO SZALEŃSTWO! – Nie posia-
dał się z euforii.

Zaczął uderzać w klakson, ale klakson oczywiście nie
działał, więc za każdym razem, kiedy w niego uderzał,
Ben po prostu darł japę: „PIIIP! PIIIP! PIIIP! ZATRĄB, JE-

ŚLI IDZIESZ NA BAL Z NAJPRAWDZIWSZĄ KRÓLISIĄ LACEY PEMBERTON! TRĄB, DZIECINO, TRĄB!".

Ben nie był w stanie się przymknąć przez całą drogę do domu.

– Wiesz, co przeważyło szalę? Poza desperacją? Myślę, że ona i Becca Arrington drą ze sobą koty, no wiesz, bo Becca to zdrajczyni, i wydaje mi się, że Lacey zrobiło się przykro z powodu tej historyjki o Krwawym Benie. Nie powiedziała tego, ale sprawiała takie wrażenie. Więc koniec końców Krwawy Ben skombinuje mi małe hu-lan-ko.

Cieszyłem się jego szczęściem i w ogóle, ale chciałem skupić się na zabawie w odnajdywanie Margo.

– Macie jakiekolwiek pomysły?

Przez chwilę było cicho, a potem Radar spojrzał na mnie we wstecznym lusterku i powiedział:

– To o tych drzwiach to jedyny fragment zakreślony innym kolorem, a jednocześnie wydaje się najbardziej oderwany od reszty. Naprawdę myślę, że to on zawiera jakąś wskazówkę. Jak to było?

– „Z drzwi powyrywajcie zamki! / Drzwi same wyrwijcie z futryn!" – odparłem.

– Powiedzmy sobie szczerze, Jefferson Park to nie najlepsze miejsce na wyrywanie z futryn drzwi ciasnogłowia – przyznał Radar. – Może ona właśnie to chciała powiedzieć. Jak z tym papierowym miastem, jak nazwała Orlando? Może ona mówi, że właśnie dlatego odeszła.

Ben zwolnił przed czerwonym światłem, a potem obrócił się, by spojrzeć na Radara.

– Stary – odezwał się – mnie się wydaje, że wy dwaj znacznie przeceniacie królisię Margo.

– Jak to? – zdziwiłem się.

– Z drzwi powyrywajcie zamki – powiedział – drzwi same wyrwijcie z futryn.

– Tak – potwierdziłem. Światło zmieniło się na zielone i Ben wcisnął gaz. Nasz ZJOB zadygotał, jakby zamierzał się rozsypać, potem jednak ruszył.

– To nie jest poezja. To nie jest metafora. To instrukcje. Mamy pójść do pokoju Margo i z drzwi wyrwać zamek, a drzwi wyrwać z futryn.

Radar spojrzał na mnie we wstecznym lusterku, a ja odwzajemniłem spojrzenie.

– Czasami – zwrócił się do mnie Radar – on jest tak pomylony, że okazuje się wręcz genialny.

6

Zaparkowawszy na moim podjeździe, przeszliśmy przez pas trawy oddzielający dom Margo od mojego, jak to zrobiliśmy w sobotę. Ruthie nam otworzyła i powiedziała, że rodziców nie będzie w domu do szóstej. Podekscytowana Myrna Mountweazel zataczała wokół nas kółka, a my skierowaliśmy się po schodach na górę. Ruthie przyniosła nam z garażu skrzynkę z narzędziami i przez dobrą chwilę wszyscy wpatrywaliśmy się w drzwi prowadzące do pokoju Margo. Nie byliśmy majsterkowiczami.

– Jak, u diabła, się do tego zabrać? – odezwał się Ben.

– Nie przeklinaj w obecności Ruthie – skarciłem go.

– Ruthie, masz coś przeciwko temu, że mówię „do diabła"?

– My nie wierzymy w diabła – oznajmiła w odpowiedzi.

Radar przerwał nam tę rozmowę.

– Ludzie – przypomniał. – Ludzie, drzwi.

Z chaosu w skrzynce z narzędziami Radar wygrzebał śrubokręt krzyżakowy i przykląkł, żeby odkręcić gałkę drzwiową z zamkiem. Ja złapałem za większy śrubokręt, zamierzając odkręcić zawiasy, jednak wyglądało na to, że nie było przy nich żadnych śrub. Baczniej przyjrzałem się drzwiom. Ruthie znudziła się w końcu i poszła na dół oglądać telewizję.

Radar zdołał poluzować gałkę i każdy z nas kolejno obejrzał niepomalowane, niewykończone drewno pod gałką. Żadnej wiadomości. Żadnej kartki. Nic. Zirytowany przeniosłem uwagę na zawiasy, zastanawiając się, w jaki sposób je zdemontować. Otworzyłem drzwi na oścież, a potem je zatrzasnąłem, usiłując zrozumieć mechanizm ich działania.

– Ten wiersz jest tak piekielnie długi – powiedziałem.

– Wydawałoby się, że stary Walt mógłby poświęcić wers lub dwa, żeby powiedzieć nam, jak wyrywa się drzwi z futryn.

Dopiero kiedy odpowiedział, zorientowałem się, że Radar siedzi przy komputerze Margo.

– Według Omniklopedii – oznajmił – mamy do czynienia z zawiasami czopowymi. Wystarczy użyć śrubokręta jako dźwigni, żeby wysunąć sworzeń. A przy okazji, jakiś wandal dodał, że zawiasy czopowe dobrze się sprawdzają w użytkowaniu, ponieważ są smarowane pierdnięciami. O, Omniklopedio, będziesz li ty kiedy miarodajna?

Po wyjaśnieniach z Omniklopedii, co mamy robić, zadanie okazało się zaskakująco łatwe. Ja wysunąłem sworznie ze wszystkich trzech zawiasów, a Ben ściągnął drzwi. Uważnie obejrzałem zawiasy i surowe drewno futryny. Nic.

– Nic na drzwiach – powiadomił nas Ben. Z pomocą Bena umieściłem drzwi z powrotem na zawiasach, a Radar dobił sworznie rękojeścią śrubokrętu.

* * *

Ben zaprosił mnie i Radara do swojego domu, który pod względem architektury był identyczny z moim, żeby pograć w grę „Arktyczna Furia". Graliśmy więc w tę grę w grze, w której strzela się do siebie na lodowcu kulkami wypełnionymi farbą. Dodatkowe punkty otrzymuje się za trafienie przeciwnika w jaja. To bardzo wyrafinowana gra.

– Stary, ona na pewno jest w Nowym Jorku – zaczął Ben. Zobaczyłem wyłaniający się zza rogu wylot lufy jego karabinu, zanim jednak zdążyłem się ruszyć, trafił mnie między nogi.

– Cholera – wymamrotałem.

Radar podjął wątek:

– W przeszłości jej wskazówki wskazywały jakieś miejsce. Mówi o Nowym Jorku Jase'owi; zostawia nam wskazówki związane z dwiema osobami, które przez większość życia mieszkały w Nowym Jorku. To ma sens.

– Chłopie, to jest to, czego ona chce – zgodził się Ben. Właśnie zaczajałem się na niego, kiedy zatrzymał grę.

– Ona chce, żebyś pojechał do Nowego Jorku. A co jeśli tak wszystko zorganizowała, żeby to był jedyny sposób na jej odnalezienie? Fizycznie się tam udać?

– Co? W tym mieście mieszka jakieś dwanaście milionów ludzi.

– Może ma tu jakąś wtyczkę – zasugerował Radar. – Kogoś, kto powie jej, jeśli pojedziesz.

– Lacey! – wypalił Ben. – To jak nic Lacey. Tak! Musisz wsiąść do samolotu i natychmiast lecieć do Nowego Jorku. A kiedy Lacey się o tym dowie, Margo odbierze cię na lotnisku. Tak. Stary, zawiozę cię teraz do domu, ty się spakujesz, zawiozę twój tyłek na lotnisko, gdzie kupisz sobie bilet lotniczy, płacąc za niego kartą kredytową, którą rodzice dali ci na czarną godzinę, a wtedy Margo się dowie, jaki z ciebie macho – macho, jakim Jase Worthington jest tylko w swoich marzeniach – i na koniec wszyscy trzej pójdziemy na bal z gorącymi laskami.

Nie miałem wątpliwości, że niedługo odlatuje jakiś samolot do Nowego Jorku. Z Orlando niedługo odlatuje jakiś samolot w każde miejsce. Jednakże miałem wątpliwości co do całej reszty.

– Gdybyś tak zadzwonił do Lacey... – zacząłem.

– Ona się nie przyzna! – przerwał mi Ben. – Pomyśl o wszystkich zmyłkach, które zastosowały! Prawdopodobnie tylko udawały, że się pokłóciły, abyś nie podejrzewał, że jest wtyczką.

Radar nie był do końca przekonany:

– No nie wiem, to jakoś nie trzyma się kupy. – Powiedział coś jeszcze, ale słuchałem tylko jednym uchem. Wpatrując się w kadr zatrzymanej gry, rozważałem to wszystko. Jeśli Margo i Lacey pokłóciły się tylko na niby, to czy Lacey tylko na niby zerwała ze swoim chłopakiem? Czy udawała zatroskanie? Lacey użerała się z dziesiątkami maili – wszystkie z nieprawdziwymi informacjami – które poprzychodziły w odpowiedzi na ulotki rozwieszone przez jej kuzynkę w nowojorskich sklepach z płytami. Nie była wtyczką, a plan Bena był idiotyczny. Mimo to przemawiała do mnie choćby wizja planu. Jednak zostało już tylko dwa i pół tygodnia szkoły, a gdybym poleciał do Nowego Jorku, opuściłbym co najmniej dwa dni – nie wspominając o tym, że rodzice zabiliby mnie, gdybym użył mojej karty do zakupu biletu lotniczego. Im więcej myślałem o wyjeździe, tym pomysł wydawał mi się głupszy. Z drugiej jednak strony, gdybym mógł zobaczyć ją jutro... Ale nie.

– Nie mogę opuścić lekcji – powiedziałem w końcu. Wznowiłem grę. – Mam jutro test z francuskiego.

– Wiesz co – stwierdził Ben – twój romantyzm jest doprawdy inspirujący.

Pograłem jeszcze kilka minut, a potem przez Park Jeffersona wróciłem do domu.

Kiedyś mama opowiadała mi o pewnym stukniętym dzieciaku, z którym pracowała. Był całkiem normalnym dzieckiem do dziewiątego roku życia, kiedy to umarł jego ojciec. I choć przecież mnóstwu dziewięciolatków umiera mnóstwo ojców, i w większości przypadków z tego powodu im nie odbija, ten chłopak był najwyraźniej wyjątkiem.

Oto co zrobił: Wziął ołówek i stalowy cyrkiel i zaczął rysować kółka na kartce papieru. Każde z tych kółek miało dokładnie pięciocentymetrową średnicę. Rysował te kółka dopóty, dopóki cała kartka papieru nie była zupełnie czarna, a wtedy brał kolejną kartkę i rysował kolejne kółka, i robił tak codziennie, przez cały dzień, i nie uważał na lekcjach, rysując kółka po swoich zeszytach i wszystkim, co wpadło mu w ręce, a moja mama powiedziała, że problem tego chłopca polegał na tym, iż stworzył sobie rutynę, żeby uporać się ze swoją stratą, jednak rutyna ta stała się dla niego destrukcyjna. W każdym razie moja mama zmusiła chłopca do opłakiwania jego taty i czego tam jeszcze, i dzieciak przestał rysować te kółka, i przypuszczalnie żyje sobie od tamtej pory długo i szczęśliwie. Jednak czasami wracam myślami do tego kółkowego dzieciaka, bo do pewnego stopnia potrafię go zrozumieć. Zawsze lubiłem rutynę. Myślę, że nuda nigdy mnie nie nudziła. Wątpię, czy potrafiłbym wytłumaczyć to komuś takiemu jak Margo, ale rysowanie kółek przez życie wydawało mi się rozsądnym rodzajem obłędu.

Powinienem zatem pogodzić się z myślą, że nie lecę do Nowego Jorku – to i tak był głupi pomysł. Jednak gdy zajmowałem się swoją rutyną tego wieczoru i następnego dnia w szkole, coś jakby zżerało mnie od środka, jak gdyby to właśnie rutyna oddalała mnie od ponownego połączenia się z Margo.

7

We wtorek wieczorem, kiedy Margo nie było od sześciu dni, porozmawiałem z rodzicami. Nie była to żadna wielka decyzja ani nic takiego; po prostu tak wyszło. Siedziałem przy kuchennym blacie, podczas gdy tata kroił warzywa, a mama podsmażała wołowinę na patelni. Tata droczył się ze mną, że tak długo czytam cienką książeczkę, a ja powiedziałem:

– *De facto* to nie na angielski. Wygląda na to, że Margo zostawiła tę książkę, żebym ją znalazł. – Ucichli, a wtedy opowiedziałem im o Woodym Guthriem i Whitmanie.

– Ona ewidentnie lubi gry z niepełną informacją – stwierdził tata.

– Nie winię jej, że domaga się uwagi – oznajmiła mama, a potem zwróciwszy się do mnie, dodała: – Jednak to nie czyni cię odpowiedzialnym za jej dobre samopoczucie.

Tata zgarnął marchewkę i cebulę na patelnię.

– Tak, to prawda. Nie twierdzę, że którekolwiek z nas potrafi postawić diagnozę bez rozmowy z Margo, ale przypuszczam, że niedługo wróci do domu.

– Nie powinniśmy snuć domysłów – upomniała go cicho mama, zupełnie jakbym nie mógł jej usłyszeć. Tata miał już coś odpowiedzieć, kiedy go ubiegłem:

– A co ja powinienem zrobić?

– Ukończyć szkołę – podsunęła mama. – I wierzyć, że Margo potrafi sama o siebie zadbać, co już wielokrotnie zademonstrowała.

– Zgadza się – przypieczętował słowa mamy tata, jednak po kolacji, kiedy poszedłem do mojego pokoju i grałem bez dźwięku w „Odrodzenie", usłyszałem, jak cicho rozmawiają. Nie mogłem dosłyszeć sensu słów, ale słyszałem w nich troskę.

Później tego wieczoru na moją komórkę zadzwonił Ben.

– Hej – odebrałem.

– Stary.

– Tak?

– Właśnie wychodzę z Lacey rozejrzeć się za butami.

– Rozejrzeć się za b u t a m i?

– Właśnie. Od dziesiątej do północy na wszystko są trzydziestoprocentowe obniżki. Lacey chce, żebym jej pomógł wybrać buty na bal. Znaczy się, miała już jakieś, ale wczoraj wieczorem byłem u niej w domu i oboje doszliśmy do wniosku, że nie są... no wiesz, buty na bal muszą być perfekcyjne. Zwróci więc tamte i pojedziemy do Burdinesa, żeby wybrać...

– Ben – przerwałem mu.

– No?

– Chłopie, nie chcę rozmawiać o butach Lacey. I powiem ci dlaczego: mam coś, co sprawia, że jestem zupełnie niezainteresowany butami na bal. To się nazywa penis.

– Naprawdę się denerwuję i nie mogę przestać myśleć, że właściwie całkiem ją lubię, i to nie tylko dlatego, że fajna z niej laska na bal, tylko że ona naprawdę jest całkiem spoko i dobrze się bawię w jej towarzystwie. No, i tego, może pójdziemy na bal i będziemy, no, całować się na środku parkietu, i wszyscy będą w totalnym szoku, no i wiesz, wszystko, co do tej pory sobie o mnie myśleli po prostu pójdzie się paść...

– Ben – wpadłem mu w słowo. – Przestań paplać jak naćpana kakadu, a wszystko będzie dobrze. – Ben gadał jeszcze przez chwilę, ale w końcu udało mi się rozłączyć.

Położyłem się trochę przygnębiony z powodu balu. Nie miałem zamiaru oddawać się jakiemukolwiek smutkowi dlatego, że nie wybieram się na bal, ale przyznaję, zdarzało mi się pomyśleć – choć to głupie i żenujące – że znajduję Margo i przekonuję ją, by wróciła ze mną do domu w samą porę na bal, na przykład późnym wieczorem w sobotę, a wtedy weszlibyśmy do sali balowej hotelu Hilton ubrani w dżinsy i sfatygowane T-shirty, i akurat zdążylibyśmy na ostatni taniec, i tańczylibyśmy, a wszyscy pokazywaliby nas sobie palcami, zdumieni powrotem Margo, a potem w rytmie fokstrota wynieślibyśmy się stamtąd w diabły i poszli na lody u Friendly'ego. A zatem przyznaję, podobnie jak Ben, snułem absurdalne fantazje na temat balu. Ale ja przynajmniej nie wypowiadałem ich na głos.

Ben był czasem takim egocentrycznym idiotą, że musiałem sobie przypominać, dlaczego nadal go lubię. Bez wątpienia miewał zaskakująco dobre pomysły. Choćby ten z drzwiami. Nie sprawdził się, ale był dobry. Jednak, jak widać, Margo chciała mi przekazać coś innego.

Przekazać m n i e.

Ta wskazówka była m o j a. I to były moje drzwi!

Po drodze do garażu musiałem przejść przez salon, w którym moi rodzice właśnie oglądali telewizję.

– Chcesz oglądać? – zapytała mama. – Zaraz rozwiążą sprawę.

To był jeden z tych programów kryminalnych z serii „znajdź mordercę".

– Nie, dzięki – odpowiedziałem, minąłem ich nonszalancko i przeszedłem przez kuchnię do garażu. Wynalazłem płaski śrubokręt o najszerszej końcówce i wetknąłem go za pas moich szortów w kolorze khaki, ściągając mocno pasek. Wziąłem z kuchni ciastko, a potem znów przeszedłem przez salon, nieznacznie tylko udziwnionym krokiem, i podczas gdy rodzice śledzili dalszy rozwój wypadków w telewizyjnej zagadce, ja wyciągnąłem trzy bolce z drzwi mojej sypialni. Kiedy wyszedł ostatni, drzwi zatrzeszczały i zaczęły się przechylać, więc jedną ręką płynnym ruchem otworzyłem je na oścież i oparłem o ścianę, a kiedy je otwierałem, dostrzegłem maleńki kawałek papieru – mniej więcej rozmiaru paznokcia mojego kciuka – wirującym ruchem wypadający właśnie z górnego zawiasu drzwi. Typowe dla Margo. Po co ukrywać coś we własnym pokoju, skoro można ukryć w moim? Zastanawiałem się, kiedy to zrobiła, jak dostała się do środka. Musiałem się uśmiechnąć.

Był to strzęp gazety „Orlando Sentinel", z połową brzegów równych i połową obszarpanych. Poznałem, że to „Sentinel", bo na jednym z obszarpanych brzegów widniał napis „...do Sentinel 6 maja, str. 2". Dzień, w którym zniknęła. To na pewno była wiadomość od niej. Rozpoznałem jej pismo:

bartlesville Avenue 8328

Nie mógłbym zamontować z powrotem drzwi, nie wbijając bolców na miejsce za pomocą śrubokrętu, co z pewnością zaalarmowałoby moich rodziców, więc tylko nałożyłem drzwi na zawiasy i zostawiłem je otwarte na oścież. Schowałem bolce do kieszeni, a potem usiadłem przy komputerze i poszukałem na mapie Bartlesville Avenue 8328. Nigdy nie słyszałem o tej ulicy.

Znajdowała się 55,7 km stąd, na najdalszym końcu Colonial Drive, prawie przy miasteczku Christmas, w stanie Floryda. Kiedy powiększyłem satelitarny obraz budynku, zobaczyłem czarny prostokąt, z połacią matowego srebra od frontu i trawą z tyłu. Może to mobilny dom? Trudno było wyobrazić sobie jego wielkość, bo otoczony był ogromną ilością zieleni.

Zadzwoniłem do Bena i opowiedziałem mu, co odkryłem.

– Czyli miałem rację! – wykrzyknął. – Nie mogę się doczekać, kiedy powiem o tym Lacey, bo ona też była przekonana, że to świetny pomysł!

Zignorowałem komentarz o Lacey.

– Chyba tam pojadę.

– No oczywiście, że pojedziesz. Jadę z tobą. Wybierz-
my się w niedzielę rano. Będę zmęczony całonocnym hu-
laniem na balu, ale co tam.

– Nie, jadę dzisiaj.

– Stary, jest ciemno. Nie możesz jechać do jakiegoś nikomu nieznanego budynku pod podejrzanym adresem
w ciemności. Nie oglądałeś nigdy żadnego horroru?

– Ona może tam być – upierałem się.

– Jasne, i demon, który żywi się wyłącznie trzustkami
młodych pacholąt, też może tam być – odparł Ben. – Chryste, poczekaj przynajmniej do jutra, chociaż po próbie orkiestry muszę zamówić bukiecik dla Lacey, a potem chcę
być w domu na wypadek, gdyby zagadała na komunikatorze, bo ostatnio sporo czatujemy...

– Nie. Dzisiaj. Chcę ją zobaczyć – przerwałem mu.
Czułem, że krąg się zamyka. Za godzinę, jeśli się pośpie-
szę, może już będę na nią patrzeć.

– Stary, nie pozwolę ci jechać w środku nocy pod jakiś
mglisty adres. Jeśli będzie trzeba, potraktuję twój tyłek
paralizatorem.

– Jutro rano – powiedziałem bardziej do samego siebie
niż do Bena. – Pojadę jutro rano. – I tak byłem już zmęczony faktem posiadania perfekcyjnej frekwencji. Ben mil-
czał. Usłyszałem, jak wypuszcza powietrze przez przed-
nie zęby.

– Czuję, że coś mnie bierze – jęknął. – Gorączka. Ka-
szel. Ból. Zawroty głowy. – Uśmiechnąłem się. Kiedy się
rozłączyliśmy, zadzwoniłem do Radara.

– Jestem na drugiej linii z Benem – rzucił. – Zaraz do ciebie oddzwonię.

Oddzwonił jakąś minutę później. Zanim zdążyłem choćby powiedzieć „cześć", Radar oznajmił:

– Q, mam potworną migrenę. Nie dam rady iść jutro do szkoły.

Parsknąłem śmiechem.

Kiedy skończyłem rozmowę, rozebrałem się do T-shirta i bokserek, wysypałem zawartość mojego kosza na śmieci do szuflady i postawiłem go sobie obok łóżka. Nastawiłem budzik na nieludzką godzinę szóstą rano i spędziłem kolejnych kilka godzin, na próżno usiłując zasnąć.

8

Mama weszła do mojego pokoju następnego ranka.
— Wczoraj wieczorem nie zamknąłeś nawet drzwi, śpiochu — powiedziała, a ja otworzyłem oczy i jęknąłem:
— Chyba mam grypę żołądkową. — I wskazałem na kosz na śmieci, zawierający teraz wymiociny.
— Quentin! Boże drogi! Kiedy to się stało?
— Około szóstej — powiedziałem, co było prawdą.
— Dlaczego nas nie obudziłeś?
— Byłem zbyt zmęczony — powiedziałem, co również było prawdą.
— Obudziłeś się, bo poczułeś się chory?
— Tak — odparłem, co nie było prawdą. Obudziłem się, bo mój budzik zadzwonił o szóstej. Zakradłem się do kuchni, zjadłem zbożowego batonika i wypiłem trochę soku pomarańczowego. Dziesięć minut później wetknąłem sobie do gardła dwa palce. Nie zrobiłem tego poprzedniego wieczoru, bo nie chciałem, żeby śmierdziało mi całą noc w pokoju. Wymiotowanie nie było przyjemne, ale szybko było po wszystkim.

Mama zabrała wiaderko i usłyszałem, jak opróżnia je w kuchni. Wróciła z czystym kublem i zmartwieniem na twarzy.

– No cóż, myślę, że powinnam wziąć dzień... – zaczęła, ale jej przerwałem.

– Naprawdę nic mi nie jest – zapewniłem. – Tylko mnie mdli. Coś mi zaszkodziło.

– Jesteś pewien?

– Zadzwonię, jeśli poczuję się gorzej – obiecałem. Pocałowała mnie w czoło. Poczułem lepkość jej szminki na mojej skórze. Nie byłem naprawdę chory, ale mimo to jakimś cudem sprawiła, że poczułem się lepiej.

– Chcesz, żebym zamknęła drzwi? – zapytała, kładąc na nich rękę. Drzwi trzymały się na zawiasach, ale trzymały się tylko na jednym włosku.

– Nie, nie, nie – zaprotestowałem, być może zbyt nerwowo.

– Dobrze – powiedziała. – Zadzwonię do szkoły w drodze do pracy. Daj mi znać, jeśli będziesz czegoś potrzebował. Czegokolwiek. Albo jeśli będziesz chciał, żebym przyjechała do domu. I zawsze możesz zadzwonić do taty. A ja zadzwonię do ciebie po południu, żeby sprawdzić, jak się czujesz, okej?

Pokiwałem głową i z powrotem podciągnąłem kołdrę pod samą brodę. Mimo że kubeł był teraz czysty, nadal czułem smród wymiocin pod warstwą detergentu, co przypomniało mi o samym wymiotowaniu, co z kolei, nie wiedzieć czemu, sprawiło, że znów mnie zemdliło, ale wykonałem kilka wolnych, miarowych oddechów przez usta, a po chwili usłyszałem, jak chrysler cofa się po podjeździe. Była 7.32. Choć raz, pomyślałem, będę na czas. Nie w szkole, co prawda. Ale to i tak się liczy.

Wziąłem prysznic, wyszczotkowałem zęby, wciągnąłem na siebie ciemne dżinsy i gładki czarny T-shirt. Skrawek gazety z wiadomością od Margo włożyłem do kieszeni. Wbiłem bolce z powrotem w zawiasy i spakowałem się. Nie byłem pewien, co mam wrzucić do plecaka, ale zdecydowałem się na rozkręcający zawiasy śrubokręt, wydrukowaną mapę satelitarną, wskazówki dojazdu, butelkę wody i, na wypadek gdyby tam była, Whitmana. Chciałem ją o niego zapytać.

Ben i Radar zjawili się punkt ósma. Usiadłem na tylnym siedzeniu. Obaj wydzierali się, wtórując piosence zespołu Mountain Goats. Ben odwrócił się do mnie i wyciągnął w moją stronę zaciśniętą pięść. Uderzyłem w nią lekko, choć nie znosiłem tego powitania.

– Q! – przekrzykiwał muzykę Ben. – Czyż to nie cudowne uczucie?

Doskonale wiedziałem, co miał na myśli: miał na myśli słuchanie Mountain Goats z przyjaciółmi w samochodzie, który w pewną majową środę rano wyrusza się w podróż po Margo i po jakąś Margostyczną nagrodę, która wiązała się z jej odnalezieniem.

– Bije analizę matematyczną na głowę – odparłem. Muzyka była zbyt głośna, żeby rozmawiać. Kiedy tylko wyjechaliśmy z Jefferson Park, opuściliśmy szybę w jedynym działającym oknie, by świat dowiedział się, że mamy dobry gust muzyczny.

Jechaliśmy wzdłuż Colonial Drive, mijając kina i księgarnie, do których chodziłem i które mijałem przez całe życie. Ta podróż była jednak inna i lepsza, ponieważ odbywała się w czasie trwania lekcji analizy, ponieważ odbywała się wspólnie z Benem i Radarem, ponieważ prowadziła do miejsca, w którym miałem nadzieję odnaleźć Margo. W końcu, po jakichś trzydziestu kilometrach, Orlando ustąpiło miejsca ostatnim zachowanym gajom pomarańczowym i niezabudowanym ranczom – nieskończenie płaski teren porośnięty był gęstwiną zarośli, z gałęzi dębów zwisał mech hiszpański, nieruchomy w bezwietrznym upale. To była ta Floryda, w której kiedyś jako skaut spędzałem noce pełne pogryzień komarów i polowań na pancerniki. Teraz drogę zdominowały pikapy, a mniej więcej co półtora kilometra z autostrady widać było jakieś osiedle – małe uliczki wijące się bez żadnego powodu wokół domów, które wyrastały znikąd niczym wulkany o pokrytych winylem ścianach.

Na kolejnym odcinku drogi minęliśmy spróchniały drewniany szyld z napisem GAJOWY AZYL. Spękana, pokryta asfaltobetonem droga ciągnęła się tylko przez kilkaset metrów, a potem przechodziła w bezmiar szarego piachu, wskazujący, że Gajowy Azyl jest czymś, co moja mama nazywa pseudoosiedlem – osiedlem, które porzucono, zanim zdołano je ukończyć. Rodzice już wcześniej podczas naszych wspólnych wypadów kilkakrotnie zwracali moją uwagę na pseudoosiedla, jednak nigdy nie widziałem czegoś tak ponurego.

Przejechaliśmy jakieś osiem kilometrów od Gajowego Azylu, kiedy Radar ściszył muzykę i powiedział:
– To powinno być jakieś półtora kilometra stąd.

Wziąłem głęboki wdech. Podekscytowanie faktem bycia gdzieś indziej niż w szkole zaczęło blednąć. Nie wyglądało to na miejsce, w którym Margo mogłaby się ukryć, czy nawet przejściowo zatrzymać. W niczym nie przypominało Nowego Jorku. To była ta Floryda, nad którą przelatując samolotem, człowiek dziwi się, z jakiego niewyjaśnionego powodu ludzie w ogóle pomyśleli o zasiedleniu tego półwyspu. Wpatrywałem się w goły asfalt, upał zniekształcał obraz. Na wprost zobaczyłem drgający w jasnej dali pawilon handlowy.

– To jest to? – zapytałem, wychylając się do przodu i wskazując palcem pawilon.

– Nie ma innej możliwości – odparł Radar.

Ben wcisnął wyłącznik radia, i podczas gdy wjeżdżał na parking, dawno już zagarnięty z powrotem przez burą piaszczystą ziemię, pogrążyliśmy się w głębokiej ciszy. Kiedyś te cztery sklepy musiały tu mieć swój szyld. Na skraju drogi stał zardzewiały, mniej więcej dwuipółmetrowy słupek. Po szyldzie jednak już dawno nie było śladu – albo zerwał go huragan, albo uległ z czasem rozkładowi. Sam pawilon zachował się w nieco lepszym stanie: był to jednopiętrowy budynek z płaskim dachem i wyzierającymi spod tynku tu i ówdzie pustakami. Płaty popękanej farby odchodziły od ścian, przywodząc na myśl uczepione gniazda insekty. Zacieki od wody pomiędzy oknami sklepów tworzyły abstrakcyjne brązowe malowidło. Okna były pozabijane powyginanymi płytami wiórowymi. Nagle przyszła mi do głowy okropna myśl, tego rodzaju myśl, której nie da się cofnąć, kiedy już się wy-

mknie na powierzchnię świadomości: wydało mi się, że
to nie jest miejsce, do którego przyjeżdża się, żeby żyć. To
miejsce, do którego przyjeżdża się, żeby umrzeć.
Gdy tylko samochód się zatrzymał, moje nozdrza i usta
wypełnił zjełczały odór śmierci. Musiałem przełknąć falę
mdłości, która wzbierała mi w tyle gardła aż do żywego
bólu. Dopiero teraz, zmarnowawszy tyle czasu, zdałem
sobie sprawę, jak potwornie mylnie zrozumiałem zarówno grę Margo, jak i nagrodę za zwycięstwo.

Wysiadam z samochodu, obok mnie staje Ben, a obok
Bena – Radar. Nagle dociera do mnie, że to nie jest śmieszne, że to nie żaden test, w którym mam udowodnić Margo, że jestem wystarczająco dobry, by przebywać w jej
towarzystwie. Przypominają mi się słowa Margo z tamtej
nocy, kiedy krążyliśmy po Orlando. W głowie słyszę jej
głos, który mówi do mnie: „Nie chcę, żeby pewnego sobotniego poranka jakieś dzieciaki znalazły mnie w Parku
Jeffersona całą oblazłą muchami". Nie chcieć być znale-
zioną przez jakieś dzieciaki w Parku Jeffersona to nie to
samo, co nie chcieć umrzeć.
Wszystko wskazywałoby, że od dawna nikt nie po-
stawił tu nogi, gdyby nie ten zapach, ten mdlący, kwa-
śny odór stworzony po to, by żywych trzymać z dala od
umarłych. Usiłuję sobie wmówić, że to nie mógłby być
jej zapach, ale oczywiście mógłby. To mógłby być zapach
każdego z nas. Podnoszę do nosa przedramię, żeby czuć
zapach własnego potu i skóry, czegokolwiek, byle nie
śmierci.

– MARGO? – woła Radar. Ptak przedrzeźniacz przysiada na zardzewiałej rynnie budynku i w odpowiedzi wydaje z siebie dwie sylaby. – MARGO! – znów woła. Cisza. Radar stopą rysuje w piachu parabolę i mówi: – Cholera. Stojąc przed tym budynkiem, uczę się czegoś o strachu. Uczę się, że strach nie ma nic wspólnego z jałowymi fantazjami kogoś, komu wydaje się, że pragnie, by przytrafiło mu się coś ważnego, choćby ta ważna rzecz miała być okropna. Nie ma nic wspólnego z uczuciem wstrętu na widok martwego obcego mężczyzny ani brakiem tchu na usłyszany pod domem Bekki Arrington dźwięk przeładowywanej strzelby. Z tym nie można sobie poradzić za pomocą kilku ćwiczeń oddechowych. To uczucie w niczym nie przypomina żadnego strachu, którego doznałem w przeszłości. To najniższa ze wszystkich możliwych emocji, uczucie, które towarzyszyło nam, zanim zaistnieliśmy, zanim zaistniał ten budynek, zanim zaistniała ta ziemia. To ten sam strach, który sprawił, że ryby wyczołgały się na suchy ląd i rozwinęły płuca, strach, który każe nam uciekać, strach, który nakazuje nam grzebać naszych zmarłych.

Ten smród sprawia, że ogarnia mnie rozpaczliwa panika – nie taka panika, pod wpływem której brakuje powietrza w płucach, ale panika, która sprawia, że powietrza brakuje w całej atmosferze. Myślę, że powodem, dla którego przez większość życia trwałem w stanie lęku, było usiłowanie przygotowania się, wytrenowania ciała na przyjęcie tego prawdziwego strachu, kiedy w końcu nadejdzie. Jednak ja wcale nie jestem gotowy.

– Stary, powinniśmy wracać – mówi Ben. – Powinniśmy zadzwonić po gliny, coś zrobić.

Jeszcze nie spojrzeliśmy na siebie. Nadal wpatrujemy się w ten budynek, w ten dawno opuszczony budynek, który w swoich wnętrznościach nie może skrywać nic innego, jak tylko trupy.

– Nie – protestuje Radar. – Nie, nie, nie, nie, nie. Zadzwonimy, jeśli będzie powód, żeby zadzwonić. Zostawiła ten adres dla Q. Nie dla glin. Musimy dostać się do środka.

– Do środka? – pyta z niedowierzaniem w głosie Ben.

Klepię Bena po plecach i po raz pierwszy tego dnia wszyscy trzej nie patrzymy przed siebie, tylko na siebie nawzajem. Podnosi mnie to na duchu. Coś zmienia się we mnie na ich widok i czuję, że ona nie jest martwa, dopóki nie znajdziemy jej martwej.

– Właśnie, do środka – powtarzam.

Nie wiem już, kim jest ani kim była, ale muszę ją znaleźć.

9

Obchodzimy budynek dookoła i odkrywamy czworo zamkniętych stalowych drzwi, ranczo jak okiem sięgnąć, bezkres złotozielonych traw poznaczony kępami małych palm. Smród jest tu większy i ogarnia mnie strach przed zrobieniem kolejnych kroków. Ben i Radar idą tuż za mną, po mojej prawej i po mojej lewej. Razem tworzymy trójkąt, idąc powoli, skanując wzrokiem otoczenie.

– To szop! – krzyczy nagle Ben. – Bogu dzięki. To szop. Jezu!

Radar i ja oddalamy się od budynku, żeby dołączyć do Bena stojącego niedaleko płytkiego rowu melioracyjnego. Leży tam martwy ogromny wzdęty szop pracz ze zmatowiałą sierścią, bez widocznych urazów. Futro zaczęło już z niego odpadać, jedno z żeber ma odsłonięte. Radar odwraca się i wstrząsają nim torsje, jednak nie wymiotuje. Pochyliwszy się, kładę mu rękę między łopatki; kiedy odzyskuje oddech, mówi:

– Tak cholernie się cieszę, że widzę tego cholernego zdechłego szopa.

Mimo to nie potrafię wyobrazić sobie jej żywej w tym miejscu. Przychodzi mi na myśl, że wiersz Whitmana może być listem pożegnalnym. Przypominam sobie podkreślone przez Margo fragmenty: *A umrzeć jest czymś innym niż można by sądzić, i lepszym.* I kolejny: *Zapisuję się w spadku ziemi, by wyrosnąć z trawy, którą kocham, | Jeśli zatęsknicie za mną, szukajcie mnie pod podeszwą buta.* Przypomniawszy sobie ostatni wers poematu, przez krótką chwilę odczuwam przebłysk nadziei: *Gdzieś się w końcu zatrzymam, czekając na was.* Potem myślę sobie jednak, że „ja" nie musi oznaczać osoby. „Ja" może być także ciałem.

Radar oddalił się od szopa i szarpie teraz za klamkę jednych z czworga zamkniętych stalowych drzwi. Chciałbym zmówić modlitwę za zmarłych – odmówić kadisz za tego szopa – ale nawet nie wiem jak. Żal mi go, i przykro mi, że tak się cieszę, widząc zwierzę w takim stanie.

– Trochę popuszcza! – krzyczy do nas Radar. – Chodźcie mi pomóc.

Ben i ja obejmujemy Radara w pasie i ciągniemy do tyłu. Radar zapiera się stopą o ścianę dla zwiększenia siły nacisku, jednocześnie ciągnąc za klamkę, gdy wtem obaj zwalają się na mnie, i czuję, jak przesiąknięty potem T-shirt Radara napiera mi na twarz. Przez moment ogarnia mnie ekscytacja na myśl, że udało się nam dostać do środka. Zaraz jednak dostrzegam, że Radar trzyma w ręku klamkę. Staję na nogi i przyglądam się drzwiom. Nadal zamknięte.

– Gówniana czterdziestoletnia pieprzona klamka – klnie Radar. Nigdy przedtem nie słyszałem, żeby tak się wyrażał.

– W porządku – mówię. – Jest jakiś sposób. Musi być.

Obchodzimy cały budynek i znów znajdujemy się u jego frontu. Żadnych drzwi, żadnych dziur, żadnych widocznych przejść. Ale ja muszę dostać się do środka. Ben i Radar próbują zerwać płyty wiórowe z okien, ale wszystkie są przybite gwoździami na amen. Radar kopie w płytę, ale ta nie puszcza. Ben znowu się do mnie odwraca.

– Za jedną z tych płyt nie ma szyby – oznajmia i truchtem zaczyna oddalać się od budynku, a jego tenisówki wzniecają tumany pyłu.

Posyłam mu zdezorientowane spojrzenie.

– Zamierzam przebić się przez tę płytę – wyjaśnia.

– Nie możesz tego zrobić. – Jest najmniejszy z naszego trio wagi lekkiej. Jeśli ktokolwiek miałby próbować roztrzaskiwać zabite płytami okna, powinienem to być ja.

Ben zaciska dłonie w pięści, a następnie rozprostowuje palce. Kiedy ruszam w jego stronę, zaczyna mówić:

– Kiedyś w trzeciej klasie mama usiłowała uchronić mnie przed zbieraniem cięgów, zapisała mnie więc na taekwondo. Poszedłem tylko na jakieś trzy lekcje i nauczyłem się tylko jednej rzeczy, jednak ta jedna rzecz czasem się przydaje: obserwowaliśmy mistrza taekwondo, jak przebija na wylot gruby drewniany klocek, i wszystkich nas zatkało z wrażenia, a on nam powiedział, że jeśli będziemy poruszać się tak, jakby nasza ręka miała przejść przez klocek i będziemy wierzyć, że nasza ręka przejdzie przez klocek, to tak się stanie.

Właśnie otwieram usta, żeby obalić tę idiotyczną logikę, kiedy Ben rzuca się pędem do przodu i mija mnie tylko jego rozmyta sylwetka. Przyśpiesza, coraz bardziej zbliżając się do płyty, bez cienia lęku podskakuje w ostatniej możliwej sekundzie, obracając ciało bokiem – jego ramię ma przyjąć na siebie największy impet uderzenia – i rzuca się na drewno. Jakaś cząstka mnie spodziewa się, że jednak przebije się na drugą stronę, pozostawiając w płycie dziurę w kształcie własnej sylwetki, jak w kreskówkach. Zamiast tego Ben odbija się od płyty i ląduje na tyłku na wysepce jasnej trawy pośród oceanu piaszczystej ziemi. Przekręca się na bok i rozcierając sobie ramię, oznajmia:

– Poszło.

Uznając, że ma na myśli swoje ramię, pędzę w jego stronę, lecz Ben się podnosi się, a ja dostrzegam długie jak Ben pęknięcie w płycie. Zaczynam kopać płytę w miejscu pęknięcia, a rysa rozchodzi się poziomo. Ja i Radar wsuwamy palce w dziurę i zaczynamy ciągnąć. Mrużę oczy, by nie piekły mnie od potu, i szarpię z całej siły raz w jedną, raz w drugą stronę, aż z pęknięcia zaczyna tworzyć się otwór o poszarpanych krawędziach. Kontynuujemy naszą cichą pracę, dopóki Radar w końcu nie musi zrobić sobie przerwy, a wtedy zastępuje go Ben. Ostatecznie udaje się nam wepchnąć wielki kawał płyty do środka pawilonu. Wdrapuję się jako pierwszy, zeskakując nogami naprzód i lądując na ślepo na czymś, co wydaje się stertą papierów.

Przez wyłamany przez nas otwór wpada do środka nieco światła, ale nie potrafię nawet ocenić rozmiarów pomieszczenia ani stwierdzić, czy jest w nim sufit. Powietrze tutaj jest tak stęchłe i gorące, że wdech i wydech zupełnie się od siebie nie różnią. Odwracam się i uderzam brodą w czoło Bena. Łapię się na tym, że mówię teraz szeptem, choć nie ma ku temu żadnego powodu.

– Masz…

– Nie – odszeptuje mi Ben, nim kończę pytanie. – Radar, zabrałeś ze sobą latarkę?

Słyszę, jak Radar przełazi przez dziurę.

– Mam tę przy kluczach. Ale chyba na niewiele się zda.

Zapala latarkę i choć nadal nie widzę zbyt dobrze, mogę stwierdzić, że weszliśmy do dużego pomieszczenia wypełnionego labiryntem metalowych półek. Papiery na podłodze są stronami ze starych kalendarzy dziennych z odrywanymi kartkami, które leżą porozrzucane po całym biurze, wszystkie pożółkłe i nadgryzione przez myszy. Zastanawiam się, czy mogła to kiedyś być jakaś mała księgarnia, choć zapewne minęły dziesięciolecia od czasu, gdy na tych półkach znajdowało się coś innego niż kurz.

Stajemy gęsiego za Radarem. Dobiega mnie jakieś skrzypnięcie nad naszymi głowami i wszyscy trzej zamieramy. Usiłuję opanować panikę. Słyszę oddechy Radara i Bena, ich szurające kroki. Pragnę się stąd wydostać, ale na dobrą sprawę to skrzypienie mogła wywołać Margo. Mogła to być także jakaś banda ćpunów.

– To tylko budynek osiada – szepcze Radar, ale wydaje się mniej pewny tego, co mówi, niż zwykle. Staję w miejscu, nie mogąc się poruszyć. Po chwili słyszę głos Bena.

– Ostatnim razem, kiedy tak się bałem, posikałem się w gacie.

– Ostatnim razem, kiedy ja tak się bałem – mówi Radar – musiałem de facto stanąć twarzą w twarz z Czarnym Panem, żeby uczynić świat bezpiecznym miejscem dla czarodziejów.

Podejmuję nieśmiałą próbę.

– Ostatnim razem, kiedy ja tak się bałem, musiałem spać w pokoju mamy.

Ben chichocze.

– Q, ja na twoim miejscu bałbym się tak Każdej. Nocy. Bez. Wyjątku.

Nie jest mi do śmiechu, ale śmiech tych dwóch sprawia, że pomieszczenie wydaje mi się bezpieczniejsze, więc zaczynamy się rozglądać. Przechodzimy przez każdy rząd półek, nie znajdując nic prócz kilku leżących na podłodze egzemplarzy „Reader's Digest" z lat siedemdziesiątych. Po pewnym czasie zauważam, że moje oczy przywykły już do ciemności, więc w szarym świetle zaczynamy przemieszczać się w różnych kierunkach z różnymi prędkościami.

– Nikt stąd nie wychodzi, dopóki wszyscy stąd nie wychodzą – mówię szeptem, a oni w odpowiedzi odszeptują mi „okej". Docieram do bocznej ściany pomieszczenia i znajduję pierwszy dowód, że ktoś był tutaj od czasu, gdy wszyscy opuścili to miejsce. Ktoś wyciął w ścianie półokrągłe sięgające do pasa przejście o nieregularnych brzegach. Nad dziurą widnieją namalowane pomarańczową farbą w spreyu słowa TROLLOWA NORA, wraz z pomocną strzałką wskazującą znajdujący się poniżej otwór.

– Chłopaki – Radar odzywa się tak głośno, że na jedną chwilę czar pryska. Podążając za głosem, odnajduję go przy przeciwległej ścianie, oświetlającego latarką jeszcze jedną Trollową Norę. Graffiti niespecjalnie przypomina graffiti Margo, ale trudno orzec to z całą pewnością. Widziałem, jak malowała spreyem tylko jedną literę.

Podczas gdy Radar świeci mi latarką, pochylam się i jako pierwszy przechodzę przez dziurę. Pomieszczenie po drugiej stronie jest zupełnie puste, nie licząc zwiniętej w rulon wykładziny w jednym z kątów. Gdy światło latarki bada podłogę, zauważam plamy kleju na betonie w miejscach, w których kiedyś przyczepiona była wykładzina. Po przeciwległej stronie pomieszczenia dostrzegam zarys kolejnej wyciętej w ścianie dziury, tym razem bez graffiti.

Przełażę przez tę Trollową Norę do pomieszczenia zastawionego wieszakami na ubrania, do którego ścian, pokrytych ciemnymi jak od wina plamami po zalaniu wodą, nadal przytwierdzone są drążki ze stali nierdzewnej. To pomieszczenie jest lepiej oświetlone. Dopiero po chwili orientuję się, że to dlatego, iż w dachu jest kilka dziur – zwisa z niego papa, widać też, że w niektórych miejscach dach osiada na odsłoniętych stalowych dźwigarach.

– Sklep z pamiątkami – oznajmia szeptem stojący przede mną Ben i natychmiast zdaję sobie sprawę, że ma rację.

Pośrodku pomieszczenia pięć gablotek tworzy pentagon. Szyby, które niegdyś odgradzały turystów od turystycznego badziewia, są w większości potrzaskane i leżą w kawałkach wokół gablotek. Szara farba odchodzi od ścian, tworząc dziwne i piękne wzory, a każdy spękany wielokąt farby jest jak śniegowy płatek rozkładu.

Co dziwne, znajduje się tu ciągle trochę towaru. Na przykład telefon z Myszką Miki, który pamiętam z bardzo wczesnego dzieciństwa. Nadjedzone przez mole, ale ciągle ładnie poskładane T-shirty z nadrukiem SŁONECZNE

ORLANDO leżą na wystawie obsypane rozbitym szkłem. Pod przeszklonymi gablotami Radar znajduje pudło pełne map i starych turystycznych broszur reklamujących krokodyli park Gator World, Crystal Gardens i wesołe miasteczka, które już nie istnieją. Ben macha na mnie i wskazuje bibelot z zielonego szkła w kształcie aligatora, leżący samotnie w gablocie, niemal pogrzebany pod warstwą kurzu. Nachodzi mnie refleksja o wartości naszych pamiątek: tego gówna nie da się pozbyć.

Wracamy tą samą drogą, najpierw przez puste pomieszczenie, potem przez pomieszczenie z półkami, wreszcie przechodzimy przez ostatnią Trollową Norę. To miejsce wygląda jak biuro, tyle że bez komputerów, i sprawia wrażenie opuszczonego w wielkim pośpiechu, jakby pracowników biura teleportowano w kosmos albo nastąpiło coś równie nagłego. Dwadzieścia biurek stoi w czterech rzędach. Na niektórych biurkach nadal leżą długopisy, wszystkie zaś mają porozkładane płasko na blatach wielkie papierowe kalendarze. Na każdym z kalendarzy nieprzerwanie trwa luty 1986 roku. Ben popycha obity materiałem biurowy fotel, który zaczyna się obracać, rytmicznie poskrzypując. Przy jednym z biurek w chybotliwej piramidzie piętrzą się tysiące bloczków samoprzylepnych karteczek reklamujących biuro doradztwa hipotecznego The Martin-Gale Mortgage Corp. Pootwierane pudła wypełnione są stertami papieru ze starych drukarek igłowych, wyszczególniającymi wydatki i wpływy na koncie firmy Martin-Gale Mortgage Corp. Na jednym z biurek ktoś ułożył reklamujące osiedla broszury w jed-

nopiętrowy domek z kart. Rozkładam broszury w nadziei,
że zawierają jakąś wskazówkę, ale nic nie znajduję.
Radar opuszkami palców przekartkowuje jakieś papiery i szepcze:

– Nic po 1986.

Zaczynam przeglądać szuflady biurek. Znajduję ba-
gietki do uszu i szpilki do krawata. Długopisy i ołówki
popakowane tuzinami w liche tekturowe opakowania,
ozdobione czcionką i deseniami w stylu retro. Serwetki.
Parę rękawiczek do golfa.

– Znaleźliście coś, co świadczyłoby o tym, że ktoś tu był
w ciągu ostatnich, powiedzmy, dwudziestu lat? – pytam.

– Nic prócz Trollowych Nor – odpowiada mi Ben. To
grobowiec, wszystko spowite jest kurzem.

– Więc po co nas tu przyprowadziła? – zastanawia się
na głos Radar. Mówimy już pełnym głosem.

– Nie mam pojęcia – mówię. Jest oczywiste, że jej tu
nie ma.

– W kilku miejscach – zauważa Radar – jest mniej kurzu. W tamtym pustym pomieszczeniu jest prostokąt bez
kurzu, jakby ktoś coś przestawił. Ale czy ja wiem...

– No i jest jeszcze ta pomalowana ściana – dodaje Ben.

Ben wskazuje coś palcem i w świetle latarki Radara widzę, że część przeciwległej ściany została pociągnięta białą farbą gruntową, jakby ktoś postanowił zmienić wystrój
wnętrza, ale po pół godziny porzucił ten projekt. Podchodzę do ściany i z bliska dostrzegam, że pod warstwą białej
farby jest jakieś czerwone graffiti. Mogę jednak zobaczyć
jedynie sporadyczne czerwone prześwity – a to stanow-

czo za mało, by stwierdzić, co to graffiti przedstawia. Pod ścianą stoi puszka farby gruntowej – jest otwarta. Uklękam i wkładam palec do farby. Powierzchnia jest zasklepiona, ale łatwo daje się przebić i po chwili wyciągam palec ociekający bielą. Kiedy tak z palca skapuje mi farba, nie mówię ani słowa, ponieważ wszyscy trzej dochodzimy do tego samego wniosku, że ktoś jednak tu niedawno był. Wtem budynek znowu wydaje skrzyp, na co Radar upuszcza latarkę i klnie.

– Tu jest upiornie – mówi.

– Patrzcie – odzywa się Ben. Latarka nadal leży na podłodze, więc robię krok do tyłu, żeby ją podnieść, kiedy dostrzegam, że Ben pokazuje coś palcem. Wskazuje na ścianę. Zmiana kąta padania światła sprawiła, że litery graffiti wynurzają się teraz na wierzch spod warstwy farby – budzące grozę trupioblade drukowane litery, w których natychmiast rozpoznaję pismo Margo:

PÓJDZIESZ DO PAPIEROWYCH MIAST
I NIGDY JUŻ NIE POWRÓCISZ

Podnoszę latarkę i kieruję ją prosto na ścianę, a wiadomość znika. Jednak kiedy świecę nią na inną część ściany, znowu staje się czytelna.

– Cholera – mruczy pod nosem Radar.

Tuż po nim odzywa się Ben:

– Stary, możemy teraz stąd iść? Bo ostatnim razem, kiedy tak się bałem… pieprzyć to. Zaraz zwariuję ze strachu. Nie ma nic zabawnego w tym gównie.

„Nie ma nic zabawnego w tym gównie" nie do końca opisuje śmiertelne przerażenie, które w tej chwili od-
czuwam. Ale to mi wystarcza. Szybkim krokiem ruszam
w stronę Trollowej Nory, czując, jak wokół osaczają nas
ściany.

10

Ben i Radar odwieźli mnie do domu – mimo iż opuścili lekcje, nie mogli sobie pozwolić na opuszczenie próby orkiestry. Przez długi czas siedziałem w samotności z *Pieśnią o mnie*, chyba po raz dziesiąty usiłując przeczytać cały poemat od początku. To było trudne, bo ciągnął się przez jakieś osiemdziesiąt stron i był dziwny, i monotonny, i mimo iż rozumiałem każde słowo z osobna, absolutnie nie umiałem zrozumieć całości. Chociaż wiedziałem, że zakreślone fragmenty są prawdopodobnie jedynymi istotnymi fragmentami, chciałem dociec, czy wiersz mógłby posłużyć za list pożegnalny samobójcy. Tak czy owak, nic z tego nie rozumiałem.

Przebrnąwszy przez dziesięć zagmatwanych stron poematu, poczułem ogarniającą mnie panikę i postanowiłem zadzwonić do detektywa. Wygrzebałem jego wizytówkę z szortów z kosza na brudną bieliznę. Odebrał po drugim dzwonku.

– Warren.

– Dzień dobry, mówi Quentin Jacobsen. Jestem przyjacielem Margo Roth Spiegelman.

– Jasne, pamiętam cię, chłopcze. Co słychać?

Opowiedziałem mu o wskazówkach i o pawilonie handlowym, i o papierowych miastach, o tym, jak Margo nazwała papierowym miastem Orlando, kiedy byliśmy na szczycie budynku SunTrust, tylko że nie użyła tego określenia w liczbie mnogiej, o tym, jak mi powiedziała, że nie chce zostać znaleziona, o szukaniu jej pod podeszwą buta. Detektyw nawet mnie nie zbeształ za włamywanie się do opuszczonych budynków ani nie zapytał, dlaczego byłem w opuszczonym budynku o dziesiątej rano w środku tygodnia. Poczekał, aż skończę mówić, a wtedy oświadczył:

– Jezu, chłopcze, zrobił się z ciebie niemal detektyw. Teraz brakuje ci jeszcze tylko spluwy, tupetu i trzech byłych żon. No więc, jaką masz teorię?

– Boję się, że ona mogła się... zabić.

– Nigdy przez myśl mi nie przeszło, żeby ta dziewczyna mogła zrobić coś poza ucieczką, chłopcze. Rozumiem twój punkt widzenia, ale musisz pamiętać, że to nie jest jej pierwszy raz. Mam na myśli te wskazówki. To dodaje całemu przedsięwzięciu dramatyzmu. Szczerze mówiąc, chłopcze, gdyby chciała, żebyś ją znalazł – martwą czy żywą – już byś to zrobił.

– Ale nie uważa pan...

– Chłopcze, pech polega na tym, że ona w świetle prawa jest osobą dorosłą z wolną wolą, rozumiesz? Pozwól, że dam ci pewną radę: daj jej wrócić do domu. Chodzi mi o to, że w którymś momencie będziesz musiał przestać wpatrywać się w niebo, bo inaczej pewnego dnia spojrzysz z powrotem w dół i zorientujesz się, że ty także uleciałeś w przestworza.

* * *

Zakończyłem rozmowę z poczuciem niesmaku – uświadomiłem sobie, że to nie poetyzowanie Warrena zaprowadzi mnie do Margo. Rozmyślałem nad tymi ostatnimi wersami, które podkreśliła: *Zapisuję się w spadku ziemi, by wyrosnąć z trawy, którą kocham, / Jeśli zatęsknicie za mną, szukajcie mnie pod podeszwą buta.* Ta trawa, jak pisze Whitman na kilku pierwszych stronach, jest *pięknym, nie strzyżonym włosem mogił.* Tylko gdzie są te mogiły? Gdzie są te papierowe miasta?

Zalogowałem się na Omniklopedię, żeby sprawdzić, czy jest tam więcej informacji na temat frazy „papierowe miasta", niż już miałem. Znalazłem wyjątkowo wnikliwy i przydatny wpis utworzony przez użytkownika o nicku „śmierdziel": *Papierowe Miasto to miasto, w którym jest zakład papierniczy.* To właśnie była wada Omniklopedii: teksty napisane przez Radara były starannie przygotowane i niezwykle użyteczne; niezredagowane wypociny „śmierdziela" pozostawiały wiele do życzenia. Jednak kiedy poszukałem w całej sieci, znalazłem coś interesującego głęboko na czterdziestej pozycji wyników, na forum na temat handlu nieruchomościami w Kansas:

Wygląda na to, że nie wybudują jednak osiedla Madison Estates; kupiliśmy tam z mężem dom, ale ktoś zadzwonił do nas w tym tygodniu i powiedział, że zwracają nam depozyt, ponieważ nie sprzedali wystarczającej liczby domów na sfinansowanie projektu. Kolejne papierowe miasto dla Kansas! – Marge z Cawker w stanie Kansas

Pseudoosiedle! Pójdziesz do pseudoosiedli i nigdy już nie powrócisz. Wziąłem głęboki wdech i przez dłuższą chwilę wpatrywałem się w ekran komputera. Nieuchronnie nasuwał się jeden wniosek. Choć w środku Margo cała była popękana i zdecydowana na wszystko, nie mogła się jednak zdobyć, by zniknąć na dobre. Postanowiła więc zostawić swoje ciało – zostawić je dla mnie – na osiedlu będącym cieniem n a s z e g o osiedla, na którym kiedyś pękły jej pierwsze struny. Powiedziała, że nie chce, aby jej ciało znalazły jakieś przypadkowe dzieciaki – więc miało sens, że spośród wszystkich znanych jej ludzi wybrała mnie, żebym ją znalazł. Nie przysporzyłaby mi tym żadnego nowego cierpienia. Ja już raz to zrobiłem. Miałem w tej dziedzinie doświadczenie.

Zauważyłem, że Radar jest dostępny, i kliknąłem, żeby rozpocząć nową rozmowę, kiedy na ekranie wyskoczyło okienko wiadomości od niego:

OMNIKLOPEDYSTA96: Hej.
QODRODZENIE: Papierowe miasta = pseudoosiedla. Sądzę, że ona chce, żebym odnalazł jej ciało. Bo uważa, że ja mogę to znieść. Bo znaleźliśmy ciało tamtego martwego faceta, gdy byliśmy dziećmi.

Przesłałem mu link z forum o Kansas.

OMNIKLOPEDYSTA96: Zwolnij trochę. Daj mi sprawdzić ten link.
QODRODZENIE: Ok.

OMNIKLOPEDYSTA96: Dobra, nie bądź taki makabryczny. Nie wiesz niczego na pewno. Myślę, że nic jej nie jest.

QODRODZENIE: Wcale tak nie myślisz.

OMNIKLOPEDYSTA96: No dobra, nie myślę. Ale jeśli w świetle tego dowodu ktoś ma być żywy...

QODRODZENIE: Taa, chyba tak. Idę się położyć. Rodzice zaraz wrócą do domu.

Nie mogłem jednak się uspokoić, więc zadzwoniłem z łóżka do Bena i wyłożyłem mu swoją teorię.

– Co za gówniana makabra, stary. Ale nic jej nie jest. To wszystko jest tylko częścią jakiejś gry, którą prowadzi.

– Podchodzisz do tego dość niefrasobliwie.

Westchnął.

– Nieważne, to trochę niefajne z jej strony, no, tak przywłaszczyć sobie te trzy ostatnie tygodnie szkoły średniej, wiesz? Przez nią ty się zamartwiasz i Lacey się zamartwia, a bal jest już za trzy dni, czaisz? Czy nie możemy po prostu mieć fajnego balu?

– Mówisz poważnie? Ona może być martwa, Ben.

– Nie jest martwa. To mistrzyni dramatów. Chce być w centrum uwagi. Znaczy się, wiem, że ma popapranych rodziców, ale oni znają ją lepiej niż my, no nie? I oni też tak myślą.

– Jesteś czasem taką pacynką – oznajmiłem.

– Spoko, stary. Obaj mieliśmy długi dzień. Za dużo dramatów. TTYS*.

---

* TTYS – *Talk To You Soon* (ang.) – Pogadamy później.

Chciałem zakpić sobie z niego za używanie języka czatu w realu, ale nie miałem na to siły.

Kiedy się rozłączyłem, znów usiadłem do komputera i zacząłem szukać listy pseudoosiedli w stanie Floryda. Nie udało mi się nigdzie znaleźć listy, ale po wpisaniu do wyszukiwarki „opuszczone osiedla", „Gajowy Azyl" i tym podobnych fraz, po jakimś czasie udało mi się stworzyć listę pięciu miejsc w promieniu trzech godzin od Jefferson Park. Wydrukowałem mapę środkowej Florydy, przyczepiłem ją do ściany nad komputerem i wszystkich pięć miejsc zaznaczyłem pinezkami. Patrząc na mapę, nie dostrzegałem, żeby tworzyły jakiś sensowny układ. Były rozrzucone w przypadkowy sposób po odległych przedmieściach, dotarcie do nich wszystkich zajęłoby mi co najmniej tydzień. Dlaczego Margo nie wskazała mi konkretnego miejsca? Zostawiła wszystkie te piekielnie przerażające wskazówki. Wszystkie te zapowiedzi jakiejś tragedii. Ale nie podała m i e j s c a. Nic, czego można by się uchwycić. To było jak wdrapywanie się na górę żwiru.

Następnego dnia Ben pozwolił mi wziąć ZJOB-a, gdyż sam zamierzał krążyć po mieście z Lacey w jej SUV-ie i załatwiać sprawunki na bal. Choć raz nie musiałem siedzieć pod salą muzyczną – skoro tylko rozległ się dzwonek ogłaszający koniec siódmej lekcji, wypadłem ze szkoły i pognałem do samochodu. Nie miałem talentu Bena do uruchamiania silnika ZJOB-a, więc byłem jednym z pierwszych, którzy dotarli na parking, i jednym z ostatnich, którzy z niego wyjeżdżali, ale silnik w końcu zaskoczył i ruszyłem w stronę Gajowego Azylu.

Wyjeżdżając z miasta Colonial Drive, jechałem wolno, wypatrując innych pseudoosiedli, które mogłem przeoczyć w internecie. Za mną ciągnął się długi ogon samochodów i zacząłem się niepokoić, że je spowalniam. Nie mogłem się nadziwić, że wciąż jest we mnie miejsce na zamartwianie się tak błahymi, niedorzecznymi bzdurami jak to, czy ten facet w SUV-ie za mną myśli, że jestem przesadnie ostrożnym kierowcą. Pragnąłem, żeby zniknięcie Margo jakoś mnie odmieniło; ale tak się nie stało, niezupełnie.

Podczas gdy ogon samochodów ciągnął się za mną niczym jakaś niechętna procesja pogrzebowa, złapałem się na tym, że mówię do Margo na głos:

– Wydobędę z tej struny wszystko. Nie zawiodę twojego zaufania. Odnajdę cię.

Mówienie do niej, o dziwo, uspokajało mnie. Powstrzymywało mnie od wyobrażania sobie różnych scenariuszy. Ponownie dotarłem do przekrzywionego drewnianego znaku przy Gajowym Azylu. Niemal słyszałem te westchnienia ulgi dochodzące z korka za mną, kiedy skręcałem w lewo, w ślepą asfaltową ulicę. Wyglądała jak podjazd bez domu. Zostawiłem ZJOB-a na chodzie i wysiadłem. Z bliska spostrzegłem, że Gajowy Azyl w rzeczywistości znajdował się na bardziej zaawansowanym etapie ukończenia, niż wyglądało to na pierwszy rzut oka. W piaszczystym gruncie wytyczono dwie zakończone śle-

pymi zaułkami drogi gruntowe, choć były już tak zero-
dowane, że ledwo dostrzegałem ich kontur. Przechodząc
wzdłuż jednej i drugiej ulicy, czułem, jak upał wdziera mi
się do nosa z każdym kolejnym wdechem. Palące słońce
utrudniało poruszanie się, ale poznałem już piękną, choć
makabryczną, prawdę: upał sprawia, że śmierć cuchnie,
tymczasem w Gajowym Azylu nie było czuć nic prócz za-
pachu rozgrzanego powietrza i spalin samochodowych
– utrzymywanych przez wilgotne powietrze blisko powierzchni ziemi wydechów moich i samochodu.

Szukałem dowodów potwierdzających, że Margo
tu była: odcisków butów, jakiegoś napisu na piachu, jakiejś pamiątki. Wyglądało jednak, że byłem od wielu lat
pierwszą osobą przemierzającą te nienazwane ulice bez
nawierzchni. Teren był płaski, tylko nieliczne zarośla zdo-
łały odrosnąć, miałem więc doskonały widok we wszystkich kierunkach. Nie było namiotów. Nie było ognisk. Nie
było Margo.

Wsiadłem z powrotem do ZJOB-a i wjechałem na I-4,
kierując się na północny wschód od miasta, w stronę miejsca o nazwie Ostrokrzewowe Błonia. Minąłem Ostrokrzewowe Błonia trzykrotnie, zanim w końcu znalazłem to
osiedle – na cały krajobraz tej okolicy składały się dęby
i pastwiska, a pozbawione jakiegokolwiek oznaczenia
przy wjeździe Ostrokrzewowe Błonia nie wyróżniały się
na tym tle w żaden szczególny sposób. Kiedy jednak przejechałem kilka metrów polną drogą, przy której początku rosła kępa dębów i sosen, osiedle okazało się równie

ponure co Gajowy Azyl. Główna droga bez nawierzchni powoli znikała, przechodząc w piaszczyste pole. Nie dostrzegłem żadnych innych dróg, ale spacerując po osiedlu, natrafiłem na kilka leżących na ziemi drewnianych palików, poznaczonych farbą w spreyu. Uznałem, że kiedyś musiały być znacznikami granic działki. Nie czułem ani nie widziałem niczego podejrzanego, a mimo to strach ściskał mi pierś. Początkowo nie mogłem zrozumieć dlaczego, ale potem to zobaczyłem: kiedy oczyszczano teren pod budowę, na tyłach działki zostawiono samotny dąb. A to sękate drzewo o pokrytych grubą korą konarach było tak podobne do tamtego drzewa w Parku Jeffersona, przy którym znaleźliśmy Roberta Joynera, iż byłem pewien, że ona tam jest, po przeciwległej stronie pnia.

I po raz pierwszy wyobraziłem to sobie: Margo Roth Spiegelman bezwładnie oparta o pień drzewa, jej oczy nieruchome, czarna krew sącząca się z ust, wszystko wydęte i zniekształcone, ponieważ odnalezienie jej zajęło mi za dużo czasu. Ufała, że znajdę ją wcześniej. Powierzyła mi swoją ostatnią noc. A ja ją zawiodłem. I mimo iż w powietrzu nie wyczuwało się niczego prócz zapowiedzi późniejszego deszczu, byłem pewien, że właśnie ją znalazłem.

Ale nie. To było tylko drzewo, samotne pośród pustki srebrnego piachu. Usiadłem, opierając się o jego pień, i uspokoiłem oddech. Nie chciałem przechodzić przez to sam. W ogóle nie chciałem przez to przechodzić. Jeśli myślała, że Robert Joyner mnie przygotował, to się myliła. Nie znałem Roberta Joynera. Nie kochałem Roberta Joynera.

Uderzyłem pięściami w ziemię, a potem walnąłem w nią ponownie, i jeszcze raz. Piasek rozpraszał się pod moimi ciosami, aż w końcu uderzałem w nagie korzenie drzewa, i nie przestawałem, choć ból przeszywał moje dłonie i nadgarstki. Do tej pory nie płakałem za Margo, jednak teraz nareszcie pozwoliłem sobie na łzy, waląc w ziemię i krzycząc, ponieważ nie było nikogo, kto mógłby mnie usłyszeć: tęskniłem za nią, tęskniłem za nią, tęskniłem za nią, tęsknię za nią.

Nie ruszyłem się z miejsca nawet wtedy, gdy moje ręce ogarnęło zmęczenie, a moje oczy wyschły. Siedziałem tam i myślałem o niej, aż światło przybrało odcień szarości.

11

Następnego dnia w szkole zobaczyłem Bena przy wejściu do sali muzycznej pogrążonego w rozmowie z Lacey, Radarem i Angelą, stojących w cieniu drzewa o nisko zwieszonych gałęziach. Z ciężkim sercem słuchałem, jak rozmawiają o balu, o tym, jak Lacey pokłóciła się z Beccą, i innych bzdurach. Czekałem na okazję, by opowiedzieć im, co wczoraj zobaczyłem, ale kiedy okazja się nadarzyła i w końcu powiedziałem: „Dość długo rozglądałem się po dwóch pseudoosiedlach, ale nic szczególnego nie znalazłem", uświadomiłem sobie, że właściwie nie miałem nic nowego do przekazania.

Nikt nawet nie wydawał się zbytnio przejęty, oprócz Lacey. Potrząsała głową, kiedy mówiłem o pseudoosiedlach, a potem się odezwała:

– Czytałam wczoraj w internecie, że ludzie mający myśli samobójcze, kończą relacje z ludźmi, na których są źli. I rozdają swoje rzeczy. Margo w zeszłym tygodniu oddała mi pięć par dżinsów, mówiąc, że na mnie będą lepiej leżeć, co nie jest prawdą, bo ona jest znacznie bardziej, no – krągła.

Lubiłem Lacey, ale zrozumiałem, co Margo miała na myśli, mówiąc o umniejszaniu.

Z jakiegoś powodu opowiedzenie nam tej historii do-
prowadziło dziewczynę do łez, więc Ben ją objął, a ona
wtuliła się w jego ramiona, co było trudne do wykonania,
ponieważ w swoich butach na obcasach była faktycznie
od niego wyższa.

– Lacey, musimy znaleźć właściwe miejsce. Pogadaj ze
znajomymi. Czy kiedykolwiek wspominała coś o papierowych miastach? Czy kiedykolwiek mówiła o jakimś konkretnym miejscu? Jest jakieś osiedle, które coś dla niej znaczyło? – Wzruszyła ramionami, wciąż wtulona w Bena.

– Stary, nie dręcz jej – wystąpił rycersko Ben. Westchnąłem, ale zamilkłem.

– Sprawdzam sieć – odezwał się Radar – ale odkąd
zniknęła, nie logowała się na Omniklopedii pod swoją
nazwą użytkownika.

I jakby nigdy nic wrócili do wałkowania tematu balu.
Lacey wynurzyła się z objęć Bena, i choć wciąż wyglądała
na smutną i zaniepokojoną, to próbowała się uśmiechnąć,
gdy Radar i Ben wymieniali się anegdotami o kupowaniu
bukiecików.

Dzień mijał jak zwykle – w zwolnionym tempie, z ty-
siącem tęsknych spojrzeń rzucanych na zegar. Tylko że
teraz było to jeszcze trudniejsze do zniesienia, ponieważ
każda minuta zmarnowana w szkole była kolejną minutą,
w której nie udawało mi się odnaleźć Margo.

Jedynie w miarę interesującą lekcją tego dnia był angielski, na którym dr Holden zupełnie spaliła dla mnie
Moby'ego Dicka, błędnie przyjmując, że wszyscy przeczy-

taliśmy tę książkę, i opowiadała o kapitanie Ahabie, i jego obsesji odnalezienia i zabicia białego wieloryba. Mimo to przyjemnie było patrzeć, jak w miarę mówienia o lekturze robi się coraz bardziej podekscytowana.

– Ahab jest szaleńcem pomstującym na los. Nigdy w całej powieści nie widzicie, żeby pragnął czegoś innego, prawda? Ma jedną obsesję. A ponieważ jest kapitanem statku, nikt nie może go powstrzymać. Można argumentować – w rzeczy samej, możecie argumentować, jeśli zdecydujecie się pisać o nim w waszej pracy końcowej – że Ahab jest głupcem, poddając się obsesji. Ale można również przedstawić argument, że jest coś tragicznie heroicznego w podejmowaniu walki, w której jest się skazanym na klęskę. Czy nadzieja Ahaba jest rodzajem obłędu, czy może jest to definicja człowieczeństwa?

Notowałem, ile się dało z tego, co powiedziała, uświadamiając sobie, że prawdopodobnie zdołam sklecić moją pracę końcową bez konieczności czytania tej książki. Kiedy tak analizowała, uzmysłowiłem sobie, że dr Holden jest niezwykle dobra w odczytywaniu różnych rzeczy. I wspomniała, że lubi Whitmana. Więc kiedy zadzwonił dzwonek, wyjąłem *Źdźbła trawy* z plecaka i powoli go zapinałem, podczas gdy wszyscy pędzili albo do domu, albo na dodatkowe zajęcia. Stanąłem za kimś, kto prosił o przedłużenie terminu oddania spóźnionej już pracy. Wreszcie wyszedł.

– Oto i mój ulubiony czytelnik Whitmana.

Zmusiłem się do uśmiechu.

– Zna pani Margo Roth Spiegelman? – zapytałem.

Usiadła za biurkiem, dając mi gestem znać, żebym również usiadł.

– Nigdy nie miałam jej w swojej klasie, ale oczywiście o niej słyszałam. Wiem, że uciekła.

– Ona jakby zostawiła mi ten tomik z wierszami, zanim, no, zniknęła. – Podałem książkę dr Holden, a ona zaczęła ją powoli kartkować. Kiedy to robiła, wyznałem:

– Dużo rozmyślałem nad tymi zakreślonymi fragmentami. Jak pani spojrzy na koniec *Pieśni o mnie*, zobaczy pani, że podkreśliła ten kawałek o umieraniu. Ten wers: *Jeśli zatęsknicie za mną, szukajcie mnie pod podeszwą buta.*

– Zostawiła ci to – powtórzyła cicho dr Holden.

– Tak – potwierdziłem.

Przerzuciła kilka stron wstecz i postukała paznokciem w cytat zaznaczony na zielono.

– O co chodzi z tymi futrynami drzwi? To wspaniały moment w poemacie, Whitman... Wręcz czuje się, że krzyczy do nas: Otwórzcie drzwi! Co więcej, usuńcie drzwi!

– Margo zostawiła mi coś jeszcze dosłownie wewnątrz futryny moich drzwi.

Doktor Holden roześmiała się.

– O! Sprytnie! Ale to taki wspaniały wiersz – przykro mi, że tak dosłownie go odczytano. I wydaje się, że Margo zareagowała bardzo mrocznie na dzieło, które jest ostatecznie bardzo optymistycznym utworem. Ten poemat jest o naszych więziach – o tym, że wszyscy mamy ten sam system korzeni, jak to jest w wypadku źdźbeł trawy.

– Tylko że to, co ona podkreśliła, brzmi raczej jak list pożegnalny samobójcy – zauważyłem, a dr Holden ponownie przeczytała ostatnie strofy i spojrzała na mnie.

– Jakimże błędem jest upraszczanie tego poematu do czegoś beznadziejnego. Mam nadzieję, że nie o to chodzi, Quentinie. Jeśli przeczyta się cały wiersz, nie wiem, jak można wyciągnąć inny wniosek, niż taki, że życie jest czymś świętym i cennym. Ale kto wie. Może Margo odczytała go tylko pod kątem idei, których szukała. Często interpretujemy wiersze w ten sposób. Ale jeśli tak było, zupełnie źle odebrała to, o co prosi ją Whitman.

– A o co prosi?

Zamknęła książkę i popatrzyła mi prosto w oczy w taki sposób, że nie byłem w stanie wytrzymać jej spojrzenia.

– A co ty o tym myślisz?

– Nie wiem – bąknąłem, wbijając wzrok w stertę ocenionych prac na biurku. – Próbowałem przeczytać go w całości kilkakrotnie, ale nie zaszedłem zbyt daleko. Przeważnie czytałem tylko te fragmenty, które podkreśliła. Czytam wiersz, żeby zrozumieć Margo, a nie po to, by zrozumieć Whitmana.

Doktor Holden podniosła ołówek i zapisała coś na odwrocie koperty.

– Poczekaj. Zapisuję to.

– Co?

– To, co właśnie powiedziałeś.

– Dlaczego?

– Ponieważ uważam, że właśnie tego pragnąłby
Whitman: żebyś potraktował *Pieśń o mnie* nie tylko
jako wiersz, ale jako drogę do zrozumienia drugiego
człowieka. Ale zastanawiam się, czy przypadkiem nie
powinieneś przeczytać go jako kompletnego poematu,
zamiast skupiać się tylko na fragmentach z cytatami
i wskazówkami. Naprawdę uważam, że istnieją pewne interesujące analogie między poetą w *Pieśni o mnie*
a Margo Spiegelman – cała ta nieokiełznana charyzma
i *wanderlust*. Jednakże wiersz nie może zdziałać tego,
do czego został stworzony, jeśli przeczyta się tylko jego
urywki.

– Dobrze, dziękuję – powiedziałem. Wziąłem książkę
i wstałem. Jakoś nie podniosło mnie to na duchu.

Tego popołudnia zabrałem się ze szkoły razem z Benem i siedziałem u niego w domu, dopóki nie musiał jechać po Radara, bo wybierali się na jakąś przedbalową
imprezę organizowaną przez naszego kolegę Jake'a, którego rodzice wyjechali z miasta. Ben chciał, żebym poszedł z nimi, ale nie byłem w nastroju.

Wróciłem do domu na piechotę, przechodząc przez
park, w którym ja i Margo znaleźliśmy martwego Roberta
Joynera. Przypomniał mi się tamten poranek i poczułem,
jak coś przewraca mi się w żołądku na myśl o tym wspo-
mnieniu – nie przez tego martwego faceta, ale dlatego, że
przypomniałem sobie, iż to ona zobaczyła go pierwsza.
Nawet na placu zabaw na moim własnym podwórku nie
potrafiłem sam znaleźć ciała – jak, u diabła, miałem dokonać tego teraz?

Po przybyciu do domu ponownie zabrałem się do czytania *Pieśni o mnie*, jednak mimo wskazówek dr Holden, poemat wciąż jawił mi się jako plątanina niezrozumiałych słów.

Następnego ranka obudziłem się wcześnie, tuż po ósmej, i usiadłem do komputera. Ben był dostępny, więc wysłałem mu wiadomość na komunikatorze.

QODRODZENIE: Jak było na imprezie?
TOBYŁAINFEKCJANEREK: Nudno, oczywiście. Wszystkie imprezy, na które chodzę, są nudne.
QODRODZENIE: Szkoda, że to przegapiłem. Wcześnie jesteś na nogach. Chcesz wpaść do mnie, pograć w Odrodzenie?
TOBYŁAINFEKCJANEREK: Żartujesz?
QODRODZENIE: Zastanówmy się... Nie?
TOBYŁAINFEKCJANEREK: Wiesz, jaki dzisiaj jest dzień?
QODRODZENIE: Sobota, 15 maja?
TOBYŁAINFEKCJANEREK: Stary, bal zaczyna się za jedenaście godzin i czternaście minut. Muszę pojechać po Lacey za niecałe dziewięć godzin. Nawet jeszcze nie umyłem i nie nawoskowałem ZJOB-a, którego, tak przy okazji, całkiem popisowo utytłałeś. Potem muszę wziąć prysznic, ogolić się, przystrzyc włosy w nosie i samego siebie umyć i nawoskować. Boże, nawet mi nie mów. Mam mnóstwo roboty. Słuchaj, zadzwonię do ciebie później, jeśli będę mógł.

Radar też był dostępny, więc napisałem do niego.

QODRODZENIE: Co jest z Benem nie tak?

OMNIKLOPEDYSTA96: Zwolnij nieco, kowboju.

QODRODZENIE: Sorry, po prostu wkurza mnie to, że tak świruje na punkcie tego balu.

OMNIKLOPEDYSTA96: Dopiero się wkurzysz, jak usłyszysz, że jestem na nogach tak wcześnie tylko dlatego, iż muszę wyjść, by odebrać smoking.

QODRODZENIE: Jezu Chryste. Serio?

OMNIKLOPEDYSTA96: Q, jutro i pojutrze, i popojutrze, i każdego kolejnego dnia przez resztę mojego życia z największą przyjemnością wezmę udział w twoim dochodzeniu. Ale mam dziewczynę. A ona chce mieć udany bal. I ja chcę mieć udany bal. To nie moja wina, że Margo Roth Spiegelman nie chciała, żebyśmy mieli udany bal.

Nie wiedziałem, co powiedzieć. Być może miał rację. Może zasługiwała na to, żeby o niej zapomniano. Jednak ja nie potrafiłem o niej zapomnieć.

Moi rodzice leżeli jeszcze w łóżku, oglądając jakiś stary film w telewizji.

– Mogę wziąć minivana? – zapytałem.

– Jasne, po co?

– Postanowiłem iść na bal – odpowiedziałem pośpiesznie. Kłamstwo zaświtało mi w głowie w chwili, gdy je wypowiedziałem. – Muszę wybrać smoking, a potem pojechać do Bena. Obaj idziemy bez partnerek.

Mama usiadła, uśmiechając się.

– No, uważam, że to wspaniale, słońce. Świetnie ci to zrobi. Wrócisz tu jeszcze, żebyśmy mogli zrobić zdjęcia?

– Mamo, naprawdę potrzebna ci dokumentacja tego, jak idę na bal bez partnerki? Pomyśl, czy w moim życiu nie dość już było upokorzeń?

Roześmiała się.

– Zadzwoń przed północą – przypomniał mi tata.

– Jasna sprawa – obiecałem. Okłamywanie ich przyszło mi z taką łatwością, że nagle zacząłem się zastanawiać, dlaczego właściwie nie robiłem tego przed pamiętną nocą z Margo.

Wjechałem na I-4, kierując się na zachód w kierunku Kissimmee i parków rozrywki, minąłem I-Drive w pobliżu miejsca, w którym z Margo włamaliśmy się do Sea-World, aż znalazłem się na autostradzie nr 27 prowadzącej do Haines City. W tamtych okolicach jest wiele jezior, a gdziekolwiek na Florydzie są jeziora, anektują je bogaci ludzie, więc wydawało mi się mało prawdopodobne, że znajdę tam jakieś pseudoosiedle. Jednak strona internetowa, na którą trafiłem, podawała bardzo konkretne informacje o znajdującej się tam, często przejmowanej przez banki, ogromnej parceli, której nikt nie zdołał zagospodarować. Rozpoznałem to miejsce od razu, ponieważ każde inne osiedle przy drodze dojazdowej było otoczone murem, podczas gdy Przepiórczą Kotlinę oznaczono jedynie plastikową tablicą wbitą w ziemię. Skręciwszy na osiedle, zobaczyłem niewielkie plastikowe reklamy z hasłami NA SPRZEDAŻ, PIERWSZORZĘDNA LOKALIZACJA oraz ZNAKOMITE MOŻLIWOŚCI ZAGO$PODAROWANIA!

W przeciwieństwie do poprzednich pseudoosiedli
o Przepiórczą Kotlinę ktoś dbał. Nie wybudowano tu
żadnych domów, ale działki oznaczone były słupkami
geodezyjnymi, a trawa świeżo skoszona. Wszystkie ulice wyłożono kostką brukową i umieszczono przy nich
tabliczki z nazwami. Na środku osiedla wykopano sa-
dzawkę w kształcie doskonałego koła, ale z jakiegoś powodu ją osuszono. Kiedy podjechałem bliżej, zobaczyłem,
że miała jakieś trzy metry głębokości i nieco ponad sto
metrów średnicy. Gumowy wąż wił się dnem krateru do
jej środka, skąd do wysokości mojego wzroku wyrastała
stalowo-aluminiowa fontanna. Ogarnęło mnie poczucie
wdzięczności, że sadzawka jest pusta i nie muszę wgapiać
się w jej taflę, zastanawiając się, czy Margo nie leży gdzieś
na dnie, czekając, aż założę akwalung, żeby ją odnaleźć.
Poczułem pewność, że Margo nie ma w Przepiórczej Ko-
tlinie. To miejsce graniczyło ze zbyt wieloma osiedlami, by
mogło stanowić dobrą kryjówkę, niezależnie od tego, czy
jest się osobą, czy zwłokami. Niemniej i tak się rozglądałem,
bezsensownie objeżdżając minivanem ulicę za ulicą. Zalała
mnie fala beznadziejności. Chciałem się cieszyć, że to nie
tutaj. Jednak jeśli to nie była Przepiórcza Kotlina, będzie to
następne miejsce albo kolejne, albo jeszcze następne. A może
nigdy jej nie znajdę. Czy taki los byłby lepszy?

Zakończyłem mój bezowocny patrol i zjechałem z powrotem na autostradę. Kupiłem sobie lunch w okienku
dla kierowców i zjadłem go w drodze na zachód, kierując
się do pawilonu.

12

Kiedy zajechałem na parking przed pawilonem, zauważyłem, że ktoś zakleił zrobioną przez nas dziurę w płycie niebieską taśmą malarską. Zastanawiałem się, kto mógł być tutaj po nas.

Podjechałem na tył budynku i zaparkowałem minivana obok zardzewiałego kontenera na śmieci, który od dziesięcioleci nie spotkał się ze śmieciarką. Pomyślałem sobie, że w razie potrzeby zawsze mogłem przebić się przez tę taśmę, jednak idąc ku frontowi budynku, zauważyłem, że stalowe drzwi na tyłach sklepów nie mają żadnych widocznych zawiasów.

Dzięki Margo nauczyłem się tego i owego o zawiasach, i teraz zdałem sobie sprawę, dlaczego szarpanie tych drzwi nic nam nie dało: otwierały się do środka. Podszedłem do drzwi biura firmy od kredytów hipotecznych i pchnąłem je. Otwarły się bez najmniejszego oporu. Boże, ale z nas durnie. Ktokolwiek zajmował się tym budynkiem, z pewnością wiedział o niezablokowanych drzwiach, więc ta taśma wydawała się jeszcze bardziej nie na miejscu.

Pogmerałem w moim spakowanym tego ranka plecaku i wygrzebawszy należącą do ojca latarkę Maglite o dużej mocy, omiotłem światłem pomieszczenie. W krokwiach

czmychnęło coś pokaźnych rozmiarów. Ciarki przeszły mi
po plecach. Przez strumień światła przeskakiwały jakieś
małe jaszczurki.

Z dziury w suficie w rogu pokoju od frontu padał pojedynczy promień światła, słońce przeświecało też zza płyty
wiórowej, ale byłem zdany głównie na latarkę. Chodziłem
tam i z powrotem między rzędami biurek, przyglądając
się przedmiotom, które znaleźliśmy w szufladach i zostawiliśmy na wierzchu. Widok biurka za biurkiem z takim
samym niezapisanym kalendarzem przyprawiał mnie
o wyjątkowo zimne dreszcze: Luty 1986. Luty 1986. Luty
1986. Czerwiec 1986. Luty 1986. Obróciłem się na pięcie
i oświetliłem biurko stojące w samym środku pomieszczenia. W kalendarzu ktoś zmienił miesiąc na czerwiec.
Nachyliłem się i przyjrzałem kartce w nadziei, że ujrzę
postrzępioną krawędź w miejscu, w którym zostały ode-
rwane poprzednie miesiące, lub jakieś ślady w miejscach,
na których długopis odcisnął się przez papier, ale kalendarz nie różnił się od pozostałych niczym oprócz daty.

Przyciskając latarkę policzkiem do ramienia, zacząłem
ponownie przeszukiwać szuflady biurek, zwracając szcze-
gólną uwagę na biurko czerwcowe: kilka serwetek, kilka
wciąż zatemperowanych ołówków, służbowe notatki dotyczące kredytów hipotecznych adresowane do jakiegoś
Dennisa McMahona, puste opakowanie Marlboro Lights,
prawie pełna buteleczka czerwonego lakieru do paznokci.

Przełożyłem latarkę do jednej ręki, a drugą podniosłem lakier i przyjrzałem się mu z bliska. Tak czerwony, że
niemal czarny. Ten kolor widziałem już wcześniej. Widzia-

łem go na desce rozdzielczej minivana tamtej nocy. Nagle odgłosy pierzchania w krokwiach i trzeszczenie budynku stały się nieistotne – ogarnęła mnie perwersyjna euforia. Nie mogłem, rzecz jasna, wiedzieć, czy to ta sama butelka, ale z pewnością był to ten sam kolor.

Okręciwszy buteleczkę w palcach, na jej zewnętrznej ściance dojrzałem rozwiewającą resztę moich wątpliwości maleńką smugę niebieskiej farby w spreyu. Odcisk jej poplamionych spreyem palców. Teraz miałem już pewność. Była tutaj po tym, jak rozeszliśmy się nad ranem. Może ciągle tu pomieszkiwała. Może pojawiała się tu tylko na noc. Może to ona zakleiła płytę wiórową, żeby chronić swoją prywatność.

Natychmiast postanowiłem zostać do rana. Jeśli Margo mogła tu spać, ja też mogłem. W takich to okolicznościach wdałem się w krótką konwersację z samym sobą:

Ja: Ale szczury.

Ja: No tak, ale wygląda na to, że trzymają się sufitu.

Ja: Ale jaszczurki.

Ja: Daj spokój. Gdy byłeś mały, ciągałeś je za ogony. Nie boisz się jaszczurek.

Ja: Ale szczury.

Ja: Szczury tak naprawdę nie mogą cię zranić. One bardziej boją się ciebie niż ty ich.

Ja: No dobrze, ale co ze szczurami?

Ja: Zamknij się.

Ostatecznie jednak szczury nie miały znaczenia, istotnego znaczenia, ponieważ znajdowałem się w miejscu, w którym przede mną przebywała żywa Margo. Byłem w miejscu, które widziało ją później niż ja ją widziałem, i ciepło tej myśli czyniło pawilon niemal przyjemnym miejscem. Bynajmniej nie chcę przez to powiedzieć, że czułem się jak kołysane przez mateczkę niemowlę, ale mój oddech już nie przyśpieszał przy byle hałasie. A kiedy stałem się bardziej odprężony, eksplorowanie szło mi łatwiej. Wiedziałem, że do odkrycia było znacznie więcej, a teraz poczułem się gotów, by to znaleźć.

Pochyliłem się i przelazłem przez Trollową Norę, wychodząc z biura i wchodząc do pokoju z labiryntem półek. Chwilę pokrążyłem między alejkami. Na drugim końcu pomieszczenia przedostałem się przez następną Trollową Norę do pustego pokoju. Usiadłem pod przeciwległą ścianą na zrolowanej wykładzinie. Popękana biała farba zachrzęściła pod naporem moich pleców. Dając sobie czas na oswojenie się z dźwiękami, zostałem tam przez chwilę, na tyle długo, że wpadający przez dziurę w suficie snop światła o postrzępionych brzegach zdążył przepełznąć po podłodze kilka centymetrów.

Wkrótce znudziło mi się siedzenie, więc przelazłem przez ostatnią Trollową Norę do sklepu z pamiątkami. Poprzerzucałem T-shirty. Spod gabloty wystawowej wytargałem pudło z broszurami turystycznymi i przejrzałem je, szukając jakiejś nagryzmolonej wiadomości od Margo, ale nic nie znalazłem.

Wróciłem do pomieszczenia, które zacząłem nazywać biblioteką. Przekartkowałem egzemplarze „Reader's Digest", znalazłem też stertę magazynów „National Geographic" z lat sześćdziesiątych, ale karton z nimi pokryty był tak grubą warstwą kurzu, że wiedziałem, iż Margo nigdy do niego nie zaglądała.

Ślady ludzkiej bytności znalazłem dopiero, gdy wróciłem do pustego pokoju. Na ścianie, przy której leżała zrolowana wykładzina, odkryłem w popękanej i łuszczącej się farbie dziewięć otworów po pinezkach. Cztery z otworów tworzyły z grubsza kwadrat, a pięć pozostałych mieściło się w jego środku. Przyszło mi do głowy, że może Margo zatrzymała się tu na tyle długo, że zawiesiła sobie kilka plakatów, chociaż gdy przeszukiwaliśmy jej pokój, nie rzuciły nam się w oczy żadne oczywiste braki.

Rozwinąłem częściowo wykładzinę i natychmiast znalazłem coś jeszcze: rozpłaszczone, puste pudełko, zawierające kiedyś dwadzieścia cztery batoniki energetyczne. Potrafiłem sobie wyobrazić, jak Margo siedzi tutaj na rolce tej zatęchłej wykładziny i oparta o ścianę pałaszuje batonik. Jest całkiem sama, a do jedzenia ma tylko to. Może raz dziennie jeździ do sklepu spożywczego po kanapkę i puszkę Mountain Dew, lecz większość dnia spędza tutaj, na tej wykładzinie lub w jej pobliżu. Ten obraz wydał mi się zbyt przygnębiający, by mógł być prawdziwy – biła od niego jakaś wielka samotność i w niczym nie przypominał Margo. Jednak wszystkie świadectwa ostatnich dziesięciu dni doprowadziły do zaskakującej konkluzji: sama Margo – przynajmniej czasami – w niczym nie przypominała Margo.

Rozwinąwszy wykładzinę jeszcze trochę, znalazłem niebieski, niewiele grubszy od gazety, dziany koc. Wzią-

łem go do ręki, podniosłem do twarzy i... Boże, tak – to
był jej zapach. Zapach szamponu z bzu i migdałowego
balsamu do ciała, spod których przebijała ulotna słodycz
jej skóry.

Przed oczami ukazał mi się nowy obraz: Margo co noc
rozwija do połowy wykładzinę, żeby jej biodro nie stykało
się z nagim betonem, gdy leży na boku. Wpełza pod koc,
opiera głowę na nierozwiniętej części wykładziny i zasy-
pia. Tylko dlaczego tutaj? W czym to miejsce jest lepsze od
domu? A jeśli jest tak wspaniałe, dlaczego je opuszczać?
Tych rzeczy nie potrafię sobie wyobrazić i uzmysławiam
sobie, że nie potrafię ich sobie wyobrazić, ponieważ nie
poznałem Margo. Znałem jej zapach i wiedziałem, jak się
zachowuje w mojej obecności, wiedziałem też, jak się zachowuje w obecności innych, wiedziałem, że lubi Mountain Dew, przygody i dramatyczne gesty, wiedziałem, że
jest zabawna i bystra, i ogólnie rzecz biorąc, zawsze o krok
przed nami wszystkimi. Nie wiedziałem natomiast, co ją
tutaj przygnało ani co ją tutaj trzymało, ani co sprawiło,
że odeszła. Nie wiedziałem, dlaczego mając tysiące płyt,
nikomu nie wspomniała choćby słowem, że lubi muzykę.
I nie wiedziałem, co robiła nocą za opuszczonymi roleta-
mi, za zamkniętymi na klucz drzwiami, w zapieczętowa-
nej prywatności swojego pokoju.

Może to właśnie tym musiałem się zająć w pierwszej
kolejności? Musiałem odkryć, jaka jest Margo, kiedy nie
jest Margo, którą znałem.

Dobrą chwilę leżałem ze spowitym w jej zapach kocem,
gapiąc się w sufit. Przez pęknięcie w suficie widziałem skra-

wek późnopopołudniowego nieba przypominający pomalowane na kobaltowo obszarpane płótno. To idealne miejsce do spania: można patrzeć w gwiazdy na nocnym niebie i ciągle mieć dach nad głową na wypadek deszczu. Zadzwoniłem do rodziców, żeby się zameldować. Odebrał tata. Poinformowałem go, że jesteśmy właśnie w samochodzie w drodze na spotkanie z Radarem i Angelą, i że zostaję na noc u Bena. Tata powiedział mi, żebym nie pił, ja powiedziałem, że nie będę, on powiedział, iż jest ze mnie dumny, że idę na bal, a ja zastanawiałem się, czy byłby ze mnie dumny, gdyby wiedział, co tak naprawdę robię.

To miejsce było nudne. Kiedy bowiem dałem już sobie spokój z gryzoniami i tajemniczymi zawodzeniami w ścianach z cyklu „ten budynek się rozpada", nie miałem tu nic do roboty. Nie było internetu ani telewizji, ani muzyki. Nudziłem się, więc znowu zacząłem zachodzić w głowę, dlaczego Margo wybrała to miejsce, jako że zawsze wydawała mi się osobą o bardzo ograniczonej tolerancji na nudę. Może podobał jej się pomysł życia jak lump? Mało prawdopodobne. Margo nawet na włamanie do SeaWorld włożyła markowe dżinsy.

Brak innych pomysłów skłonił mnie do powrotu do *Pieśni o mnie*, jedynego pewnego daru, jaki od niej dostałem. Przeniosłem się na pokryty zaciekami kawałek betonowej podłogi pod samą dziurą w suficie, usiadłem ze skrzyżowanymi nogami i pochyliłem się pod takim kątem, żeby światło padało na książkę. I, o dziwo, nareszcie potrafiłem ją czytać.

* * *

Sprawa z tym poematem wygląda tak: poemat rozpoczyna się naprawdę wolno, czymś w rodzaju długiego wstępu, ale w okolicach dziewięćdziesiątego wersu Whitman wreszcie zaczyna opowiadać jakąś historię i właśnie w tym miejscu coś we mnie zaskoczyło. No więc Whitman wyciąga się w trawie (wałkoni się, jak to nazywa) i oto, co się później dzieje:

Dziecko spytało: „Co to jest trawa?" przynosząc mi pełne
jej garście;
Co mogłem odpowiedzieć dziecku? Przecież nie wiem
więcej niż ono.
Myślę, że to chorągiew moich uczuć utkana z ufnej zieleni.

To nadzieja, o której mówiła dr Holden – trawa jest metaforą jego nadziei. Jednak to nie wszystko. Whitman mówi dalej:

Albo myślę, że to chusteczka Pana Boga,
Pachnący dar i pamiątka upuszczona umyślnie

Jakby trawa była metaforą wspaniałości Boga czy czegoś w tym rodzaju...

Albo myślę, że trawa sama jest dzieckiem [...]

A nieco dalej:

Albo myślę, że to wciąż ten sam hieroglif,
Który znaczy: Kiełkując w wielkich krajach i małych,
Rosnąc pośród białych ludów i czarnych, [...]

Więc może trawa jest metaforą naszej równości i naszych zasadniczych więzi, jak to zinterpretowała dr Holden. Wreszcie na koniec Whitman mówi o trawie:

Teraz wydaje mi się, że to piękny, niestrzyżony włos mogił.

Zatem trawa jest również śmiercią – wyrasta z naszych pogrzebanych ciał. Trawa była tyloma różnymi rzeczami naraz, że to mnie oszałamiało. Jest więc metaforą życia i śmierci, i równości, i więzi, i dzieci, i Boga, i nadziei.

Nie potrafiłem wyczytać, która z tych koncepcji, jeśli w ogóle była to któraś z nich, stanowiła główną ideę poematu. Tymczasem rozmyślanie o trawie i wszystkich tych różnych sposobach patrzenia na nią zmusiło mnie do zastanowienia się również nad wszystkimi sposobami mojego postrzegania i fałszywego postrzegania Margo. Można było ją widzieć na tyle sposobów. Do tej pory skupiałem się na tym, kim się stała, lecz teraz, łamiąc sobie głowę nad wieloznacznością motywu trawy i ciągle czując na kocu zapach Margo, uświadomiłem sobie, że najważniejsze było pytanie, k o g o szukałem. Jeśli „Co to jest trawa?" miało tak skomplikowaną odpowiedź, to, pomyślałem, równie skomplikowana musi być odpowiedź na pytanie „Kto to jest Margo Roth Spiegelman?". Jak w wypadku metafory, która przez swoją wieloznaczność staje się niezrozumiała, w tym, co zostawiła mi Margo, było dość miejsca na nieskończoną liczbę wyobrażeń, na niezliczone odsłony Margo.

Musiałem skrystalizować sobie jej obraz, wydedukowałem, że muszą tu być rzeczy, których nie widziałem we właściwym kontekście lub w ogóle nie widziałem. Zapragnąłem zerwać dach i oświetlić całe to miejsce, żebym mógł zobaczyć wszystko naraz, a nie tylko tyle, na ile pozwalał mi pojedynczy snop światła latarki. Odłożyłem na bok koc Margo i wrzasnąłem tak głośno, żeby usłyszały mnie wszystkie szczury: „ZAMIERZAM COŚ TUTAJ ZNALEŹĆ!".

Przetrząsnąłem raz jeszcze każdą szufladę w biurze, ale stawało się dla mnie coraz bardziej oczywiste, że Margo używała jedynie biurka z lakierem do paznokci i kalendarzem wskazującym na czerwiec.

Przeszedłem pochylony przez Trollową Norę i wróciłem do biblioteki, ponownie wędrując między porzuconymi metalowymi regałami. Zajrzałem na każdą półkę, szukając pozbawionych kurzu konturów, które byłyby dla mnie znakiem, że Margo użyła na coś tych miejsc, lecz nic nie znalazłem. Wtem poruszające się niespokojnie we wszystkich kierunkach światło mojej latarki przypadkiem padło na coś na półce w rogu pokoju, tuż obok zabitej płytami sklepowej witryny. Był to grzbiet książki.

Książka nosiła tytuł *Przydrożna Ameryka. Twój przewodnik turystyczny* i została opublikowana w 1998 roku, a więc już po tym, jak opuszczono to miejsce. Przekartkowałem ją, przyciskając latarkę policzkiem do szyi. W książce wyliczono setki atrakcji, od największego na świecie kłębka szpagatu w Darwin w stanie Minnesota do największej na świecie kuli ze znaczków pocztowych w Omaha w stanie Nebraska. Ktoś pozaginał rogi wielu pozornie przypadkowych stron. Książka nie była zbyt zakurzona. Być może SeaWorld był tylko pierwszym przystankiem na trasie jakiejś zawrotnej przygody. Tak. To miało sens. To była Margo. Jakimś sposobem dowiedziała się o tym miejscu, przyjechała tu zgromadzić zapasy i spędziwszy noc lub dwie, ruszyła w drogę. Mogłem sobie wyobrazić, jak obija się wśród kiczowatych lepów na turystów.

Ostatnie światło uciekało już z dziur w suficie, gdy na kolejnych półkach odkryłem więcej książek. *Z plecakiem po Nepalu, Atrakcje turystyczne Kanady, Samochodem przez Amerykę, Przewodnik Fodora po Bahamach, Za grosz do Bhutanu.* Wydawało się, że nic nie łączy tych książek, poza jednym: wszystkie są o podróżowaniu i wszystkie opublikowano, kiedy pawilon był już opuszczony. Przytrzymując sobie latarkę podbródkiem, zebrałem książki w stos sięgający mi od pasa do piersi i zaniosłem je do pustego pokoju, który teraz nazywałem sypialnią.

Okazało się więc, że jednak spędzę balową noc z Margo, tylko niezupełnie tak, jak o tym marzyłem. Zamiast wparować z nią do sali balowej, siedziałem oparty o jej zrolowaną wykładzinę, z jej złachmanionym kocem zarzuconym na kolana, na przemian to czytając przy świetle latarki przewodniki, to znów siedząc w bezruchu w ciemności, podczas gdy ponad mną i wokół mnie brzęczały cykady.

Może siedziała tutaj w tej kakofonicznej ciemności i czuła, jak ogarnia ją jakaś desperacja, i może uznała, że niemożliwe jest odrzucenie myśli o śmierci. Naturalnie mogłem to sobie wyobrazić.

Jednak mogłem sobie wyobrazić także taki obraz: Margo wynajduje te książki na garażowych wyprzedażach, kupuje za ćwierć dolara lub mniej każdy turystyczny przewodnik, jaki tylko wpada jej w ręce. A potem przychodzi tutaj – jeszcze przed swoim zniknięciem – żeby je czytać z dala od wścibskich spojrzeń. Próbuje wybrać cele podróży. O tak. Wciąż byłaby w drodze i w ukryciu, byłaby jak przemierzający niebo balon, pokonujący setki kilometrów dziennie z pomocą nieustającego wiatru w plecy. W tym wyobrażeniu była żywa. Czy ściągnęła mnie tutaj, żeby dać mi wskazówki, z których miałem poskładać plan podróży? Może. Rzecz jasna, daleko mi było do jakiegokolwiek planu podróży. Sądząc z tych książek, mogła być na Jamajce albo w Namibii, w Topece albo w Pekinie. Jednak ja dopiero zacząłem szukać.

13

W moim śnie leżałem na plecach, a Margo trzymała głowę na moim ramieniu, od betonowej podłogi dzielił nas tylko skrawek wykładziny. Jej ramię spoczywało na mojej klatce piersiowej. Leżeliśmy pogrążeni we śnie. Boże, zmiłuj się nad jedynym nastolatkiem w Ameryce, który śni o spaniu z dziewczynami, i tylko o spaniu. Nagle zadzwonił mój telefon. Wybrzmiały dwa kolejne dzwonki, zanim moje zaspane ręce odnalazły leżący na rozwiniętej wykładzinie telefon. Była 3.18 rano. Dzwonił Ben.

– Dzień dobry, Ben – przywitałem go.

– OOO TAK!!!!! – odpowiedział, drąc się w słuchawkę, więc od razu stwierdziłem, że to nie czas na próby wytłumaczenia mu, czego dowiedziałem się o Margo i jak ją sobie wyobraziłem. Prawie czułem, że na kilometr jedzie od niego procentami. Tak wykrzyczane te dwa słowa prawdopodobnie zawierały więcej wykrzykników niż wszystko, co Ben powiedział do mnie w całym swoim życiu.

– Jak słyszę, impreza się kręci?

– OOOO TAK! Quentinie Jacobsenie! Q! Najwspanialszy Quentinie Ameryki! Tak! – W tym momencie jego głos oddalił się, ale wciąż go słyszałem. – Słuchajcie wszyscy,

hej, zamknijcie się na chwilę, cisza! W MOIM TELEFO-
NIE! JEST! QUENTIN! JACOBSEN! – Wybuchł aplauz
i głos Bena powrócił. – Tak, Quentin! Tak! Stary, musisz
tutaj przyjechać.

– Gdzie jest to tutaj? – zapytałem.

– U Bekki! Wiesz, gdzie to jest? – Tak się składało, że
doskonale wiedziałem. Byłem już w jej suterenie. – Ben,
wiem, gdzie to jest, ale jest środek nocy. A ja jestem teraz w...

– OOO TAK!!! Musisz natychmiast tu przyjechać. Ale
natychmiast!

– Ben, dzieją się ważniejsze rzeczy – odpowiedziałem.

– WYZNACZONY KIEROWCA!

– Co?

– Nie pijesz i wyznaczam cię na mojego kierowcę! Tak!
O, jak ja cię wyznaczam! Wspaniale, że odebrałeś! Bosko!
Muszę być w domu przed szóstą! I obarczam cię misją
dostarczenia mnie tam! OOOOOOO TAK!

– Nie możesz po prostu zostać u Bekki i się przespać?

– NIEEEE! Łuuuuu. Wygwizdać Quentina. Hej, słu-
chajcie! Wygwizdujemy Quentina! – Wygwizdano mnie.
– Wszyscy są pijani. Ben pijany. Lacey pijana. Radar pijany.
Nikt nie prowadzić. W domu przed szóstą. Obiecałem ma-
mie. Łuu, Quentin śpioch! Hurra, wyznaczony kierowca!
OOOO TAK!

Wziąłem głęboki oddech. Gdyby Margo miała zamiar
się zjawić, zjawiłaby się do trzeciej.

– Będę za pół godziny.

– TAK, TAK, TAK, TAK, TAK, TAK, TAK, TAK, TAK,
TAK, TAK, OOOOOO TAK!!!! TAK! TAK!

Gdy się rozłączałem, Ben, ciągle krzycząc, manifestował swoją aprobatę. Leżałem jeszcze przez moment, przekonując się do wstania, aż wreszcie to zrobiłem. Jeszcze w półśnie przeszedłem przez Trollowe Nory, najpierw przez bibliotekę, a potem do biura, pociągnąłem tylne drzwi i wsiadłem do minivana.

W osiedle Bekki Arrington skręciłem tuż przed czwartą. Po obu stronach drogi przy jej domu stały dziesiątki samochodów, wiedziałem jednak, że wewnątrz będzie jeszcze więcej osób, jako że wiele z nich przyjechało limuzynami. Znalazłem wolne miejsce parkingowe kilka samochodów za ZJOB-em.

Nigdy nie widziałem Bena pijanego. Kiedyś w dziesiątej klasie na orkiestrowej imprezie wypiłem butelkę różowego „wina". W drodze do mojego żołądka i na trasie powrotnej smakowało równie paskudnie. Ben siedział wtedy ze mną w udekorowanej postaciami z *Kubusia Puchatka* łazience Cassie Hiney, podczas gdy różową cieczą ostrzeliwałem od góry do dołu portret Kłapouchego. Sądzę, że to doświadczenie ostudziło w nas obu alkoholowe zapały. W każdym razie do dzisiejszego wieczoru.

Ma się rozumieć wiedziałem, że Ben będzie pijany. Słyszałem go przez telefon. Żaden trzeźwy człowiek nie wypowiada słów „o tak" tyle razy na minutę. A mimo to, kiedy przepchawszy się przez grupkę ludzi palących papierosy na trawniku przed domem Bekki, otworzyłem drzwi jej domu, nie spodziewałem się zobaczyć Jase'a Worthingtona i dwóch innych baseballistów trzymających nad kegiem pi-

wa zwisającego głową w dół, odzianego w smoking Bena.
Kranik beczki był w ustach Bena, a cały pokój wpatrywał
się w niego jak zauroczony. Wszyscy skandowali unisono
„…osiemnaście, dziewiętnaście, dwadzieścia…" i przez
chwilę byłem przekonany, że Ben przechodzi jakieś otrzę-
siny czy coś takiego. Ale nie. Kiedy tak ssał ów piwny kranik, jakby wypływało z niego mleko matki, z kącików ust
spływały mu strużki piwa, bo się uśmiechał. Ludzie wy-
wrzaskiwali „…dwadzieścia trzy, dwadzieścia cztery, dwadzieścia pięć…" i słychać w tym było entuzjazm. Wszystko
wskazywało na to, że dzieje się coś niezwykłego. A według
mnie – trywialnego i żenującego. Jakby papierowe dzieci
urządzały sobie papierową zabawę. Zacząłem przeciskać
się przez tłum, zmierzając w stronę Bena, gdy zaskoczony
natknąłem się na Radara i Angelę.

– Co to, do cholery, ma być? – spytałem.

Radar przestał na moment liczyć i spojrzał na mnie.

– O tak! – przywitał się. – Aliści zawitał wyznaczony
kierowca! O tak!

– Dlaczego dziś w nocy każdy bez przerwy mówi
„o tak"?

– Dobre pytanie! – krzyknęła do mnie Angela. Wydęła
policzki i westchnęła. Wyglądała na niemal tak samo zi-
rytowaną jak ja.

– Tak, do diabła, to dobre pytanie! – zgodził się Radar
trzymający w każdej dłoni czerwony plastikowy kubek
pełen piwa.

– Oba są jego – ze spokojem wyjaśniła mi Angela.

– Dlaczego ty nie zostałaś wyznaczona na kierowcę?

– Chcieli ciebie – odparła. – Stwierdzili, że ta misja cię tu ściągnie.

Przewróciłem oczami. Ona ze współczuciem zrobiła to samo.

– Musisz naprawdę go lubić – zauważyłem, wskazując głową Radara, który przyłączając się do liczenia, wzniósł oba piwa ponad głowę. Wszyscy zdawali się niesłychanie dumni z faktu, że potrafią liczyć.

– Nawet w tym stanie jest na swój sposób zachwycający.

– Ohyda – skwitowałem.

Radar trącił mnie jednym ze swoich kubków.

– Tylko popatrz na tę naszą pociechę! Jeśli chodzi o Pojenie Antypody, Ben jest swego rodzaju autystycznym erudytą. W tej chwili chłopak bije chyba rekord świata czy coś podobnego.

– Co to jest Pojenie Antypody? – zapytałem.

Angela wskazała na Bena.

– To – wyjaśniła.

– Aha – stwierdziłem. – Ale przecież… To znaczy, jak trudne może być wiszenie do góry nogami?

– Podobno najdłuższe Pojenie Antypody w historii Winter Park High School trwało sześćdziesiąt dwie sekundy – wyjaśniła. – Rekord ustanowił Tony Yorrick.

Tony Yorrick, ten olbrzym, który kończył szkołę, kiedy byliśmy na pierwszym roku, a teraz gra w drużynie futbolowej Uniwersytetu Florydzkiego.

Jak najbardziej byłem za tym, żeby Ben pobił jakiś rekord, ale nie mogłem się przemóc, żeby przyłączyć się do ogólnego skandowania: „pięćdziesiąt osiem, pięćdziesiąt dziewięć, sześćdziesiąt, sześćdziesiąt jeden, sześćdziesiąt dwa, sześćdziesiąt trzy!'". Po tych słowach Ben zdjął usta z kranika i wrzasnął:

– OOO TAK! MUSZĘ BYĆ NAJLEPSZY! WSTRZĄSNĄŁEM ŚWIATEM!*

Jase i kilku baseballistów przywrócili go do pionu i zaczęli obnosić na ramionach. W pewnym momencie Ben spostrzegł mnie, wskazał ręką i wydał z siebie najgłośniejsze, najbardziej entuzjastyczne OOOO TAK!!!!!!, jakie kiedykolwiek słyszałem. Nawet piłkarze po zdobyciu Pucharu Świata nie wpadają w taki entuzjazm.

Ben zeskoczył z ramion baseballistów, lądując w niezgrabnym przysiadzie, a potem, trochę się chwiejąc, powrócił do pozycji stojącej. Objął mnie ramieniem.

– O TAK! – wykrzyknął znowu. – Przyszedł Quentin! Wielki Człowiek! Aplauz dla Quentina, najlepszego przyjaciela rekordzisty świata w Pojeniu Cholernego Antypody!

Jase potarł czubek mojej głowy i powiedział:

– Jesteś wielki, Q!

A zaraz potem usłyszałem przy uchu Radara:

– Musisz wiedzieć, że dla tych ludzi jesteśmy jak narodowi bohaterowie. Zostawiliśmy z Angelą nasze afterparty, żeby tu przyjść, bo Ben obiecał mi, że zostanę powitany jak król. Stary, oni wyśpiewywali moje imię. Najwyraźniej oni wszyscy są przekonani, że Ben jest przezabawny, czy coś w tym rodzaju, więc i nas lubią.

---

* *I must be the greatest! I shook up the world!* (ang.) – słowa wypowiedziane przez 22-letniego Muhammada Alego (Cassiusa Claya) po zdobyciu pierwszego tytułu mistrza świata wagi ciężkiej w boksie w 1964 roku.

Radarowi, jak również wszystkim pozostałym, odpowiedziałem: „O rany".

Ben odwrócił się od nas i zobaczyłem, jak przyciąga do siebie Cassie Hiney. Jego ręce znalazły się na jej ramionach, ona zaś położyła swoje ręce na ramionach Bena; Ben powiedział: „Moja balowa partnerka niemal została królową balu". A Cassie odpowiedziała: „Wiem. To wspaniałe". Na co Ben powiedział: „Chciałem cię pocałować każdego dnia przez ostatnie trzy lata". Cassie zaś odrzekła: „Myślę, że powinieneś". A wtedy Ben powiedział: „O TAK! Bosko!". Ale nie pocałował Cassie. Zamiast to zrobić, odwrócił się do mnie i oznajmił: „Cassie chce mnie pocałować!". Ja mu na to: „Aha". A on: „Bosko". Po chwili zaś zdawał się nie pamiętać już ani o Cassie, ani o mnie, jakby sama myśl o całowaniu Cassie Hiney była nieskończenie przyjemniejsza niż całowanie jej w rzeczywistości. Cassie odezwała się do mnie.

Cassie: Ta impreza jest niesamowita, co nie?
Ja: Mhm.
Cassie: To zupełnie przeciwieństwo imprez orkiestrowych, prawda?
Ja: Mhm.
Cassie: Ben to szajbus, ale go uwielbiam.
Ja: Mhm.
Cassie: Poza tym ma głęboko zielone oczy.
Ja: Aha.
Cassie: Wszyscy mówią, że jesteś bardziej uroczy, ale ja wolę Bena.

Ja: Okej.

Cassie: Ta impreza jest niesamowita, co nie?

Ja: Mhm.

Rozmawianie z pijaną osobą było jak rozmawianie z niezwykle szczęśliwym trzylatkiem dotkniętym poważnym uszkodzeniem mózgu.

Cassie gdzieś poszła, ale natychmiast podszedł do mnie Chuck Parson.

– Jacobsen – zaczął rzeczowo.

– Parson – odpowiedziałem.

– To ty zgoliłeś mi tę cholerną brew, co?

– Właściwie to nie zgoliłem – wyjaśniłem. – Użyłem kremu depilującego.

Dał mi dość bolesnego szturchańca w sam środek klatki piersiowej.

– Dupek z ciebie – rzucił, ale się śmiał. – Stary, trzeba mieć jaja, żeby zrobić coś takiego. A teraz pociągasz za sznurki i jesteś gość. Może i jestem zalany, ale w tej chwili czuję do ciebie lekki sentyment, cwaniaku.

– Dzięki – odpowiedziałem. Poczułem się tak wyobcowany pośród tego całego cyrku, w tej głupiej atmosferze okazywania wszystkim płynącej z głębi serca miłości w obliczu zbliżającego się końca szkoły średniej. Wyobraziłem sobie Margo na tej imprezie albo na tysiącu podobnych. Zobaczyłem uciekające z jej oczu życie. Wyobraziłem sobie, jak słucha bełkoczącego jej do ucha Chucka Parsona, obmyślając sposoby wydostania się; żywa czy umarła. Obie ścieżki mogłem wyobrazić sobie z jednakową klarownością.

– Chcesz piwa, fiutolizie? – zapytał Chuck. Mogłem próbować zapomnieć, że tam w ogóle był, ale odór alkoholu w jego oddechu sprawiał, że trudno było nie zauważyć jego obecności. Potrząsnąłem tylko głową i Chuck się oddalił.

Chciałem jechać do domu, ale wiedziałem, że nie mogę poganiać Bena. Prawdopodobnie był to najwspanialszy dzień jego życia. Miał do niego prawo.

Wobec tego odnalazłem schody i skierowałem się na dół do sutereny. Tyle czasu spędziłem w ciemności, że ciągle jej łaknąłem, chciałem teraz jedynie położyć się w jakimś choć trochę spokojniejszym i choć trochę ciemniejszym miejscu, i wrócić do wyobrażania sobie Margo. Jednak gdy przechodziłem obok sypialni Bekki, usłyszałem jakieś stłumione odgłosy – ściśle rzecz biorąc, jakieś pojękiwania – więc zatrzymałem się w pół kroku przed minimalnie uchylonymi drzwiami.

Ujrzałem górne dwie trzecie Jase'a leżącego bez koszuli na Becce, która obejmowała go nogami. Nie byli nadzy ani nic się jeszcze nie działo, ale zmierzali w tym kierunku. Może ktoś szlachetniejszy odwróciłby się, ale ludzie mojego pokroju nie mają zbyt wielu okazji do oglądania ludzi pokroju Bekki Arrington w stroju Ewy, dlatego zostałem przy drzwiach, zapuszczając żurawia do pokoju. Po chwili przetoczyli się, tak iż Becca siedziała teraz na Jasonie i wzdychała; całując go, sięgnęła w dół i złapała za brzegi swojej bluzki.

– Myślisz, że jestem seksowna? – zapytała.

– Boże, tak, jesteś taka seksowna, Margo – odpowiedział Jase.

– Co?! – wybuchnęła i szybko stało się dla mnie jasne, że nie będzie mi dane zobaczyć nagiej Bekki. Zaczęła krzyczeć, więc odskoczyłem od drzwi. Jase spostrzegł mnie i ryknął:

– Masz jakiś problem?

– Olej go. Kogo on obchodzi? Co ze mną?! Dlaczego myślisz o niej, a nie o mnie? – wrzasnęła na niego Becca.

Ten moment wydał mi się równie dobry jak każdy inny, żeby się wycofać, więc zamknąłem drzwi i poszedłem do łazienki. Owszem, musiałem się wysikać, ale przede wszystkim potrzebowałem znaleźć się z dala od ludzkiego głosu.

Po prawidłowym ustawieniu sprzętu zawsze potrzebuję kilku sekund przed rozpoczęciem sikania; tak i tym razem stałem przez chwilę, czekając, aż wreszcie zacznę. Właśnie doszedłem do pełnego strumienia, tej części sikania, która przynosi dreszcz ulgi, gdy wtem z okolic wanny odezwał się jakiś dziewczyński głos:

– Kto tam?

Na co ja:

– Ehm, Lacey?

– Quentin? Co ty tu do cholery robisz?

Chciałem zatrzymać sikanie, ale, naturalnie, nie mogłem. Sikanie jest jak dobra książka, bo kiedy już zaczniesz, niezwykle trudno jest przestać.

– No, sikam – odparłem.

– Jak leci? – zapytała przez zasłonę.

– Eee, nieźle?

Strząsnąłem ostatnie krople, zasunąłem rozporek szortów i nacisnąłem na spłuczkę.

– Posiedzisz ze mną w wannie? – zapytała. – To nie jest podryw.

Po chwili odpowiedziałem „jasne" i odciągnąłem zasłonę prysznica. Lacey uśmiechnęła się i przyciągnęła do siebie kolana. Usiadłem naprzeciwko niej, opierając się plecami o chłodną ceramiczną pochyłość. Nasze stopy się przeplatały. Ubrana była w szorty, koszulkę bez rękawów i urocze japonki. Miała nieco rozmazany makijaż wokół oczu, włosy upięte, jeszcze ufryzowane po balu, a nogi opalone. Trzeba przyznać, że Lacey Pemberton jest bardzo piękna. Nie jest co prawda jedną z tych dziewczyn, które potrafią sprawić, że zapomina się o Margo Roth Spiegelman, ale jest jedną z dziewczyn, które potrafią sprawić, że zapomina się o wielu rzeczach.

– Jak było na balu? – spytałem.

– Ben jest naprawdę słodki – odparła. – Dobrze się bawiłam. Ale potem strasznie pokłóciłyśmy się z Beccą i nazwała mnie dziwką, po czym stanęła na kanapie na piętrze, uciszyła całą imprezę i powiedziała wszystkim, że mam chorobę weneryczną.

Wzdrygnąłem się.

– Boże – skomentowałem.

– Właśnie. Jestem absolutnie skończona. Po prostu… Boże. Wszystko jest do dupy, naprawdę, bo… to takie poniżające, a ona wiedziała, że tak będzie i… co za dno. Więc pobiegłam do łazienki i wtedy przyszedł tu Ben, ale

kazałam mu zostawić mnie w spokoju. Nie mam nic przeciwko Benowi, ale nie był zbyt dobry, no wiesz, w słuchaniu. Jest trochę pijany. Nawet tego nie mam. Miałam. Już
wyleczone. Nieważne. Tylko że ja się nie puszczam. To był
jeden facet. Jeden sflaczały dupek. Boże, nie mogę uwierzyć, że w ogóle jej o tym powiedziałam. Powinnam była
powiedzieć Margo, gdy Bekki nie było w pobliżu.

– Przykro mi – powiedziałem. – Prawda jest taka, że
Becca jest po prostu zazdrosna.

– O co miałaby być zazdrosna? Jest królową balu. Chodzi z Jase'em. Jest nową Margo.

Tyłek ścierpł mi od siedzenia na bakelicie, więc spróbowałem zmienić pozycję. Nasze kolana się dotykały.

– Nikt nigdy nie będzie nową Margo – zapewniłem ją.

– W każdym razie ty masz to, czego ona chce najbardziej.
Ludzie cię lubią. Ludzie uważają, że jesteś ładniejsza.

Lacey wstydliwie wzruszyła ramionami.

– Uważasz, że jestem płytka?

– Właściwie tak. – Przypomniałem sobie, jak stałem
przed sypialnią Bekki w nadziei, że zdejmie bluzkę. – Ale
ja też taki jestem – dodałem. – Każdy taki jest. – Często
myślałem sobie: „Gdybym tylko miał ciało jak Jase Worthington. Chodził jak ktoś, kto potrafi chodzić. Całował,
jakbym wiedział, jak się całuje".

– Ale nie każdy jest płytki w ten sam sposób. Ben i ja
– tak. Ale ty masz gdzieś, czy ludzie cię lubią.

Co było i zarazem nie było prawdą.

– Zależy mi na tym bardziej, niżbym chciał – przyznałem.

– Bez Margo wszystko jest do dupy – poskarżyła się Lacey. Też była pijana, tyle że jej rodzaj upicia mi nie przeszkadzał.

– Otóż to – przyznałem.

– Zabierz mnie w tamto miejsce – poprosiła. – Do tamtego pawilonu. Ben opowiadał mi o nim.

– Pewnie, możemy tam pojechać, kiedy tylko zechcesz.

Opowiedziałem jej, że byłem tam całą noc, że znalazłem należący do Margo lakier do paznokci i jej koc.

Lacey przez chwilę siedziała w milczeniu, oddychając przez otwarte usta. Kiedy w końcu wydusiła z siebie te słowa, zrobiła to niemal szeptem. Sformułowała je jak pytanie, lecz wypowiedziała jak stwierdzenie:

– Ona nie żyje, prawda.

– Nie wiem, Lacey. Uważałem tak aż do dzisiejszej nocy, ale teraz nie wiem.

– Ona nie żyje, a tymczasem my…

Przypomniałem sobie tamte podkreślone słowa Whitmana: *Jeśli nikt na całym świecie nie wie o moim istnieniu – jestem zadowolony, / I jeśli każdy i wszyscy wiedzą o mnie – jestem zadowolony.* Powiedziałem:

– Może właśnie tego chciała, żeby życie toczyło się dalej.

– To nie brzmi jak moja Margo – oświadczyła, a ja pomyślałem o mojej Margo, Margo Lacey, Margo pani Spiegelman i o wszystkich nas patrzących na jej odbicie, każdy w innym krzywym zwierciadle. Zamierzałem coś powiedzieć, lecz otwarte usta Lacey bezwładnie się rozluźniły, a ona, oparłszy głowę o zimny szary kafelek, zasnęła.

* * *

Postanowiłem ją obudzić, gdy dwie kolejne osoby przyszły do łazienki, żeby się wysikać. Dochodziła piąta nad ranem i musiałem odwieźć Bena do domu.

– Lace, obudź się – szepnąłem, trącając butem jej japonkę.

Potrząsnęła głową.

– Lubię, kiedy tak do mnie mówią – wyznała. – Wiesz, że jesteś obecnie jakby moim najlepszym przyjacielem?

– Ogromnie się cieszę – powiedziałem, choć była pijana, zmęczona, i kłamała. – Więc słuchaj, pójdziemy razem na górę, a jeśli ktokolwiek coś o tobie powie, będę bronił twojego honoru.

– Okej – zgodziła się.

Tak więc poszliśmy razem na górę, gdzie towarzystwo już się nieco przerzedziło, choć kilku baseballistów, w tym Jase, nadal stało przy kegu. Większość ludzi spała w śpiworach na podłodze w każdym możliwym miejscu; niektórzy ścisnęli się na rozkładanej kanapie. Angela i Radar leżeli razem na małej dwuosobowej sofie, z której Radarowi zwisały nogi. Zostawali tutaj.

Akurat gdy miałem spytać chłopaków przy kegu, czy widzieli Bena, ten wbiegł do salonu. Na głowie miał niebieski czepek niemowlęcy, a w ręku dzierżył miecz wykonany z ośmiu pustych puszek po piwie Milwaukee's Best Light, które, jak uznałem, zostały ze sobą sklejone.

– WIDZĘ CIĘ! – krzyknął Ben, celując we mnie mieczem.

– RAZ, DWA, TRZY, ZAKLEPANY! OOO TAK! Zbliż się, Quentinie Jacobsenie! Padnij na kolana! – wrzasnął.

– Co? Ben, uspokój się.

– NA KOLANA!

Posłusznie uklęknąłem, wznosząc ku niemu wzrok.

Opuścił piwny miecz i klepnął mnie po każdym ramieniu.

– Mocą piwnego miecza superglue niniejszym wyznaczam się na mojego kierowcę!

– Dzięki – odpowiedziałem. – Nie rzygaj mi w minivanie.

– O TAK! – krzyknął.

Lecz gdy usiłowałem wstać, pchnął mnie z powrotem na podłogę swoją nieuzbrojoną w piwny miecz ręką i ponownie klepnął mnie piwnym mieczem, obwieszczając:

– Mocą piwnego miecza superglue niniejszym ogłaszam, że na wręczeniu dyplomów pod togą będziesz goły jak święty turecki.

– Co? – Wtedy już powstałem.

– O TAK! Ja, ty i Radar! Nadzy pod togami! Na wręczeniu dyplomów! Będzie bosko!

– No – powiedziałem – faktycznie może być naprawdę gorąco.

– O TAK! – pochwalił. – Przysięgnij, że to zrobisz! Radarowi już kazałem przysiąc. RADAR, CZY NIE PRZYSIĄGŁEŚ?

Radar prawie niedostrzegalnie obrócił głowę i minimalnie rozchylił powieki.

– Przysiągłem – wymamrotał.

– Wobec tego ja też przysięgam – zadeklarowałem.

– O TAK! – Wtedy Ben zwrócił się do Lacey. – Kocham cię.

– Ja też cię kocham, Ben.

– Nie, ja cię k o c h a m. Nie jak brat kocha siostrę albo jak przyjaciel kocha przyjaciółkę. Kocham cię jak solidnie pijany facet kocha najwspanialszą dziewczynę na świecie. Uśmiechnęła się.

Zrobiłem krok do przodu, próbując oszczędzić mu dalszej kompromitacji i położyłem mu rękę na ramieniu.

– Jeśli mamy cię dowieźć do domu na szóstą, powinniśmy wyjeżdżać – przypomniałem.

– Dobra – zgodził się. – Muszę tylko podziękować Becce za tę kapitalną imprezę.

Lacey i ja ruszyliśmy więc schodami w dół za Benem, który otworzył drzwi do pokoju Bekki i obwieścił:

– Twoja impreza była po zbóju! Mimo iż sama jesteś tak strasznie denna! Jakby twoje serce zamiast krwi pompowało płynną denność! Tak czy owak, dzięki za piwo!

Becca była sama, leżała na posłanym łóżku, wpatrując się w sufit. Nawet na niego nie spojrzała. Wymamrotała tylko:

– A idźże w cholerę, ochlapusie. Mam nadzieję, że twoja dziewczyna zarazi cię wszawicą.

Bez cienia ironii w głosie Ben odpowiedział: „Przyjemnie było z tobą rozmawiać!" i zamknął drzwi. Myślę, że nie miał bladego pojęcia, iż właśnie został obrażony.

Znalazłszy się znowu na piętrze, przygotowaliśmy się do wyjścia.

– Ben – zarządziłem – piwny miecz będziesz musiał zostawić tutaj.

– Racja – zgodził się, a ja złapałem końcówkę miecza i go pociągnąłem, ale Ben nie rozluźnił uścisku. Już miałem skrzyczeć jego pijany tyłek, kiedy zorientowałem się, że Ben nie jest w stanie wypuścić miecza z ręki. Lacey parsknęła śmiechem.

– Ben, czy ty aby nie przykleiłeś się do piwnego miecza?

– Nie – odparł Ben. – Przykleiłem się do niego super-glue. W ten sposób nikt nie będzie mógł mi go ukraść!

– Znakomita myśl – stwierdziła ze śmiertelną powagą Lacey.

Zdołaliśmy z Lacey oderwać wszystkie puszki oprócz tej przyklejonej bezpośrednio do ręki Bena. Bez względu na to, jak mocno ciągnąłem, ręka Bena bezwładnie podążała za moją, jakby puszka była sznurkiem, a jego ręka marionetką. Wreszcie Lacey zarządziła: „Musimy jechać". Więc pojechaliśmy. Przypięliśmy Bena do tylnego siedzenia minivana. Lacey usiadła obok niego, mówiąc: „Muszę uważać, żeby nie puścił pawia ani nie zatłukł się na śmierć tą piwną ręką, i w ogóle".

Jednak Ben odpłynął na tyle daleko, że Lacey mogła mówić o nim bez skrępowania. Kiedy znaleźliśmy się na międzystanówce, zagaiła:

– Trzeba powiedzieć, że w zapale jest coś szczególnego. To znaczy, wiem, że jego zapał jest przesadzony, ale co w tym złego? A przy tym jest słodki, prawda?

– Pewnie masz rację – przyznałem.

Głowa Bena, na pozór niepołączona z kręgosłupem, obijała się właśnie na wszystkie strony. Jakoś nie powalał mnie na kolana swoją słodyczą, ale co tam.

Jako pierwszą wysadziłem Lacey po drugiej stronie Jefferson Park. Gdy nachyliła się i cmoknęła go w usta, Ben ożywił się na tyle, by wybełkotać: „O tak".

Zanim ruszyła w stronę mieszkania, Lacey podeszła do drzwi po stronie kierowcy.

– Dzięki – pożegnała się. Skinąłem głową w milczeniu. Pojechałem przez osiedle. Noc już się skończyła, ale poranek jeszcze się nie zaczął. W tyle cicho zachrapał Ben. Zajechawszy przed jego dom, wysiadłem, otworzyłem przesuwne drzwi minivana i odpiąłem jego pas.

– Czas wracać do domu, Benie.

Pociągnął nosem, potrząsnął głową i się obudził. Podniósł rękę, żeby przetrzeć oczy, i ze zdziwieniem odkrył przyczepioną do swojej prawicy pustą puszkę po Milwaukee's Best Light. Spróbował zacisnąć pięść i nagiął trochę puszkę, ale jej nie oderwał. Patrzył na nią przez minutę i kiwnął głową.

– Przyssała się do mnie, bestia – stwierdził.

Wygramolił się z minivana i zataczając się, ruszył chodnikiem do domu, a kiedy stanął na frontowej werandzie, odwrócił się i wyszczerzył do mnie. Pomachałem mu. Piwo mi odmachało.

14

Przespałem się kilka godzin, a później przez całe rano ślęczałem nad przewodnikami turystycznymi, które odkryłem poprzedniego dnia. Z telefonowaniem do Bena i Radara odczekałem do południa. Najpierw zadzwoniłem do Bena.

– Dzień dobry, słoneczko – przywitałem się.

– Dobry Boże – odparł Ben głosem przepełnionym skrajną boleścią. – O, słodkie Dzieciątko Jezu, przybądź i pociesz Twojego braciszka Bena. O, Panie. Skąp mnie w Twym miłosierdziu.

– Nastąpił szybki rozwój wypadków w sprawie Margo – przekazałem mu podnieconym głosem – więc musisz do mnie wpaść. Dzwonię też po Radara.

Ben wydawał się mnie nie usłyszeć.

– Słuchaj, wytłumacz mi, dlaczego, gdy mama weszła dziś o dziewiątej rano do mojego pokoju, kiedy akurat przeciągałem się, ziewając, oboje odkryliśmy, że do mojej ręki na stałe przyczepiona jest puszka po piwie?

– Posklejałeś superglue stertę puszek, żeby zrobić z nich piwny miecz, a potem przykleiłeś do niego swoją dłoń.

– Ach, tak. Piwny miecz. Coś kojarzę.

– Ben, przyłaź tu.

– Stary. Jestem w rozsypce.

– W takim razie ja przyjdę do ciebie. Ile potrzebujesz czasu?

– Stary, nie możesz tu przyjść. Muszę odespać dziesięć tysięcy godzin. Muszę wypić dziesięć tysięcy litrów wody i zażyć dziesięć tysięcy ibuprofenów. Zobaczymy się jutro w szkole.

Wziąłem głęboki wdech, starając się nie zdradzić głosem, jak bardzo jestem wkurzony.

– Przejechałem całą środkową Florydę w środku nocy, żeby być jedynym trzeźwym na najbardziej zalanej imprezie na świecie i odwieźć do domu twój zalany tyłek, a oto co...

Mówiłbym dalej, ale zorientowałem się, że Ben się rozłączył. Rozłączył się w trakcie rozmowy ze mną. Dupek.

W miarę upływu czasu wkurzałem się coraz bardziej. Mieć gdzieś Margo to jedna rzecz. Jednak najwyraźniej Ben miał gdzieś i mnie. Może nasza przyjaźń zawsze była dla niego tylko kwestią wygody – po prostu nie znalazł nikogo lepszego, kto chciałby z nim grać w gry wideo. A teraz nie musiał już być dla mnie miły ani przejmować się rzeczami, którymi ja się przejmowałem, bo miał Jase'a Worthingtona. Miał swój rekord szkoły w Pojeniu Antypody. Miał seksowną partnerkę na balu pożegnalnym. I jak tylko nadarzyła się okazja, przyłączył się do bractwa drętwych palantów.

Pięć minut po tym, jak się ze mną rozłączył, ponownie zadzwoniłem na jego komórkę. Nie odpowiedział, więc zostawiłem wiadomość: „Chcesz być luzakiem jak Chuck, Krwawy Benie? Tego zawsze chciałeś? Skoro tak, gratulacje. Teraz to masz. Jesteście siebie warci, bo jesteś takim samym zafajdańcem. Nie oddzwaniaj".

Następnie zadzwoniłem do Radara.

– Heja – rzuciłem.

– No hej – odpowiedział. – Właśnie puściłem pawia pod prysznicem. Mogę oddzwonić do ciebie później?

– Jasne – zgodziłem się, starając się ukryć złość. Ja przecież chciałem tylko, żeby ktoś pomógł mi poukładać świat według Margo. Ale Radar nie był Benem – oddzwonił zaledwie kilka minut później.

– Ten paw był tak ohydny, że sprzątając go, porzygałem się, a sprzątając wymiociny, znowu puściłem pawia. Jestem jak *perpetuum mobile*. Gdyby tylko ktoś mnie stale podkarmiał, mógłbym tak haftować całą wieczność.

– Możesz do mnie wpaść? Albo mogę przyjść do ciebie?

– No pewnie. Co jest?

– Margo była żywa w pawilonie przez co najmniej jedną noc po swoim zniknięciu.

– Zaraz u ciebie będę. Cztery minuty.

Radar pojawił się pod moim oknem dokładnie cztery minuty później.

– Musisz wiedzieć, że potwornie pokłóciłem się z Benem – ostrzegłem go, jak tylko przelazł do środka.

– Mam zbyt potężnego kaca, żeby występować w roli mediatora – skomentował cicho Radar. Położył się na łóżku z na wpół przymkniętymi powiekami, pocierając swoje zmierzwione włosy. – Czuję się, jakby uderzył we mnie piorun. – Pociągnął nosem. – No dobra, opowiadaj, co nowego.

Usiadłem na biurkowym krześle i opowiedziałem Radarowi o mojej nocy w „domku letniskowym" Margo, pilnując się, by nie opuścić żadnych potencjalnie istotnych szczegółów. Wiedziałem, że w łamigłówkach Radar jest lepszy ode mnie, więc miałem nadzieję, że posłada i tę. Odezwał się dopiero, gdy doszedłem do miejsca: „A wtedy zadzwonił do mnie Ben i pojechałem na tę imprezę".

– Masz tu tę książkę, tę z zagiętymi rogami? – zapytał.

Wstałem i zacząłem macać pod łóżkiem, aż ją znalazłem. Mrużąc oczy i walcząc z bólem głowy, Radar trzymał ją sobie nad głową i kartkował – Zapisuj – zaczął. – Omaha w stanie Nebraska. Sac City w stanie Iowa. Alexandria w stanie Indiana. Darwin w stanie Minnesota. Hollywood w stanie Kalifornia. Alliance w stanie Nebraska. Okej. To są lokalizacje wszystkich atrakcji, które ona – czy też osoba, która czytała tę książkę – uznała za interesujące. – Wstał, ruchem ręki zgonił mnie z krzesła i obrócił je w stronę komputera. Radar miał niesamowitą zdolność prowadzenia konwersacji przy jednoczesnym pisaniu na komputerze. – Jest taki bajer w mapie, który po wpisaniu wielu punktów docelowych wyrzuca całą masę możliwych tras podróży. Nie sądzę, żeby wiedziała o tej aplikacji. Ale tak czy owak, chcę rzucić na to okiem.

– Skąd ty tyle wiesz o tym badziewiu? – zapytałem.

– Ehm, przypomnienie: Ja. Całe. Życie. Spędzam. Na. Omniklopedii. W ciągu godziny między powrotem do domu z imprezy a rzuceniem fresków pod prysznicem całkowicie przerobiłem artykuł o ustniczku cętkowanym. Jak widać, mam p r o b l e m . Okej, rzuć na to okiem – przerwał. Pochyliłem się i zobaczyłem liczne koślawe linie tras wykreślone na mapie Stanów Zjednoczonych. Wszystkie zaczynały się w Orlando, a kończyły w Hollywood w Kalifornii. – Może zatrzyma się w LA? – zasugerował Radar.

– Może – przyznałem. – Jednak nie sposób stwierdzić, którą obierze trasę.

– Racja. Poza tym nic innego nie wskazuje na LA. To, co powiedziała Jase'owi, wskazuje na Nowy Jork. A to jej „pójdziesz do papierowych miast i nigdy już nie powrócisz" wskazuje raczej na jakieś pobliskie pseudoosiedle. Może ten lakier do paznokci też sugeruje, że ona ciągle jest w okolicy? Chcę tylko powiedzieć, że do listy możliwych miejsc pobytu Margo możemy teraz dodać miejsce, w którym znajduje się największa na świecie kula z popcornu.

– Podróżowanie pasowałoby do jednego z cytatów z Whitmana: *Zawsze w drodze, zawsze na szlaku.*

Radar, zgarbiony, został przed komputerem. Ja usiadłem na łóżku.

– Słuchaj, możesz wydrukować mapę Stanów? To naniosę te punkty – poprosiłem.

– Mogę je nanieść online – odparł.

– Wiem, ale chcę to mieć przed oczami.

Drukarka odpaliła kilka sekund później i na ścianie obok mapy pseudoosiedli przyczepiłem mapę Stanów. Wbiłem pinezkę w każde z sześciu miejsc, które Margo (lub jakaś inna osoba) zaznaczyła w książce. Próbowałem spojrzeć na nie jak na konstelację i zobaczyć, czy tworzą jakiś kształt lub literę – ale niczego nie wypatrzyłem. To było zupełnie przypadkowe rozmieszczenie, jakby Margo, zawiązawszy sobie przepaskę na oczy, rzucała w mapę strzałkami.

Westchnąłem.

– Wiesz, co byłoby fajne? – zapytał Radar. – Gdybyśmy mogli znaleźć jakiś ślad wskazujący, że sprawdzała swoją pocztę albo była gdzieś w internecie. Każdego dnia sprawdzam, czy gdzieś nie pojawia się jej nazwisko. Mam bota, który powiadomi mnie, jeśli kiedykolwiek zaloguje się do Omniklopedii pod swoją nazwą użytkownika. Śledzę adresy IP ludzi, którzy szukają frazy „papierowe miasta". To niewiarygodnie frustrująca robota.

– Nie wiedziałem, że robisz to wszystko – przyznałem.

– No cóż. Robię tylko to, co chciałbym, żeby i dla mnie zrobiono. Wiem, że nie byłem jej przyjacielem, ale ona zasługuje, żeby ją znaleźć, rozumiesz?

– Chyba że nie chce, by ją znaleźć – zauważyłem.

– Taa, to chyba możliwe. Ciągle wszystko jest możliwe. – Pokiwałem głową. – No więc dobra… – Radar zmienił temat. – Możemy przeprowadzimy tę burzę mózgów przy jakiejś grze?

– Jakoś nie jestem w nastroju.

– Możemy w takim razie zadzwonimy do Bena?

– Nie. Ben to dupek.

Radar spojrzał na mnie spode łba.

– Jasne. Wiesz, na czym polega twój problem, Quentin? Stale oczekujesz, że ludzie nie będą sobą. Tylko pomyśl, mógłbym cię nienawidzić za to, że jesteś nieprzyzwoicie niepunktualny, że nigdy nie wykazujesz zainteresowania niczym innym oprócz Margo Roth Spiegelman, że praktycznie nigdy mnie nie pytasz, jak mi się układa z moją dziewczyną – ale mam to gdzieś, człowieku, bo ty to ty. Do licha, moi rodzice mają legiony czarnoskórych mikołajów, no i dobrze. Tacy już są. Ja mam taką obsesję na punkcie pewnej internetowej encyklopedii, że czasem nie odbieram telefonów od przyjaciół, a nawet od mojej dziewczyny. I to też jest w porządku. Taki już jestem. Ty i tak mnie lubisz. A ja lubię ciebie. Jesteś zabawny i bystry, i chociaż się spóźniasz, w końcu zawsze przychodzisz.

– Dzięki.

– Tak, tylko że ja nie prawię ci tu komplementów. Mówię ci tylko: przestań oczekiwać, że Ben będzie tobą, a on musi przestać oczekiwać, że ty będziesz nim, i w ogóle dajcie sobie wszyscy na luz.

– W porządku – wydusiłem w końcu i zadzwoniłem do Bena. Na wieść o tym, że jest u mnie Radar i chce w coś zagrać, Ben cudownie ozdrowiał z kaca. – No więc – zagaiłem do Radara po zakończeniu rozmowy– co u Angeli?

Radar roześmiał się.

– Jest świetna, stary. Jest naprawdę świetna. Miło, że pytasz.

– Ciągle jesteś prawiczkiem? – zapytałem.

– Nie rozgaduję, z kim się całuję. Chociaż – tak. Aha, dziś rano mieliśmy pierwszą sprzeczkę. Jedliśmy śniadanie w Waffle House, kiedy zaczęła rozwodzić się nad tym, jak cudowne są te nasze czarnoskóre mikołaje i jakimi to wspaniałymi ludźmi są moi rodzice, że je kolekcjonują, ponieważ jest ważne, żeby nie zakładać, iż każda super-postać w naszej kulturze, jak Bóg czy Święty Mikołaj, jest biała, i jak to czarnoskóry Święty Mikołaj umacnia pozycję całej afroamerykańskiej społeczności.

– Właściwie to jestem podobnego zdania.

– No tak, szczytna idea, ale tak się składa, że to stek bzdur. Oni nie są żadnymi prorokami czarnoskórego Świętego Mikołaja. Gdyby tak było, w y t w a r z a l i b y czarnoskóre mikołaje. Tymczasem starają się wykupić całe ich światowe zapasy. Jeden staruszek w Pittsburghu ma drugą na świecie pod względem wielkości kolekcję i oni stale usiłują ją od niego odkupić.

Odezwał się stojący w drzwiach Ben. Najwyraźniej stał tam już od jakiegoś czasu.

– Radar, twoja niezdolność do przelecenia tej milu-siej królisi jest największą humanitarną tragedią naszych czasów.

– Siema, Ben – rzuciłem.

– Dzięki za podwiezienie mnie wczoraj w nocy, stary.

15

Mimo iż został już tylko tydzień do egzaminów końcowych, poniedziałkowe popołudnie spędziłem na lekturze *Pieśni o mnie*. Chciałem pojechać na dwa ostatnie pseudoosiedla, ale Benowi potrzebny był samochód. W poemacie szukałem teraz nie tyle wskazówek, co samej Margo. Tym razem dotarłem mniej więcej do połowy *Pieśni o mnie*, gdy trafiłem na nowy fragment, od którego nie mogłem się oderwać.

Teraz będę już tylko słuchał – pisze Whitman. I przez dwie strony tylko słucha: słucha parowego gwizdka, słucha głosów ludzi, słucha opery. Siedzi na trawie i pozwala, żeby dźwięk się przez niego przelewał. Sądzę, że próbowałem robić to samo: słuchać wszystkich jej odgłosów, ponieważ zanim w ogóle nabiorą sensu, muszą najpierw zostać usłyszane. Przez cały ten czas właściwie n i e s ł y s z a ł e m Margo – widziałem, jak krzyczy, a myślałem, że się śmieje – więc stwierdziłem, że teraz muszę się tym zająć. Że muszę spróbować, choćby z oddali, usłyszeć jej operę.

A jeśli nie mogłem usłyszeć Margo, mogłem przynajmniej posłuchać, czego ona kiedyś słuchała, więc ściągnąłem sobie album z przeróbkami piosenek Woody'ego Guthriego. Siedziałem przy komputerze z zamkniętymi

oczami, wsparty łokciami na biurku i słuchałem śpie-
wającego w minorowej tonacji głosu. W piosence, której
wcześniej nie znałem, starałem się usłyszeć niesłyszany
od dwunastu dni głos, który ledwo już pamiętałem.
Nadal słuchałem – tym razem innego z jej ulubionych
wykonawców, Boba Dylana – kiedy mama wróciła do
domu.

– Tata wróci późno – zagadnęła przez zamknięte
drzwi. – Może zrobię hamburgery z indykiem?

– Brzmi nieźle – odpowiedziałem, znów zamknąłem
oczy i wróciłem do słuchania muzyki. Podniosłem się dopiero, gdy tata zawołał mnie na kolację półtora albumu
później.

Przy kolacji mama i tata rozmawiali o polityce na Bliskim Wschodzie. Mimo iż całkowicie się ze sobą zgadzali,
i tak zaczynali mówić podniesionymi głosami, pomstu-
jąc, że taki-to-a-taki jest kłamcą, a taki-i-owaki jest kłamcą
i złodziejem, i że większość z nich powinna podać się do
dymisji. Skupiłem się na hamburgerze z indykiem ocie-
kającym keczupem i posypanym grillowaną cebulą, który
smakował wyśmienicie.

– Dobrze, dość już tego – ucięła po jakimś czasie mama. – Quentin, jak twój dzień?

– W porządku – odpowiedziałem. – Przygotowywa-
łem się do egzaminów końcowych i takie tam.

– Nie mogę uwierzyć, że to twój ostatni tydzień zajęć
– odezwał się tata. – Naprawdę, wydaje się, jakby to było
wczoraj...

– O tak – podjęła mama. W mojej głowie rozległ się ostrzegawczy sygnał: UWAGA, ATAK NOSTALGII, UWAGA, UWAGA, UWAGA. Są kapitalni ci moi rodzice, ale mają skłonności do porywów obezwładniającego sentymentalizmu. – Jesteśmy z ciebie tacy dumni – rozanieliła się. – Ale Boże, będzie nam ciebie brakować jesienią.

– Spokojnie, nie ma co mówić hop. Ciągle mogę oblać angielski.

Mama roześmiała się i zmieniła temat:

– A właśnie, zgadnij, kogo spotkałam wczoraj w YMCA? Betty Parson. Powiedziała, że jesienią Chuck idzie na Uniwersytet Georgia. Ucieszyło mnie to, bo on zawsze ledwo dawał sobie radę.

– To dupek – przypomniałem.

– To fakt – włączył się tata – tyranizował słabszych. A jego zachowanie było godne pożałowania.

To było typowe dla moich rodziców: w ich umysłach nikt nie był po prostu dupkiem. Ludzie nigdy nie byli po prostu do niczego, tylko mieli jakiś inny problem: wykazywali zaburzenia w interakcjach społecznych albo mieli osobowość chwiejną emocjonalnie typu borderline, lub jeszcze coś innego.

Mama podchwyciła wątek.

– Ale Chuck ma trudności w uczeniu się. Ma masę problemów – jak każdy. Wiem, że w tej chwili nie potrafisz patrzeć w ten sposób na swoich rówieśników, ale gdy będziesz starszy, zaczniesz ich postrzegać – te złe dzieciaki, te dobre dzieciaki i w ogóle wszystkie dzieciaki – jako ludzi. Oni wszyscy są po prostu ludźmi i zasługują na uwagę. Są w różnym stopniu chorzy, mają różny stopień neurozy, w różnym stopniu zaspokojoną potrzebę samorealizacji. No i wiesz, zawsze lubiłam Betty i zawsze miałam nadzieję, że Chuckowi się uda. Więc to chyba dobrze, że idzie do college'u, nie sądzisz?

– Szczerze mówiąc, mamo, naprawdę jest mi obojętne, czy mu się powodzi, czy nie.

Pomyślałem sobie wtedy, że jeśli wszystkich mają za tego rodzaju osoby, to dlaczego ciągle nienawidzą polityków w Izraelu i Palestynie? O nich jakoś nie mówili jak o ludziach.

Tata skończył przeżuwać, odłożył widelec i spojrzał na mnie.

– Im dłużej wykonuję swoją pracę – wyznał – tym bardziej zdaję sobie sprawę, że ludziom brakuje dobrych zwierciadeł. Ludziom tak trudno jest pokazać nam nasze odbicie, a nam z kolei z trudem przychodzi okazać im, co czujemy.

– Cudownie to ująłeś – zgodziła się mama. Fajnie, że się lubili. – Ale czy nie jest też tak, iż na pewnym podstawowym poziomie trudno nam zrozumieć, że inni są takimi samymi istotami jak my? Idealizujemy ich jako bogów lub lekceważymy jako zwierzęta.

– Prawda. W dodatku świadomość to nie najlepsze okno. Chyba nigdy przedtem w ten sposób o tym nie myślałem.

Siedziałem wygodnie oparty. Przysłuchiwałem się. Usłyszałem coś o Margo, o oknach i o zwierciadłach. Chuck Parson był osobą. Jak ja. Margo Roth Spiegelman też była osobą. A ja nigdy jeszcze nie myślałem o niej w ten właśnie sposób, nie do końca; dlatego wszystkie moje dotychczasowe o niej wyobrażenia były chybione. Przez cały ten czas – nie tylko od chwili jej zniknięcia, ale przez dekadę wcześniej – wyobrażałem ją sobie, nie słuchając jej, nie wiedząc, że stanowiła równie kiepskie okno jak ja sam. Tak więc nie potrafiłem wyobrazić jej sobie jako osoby, która ma obawy, która może czuć się wyobcowana w pomieszczeniu pełnym ludzi, która nie afiszuje się ze swoją kolekcją płyt, ponieważ to zbyt osobista rzecz, żeby się nią dzielić. Nie potrafiłem wyobrazić jej sobie jako kogoś, kto czyta książki podróżnicze, aby uciec przed koniecznością życia w mieście, które jest celem ucieczki dla tak wielu innych. Nie potrafiłem wyobrazić jej sobie jako osoby, która – ponieważ nikt nie myślał o niej jako o osobie – nie miała tak naprawdę nikogo, z kim mogłaby porozmawiać.

I oto nagle wiedziałem, jak czuje się Margo Roth Spiegelman, kiedy nie jest Margo Roth Spiegelman: czuje się pusta. Czuje, że otacza ją mur, na który nie sposób się wspiąć. Wyobraziłem ją sobie śpiącą na wykładzinie, jedynie z poszarpanym skrawkiem nieba nad głową. Może Margo czuła się tam komfortowo, ponieważ Margo osoba cały czas żyła w ten sposób: w opuszczonym pokoju z zaciemnionymi oknami, do którego jedyne światło wpadało przez dziury w suficie. Tak. Nieustannie popełniałem fundamentalny błąd, a ona sama, jak się okazuje, celowo mnie w nim utwierdzała. Prawda zaś była taka: Margo nie była cudem. Nie była przygodą. Nie była kruchą i drogocenną istotą. Margo była dziewczyną.

16

Zegar zawsze był bezlitosny, ale poczucie, że byłem bliższy rozwikłania tajemnicy, sprawiło, że we wtorek czas wydawał się ostatecznie stanąć w miejscu. Postanowiliśmy wszyscy od razu po szkole pojechać do pawilonu, więc czekanie stało się nie do zniesienia. Kiedy dzwonek wreszcie zadźwięczał, ogłaszając koniec angielskiego, pognałem schodami w dół i już byłem w drzwiach, gdy uświadomiłem sobie, że nie możemy wyjechać, dopóki Ben i Radar nie wyjdą z próby orkiestry. Usiadłem więc przed salą muzyczną i wyjąłem z plecaka zawiniętą w serwetki małą pizzę, którą nosiłem od lunchu. Zjadłem pierwszą ćwiartkę, gdy przysiadła się do mnie Lacey Pemberton. Zaproponowałem jej kawałek. Odmówiła.

Ma się rozumieć, rozmawialiśmy o Margo. O braku, który był nam wspólny.

– Przede wszystkim – powiedziałem, wycierając w dżinsy tłuszcz z pizzy – muszę rozszyfrować miejsce. Ale nie wiem nawet, czy te pseudoosiedla to właściwy trop. Czasami myślę, że zmierzamy w zupełnie błędnym kierunku.

– No właśnie. Szczerze mówiąc, mimo wszystko lubię się czegoś o niej dowiadywać. To znaczy rzeczy, o których wcześniej nie wiedziałam. Nie miałam pojęcia, kim ona naprawdę jest. Poważnie, nigdy nie myślałam o niej inaczej jak o mojej szalonej pięknej przyjaciółce, która wyprawia wszystkie te szalone piękne rzeczy.

– Racja, ale ona nie wymyślała tych rzeczy na poczekaniu – zauważyłem. – Chcę przez to powiedzieć, że wszystkie jej przygody cechowały się pewną... no nie wiem.

– Elegancją – dokończyła Lacey. – Jest jedyną znaną mi osobą, która nie jest, no wiesz, dorosła, a ma tę absolutną elegancję.

– Właśnie.

– Trudną mi ją sobie wyobrazić w jakiejś obrzydliwej zakurzonej ruderze.

– Otóż to – zgodziłem się. – Ze szczurami.

Lacey przyciągnęła do siebie kolana i przyjęła pozycję płodową.

– Fuj. To w ogóle nie pasuje do Margo.

Jakimś sposobem Lacey dostała miejsce obok kierowcy, chociaż była najniższa z nas. Ben prowadził. Wydałem dość głośne westchnienie, gdy siedzący przy mnie Radar wyciągnął swój tablet i zaczął pracować nad Omniklopedią.

– Usuwam tylko wandalizmy z artykułu o Chucku Norrisie – wyjaśnił. – Na przykład, podczas gdy skłonny jestem się zgodzić, że specjalnością Chucka Norrisa są kopnięcia okrężne, nie sądzę, żeby właściwe było stwierdzenie, iż „łzy Chucka Norrisa leczą raka, jednak niestety Chuck Norris nigdy nie płacze". Ale to nieważne, usuwanie wandalizmu zaprząta jedynie jakieś cztery procent mojego mózgu.

Docierało do mnie, że Radar usiłuje mnie rozśmieszyć, ale ja chciałem mówić tylko o jednym.

– Nie jestem przekonany, że ona jest na jakimś pseudoosiedlu. Wiecie, może nawet nie to miała na myśli, mówiąc o „papierowych miastach"? Mamy tyle sugestii, ale żadnego konkretnego miejsca.

Radar podniósł na chwilę wzrok znad ekranu, ale po chwili z powrotem go opuścił.

– Osobiście uważam, że ona jest daleko stąd i odbywa właśnie jakąś kuriozalną wycieczkę objazdową, błędnie mniemając, że zostawiła nam wystarczającą liczbę wskazówek na jej wyśledzenie. Krótko mówiąc, sądzę, że jest teraz w jakiejś Omaha w stanie Nebraska i ogląda sobie największą na świecie kulę ze znaczków pocztowych albo przypatruje się największemu na świecie kłębkowi szpagatu w Minnesocie.

Rzucając spojrzenie we wsteczne lusterko, Ben podjął wątek:

– Więc uważasz, że Margo odbywa wycieczkę po kraju w poszukiwaniu różnych Największych na Świecie Kul?

Radar przytaknął.

– No cóż – ciągnął Ben – ktoś powinien jest powiedzieć, żeby wracała do domu, ponieważ największe na świecie kule może znaleźć dokładnie tutaj w Orlando na Florydzie. Mieszczą się one w specjalnej gablocie wystawowej znanej jako „moja moszna".

Radar ryknął śmiechem, a Ben kontynuował.

– Bez jaj. Moje jaja są tak wielkie, że kiedy zamawiasz porcję frytek w McDonaldzie, masz do wyboru cztery wielkości: małe, średnie, duże i wielkie jak moje jaja.

Lacey wpiła wzrok w Bena i skarciła go:

– Nie. Stosowne.

– Sorry – bąknął Ben. – Myślę, że ona jest w Orlando – dodał. – I obserwuje, jak jej szukamy. I jak jej rodzicie jej nie szukają.

– Ja ciągle obstaję przy Nowym Jorku – powiedziała Lacey.

– Ciągle wszystko jest możliwe – podsumowałem. Każdy ma swoją Margo – a każda z nich bardziej przypomina zwierciadło niż okno.

Pawilon wyglądał jak przed kilkoma dniami. Ben zaparkował, a ja poprowadziłem wszystkich do biura przez otwierane do środka drzwi. Kiedy znaleźliśmy się wewnątrz, miękkim głosem poinstruowałem ich:

– Nie zapalajcie jeszcze latarek. Dajcie oczom czas na oswojenie się. – Poczułem wbijające się w moje przedramię paznokcie. Szepnąłem: – Nie ma się czego bać, Lace.

– Ojej – odpowiedziała. – Nie to ramię.

Zorientowałem się, że szukała Bena.

Pokój powoli nabierał mglistych szarych konturów. Dostrzegłem ustawione w szeregach biurka, ciągle czekające na pracowników. Zapaliłem latarkę, więc i pozostali włączyli swoje. Ben i Lacey, trzymając się razem, ruszyli w kierunku Trollowej Nory, by zbadać inne pomieszczenia. Radar podszedł ze mną do biurka Margo. Przyklęknął, żeby przyjrzeć się bliżej zastygłemu na czerwcu papierowemu kalendarzowi.

Właśnie pochylałem się obok niego, kiedy usłyszałem szybko zbliżające się kroki.

– Ludzie – nagląco szepnął Ben. Ukrył się za biurkiem Margo, pociągając za sobą Lacey.

– Co? Gdzie?

– W pokoju obok! – syknął. – Mają na sobie maski. Wyglądają na jakichś funkcjonariuszy. Musimy stąd spadać.

Radar poświecił latarką w kierunku Trollowej Nory, ale Ben natychmiast ściągnął mu ją na dół.

– Musimy. Stąd. Wyjść. – Lacey patrzyła na mnie wielkimi oczami, zapewne trochę wkurzona, że fałszywie obiecałem jej bezpieczeństwo.

– Dobra – szepnąłem. – Dobra, wszyscy na zewnątrz, przez drzwi. Bardzo spokojnie, bardzo szybko.

Jak tylko ruszyłem się z miejsca, usłyszałem tubalny głos:

– KTO TAM!?

Cholera.

– Ehm – odpowiedziałem – my tylko zwiedzamy.

Cóż za kosmicznie żałosny odzew. Oślepiło mnie padające z Trollowej Nory białe światło. To mógł być Bóg we Własnej Osobie.

– Jakie są wasze zamiary? – Głos zabarwiony był udawanym brytyjskim akcentem.

Zobaczyłem, że Ben wstaje zza biurka i staje u mojego boku. Dobrze było poczuć, że nie jest się samym.

– Prowadzimy tutaj śledztwo w sprawie zniknięcia – oznajmił Ben z wielką pewnością siebie. – Nie zamierzaliśmy niczego niszczyć.

Snop światła urwał się, a ja zamrugałem, starając się przejrzeć, aż w końcu dostrzegłem trzy postacie w dżinsach, T-shirtach i maskach z dwoma okrągłymi filtrami. Jedna z nich podciągnęła sobie maskę na czoło i spojrzała na nas. Rozpoznałem tę kozią bródkę i płaskie, szerokie usta.

– Gus? – zapytała Lacey. Wstała.

Ochroniarz z SunTrust.

– Lacey Pemberton. Jezu. Co ty tu robisz? Bez maski? W tym miejscu jest masa azbestu.

– A co ty tutaj robisz?

– Eksploruję – odrzekł.

Ben jakoś zebrał się na odwagę i podszedł do pozostałych postaci, wyciągając do nich rękę. Przedstawili się jako As i Cieśla. Śmiem twierdzić, że były to pseudonimy.

Poprzyciągaliśmy sobie biurowe krzesła na kółkach i usiedliśmy mniej więcej w kręgu.

– To wy połamaliście tę płytę? – spytał Gus.

– Właściwie to ja – wyjaśnił Ben.

– Poskejaliśmy ją taśmą, bo nie chcieliśmy, żeby ktoś tu jeszcze wchodził. Jak ludzie zobaczą, że da się wejść od strony ulicy, zacznie się tu schodzić masa typków, którzy gówno wiedzą o eksploracji. Menele, ćpuny, cała ta menażeria.

Podszedłem do nich i zapytałem:

– Czyli wiedzieliście, że Margo tu przyjeżdżała?

Zanim Gus zdążył odpowiedzieć, As przemówił zza maski. Jego głos był nieco zniekształcony, ale łatwo można było go zrozumieć.

– Kurde, człowieku, Margo ciągle tu przesiadywała. My zachodzimy tutaj jedynie kilka razy w roku – tu jest azbest, a poza tym nic szczególnie ciekawego. Ale widzieliśmy ją jakieś... ja wiem... prawie za każdym razem w ciągu ostatnich kilku lat. Niezła była, co?

– Była? – zapytała znacząco Lacey.

– Uciekła, prawda?

– A wy co o tym wiecie? – drążyła Lacey.

– Jezu, nic. Kilka tygodni temu widziałem Margo razem z nim – odpowiedział Gus, wskazując mnie głową. – A potem dowiedziałem się, że uciekła. Parę dni później przyszło mi do głowy, że może jest tutaj, więc przyjechaliśmy.

– Nigdy nie załapałem, dlaczego tak bardzo lubiła to miejsce. Praktycznie nic tu nie ma – włączył się do rozmowy Cieśla. – Kiepska przestrzeń do eksploracji.

– Co masz na myśli, mówiąc o eksploracji? – spytała Gusa Lacey.

– Miejską eksplorację. Wchodzimy do opuszczonych budynków, oglądamy je sobie, fotografujemy. Nic nie zabieramy, nic nie zostawiamy. Jesteśmy tylko obserwatorami.

– To takie hobby – dorzucił As. – Kiedy byliśmy jeszcze w szkole, Gus pozwalał Margo przyłączać się do naszych eksploratorskich wypraw.

– Miała bystre oko, jak na trzynastolatkę – wspominał Gus. – Potrafiła znaleźć wejście do każdego obiektu. Wtedy były to tylko okazjonalne wypady, ale teraz wyjeżdżamy dosłownie trzy razy w tygodniu. Miejsc jest tu w bród. W Clearwater jest opuszczony szpital psychiatryczny. Niesamowity. Można zobaczyć, gdzie przywiązywali czubków i dawali im elektrowstrząsy. A kawałek stąd na zachód jest stare więzienie. Ale jej nie pociągało to tak bardzo. Lubiła włamywać się do różnych miejsc, ale potem chciała w nich po prostu zostać.

– No, Boże, to było wkurzające – potwierdził As.

Cieśla podchwycił:

– Nie robiła nawet zdjęć. Ani nie myszkowała w poszukiwaniu ciekawych rzeczy. Chciała tylko wejść do środka i... siedzieć tam. Pamiętacie ten jej czarny notatnik? Miała go zawsze przy sobie. Siadała w kącie i coś w nim bazgrała, jakby była w domu i odrabiała zadanie domowe, no nie?

– Szczerze mówiąc – stwierdził Gus – ona nigdy do końca nie pojęła, o co w tym chodzi. Że to przygoda. Właściwie wydawała się zdrowo zdołowana.

Chciałem, żeby nie przerywali, bo czułem, że wszystko, co powiedzą, pomoże mi lepiej wyobrazić sobie Margo. Jednak ni stąd, ni zowąd Lacey wstała i kopnęła stojące za nią krzesło.

– A nigdy nie przyszło ci do głowy, żeby ją spytać, dlaczego właściwie była zdrowo zdołowana? Albo czemu przesiadywała w tych szkaradnych miejscach? Nigdy cię to nie obchodziło?

Stała teraz nad nim, krzycząc, więc on też wstał, wyższy od niej o głowę, ale wtedy odezwał się Cieśla:

– Jezu, niech ktoś uciszy tę sukę.

– O żeż ty! – wrzasnął Ben i zanim zdołałem się zorientować, co się dzieje, rzucił się na Cieślę, który spadł z krzesła i pokracznie rąbnął ramieniem o podłogę. Ben usiadł na nim okrakiem i zaczął go okładać jak szalony, niezgrabnie lejąc go po masce i krzycząc: – ONA NIE JEST SUKĄ, SUKO! – Zerwałem się i chwyciłem Bena za ramię, a Radar złapał go za drugie. Odciągnęliśmy go, ale Ben nie przestawał się wydzierać: – Jestem teraz w amoku! Fajnie było go boksować! Chcę jeszcze poboksować!

– Ben – przemówiłem, siląc się na spokój w głosie i naśladując ton mamy. – Ben, już dobrze. Postawiłeś na swoim.

Gus i As podnieśli Cieślę, a Gus powiedział:

– Jezu Chryste, wychodzimy stąd, okej? Teren jest wasz.

As pozbierał ich sprzęt fotograficzny i wyszli w pośpiechu tylnymi drzwiami. Lacey zaczęła mi tłumaczyć, skąd zna Gusa:

– Był w ostatniej klasie, kiedy zacz…

Ale machnąłem na nią ręką. To wszystko nie miało znaczenia.

Radar wiedział, co miało znaczenie. Natychmiast wrócił do kalendarza i zbliżył do niego twarz, nosem prawie dotykając papieru.

– Nie sądzę, żeby na stronie maja było cokolwiek napisane – stwierdził. – Papier jest dość cienki, a nie widzę żadnych odcisków. Ale nie sposób mieć pewność.

Ruszył szukać dalszych wskazówek, a padające na podłogę światła latarek sygnalizowały, że także Lacey i Ben przechodzili przez Trollową Norę. Ja jednak zostałem w biurze. Usiadłem i wyobrażałem sobie Margo. Myślałem o tym, jak włóczy się ze starszymi od siebie o cztery lata chłopakami i wchodzi z nimi do opuszczonych budynków. To był obraz Margo, jaki już wcześniej widziałem. Jednak obraz Margo wewnątrz budynków nijak już nie przystawał do moich o niej wyobrażeń. Podczas gdy inni rozchodzą się eksplorować, robić zdjęcia i ogólnie się pałętać, Margo siedzi na podłodze, coś zapisując.

Z pokoju obok rozległ się głos Bena:

– Q! Mamy coś!

Otarłem pot z twarzy rękawami i wsparłszy się na biurku Margo, stanąłem na nogi. Przeszedłem przez pokój, następnie przez Trollową Norę i skierowałem się w stronę trzech snopów światła omiatających ścianę nad zrolowaną wykładziną.

– Zobacz – wskazał Ben, światłem latarki kreśląc kwadrat na ścianie. – Pamiętasz te dziurki, o których wspomniałeś?

– Tak?

– Musiały tam być przyczepione jakieś pamiątki. Pocztówki albo zdjęcia, jak można by sądzić z odległości między dziurkami. Być może zabrała je ze sobą – objaśniał Ben.

– Możliwe – zgodziłem się. – Gdybyśmy tylko znaleźli ten notatnik, o którym mówił Gus.

– Właśnie, kiedy to powiedział, przypomniałam sobie o nim – oznajmiła Lacey. Światło mojej latarki oświetlało jedynie jej nogi. – Zawsze nosiła go ze sobą. Nigdy nie widziałam, żeby coś w nim pisała, więc uznałam, że to jakiś terminarz. Boże, nigdy jej o to nie spytałam. Wściekam się na Gusa, a on nawet nie jest jej przyjacielem. A ja – o co ja ją spytałam?

– I tak by ci nie odpowiedziała – pocieszyłem ją.

Byłoby nie fair udawać, że Margo nie przykładała ręki do zaciemniania własnego obrazu.

Przez następną godzinę snuliśmy się po budynku i kiedy nabrałem już pewności, że ta wyprawa była stratą czasu, światło mojej latarki przypadkowo padło na te broszury o osiedlach, które, gdy przyszliśmy tu po raz pierwszy, ułożone były w domek z kart. Jedna z broszur dotyczyła Gajowego Azylu. Wstrzymałem oddech, rozkładając pozostałe. Pobiegłem do mojego plecaka leżącego przy drzwiach, a wróciwszy z długopisem i notesem, spisałem nazwy wszystkich reklamowanych osiedli. Jedno natychmiast rozpoznałem: Przysiółek Colliera – jedno z dwóch pseudoosiedli z mojej listy, których jeszcze nie obejrzałem. Spisawszy nazwy pseudoosiedli, schowałem notes z powrotem do plecaka. Może byłem samolubny, ale chciałem być sam, kiedy znajdę Margo.

17

W piątek, gdy tylko mama wróciła z pracy, powiedziałem jej, że jadę z Radarem na koncert, a potem wyjechałem z miasta w kierunku wiejskiego hrabstwa Seminole, żeby obejrzeć Przysiółek Colliera. Wszystkie inne osiedla z broszur okazały się istnieć – większość z nich w północnej części miasta, która już dawno temu została całkowicie zagospodarowana.

Zjazd do Przysiółka Colliera rozpoznałem tylko dlatego, że stałem się kimś w rodzaju eksperta od trudnych do dostrzeżenia polnych dróg dojazdowych. Jednak Przysiółek Colliera nie przypominał żadnego z pseudoosiedli, które widziałem do tej pory, ponieważ był dziko zarośnięty, jakby to miejsce było opuszczone od pięćdziesięciu lat. Nie wiedziałem, czy to pseudoosiedle było starsze od innych, czy też nizinny, podmokły teren sprawiał, że wszystko rosło tu szybciej, w każdym razie droga dojazdowa stała się nieprzejezdna, gdy tylko w nią skręciłem, gdyż zarosły ją gęste kępy dzikich jeżyn.

Wysiadłem z samochodu i dalej poszedłem pieszo. Wybujała trawa drapała mi golenie, a tenisówki grzęzły w błocie przy każdym kroku. Miałem tylko nadzieję, że gdzieś tutaj, na jakimś skrawku gruntu położonym co najmniej pół metra wyżej Margo ma rozbity namiot, który chroni ją od deszczu. Szedłem powoli, bo tutaj musiałem się baczniej rozglądać niż w poprzednich miejscach, dlatego że było tu więcej kryjówek i ponieważ wiedziałem, że to pseudoosiedle ma bezpośredni związek z pawilonem. Grząska ziemia zmuszała mnie do wolnego marszu, podczas którego penetrowałem wzrokiem każdy nowy element krajobrazu, zwracając uwagę na każdy zakamarek mogący pomieścić człowieka. Na końcu drogi zobaczyłem leżące w błocie niebiesko-białe tekturowe pudełko, które przez chwilę wyglądało tak samo jak tamten znaleziony przeze mnie w pawilonie karton po batonikach energetycznych. Ale nie. To tylko gnijący pojemnik po dwunastopaku piwa. Dotarłem z powrotem do minivana i ruszyłem dalej na północ w kierunku miejsca o nazwie Sosnówka.

Dojechanie tam zajęło mi godzinę, zbliżałem się do Ocala National Forest i znajdowałem się właściwie już poza aglomeracją Orlando. Byłem kilka kilometrów od celu, kiedy zadzwonił Ben.

– Co tam?

– Objeżdżasz te papierowe miasta? – zapytał.

– No, dojeżdżam do ostatniego, o jakim mi wiadomo. Na razie nic.

– No to słuchaj, stary, rodzice Radara musieli nagle wyjechać z miasta.

– Wszystko w porządku? – zaniepokoiłem się. Wiedziałem, że dziadkowie Radara mieszkają w domu opieki w Miami i są już naprawdę starzy.

– Tak, w porządku, ale słuchaj tego: pamiętasz faceta z Pittsburgha z drugą największą na świecie kolekcją czarnoskórych mikołajów?

– Tak?

– Właśnie kojfnął.

– Żartujesz.

– Stary, ja nie żartuję na temat zgonów kolekcjonerów czarnoskórych mikołajów. Facet miał tętniaka. W każdym razie starzy Radara lecą do Pensylwanii i będą próbować kupić całą jego kolekcję. Więc zaprosiliśmy paru ludzi.

– Kto my?

– Ty, ja i Radar. Jesteśmy gospodarzami.

– No nie wiem – zawahałem się.

Zapadła cisza, po której Ben zwrócił się do mnie moim pełnym imieniem.

– Quentin – zaczął. – Wiem, że chcesz ją znaleźć. Wiem, że jest dla ciebie najważniejsza. No i luz. Ale za jakiś tydzień kończymy szkołę. Nie proszę cię, żebyś porzucił poszukiwania. Proszę cię, żebyś przyszedł na imprezę z twoimi dwoma najlepszymi przyjaciółmi, których znasz przez połowę swojego życia. Proszę cię, żebyś jak mała grzeczna dziewczynka, jaką jesteś, spędził dwie do trzech godzin na piciu słodkawych sikaczy, a kolejne dwie do trzech godzin na zwracaniu wyżej wspomnianych sikaczy przez nos. A potem możesz sobie wrócić do węszenia po porzuconych placach budowy.

Ubodło mnie, że Ben chciał mówić o Margo tylko wtedy, gdy wiązało się to z jakąś rajcującą go przygodą, i że dawał mi do zrozumienia, iż moje skupianie się na niej

bardziej niż na przyjaciołach jest jakoś niewłaściwe, chociaż ona zaginęła, a oni przecież nie. Ale jak stwierdził Radar, Ben jest Benem. A mnie po Sosnówce i tak nie zostało
już nic do przeszukania.

– Muszę tylko dojechać do ostatniego miejsca i będę
u was.

Jako że Sosnówka była ostatnim pseudoosiedlem
w środkowej Florydzie – a przynajmniej ostatnim, o którym wiedziałem – pokładałem w niej wielkie nadzieje.
Jednak kiedy obchodziłem z latarką jej jedyną, ślepą uliczkę, nie zobaczyłem żadnego namiotu. Żadnego śladu
po ognisku. Żadnych opakowań po żywności. Żadnego
znaku bytności człowieka. Żadnej Margo. Na końcu drogi znalazłem przysłonięte ziemią jedyne tutaj betonowe
fundamenty. Tylko że nic na nich nie zbudowano; została
tylko ziejąca pustką dziura w ziemi, niczym rozdziawiona
gęba trupa, gęstwa ciernistych pnączy i porastająca cały
teren, wysoka po pas trawa. Jeśli Margo chciała, żebym
zobaczył te miejsca, nie potrafiłem zrozumieć dlaczego.
Jeśli zaś pojechała na któreś z pseudoosiedli, żeby już nigdy nie wrócić, musiała wiedzieć o jakimś miejscu, którego mimo tylu moich poszukiwań nie odkryłem.

Dojechanie z powrotem do Jefferson Park zajęło mi
półtorej godziny. Zaparkowałem minivana przed domem,
przebrałem się w koszulkę polo i jedyną parę czystych
dżinsów, jaką miałem, i poszedłem Jefferson Way w kierunku Jefferson Court, a następnie skręciłem w prawo

w Jefferson Road. Kilka samochodów stało już w rzędach po obu stronach Jefferson Place, ulicy Radara. Była dopiero ósma czterdzieści pięć.

Otworzyłem drzwi i zostałem przywitany przez trzymającego naręcze gipsowych czarnoskórych mikołajów Radara.

– Muszę gdzieś schować te lepsze – wyjaśnił. – Uchowaj Boże, żeby któryś z nich się rozbił.

– Pomóc ci? – zaoferowałem.

Radar skinął głową w kierunku salonu, gdzie na stolikach po obu stronach kanapy leżały trzy zestawy rozłożonych matrioszek w kształcie czarnoskórych Świętych Mikołajów. Składając je, nie mogłem nie zauważyć, że są naprawdę bardzo piękne – ręcznie malowane i niezwykle bogate w szczegóły. Nie wspomniałem o tym jednak Radarowi z obawy, że zatłukłby mnie na śmierć stojącą w salonie mikołajową lampą.

Zabrałem matrioszki do sypialni dla gości, w której Radar ostrożnie chował mikołaje do komody.

– Wiesz, widok ich wszystkich razem naprawdę skłania człowieka do refleksji nad formami, w jakich wyobrażamy sobie nasze mity.

Radar przewrócił oczami.

– Mhm, ustawicznie zastanawiam się nad formą, w jakiej wyobrażam sobie moje mity, kiedy co rano jem płatki śniadaniowe Lucky Charms tą cholerną mikołajową łyżką.

Poczułem, jak jakaś ręka obraca mnie za ramię. To był Ben, szybko przebierający w miejscu nogami, jakby cisnął go pęcherz czy inna równie nagła potrzeba.

JOHN GREEN

– Całowaliśmy się. To znaczy, ona pocałowała mnie.
Jakieś dziesięć minut temu. Na łóżku rodziców Radara.
– To ohydne – powiedział Radar. – Nie obściskujcie się
w łóżku moich rodziców.
– No nie, sądziłem, że macie to już za sobą – wytkną-
łem. – Ty, taki lowelas i nic?
– Przymknij się, stary. Jestem w panice – wyznał Ben,
niemal zezując. – Wydaje mi się, że nie jestem zbyt dobry.
– W czym?
– W całowaniu. No bo wiecie, ona miała dużo więcej
praktyki niż ja przez te wszystkie lata. Nie chcę wypaść aż
tak beznadziejnie, że mnie rzuci. Dziewczyny na ciebie lecą
– stwierdził, co jednak było w najlepszym razie prawdziwe,
jeśli dziewczyny zdefiniowało się jako „dziewczyny z orkiestry marszowej". – Stary, przychodzę do ciebie po radę.

Kusiło mnie, żeby przywołać wszystkie te niekończące się
durne przechwałki Bena, na jakie to różne sposoby będzie
bujał różne ciała, jednak ograniczyłem się do konkretów:

– O ile mi wiadomo, istnieją tylko dwie podstawowe
zasady: 1. Nie gryź niczego bez pozwolenia oraz 2. Język
człowieka jest jak wasabi: działa bardzo intensywnie i powinien być stosowany oszczędnie.

Wtem oczy Bena rozszerzyły się w panice. Skrzywiłem
się i spytałem:

– Ona za mną stoi, tak?

– Język człowieka jest jak wasabi – przedrzeźniała
mnie Lacey głębokim gapowatym głosem; miałem tylko
nadzieję, że nie przypominał mojego. Okręciłem się na
pięcie. – A ja uważam, że język Bena jest jak krem prze-

ciwsłoneczny – oświadczyła. – Jest dobry dla zdrowia i powinien być szczodrze nakładany.

– Właśnie zwymiotowałem sobie w usta – zajęczał Radar.

– Lacey, właśnie odebrałaś mi wszelką ochotę do życia – zgodziłem się z Radarem.

– Żebym tylko mógł przestać o tym myśleć – kontynuował Radar. Ja zaś dodałem:

– Sama myśl o tym jest tak odrażająca, że prawo zabrania wypowiadania słów „język Bena Starlinga" w telewizji.

– Karą za pogwałcenie tego zakazu jest rok więzienia albo wylizanie całego ciała językiem Bena Starlinga.

– Każdy… – zacząłem.

– …wybiera… – podjął Radar.

– …więzienie! – dokończyliśmy chórem.

Wtedy Lacey na naszych oczach pocałowała Bena.

– O, Boże – zawył Radar, wymachując rękoma przed oczami. – O, Boże. Oślepłem. Oślepłem.

– Błagam was, przestańcie – zaklinałem. – Straszycie mikołaje.

Ostatecznie impreza odbyła się w salonie gościnnym na piętrze, w którym rozsiadła się cała nasza dwudziestka. Oparłem się o ścianę. Kilka centymetrów nad moją głową wisiał namalowany na aksamicie portret czarnoskórego Świętego Mikołaja. Radar miał jedną z tych modułowych kanap i wszyscy się na nią wcisnęli. W chłodziarce obok telewizora było piwo, ale nikt nie pił. Zamiast tego ludzie opowiadali o sobie historie. Większość z nich już słyszałem – opowieści z obozu orkiestry, opowieści o Benie Starlingu i opowieści o pierwszych pocałunkach – ale Lacey nie znała żadnej z nich, a poza tym ciągle były zabawne. Jakoś nie włączałem się do rozmowy, do czasu, aż Ben zagadnął:

– Q, jak będziemy odbierać dyplomy?

Uśmiechnąłem się łobuzersko.

– Nago, w samych tylko togach.

– O tak! – Ben siorbnął Dra Peppera.

– Ja nawet nie zabieram ze sobą ciuchów, żeby nie wymięknąć – oznajmił Radar.

– Ani ja! Q, przysięgnij, że nie zabierzesz ze sobą ubrania.

Uśmiechnąłem się.

– Uroczyście przysięgam.

– Wchodzę w to! – krzyknął nasz przyjaciel Frank. Wtedy jeden za drugim chłopaki zaczęły przyłączać się do naszego pomysłu. Dziewczyny, z jakiegoś powodu, były oporne.

Radar zagadnął Angelę:

– Twoja odmowa każe mi wątpić w trwałość fundamentów naszej miłości.

– Nie łapiesz tego – włączyła się Lacey. – Nie chodzi o to, że się boimy. Tylko że mamy już kupione sukienki.

Angela zrobiła gest w stronę Lacey.

– Właśnie. A wy lepiej się módlcie, żeby nie było wietrznie.

– A ja mam nadzieję, że właśnie będzie wietrznie – powiedział Ben. – Największym na świecie jajom przyda się trochę świeżego powietrza.

Lacey ze wstydu zakryła twarz dłonią.

– Bycie twoją dziewczyną to żmudna praca – stwierdziła. – Satysfakcjonująca, ale żmudna.

Roześmialiśmy się.

To właśnie lubiłem w moich przyjaciołach najbardziej: że potrafili zebrać się w kręgu i opowiadać historie. Historie-okna i historie-zwierciadła. Ja tylko słuchałem – historie w mojej głowie nie były tak zabawne.

Mimowolnie myślałem o tym, że szkoła i cała reszta się kończą. Przyjemnie było tak stać poza kręgiem sofy i patrzeć na nich – był to rodzaj smutku, który mi nie przeszkadzał, więc po prostu się przysłuchiwałem i pozwalałem, by szczęście i smutek w obliczu końca wirowały wokół mnie i wzajemnie się podsycały. Długo jeszcze czułem, jak pęka i otwiera mi się klatka piersiowa, lecz właściwie nie było to nieprzyjemne.

Wyszedłem tuż przed północą. Niektórzy zostawali dłużej, ale o północy musiałem być już w domu, poza tym nie miałem ochoty zostawać. Mama leżała na kanapie w półśnie, ale ożywiła się na mój widok.

– Dobrze się bawiłeś?

– Owszem – odpowiedziałem. – Impreza była dość fajna.

– Zupełnie jak ty – powiedziała z uśmiechem. Ten sentymentalizm wydał mi się zabawny, lecz nic nie powiedziałem. Mama wstała i przyciągnąwszy mnie do siebie, pocałowała w policzek. – Naprawdę lubię być twoją mamą – wyznała.

– Dzięki – powiedziałem.

* * *

Poszedłem do łóżka z tomikiem Whitmana i przekartkowałem go do części, która spodobała mi się wcześniej, tej, w której Whitman cały czas spędza na słuchaniu opery i ludzi. Po całym tym słuchaniu poeta pisze, że jest teraz „obnażony", a dalej: *Ścina mnie lodowaty, gniewny grad*. Pomyślałem, że to genialne: człowiek słucha ludzi, żeby ich sobie wyobrazić, i słyszy wszystkie te okropne i cudowne rzeczy, które ludzie czynią sobie i innym, lecz w końcu to jego samego słuchanie obnaża bardziej niż ludzi, których próbuje słuchać.

Chodzenie po pseudoosiedlach i próby słuchania Margo Roth Spiegelman nie tyle otwierają Margo Roth Spiegelman, co otwierają mnie. Kilka stron dalej – wsłuchany i obnażony – Whitman zaczyna pisać o podróżach, jakie może odbyć w wyobraźni, i wylicza miejsca, które może odwiedzić, wałkoniąc się w trawie; pisze więc: *[...] dłońmi przykrywam lądy*.

Pomyślałem o mapach, o tym, jak czasem jako dziecko wpatrywałem się w atlasy i już przez samo ich oglądanie przenosiłem się gdzieś indziej. To właśnie musiałem zrobić. Musiałem usłyszeć i wyobrazić sobie moją drogę w głąb j e j mapy.

Czy jednak właśnie tego nie usiłowałem zrobić? Spojrzałem na mapy wiszące nad komputerem. Próbowałem wykreślić możliwe trasy jej podróży, ale podobnie jak trawa, Margo nie dała się łatwo określić. Wskazanie miejsca jej pobytu za pomocą map wydawało się niemożliwe. Była zbyt mała, a obszar obejmowany przez mapy był zbyt wielki. Mapy były czymś więcej niż tylko stratą czasu – były dowodem na bezowocność tego wszystkiego, na moją niezdolność do rozwinięcia „dłoni, które przykrywają lądy", do wykształcenia umysłu tworzącego poprawne wyobrażenia. Wstałem, podszedłem do map i zdarłem je ze ściany. Szpilki i pinezki odpadły razem z papierem i potoczyły się po podłodze. Zmiąłem mapy i wrzuciłem je do kosza na śmieci. W drodze powrotnej do łóżka jak ostatni ciamajda nadepnąłem na pinezkę, więc chociaż byłem zirytowany i wyczerpany brakiem nowych pseudoosiedli i brakiem pomysłów, musiałem pozbierać wszystkie te rozrzucone po dywanie pinezki, żeby nie nadepnąć na nie później. Miałem teraz chęć grzmotnąć pięścią w ścianę, ale zamiast tego musiałem zbierać te cholernie głupie pinezki. Kiedy skończyłem, wróciłem do łóżka i z zaciśniętymi zębami rąbnąłem pięścią w poduszkę.

Usiłowałem wrócić do Whitmana, ale miotając się między nim a rozmyślaniami o Margo, poczułem się wystarczająco obnażony jak na jedną noc. W końcu więc odłożyłem książkę. Nie chciało mi się wstawać, żeby zgasić światło. Gapiłem się tylko w ścianę, a moje mrugnięcia stawały się coraz wolniejsze. Za każdym razem, gdy otwierałem oczy, widziałem ślady po mapach – cztery otwory tworzyły prostokąt, wewnątrz którego pozornie bezładnie rozrzucone były dziurki po pinezkach. Podobny wzór widziałem już wcześniej. W tamtym pustym pokoju na ścianie nad zrolowaną wykładziną.

Mapa. Z zaznaczonymi punktami.

18

W sobotę rano światło słońca obudziło mnie tuż przed siódmą. O dziwo, Radar był online.

QODRODZENIE: Byłem pewien, że będziesz jeszcze spał.
OMNIKLOPEDYSTA96: Co ty, człowieku. Nie śpię od szóstej, rozszerzam artykuł o tej malezyjskiej piosenkarce popowej. Ale Angela jest jeszcze w łóżku.
QODRODZENIE: O, została na noc?
OMNIKLOPEDYSTA96: Mhm, ale moja cnota jest nadal nieskalana. Za to w noc po wręczeniu dyplomów... Kto wie.
QODRODZENIE: Słuchaj, wczoraj w nocy coś wymyśliłem. Te dziurki w ścianie w tym rozwalonym pawilonie – może to po mapie poznaczonej pinezkami?
OMNIKLOPEDYSTA96: Jakby trasa.
QODRODZENIE: Właśnie.
OMNIKLOPEDYSTA96: Chcesz tam podjechać? Ale muszę poczekać, aż Ange wstanie.
QODRODZENIE: Brzmi nieźle.

Zadzwonił o dziesiątej. Zabrałem go minivanem i podjechaliśmy pod dom Bena, doszedłszy do wniosku, że atak z zaskoczenia będzie jedynym sposobem na obudzenie go. Jednak nawet odśpiewanie pod jego oknem *You Are My Sunshine* skończyło się jedynie tym, że otworzył okno i splunął na nas.

– Nie robię nic do południa – oznajmił apodyktycznie. Więc pojechaliśmy tylko we dwójkę. Radar opowiadał trochę o Angeli, jak bardzo mu się podobała i jak dziwnie było zakochać się zaledwie na kilka miesięcy przed rozjechaniem się do różnych college'ów, ale trudno było mi się skupić na słuchaniu. Chciałem tę mapę. Chciałem zobaczyć miejsca, które zaznaczyła. Chciałem przyczepić te pinezki z powrotem do ściany.

Przeszliśmy przez biuro, przebiegliśmy przez bibliotekę, zatrzymaliśmy się na krótko, żeby zbadać otwory w ścianie sypialni, i weszliśmy do sklepu z pamiątkami. To miejsce już wcale mnie nie przerażało. Po przejściu przez wszystkie pomieszczenia i ustaleniu, że jesteśmy sami, poczułem się równie bezpiecznie jak w domu. Pod ladą znalazłem pudło z mapami i broszurami, które przetrząsnąłem w balową noc. Podniosłem je i postawiłem na rogu pękniętej szklanej gabloty. Radar wstępnie posortował papiery, wybierając wszystkie zawierające jakąś mapę, a ja rozkładałem je, wyszukując otworów po pinezkach.

Dochodziliśmy już do dna kartonu, kiedy Radar wyciągnął czarno-białą broszurę zatytułowaną *Pięć tysięcy amerykańskich miast*. Prawa autorskie do niej zostały zastrzeżone w 1972 roku przez firmę Esso. Gdy delikatnie rozkładałem mapę, próbując wygładzić załamania, na jej rogu zauważyłem dziurkę po pinezce.

– To jest to! – zawołałem. Na brzegu dziurki było niewielkie rozdarcie, jakby mapa została zerwana ze ściany.
Była to żółknąca, łatwo rozdzierająca się mapa Stanów
Zjednoczonych wielości map szkolnych, gęsto zadruko-
wana potencjalnymi celami podróży. Rozdarcia na mapie
były dla mnie znakiem, że Margo nie zamierzała jej użyć
jako wskazówki – Margo zostawiała zbyt precyzyjne i jed-
noznaczne ślady, żeby teraz mącić. Takim czy innym sposobem natrafiliśmy na coś, czego nie planowała, a widząc,
czego nie planowała, pomyślałem znowu o tym, jak wiele
jednak zaplanowała. I może, pomyślałem, tym właśnie
zajmowała się tutaj w ciszy i w ciemności. Podróżowała,
wałkoniąc się, jak to robił Whitman, i w ten sposób przy-
gotowywała się do podróżowania w rzeczywistości.

Pobiegłem z powrotem do biura i w biurku sąsiadują-
cym z biurkiem Margo znalazłem garść pinezek, następnie razem z Radarem ostrożnie przenieśliśmy rozwiniętą
mapę na powrót do pokoju Margo. Ja trzymałem ją przy
ścianie, podczas gdy Radar próbował przypiąć pinezkami
rogi mapy, jednak trzy z czterech rogów zostały oddarte,
zapewne przy zdzieraniu mapy ze ściany, podobnie jak
trzy z pięciu zaznaczonych lokalizacji.

– Wyżej i w lewo – instruował Radar. – Nie, niżej. Tak.
Nie ruszaj się.

Gdy wreszcie udało się nam przymocować mapę do
ściany, zaczęliśmy wyrównywać otwory w mapie z dziurkami w ścianie. Z łatwością udało nam się wbić wszystkich pięć pinezek. Ponieważ jednak niektóre z otworów
były rozdarte, niemożliwe było określenie ich dokładne-

go położenia. A dokładne położenie miało znaczenie na mapie zaczernionej nazwami pięciu tysięcy miejscowości. Druk był tak mały i precyzyjny, że musiałem stanąć na zrolowanej wykładzinie i przytknąć oczy prawie do samej mapy, żeby spróbować choć zgadnąć nazwę każdej z miejscowości. Ja sugerowałem nazwy miast, a Radar, wyciągnąwszy swój tablet, sprawdzał je w Omniklopedii.

Dwie kropki na mapie nie były wydarte: jedna wyglądała na Los Angeles, choć z drugiej strony w południowej Kalifornii była masa miast skupionych tak blisko siebie, że ich nazwy na siebie zachodziły. Druga nierozerwana dziurka znajdowała się nad Chicago. Z kolei jedna z podartych była w stanie Nowy Jork i, sądząc z umiejscowienia dziurki w ścianie, wskazywała jedną z pięciu dzielnic Nowego Jorku.

– To pasuje do tego, co wiemy.

– Owszem – przyznałem. – Ale na Boga, gdzie w Nowym Jorku? Oto jest pytanie.

– Czegoś nam brakuje – snuł Radar. – Jakiejś geograficznej wskazówki. Gdzie są pozostałe punkty?

– Jest jeszcze jeden w stanie Nowy Jork, ale nie w pobliżu miasta. Sam zobacz, tu jest mnóstwo maleńkich miasteczek. To może być Poughkeepsie albo Woodstock, albo Park Catskill.

– Woodstock – podchwycił Radar. – To mogłoby być interesujące. Żadna z niej hipiska, ale ma tę aurę wolnego ducha.

– No nie wiem – odpowiedziałem. – Ostatni punkt to albo Waszyngton, D.C., a może raczej Annapolis albo Chesapeake Bay. Tak naprawdę może chodzić o sporo miejsc.

– Byłoby nam łatwiej, gdyby na mapie był tylko jeden punkt – ponurym tonem zauważył Radar.

– Tyle że ona prawdopodobnie przemieszcza się z miejsca na miejsce – skonstatowałem. *Zawsze w drodze, zawsze na szlaku.*

Siedziałem na wykładzinie, podczas gdy Radar czytał mi o Nowym Jorku, o Górach Catskill, o stolicy i o koncercie w Woodstock w 1969. Nic nie wydawało się pomocne. Miałem uczucie, że wydobyliśmy z tej struny już wszystko i nic nie znaleźliśmy.

Odwiózłszy Radara, siedziałem tego popołudnia w domu, czytając *Pieśń o mnie* i bez entuzjazmu ucząc się do egzaminów końcowych. W poniedziałek miałem analizę matematyczną i łacinę, moje dwa chyba najtrudniejsze przedmioty, i nie mogłem sobie pozwolić na ich całkowite zignorowanie. Uczyłem się prawie cały sobotni wieczór i w ciągu dnia w niedzielę, ale później, zaraz po obiedzie do głowy wpadł mi pewien pomysł związany z Margo, więc zrobiłem sobie przerwę w ćwiczeniach z przekładu Owidiusza i zalogowałem się do komunikatora. Zobaczyłem, że Lacey jest online. Dopiero co dostałem od Bena jej nicka, ale uznałem, że znam ją wystarczająco dobrze, żeby wysłać jej wiadomość.

QODRODZENIE: Hej, tu Q.
WÓRPOKUTNYIPOPIÓŁ: Cześć!
QODRODZENIE: Zastanawiałaś się kiedyś, jak wiele czasu Margo musiała spędzać na planowaniu wszystkiego?

WÓRPOKUTNYIPOPIÓŁ: Pewnie. Masz na myśli te litery z makaronu przed jej ucieczką do Missisipi i to, jak ściągnęła cię do pawilonu?

QODRODZENIE: Właśnie, tego nie wymyśla się w dziesięć minut.

WÓRPOKUTNYIPOPIÓŁ: Może po to był jej ten notatnik.

QODRODZENIE: Otóż to.

WÓRPOKUTNYIPOPIÓŁ: Właśnie o tym dzisiaj myślałam, bo przypomniało mi się, jak byłyśmy kiedyś na zakupach i do każdej torebki, która jej się spodobała, wkładała ten notatnik, żeby sprawdzić, czy się zmieści.

QODRODZENIE: Wiele bym dał, żeby go mieć.

WÓRPOKUTNYIPOPIÓŁ: Wiem, ale pewnie ma go ze sobą.

QODRODZENIE: Nie było go w jej szafce?

WÓRPOKUTNYIPOPIÓŁ: Nie, tylko podręczniki, jak zwykle równo ułożone.

Uczyłem się przy biurku, czekając, aż inni będą dostępni. Po jakimś czasie pojawił się Ben, więc zaprosiłem go do mojego czatu z Lacey. Większość rozmowy prowadzili sami – ja trochę pracowałem nad tłumaczeniem – do czasu, aż Radar się zalogował i przyłączył do czatu. Wtedy na ten wieczór odłożyłem już Owidiusza.

OMNIKLOPEDYSTA96: Ktoś z Nowego Jorku szukał dziś w Omniklopedii hasła Margo Roth Spiegelman.

TOBYŁAINFEKCJANEREK: Możesz określić, skąd w Nowym Jorku?

OMNIKLOPEDYSTA96: Niestety nie.

WÓRPOKUTNYIPOPIÓŁ: Aha, przecież tam w sklepach muzycznych wiszą ciągle nasze ogłoszenia. Pewnie ktoś próbował czegoś się o niej dowiedzieć.

OMNIKLOPEDYSTA96: No tak. Zapomniałem o tym. Kicha.

QODRODZENIE: Hej, pojawiam się i znikam, bo jestem na tej stronie, którą pokazał mi Radar, i wytyczam trasy między miejscami, które zaznaczyła na mapie.

TOBYŁAINFEKCJANEREK: Link?

QODRODZENIE: thelongwayround.com

OMNIKLOPEDYSTA96: Mam nową teorię. Margo pojawi się wśród publiczności na wręczeniu dyplomów.

TOBYŁAINFEKCJANEREK: Mam starą teorię, ona jest gdzieś w Orlando, nabija się z nas i robi wszystko, by pozostać w centrum naszego wszechświata.

WÓRPOKUTNYIPOPIÓŁ: Ben!

TOBYŁAINFEKCJANEREK: Wybacz, ale mam zupełną rację.

Pisali dalej w tym tonie, rozmawiając o swoich wyobrażeniach Margo, podczas gdy ja wykreślałem jej trasę. Uznałem, że jeśli nie chciała zostawić nam tej mapy jako wskazówki – a powydzierane dziurki po pinezkach mówiły mi, że tak właśnie było – to mieliśmy wszystkie wskazówki, które dla nas przeznaczyła, a nawet więcej. Mimo to czułem, że ciągle jestem bardzo daleko od Margo.

19

Po trzech godzinach spędzonych w poniedziałkowy ranek w samotności z ośmiuset słowami z Owidiusza szedłem korytarzami, czując, że mózg wycieka mi uszami. Ale dobrze mi poszło. Mieliśmy półtorej godziny przerwy na lunch, żeby dać naszym umysłom czas na ponowne stężenie przed drugą turą egzaminów tego dnia. Radar czekał na mnie przy mojej szafce.

– Właśnie zawaliłem hiszpański – stwierdził Radar.

– Jestem pewien, że dobrze ci poszło. – Radar dostał ogromne stypendium na studia w Dartmouth College. Był aż nadto bystry.

– No nie byłbym taki pewien. Ciągle zasypiałem na ustnym. Ale słuchaj, przez połowę nocy pisałem ten program. Jest naprawdę kapitalny. Działa w ten sposób, że wpisujesz jakąś kategorię – obszar geograficzny albo, dajmy na to, jakąś rodzinę w królestwie zwierząt – i na jednej stronie dostajesz pierwsze zdania z nawet stu artykułów z Omniklopedii na dany temat. Więc załóżmy, że usiłujesz znaleźć jakiś szczególny gatunek królika, ale nie możesz sobie przypomnieć jego nazwy. Wpisujesz więc „królik" i na jednej stronie w jakieś trzy minuty możesz sobie przeczytać wstępy do artykułów o wszystkich dwudziestu jeden gatunkach królików.

– I to robiłeś w nocy przed egzaminami końcowymi?

– No tak, wiem, wiem. W każdym razie przyślę ci program mailem. Jest szczytem maniactwa.

Wtem pojawił się Ben.

– Bóg mi świadkiem, Q, czatowaliśmy z Lacey do drugiej nad ranem, bawiąc się na tej stronie, thelongwayround. Po wytyczeniu wszystkich możliwych tras podróży, jakie Margo mogła obrać między Orlando a tymi pięcioma punktami, dochodzę do wniosku, że przez cały ten czas myliłem się. Jej nie ma w Orlando. Radar ma rację. Ona wraca tutaj na wręczenie dyplomów.

– Dlaczego?

– Bo to idealnie zgrywa się w czasie. Podróż z Orlando do Nowego Jorku, w góry, stamtąd do Chicago, Los Angeles i z powrotem do Orlando zajmuje d o k ł a d n i e dwadzieścia trzy dni. Poza tym to kompletnie niedorzeczny dowcip, ale dowcip w stylu Margo. Każe wszystkim myśleć, że się odmeldowała. Otacza się atmosferą tajemnicy, żeby każdy zwrócił na nią uwagę. A kiedy fala zainteresowania zaczyna już opadać, pojawia się na ceremonii ukończenia szkoły.

– Nie – zaprotestowałem. – To niemożliwe. – Teraz lepiej znałem już Margo. To prawda, pragnie uwagi innych. Byłem o tym przekonany. Ale Margo nie bawi się życiem dla hecy. Tanie sztuczki jej nie rajcują.

– Mówię ci, stary. Wypatruj jej na wręczeniu dyplomów. Będzie tam. – Pokręciłem głową.

Ponieważ każdy miał w tym samym czasie przerwę na lunch, stołówka pękała w szwach, więc korzystając z przywilejów uczniów ostatniego roku, pojechaliśmy do Wendy's. Starałem się skoncentrować na zbliżającym się egzaminie z analizy matematycznej, ale w głowie zaczęła mi świtać myśl, że może w tej historii jest jeszcze jeden luźny sznurek. Teoria Bena o dwudziestotrzydniowej podróży była doprawdy interesująca. Może Margo właśnie to planowała w swoim czarnym notatniku – długą, samotną podróż samochodem. To nie wyjaśniało wszystkiego, ale pasowało do wizerunku Margo planistki. Nie żeby ta idea przybliżała mnie do niej. Wystarczająco trudno jest zlokalizować punkt na podartym kawałku mapy, o ileż trudniej jest tego dokonać, gdy ów punkt jest w ruchu.

Powrót do komfortowej nieprzeniknioności *Pieśni o mnie* po długim dniu egzaminów końcowych przyniósł mi niemal ulgę. Doszedłem do zagadkowej części poematu – po całym tym przysłuchiwaniu się ludziom, a potem podróżowaniu wraz z nimi Whitman przestaje słuchać i przestaje podróżować, a zaczyna s t a w a ć   s i ę innymi ludźmi. Jakby dosłownie ich „zamieszkiwał". Opowiada historię kapitana okrętu, który uratował wszystkich na swoim statku prócz samego siebie. Poeta twierdzi, że może opowiedzieć tę historię, ponieważ stał się tym kapitanem. Pisze: *To ja jestem tym kapitanem, cierpiałem, byłem tam.* Kilka wersów dalej staje się jeszcze bardziej oczywiste, że Whitman już nie musi słuchać, żeby stać się kimś innym: *Nigdy nie pytam rannego, co czuje, sam staję się tym rannym człowiekiem.*

Odkładam książkę, kładę się na boku i wpatruję w okno, które zawsze dzieliło mnie od Margo. Nie wystarczy ją widzieć i nie wystarczy jej słuchać. Żeby znaleźć Margo Roth Spiegelman, trzeba stać się Margo Roth Spiegelman. Zrobiłem wiele rzeczy, które mogłaby zrobić ona: zeswatałem najbardziej nieprawdopodobną parę na bal pożegnalny; okiełznałem sforę wściekłych psów kastowej rywalizacji; nauczyłem się czuć swobodnie w zaszczurzonym, nawiedzonym budynku, w którym zrodziły się jej najlepsze pomysły. Zobaczyłem. Wysłuchałem. Ale jeszcze nie potrafiłem stać się tą ranną osobą z wiersza Whitmana.

Następnego dnia przebrnąłem przez egzaminy końcowe z fizyki i wiedzy o społeczeństwie, a później siedziałem do drugiej nad ranem, kończąc moją pracę semestralną z angielskiego o *Mobym Dicku*. Zdecydowałem, że Ahab był bohaterem. Nie miałem szczególnego powodu do podjęcia takiej decyzji – zwłaszcza że nie przeczytałem książki – ale tak zdecydowałem i tak napisałem.

Skrócony tydzień egzaminów oznaczał, że środa była dla nas ostatnim dniem szkoły. Trudno więc było nie rozmyślać przez cały dzień o finalności wszystkiego: po raz ostatni staję w kręgu przed salą muzyczną w cieniu dębu, który chronił pokolenia dziwaków ze szkolnej orkiestry. Po raz ostatni jem z Benem pizzę w stołówce. Po raz ostatni siedzę w szkole, gryzmoląc wypracowanie z ręką zaciśniętą na arkuszu odpowiedzi. Po raz ostatni zerkam na zegar. Po raz ostatni widzę, jak Chuck Parson grasuje po korytarzach z szyderczym uśmieszkiem. Boże, wpadałem w melancholię na myśl o Chucku Parsonie. Działo się we mnie coś chorego. Margo też musiała odczuwać podobnie. Planując to wszystko, musiała zdawać sobie sprawę, że odchodzi, a nawet ona nie mogła pozostać całkowicie obojętna na towarzyszące temu uczucie. Przeżyła tutaj dobre dni. A tych złych ostatniego dnia nie sposób sobie przypomnieć. Bądź co bądź miała tu swoje życie, tak samo jak ja. Miasto było z papieru, ale nie wspomnienia. Wzbierało we mnie wszystko, co tu przeżyłem: moja miłość, mój żal, współczucie i przemoc, i złośliwość. Ach, te pobielane ściany z pustaków. Moje białe ściany. Białe ściany Margo. Tak długo byliśmy w nich uwięzieni, tkwiliśmy w ich brzuchu jak Jonasz.

Przez cały dzień nie opuszczała mnie myśl, że może właśnie z powodu tego uczucia tak misternie i precyzyjnie wszystko zaplanowała: nawet jeśli się tego pragnie, tak trudno jest odejść. To wymaga przygotowań. Więc może siedzenie w tamtym pawilonie i kreślenie planów było zarówno intelektualnym, jak i emocjonalnym ćwiczeniem – sposobem Margo na stworzenie sobie losu dzięki wyobraźni.

Ben i Radar byli na maratońskiej próbie orkiestry, co miało zagwarantować, że na ceremonii wręczenia dyplomów marsza *Pomp and Circumstance* zagrają z prawdziwą pompą. Lacey chciała mnie podwieźć, ale postanowiłem opróżnić moją szafkę, bo naprawdę nie chciałem tutaj wracać jeszcze raz i jeszcze raz odczuwać, jak zalewa mnie fala perwersyjnej nostalgii.

Moja szafka była istnym wysypiskiem – na wpół śmietni-
kiem, na wpół magazynem książek. Przypomniałem sobie,
że kiedy Lacey otwarła szafkę Margo, były w niej starannie
ułożone podręczniki, jakby następnego dnia Margo zamierzała przyjść do szkoły. Przyciągnąłem kosz na śmieci pod
rząd szafek i otworzyłem drzwi do mojego wysypiska. Zacząłem od ściągnięcia fotografii, na której Radar, Ben i ja się
wygłupiamy. Włożyłem ją do plecaka i rozpocząłem odra-
żający proces wyciągania nagromadzonych przez rok bru-
dów – wyplutych gum owiniętych w kawałki zeszytowego
papieru, wypisanych długopisów, upapranych chusteczek
– i wyrzucania tego wszystkiego. Robiąc to, nie przestawałem myśleć: nigdy więcej tego nie powtórzę, nigdy więcej
już tu nie przyjdę, to już nigdy nie będzie moja szafka, Radar
i ja już nigdy więcej nie będziemy do siebie pisać na analizie
matematycznej i nigdy więcej nie zobaczę Margo na drugim
końcu korytarza. Po raz pierwszy w moim życiu tyle rzeczy
miało się już nigdy nie zdarzyć.

W końcu miarka się przebrała. Nie mogłem pozbyć się
uczucia nostalgii. Sięgnąłem głęboko w zakamarki mojej
szafki. Zgarnąłem wszystko – fotografie, notatki, książki – do kosza. Zostawiłem szafkę otwartą i odszedłem.
Przechodząc obok sali orkiestry, usłyszałem przez ściany
stłumione dźwięki marsza. Nie zatrzymałem się. Na zewnątrz było gorąco, ale nie tak gorąco jak zazwyczaj. Było
całkiem znośnie. Niemal wzdłuż całej drogi do domu są
chodniki, pomyślałem. Więc poszedłem dalej.

Choć wszystkie te nigdy-więcej paraliżowały mnie
i przygnębiały, poczułem, że to ostateczne odejście jest

doskonałe. Czyste. Że jest kwintesencją wyzwolenia. Wszystko, co wcześniej miało znaczenie, poza jednym marnym zdjęciem, leżało w śmietniku, a jednak czułem się tak wspaniale. Zacząłem biec truchtem, bo chciałem jeszcze bardziej zwiększyć dystans między sobą a szkołą. Tak trudno jest odejść – dopóki się nie odejdzie. A wówczas to najłatwiejsza rzecz pod słońcem. Biegnąc, po raz pierwszy poczułem, że staję się Margo. Już wiedziałem: nie ma jej w Orlando; nie ma jej na Florydzie. Kiedy już zacznie się odchodzić, odchodzenie jest takie przyjemne. Gdybym jechał samochodem, a nie szedł pieszo, też pewnie pojechałbym dalej. Margo odeszła i nie wracała, ani na wręczenie dyplomów, ani z jakiegokolwiek innego powodu. Teraz byłem tego pewien.

Odchodzę, a to odchodzenie jest tak upajające, że wiem, iż nigdy już nie powrócę. Ale co dalej? Czy mam po prostu opuszczać kolejne miejsca, i kolejne, i kolejne, zawsze w drodze, zawsze na szlaku?

Ben i Radar minęli mnie samochodem pół kilometra przed Jefferson Park. Ben z piskiem opon zatrzymał ZJOB-a na samym środku Lakemont Avenue, pomimo wszechobecnego ruchu, a ja dobiegłem do samochodu i wskoczyłem do środka. Chcieli pograć u mnie w „Odrodzenie", ale musiałem im odmówić, bo byłem bliżej rozwiązania zniknięcia Margo niż kiedykolwiek wcześniej.

20

Przez środowy wieczór i cały czwartek usiłowałem wykorzystać moje nowe rozumienie Margo i nadać jakiś sens tropom, które miałem – odkryć związek między mapą a książkami podróżniczymi albo powiązanie między Whitmanem a mapą, które pozwoliłoby mi zrozumieć plan podróży. Jednak czułem coraz wyraźniej, że mogła być zbyt urzeczona przyjemnością wyjazdu, by porządnie usypać ślad z okruszków chleba. A jeśli tak, największą szansę znalezienia jej dawała nam chyba mapa, której w zamierzeniu Margo nigdy nie mieliśmy zobaczyć. Tylko że żadne miejsce na mapie nie było dostatecznie konkretne. Nawet Park Catskill, który mnie zainteresował, ponieważ był jedyną lokalizacją niewskazującą na wielkie miasto ani jego pobliże, wydał mi się o wiele za duży i nazbyt ludny, bym znalazł w nim pojedynczą osobę. *Pieśń o mnie* odnosiła się do pewnych miejsc w Nowym Jorku, ale było ich zbyt wiele, żeby sprawdzić wszystkie. Jak dokładnie określić położenie punktu na mapie, kiedy ten punkt przemieszcza się z metropolii do metropolii?·

Już nie spałem i wertowałem przewodniki, kiedy piątkowego ranka do mojego pokoju weszli rodzice. Rzadko przychodzili razem do mojego pokoju, więc poczułem lekką falę mdłości – może przynosili złe wieści o Margo – zanim przypomniałem sobie, że to był mój dzień ukończenia szkoły.

– Gotowy, kolego?

– Tak. Właściwie to przecież nie wielkiego, ale będzie fajnie.

– Szkołę średnią kończy się tylko raz – przypomniała mi mama.

– No tak – zgodziłem się. Usiedli na łóżku na wprost mnie. Zauważyłem, jak wymieniają spojrzenia i chichoczą. – Co? – zapytałem.

– No więc z okazji ukończenia szkoły chcemy dać ci prezent – ogłosiła mama. – Naprawdę jesteśmy z ciebie dumni, Quentin. Jesteś największym osiągnięciem naszego życia, a to twój wielki dzień i jesteśmy... Jesteś wspaniałym młodzieńcem.

Uśmiechnąłem się i spuściłem oczy. A wtedy tata wyciągnął bardzo mały prezent owinięty w niebieski ozdobny papier.

– Nie – zachłysnąłem się, wyrywając mu go z ręki.

– Śmiało, otwórz go.

– To niemożliwe – wykrztusiłem, wpatrując się w pudełko.

Miało rozmiar kluczyka. Miało ciężar kluczyka. A kiedy potrząsnąłem pudełkiem, coś w nim zakołatało jak kluczyk.

– Dalej, otwórz to, kochanie – popędziła mnie mama.

Zerwałem ozdobny papier. KLUCZYK! Przyjrzałem mu się bacznie. Kluczyk do forda! Żaden z naszych samochodów nie był fordem.

– Kupiliście mi samochód?!

– Kupiliśmy – potwierdził tata. – Nie jest fabrycznie nowy... ale ma tylko dwa lata i zaledwie trzydzieści tysięcy kilometrów na liczniku.

Poderwałem się i uściskałem ich oboje.

– Jest mój?

– Tak! – niemal krzyknęła mama.

Miałem samochód! Samochód! Mój własny! Wyplątałem się z rodzicielskich uścisków i krzycząc „dziękuję, dziękuję, dziękuję, dziękuję, dziękuję, dziękuję", popędziłem przez salon, aż wreszcie gwałtownym szarpnięciem otworzyłem drzwi wejściowe i stanąłem na progu w samych tylko bokserkach i T-shircie. Zaparkowany na podjeździe, z ogromną niebieską kokardą, stał minivan Forda.

Podarowali mi minivana. Mogli wybrać jakikolwiek samochód, a wybrali minivana. Minivana. Ach, Boże Drogowej Sprawiedliwości, czemuż to drwisz sobie ze mnie? Minivanie, kamieniu młyński u mej szyi! Znamię kainowe! Wredna bestio o wysokim suficie i niewielu koniach mechanicznych!

Postanowiłem robić dobrą minę do złej gry.

– Dzięki, dzięki, dzięki! – powtórzyłem, odwracając się do rodziców, choć muszę przyznać, że teraz, gdy bezczelnie udawałem, nie byłem już równie wylewny.

– Zauważyliśmy, jak uwielbiasz prowadzić mojego minivana – tłumaczyła mama.

Oboje z tatą promienieli – wyraźnie przekonani, że sprezentowali mi wehikuł marzeń.

– Będzie znakomity na przejażdżki z przyjaciółmi!
– zawtórował jej tata. I pomyśleć, że ci ludzie specjalizują się w analizie i rozumieniu ludzkiej psychiki. – Słuchaj
– dorzucił – jeśli chcemy dostać dobre miejsca, niedługo powinniśmy wyjeżdżać.

Nie wziąłem jeszcze prysznica ani się nie ubrałem, ani w ogóle nic nie zrobiłem. Nie żebym, formalnie rzecz biorąc, miał w planach u b i e r a n i e s i ę, ale jednak.

– Muszę tam być dopiero o dwunastej trzydzieści
– przypomniałem. – Muszę się przygotować.

Tata zmarszczył czoło.

– Posłuchaj, naprawdę chciałbym mieć dobry widok, żeby pstryknąć ci parę…

– Mogę przecież pojechać MOIM SAMOCHODEM
– przerwałem mu. – Mogę SAM pojechać MOIM SAMO-CHODEM. – Wyszczerzyłem do nich zęby.

– Wiem! – potwierdziła podekscytowana mama.

Pal sześć – w końcu samochód jest samochodem. Prowadzenie własnego minivana w porównaniu z prowadzeniem czyjegoś minivana to z pewnością krok naprzód.

Zaraz wróciłem do komputera i poinformowałem o minivanie Radara i Lacey (Bena nie było online).

OMNIKLOPEDYSTA96: To naprawdę dobra wiadomość. A przy okazji, mogę wpaść i włożyć ci do bagażnika chłodziarkę? Muszę zawieźć rodziców na wręczenie dyplomów, a nie chcę, żeby ją zobaczyli.

QODRODZENIE: Jasne, bagażnik jest otwarty. Chłodziarka na co?

OMNIKLOPEDYSTA96: No wiesz, jako że nikt nie pił na mojej imprezie, zostało 212 piw, więc zabieramy je na imprezę do Lacey dziś wieczorem.

QODRODZENIE: 212 piw?

OMNIKLOPEDYSTA96: To duża chłodziarka.

Wtedy Ben pojawił się online, KRZYCZĄC, że właśnie wziął prysznic i że jest nagi, i że teraz musi już tylko włożyć biret oraz togę. Wszyscy zaczęliśmy rozwodzić się nad tym, jak to nadzy będziemy kończyć szkołę. Kiedy w końcu wylogowaliśmy się, żeby się przygotować, poszedłem wziąć prysznic. Stałem wyprostowany, pozwalając, by strumień tryskał mi prosto w twarz i pośród tej rozpryskującej się wody zacząłem się zastanawiać. Nowy Jork czy Kalifornia? Chicago czy D.C.? Pomyślałem sobie, że teraz ja także mógłbym wyjechać. Miałem samochód tak jak ona. Mógłbym pojechać do tych pięciu miejsc z mapy. Nawet gdybym jej nie znalazł, bawiłbym się lepiej, niż tkwiąc w Orlando przez kolejne skwierczące lato. Chociaż nie. To byłoby jak włamywanie się do SeaWorld. Najpierw dopracowany w każdym szczególe plan, potem jego mistrzowskie wykonanie, a potem – nic. Potem jest zwyczajny SeaWorld, tyle że ciemniejszy. Kiedyś powiedziała mi, że przyjemność nie tkwi w działaniu – przyjemność jest w planowaniu.

O tym właśnie pomyślałem, stojąc pod słuchawką prysznica: o planowaniu. Margo siedzi w pawilonie z no-

tatnikiem, coś planując. Może planuje podróż samochodem, wspomagając się mapą w wyobrażaniu sobie tras.
Czyta Whitmana i podkreśla *zawsze w drodze, zawsze na
szlaku*, ponieważ taki styl życia lubi sobie wyobrażać, po-
nieważ taki styl życia lubi planować. Ale czy lubi to też r o b i ć? Nie. Ponieważ Margo zna
tajemnicę odchodzenia, tajemnicę, którą sam dopiero co
poznałem: odchodzenie jest przyjemne i czyste, tylko kiedy zostawia się za sobą coś ważnego, coś, co miało dla nas
znaczenie. Kiedy wyrywa się życie razem z korzeniami.
Ale tego nie da się zrobić, dopóki nasze życie nie zapuści
korzeni. Więc kiedy odeszła, odeszła na dobre. Jednak nie wie-
rzyłem, że wyruszyła w niekończącą się podróż. Czułem
z całkowitą pewnością, że wyjechała w jakieś miejsce
– miejsce, w którym mogłaby zostać na tyle długo, żeby
nabrało dla niej znaczenia, na tyle długo, żeby następne
odejście było tak samo przyjemne jak poprzednie. Gdzieś
daleko stąd jest zakątek świata, w którym nikt nie wie, co
znaczy „Margo Roth Spiegelman". Margo siedzi w tym
zakątku, bazgroląc w swoim czarnym notatniku.
Woda zaczęła robić się chłodna. Nawet nie tknąłem
mydła, ale wyszedłem z łazienki, owinąłem się w pasie
ręcznikiem i usiadłem przed komputerem.
Odnalazłem e-mail Radara, w którym przesłał mi swój
program do Omniklopedii i ściągnąłem tę wtyczkę. Rzeczywiście była dość niesamowita. Najpierw wpisałem
kod pocztowy z centrum Chicago, kliknąłem „lokalizacja" i zadałem promień trzydziestu kilometrów. Program

wyrzucił setkę wyników, od Navy Pier do Deerfield. Na ekranie pojawiły się pierwsze zdania każdego z haseł; przejrzałem je w jakieś pięć minut. Nic się nie wyróżniało. Potem spróbowałem z kodem pocztowym w pobliżu Parku Catskill w stanie Nowy Jork. Tym razem dostałem mniej wyników, osiemdziesiąt dwa, posegregowane według dat stworzenia artykułów w Omniklopedii. Zacząłem je czytać.

Woodstock w stanie Nowy Jork, miasto w hrabstwie Ulster w stanie Nowy Jork, zapewne najlepiej znane z noszącego jego nazwę Festiwalu w Woodstock [zobacz „Festiwal w Woodstock"] z 1969 r., trzydniowego wydarzenia, w którym udział wzięło wielu wykonawców, od Jimiego Hendrixa do Janis Joplin, a które w rzeczywistości odbyło się w pobliskim miasteczku.

Jezioro Katrine, niewielkie jezioro w hrabstwie Ulster w stanie Nowy Jork, nad które często przyjeżdżał Henry David Thoreau.

Park Catskill zajmuje 283 000 ha ziemi w Górach Catskill, jest wspólną własnością państwa i samorządów lokalnych, przy czym 5 procent jego powierzchni należy do miasta Nowy Jork, które znaczną część wykorzystywanej przez siebie wody czerpie z rezerwuarów znajdujących się częściowo na terenie parku.

Roscoe w stanie Nowy Jork, wioska w stanie Nowy Jork, w której według ostatniego spisu ludności znajduje się 261 gospodarstw domowych.

Agloe w stanie Nowy Jork, fikcyjna wioska stworzona przez firmę Esso we wczesnych latach 30. XX wieku i umieszczona na mapach turystycznych jako pułapka na naruszających prawa autorskie, zwana także papierowym miastem.

Kliknąwszy na link, znalazłem się na stronie całego artykułu, który dalej brzmiał tak:

Umiejscowione przy skrzyżowaniu dwóch polnych dróg, niedaleko na północ od Roscoe w stanie NJ, Agloe zostało wymyślone przez kartografów Ottona G. Lindberga i Ernesta Alpersa, którzy stworzyli nazwę dla miasta, anagramując swoje inicjały. Pułapki na naruszających prawa autorskie istnieją w kartografii od stuleci. Kartografowie tworzą fikcyjne obiekty, ulice oraz miasta i ukrywają je na swoich mapach. Jeśli taki fikcyjny twór zostaje znaleziony na mapie innego kartografa, staje się jasne, że mapa została nielegalnie skopiowana. Pułapki na naruszających prawa autorskie czasami nazywane są również pułapkami w legendzie, papierowymi ulicami lub papierowymi miastami [zobacz też *fikcyjne wpisy*]. Chociaż niewiele przedsiębiorstw kartograficznych przyznaje, że istnieją, pułapki na naruszających prawa autorskie są powszechnie stosowane nawet na współczesnych mapach. W latach 40. XX w. Agloe w stanie Nowy Jork zaczęło pojawiać się na mapach stworzonych przez inne firmy. Esso podejrzewało naruszenie praw autorskich i przygotowało wiele pozwów, jednak w rzeczywistości nieznany obywatel wybudował „Sklep Ogólnobranżowy w Agloe" przy skrzyżowaniu, które widniało na mapie Esso. Budynek ten, istniejący do dzisiaj [*potrzebne źródło*], jest jedynym obiektem w Agloe, które nadal pojawia się na wielu mapach z liczbą ludności podawaną tradycyjnie jako zero.

Każdy artykuł w Omniklopedii zawiera podstrony, na których można zobaczyć wszelkie zmiany, jakich kiedykolwiek dokonano na stronie, oraz wszelkie dyskusje, które użytkownicy Omniklopedii prowadzą na temat danego artykułu. Strona o Agloe nie była edytowana przez nikogo od niemal roku, za to na stronie dyskusji znajdował się jeden niedawny komentarz zostawiony przez anonimowego użytkownika:

do wiadomości: ktokolwiek to Edytuje – liczba Ludności w agloe do 29 maja w Południe Będzie faktycznie wynosić Jeden.

Od razu rozpoznałem to użycie wielkich liter. *Obowiązujące zasady użycia wielkich liter są okropnie krzywdzące wobec wyrazów w środku zdania.* Poczułem ucisk w gardle, ale zmusiłem się do zachowania spokoju. Komentarz zostawiono przed piętnastoma dniami. Tkwił tam przez cały ten czas, czekając na mnie. Spojrzałem na zegar w komputerze. Miałem niespełna dwadzieścia cztery godziny. Po raz pierwszy od tygodni Margo wydała mi się naprawdę i niezaprzeczalnie żywa. Ona żyła. Żyła, przynajmniej jeszcze przez jeden dzień. Tak długo skupiałem się na miejscu jej pobytu, usiłując powstrzymać się od obsesyjnego rozmyślania o tym, czy Margo jeszcze żyje, że aż do teraz nie miałem pojęcia, jak panicznie się bałem. Ale, Boże... Ona żyje.

Zerwałem się na równe nogi, nie zważając na spadający na podłogę ręcznik, i zadzwoniłem do Radara. Przyciskałem telefon uchem do ramienia, naciągając jednocześnie bokserki, a potem szorty.

– Wiem, co znaczą papierowe miasta! Masz swój tablet?

– Tak. Słuchaj, naprawdę powinieneś tutaj być. Zaraz zaczną nas ustawiać w szereg.

Usłyszałem Bena wykrzykującego do telefonu:

– Powiedz mu, żeby nawet się nie ważył nie przyjeżdżać nago!

– Radar – powiedziałem, usiłując wyrazić w tonie mojego głosu powagę sytuacji. – Znajdź artykuł o Agloe w stanie Nowy Jork. Masz go?

– Tak. Czytam. Czekaj. To mógłby być ten punkt na mapie przy Catskill.

– Tak sądzę. To dość blisko. Przejdź na stronę dyskusji.

– ...

– Radar?

– Jezu Chryste.

– Wiem, wiem! – krzyknąłem.

Nie usłyszałem odpowiedzi, bo właśnie wciągałem na siebie koszulkę, ale gdy telefon znowu znalazł się przy moim uchu, usłyszałem, jak Radar rozmawia z Benem. Rozłączyłem się.

Szukałem w internecie wskazówek dojazdu z Orlando do Agloe, ale mapa nie rozpoznawała Agloe, więc poszukałem dojazdu do Roscoe. Komputer podał, że przy średniej prędkości stu pięciu kilometrów na godzinę podróż będzie trwała dziewiętnaście godzin i cztery minuty. Było piętnaście pod drugiej. Na dojechanie tam miałem dwadzieścia jeden godzin i czterdzieści pięć minut. Wydrukowałem wskazówki dojazdu, porwałem kluczyki do minivana i zamknąłem za sobą frontowe drzwi domu.

– To dziewiętnaście godzin i cztery minuty stąd – odezwałem się do słuchawki. To był numer Radara, ale odebrał Ben.

– Więc co zamierzasz zrobić? – zapytał. – Lecisz tam?

– Nie, nie mam tyle pieniędzy, a poza tym to jakieś osiem godzin od Nowego Jorku. Jadę samochodem.

Nagle przy telefonie z powrotem był Radar.

– Ile trwa podróż?

– Dziewiętnaście godzin i cztery minuty.

– Według kogo?

– Google Maps.

– Bzdura – stwierdził Radar. – Żaden z tych programów nie bierze pod uwagę korków. Oddzwonię do ciebie. I pośpiesz się. Musimy się ustawić dosłownie w tej chwili!

– Nie mam zamiaru. Nie mogę tracić czasu – zaprotestowałem, ale odpowiedział mi głuchy telefon. Po minucie Radar oddzwonił.

– Jeśli pojedziesz ze średnią prędkością stu pięciu kilometrów na godzinę, nie będziesz się zatrzymywał i uwzględnisz przeciętne natężenie ruchu, podróż zabierze ci dwadzieścia trzy godziny i dziewięć minut. Co oznacza, że dotrzesz tam tuż po pierwszej po południu, więc będziesz musiał nadrabiać czas, gdzie tylko się da.

– Co? Ale…

Radar powiedział:

– Nie chciałbym nikogo krytykować, ale może w tej konkretnej sprawie, osoba, która chronicznie się spóźnia, powinna posłuchać osoby, która jest zawsze punktualna. Ale musisz przyjechać tu choćby na sekundę, bo inaczej twoi rodzice spanikują, kiedy się nie pojawisz po wywołaniu twojego nazwiska, a poza tym, nie żeby to była najważniejsza sprawa w tej chwili czy coś takiego, ale chcę tylko powiedzieć – masz tam wszystkie nasze piwa.

– Ewidentnie nie mam na to czasu – odpowiedziałem.

Do telefonu zbliżył się Ben.

– Nie bądź żołądź. Zabierze ci to pięć minut.

– Dobra, już dobra.

Skręciłem ostro w prawo na czerwonym świetle i wcisnąłem gaz do dechy – mój wóz miał tylko nieco lepsze przyśpieszenie od minivana mamy – i ruszyłem prosto do szkoły. Na parking przed salą gimnastyczną dotarłem w trzy minuty. Nie tyle zaparkowałem, co zatrzymałem minivana na środku parkingu i z niego wyskoczyłem. Cwałując w kierunku sali, dostrzegłem troje osobników w togach biegnących w moją stronę. Zobaczyłem patykowate ciemne nogi Radara pod jego wzdętą togą, a tuż obok nogi Bena w tenisówkach bez skarpetek. Tuż za nimi biegła Lacey.

– Bierzcie piwa – rzuciłem w przelocie. – Muszę pomówić z rodzicami.

Rodziny absolwentów zajęły wszystkie miejsca na odkrytych trybunach, więc biegałem parę razy tam i z powrotem po boisku do koszykówki, zanim wreszcie, mniej więcej w środkowym rzędzie, wypatrzyłem mamę i tatę. Machali do mnie. Popędziłem do nich schodami w górę, przeskakując po dwa stopnie naraz, więc trochę brakowało mi tchu, kiedy przyklęknąłem obok nich i wydyszałem:

– Okej, słuchajcie, [oddech] nie wyjdę, żeby odebrać dyplom, [oddech] bo chyba znalazłem Margo i muszę jechać, [oddech] będę miał włączoną komórkę, proszę, nie wkurzajcie się na mnie [oddech] i jeszcze raz dzięki za samochód.

Mama złapała mnie za nadgarstek.

– Co? Quentin, o czym ty mówisz? Zwolnij.

– Jadę do Agloe w stanie Nowy Jork, muszę wyjechać w tej chwili. Oto cała historia. Okej, muszę lecieć. Nie mam czasu do stracenia. Mam komórkę. Kocham was.

Musiałem szarpnąć rękę, żeby uwolnić się z jej delikatnego uścisku. Nie dając im czasu na jakąkolwiek odpowiedź, zbiegłem schodami w dół i pognałem z powrotem do minivana. Już byłem w środku, przesunąłem ten dzyndzel od biegów i zacząłem ruszać, gdy spojrzawszy w bok, ujrzałem siedzącego na fotelu pasażera Bena.

– Zabieraj piwo i wyłaź z samochodu! – wrzasnąłem.

– Jedziemy z tobą – odrzekł. – Zasnąłbyś, siedząc tak długo za kierownicą.

Odwróciwszy się, zobaczyłem Lacey i Radara przyciskających do uszu komórki.

– Muszę powiedzieć rodzicom – wyjaśniła Lacey, stukając palcem w telefon. – No dalej, Q. Jedź, jedź, jedź!

CZĘŚĆ TRZECIA

Okręt

Pierwsza godzina

Chwilę to trwa, zanim każdy wytłumaczy swoim rodzicom, że 1. nie będzie nas na ceremonii wręczenia dyplomów, bo 2. właśnie jedziemy do stanu Nowy Jork, aby 3. zobaczyć miasteczko, które, formalnie rzecz biorąc, może istnieć, choć równie dobrze może i nie istnieć, w nadziei, że 4. odnajdziemy autorkę wpisu na Omniklopedii, którą w świetle dowodu Przypadkowego użycia Wielkich liter jest 5. Margo Roth Spiegelman.

Radar rozłącza się jako ostatni, ale oświadcza:

– Chciałbym złożyć oświadczenie. Moi rodzice są bardzo rozdrażnieni faktem, iż opuszczam uroczystość zakończenia szkoły. Moja dziewczyna również jest rozdrażniona, ponieważ zaplanowaliśmy, że za jakieś osiem godzin zrobimy coś bardzo specjalnego. Nie chcę tu wchodzić w szczegóły, ale lepiej, żeby to była szalenie ekscytująca podróż.

– Twoja zdolność do nietracenia dziewictwa stanowi inspirację dla nas wszystkich – chwali go siedzący obok mnie Ben.

Spoglądam na Radara we wstecznym lusterku.

– JUPI JEJ, WYCIECZKA! – wydzieram się.

Radar wreszcie pęka i na jego twarzy wykwita uśmiech.
Dowód na przyjemność odchodzenia.

Jesteśmy już na I-4, a ruch jest dość mały, co samo
w sobie graniczy z cudem. Jadę skrajnym lewym pasem,
przekraczając ograniczenie prędkości do dziewięćdziesięciu kilometrów na godzinę o dziewięć kilometrów na
godzinę, ponieważ kiedyś słyszałem, że nie zatrzymują,
dopóki nie przekroczy się ograniczenia o dziesięć kilometrów na godzinę.

Bardzo szybko odnajdujemy się w swoich rolach.
W ostatnim rzędzie siedzi Lacey zaopatrzeniowiec.
Głośno wylicza całe nasze aktualne zaopatrzenie na podróż: pół snickersa, którego jadł Ben, kiedy do nich zadzwoniłem w sprawie Margo; 212 piw z tyłu samochodu;
wydrukowane przeze mnie wskazówki dojazdu; oraz
następujące przedmioty z torebki Lacey: osiem listków
miętowej gumy do żucia, ołówek, kilka chusteczek, trzy
tampony, para okularów przeciwsłonecznych, ochronna
pomadka do ust, klucze do jej domu, karta członkowska
YMCA, karta biblioteczna, jakieś paragony, trzydzieści
pięć dolarów i karta kredytowa BP.

Z głębi samochodu dobiega mnie głos Lacey:

– To takie ekscytujące! Jesteśmy niczym niedoprowian-
towani pionierzy Dzikiego Zachodu! Szkoda tylko, że nie
mamy więcej pieniędzy.

– Przynajmniej mamy kartę BP – przypominam. – Możemy kupić benzynę i jedzenie.

Patrzę we wsteczne lusterko i widzę, jak Radar, w swojej todze z zakończenia szkoły, obraca się i zagląda Lacey

do torebki. Toga ma dość głęboki dekolt, więc dostrzegam kręcone włosy na jego piersi.

– Nie masz tam jakichś bokserek? – pyta.

– À propos gaci, dobrze byłoby podjechać do Gapa – dodaje Ben.

Zadaniem Radara, do którego właśnie się zabiera, otwierając kalkulator w swoim tablecie, jest poszukiwanie informacji i obliczenia. Siedzi sam w rzędzie za moimi plecami, a przed sobą ma rozłożone wskazówki dojazdu oraz instrukcję obsługi minivana. Wylicza, jak szybko musimy podróżować, aby dojechać na miejsce jutro przed południem, i ile razy będziemy musieli się zatrzymać, żeby nie zabrakło nam benzyny, sprawdza lokalizacje stacji BP na naszej trasie, oblicza, jak długo będzie trwał każdy nasz postój i ile czasu stracimy, zwalniając na zjeździe z autostrady.

– Będziemy musieli zatrzymać się cztery razy, żeby zatankować. Postoje będą musiały być ekstremalnie krótkie. Nie możemy opuszczać autostrady na dłużej niż sześć minut. Przed nami trzy długie odcinki robót drogowych, do tego korki przy Jacksonville, Waszyngtonie i Filadelfii, chociaż na nasze szczęście Waszyngton będziemy mijać około trzeciej nad ranem. Według moich obliczeń nasza przeciętna prędkość podróżna powinna wynosić około stu szesnastu kilometrów na godzinę. Jak szybko jedziesz?

– Dziewięćdziesiąt dziewięć – informuję. – Ograniczenie prędkości jest do dziewięćdziesięciu.

– Jedź sto szesnaście – mówi.

– Nie mogę, to niebezpieczne, no i dostanę mandat.

– Jedź sto szesnaście – powtarza Radar.

Mocno dociskam pedał gazu. Trudność częściowo leży w tym, że ja mam opory jechać sto szesnaście, a częściowo w tym, że minivan ma opory jechać sto szesnaście. Zaczyna się trząść, jakby miał się rozpaść. Trzymam się skrajnego lewego pasa, chociaż nadal nie jestem najszybszym pojazdem na drodze i głupio mi, że ludzie wyprzedzają mnie po prawej, ale muszę mieć przed sobą wolną drogę, ponieważ w przeciwieństwie do wszystkich innych kierowców na tej trasie, ja nie mogę zwolnić. To właśnie moja rola: moją rolą jest prowadzenie samochodu i denerwowanie się. Przypomina mi się, że już kiedyś ją odgrywałem.

A rola Bena? Rolą Bena jest odczuwanie potrzeby sikania. Z początku wydaje się, iż jego głównym zadaniem będzie narzekanie, że nie mamy żadnych płyt i że wszystkie stacje radiowe w Orlando są do niczego oprócz rozgłośni uniwersyteckiej, która jest już poza zasięgiem. Wkrótce jednak porzuca tę rolę na rzecz swojego prawdziwego i jedynego powołania: nieustającej potrzeby wysikania się.

– Muszę się wysikać – mówi o 3.06. Jesteśmy w drodze od czterdziestu trzech minut. Przed nami jeszcze jakiś dzień jazdy.

– Jak by ci to powiedzieć – mówi Radar. – Dobra wiadomość jest taka, że się zatrzymamy. Zła wiadomość jest taka, że nie nastąpi to przez następne cztery godziny i trzydzieści minut.

– Chyba wytrzymam – ocenia Ben. O 3.10 obwieszcza:

– Chyba naprawdę muszę się wysikać. Naprawdę muszę.

Chór:

– Trzymaj!

Ben:

– Ale ja…

Chór:

– Trzymaj!

Jak na razie to zabawne; Ben chce się wysikać, a my chcemy, żeby się wstrzymał. Ben śmieje się i uskarża, że przez ten śmiech jeszcze bardziej chce mu się sikać. Lacey przeskakuje do przodu, pochyla się nad Benem i zaczyna łaskotać go w boki. Ben śmieje się i jęczy, i ja też się śmieję, utrzymując wskazówkę prędkościomierza na stu szesnastu. Zastanawiam się, czy Margo stworzyła dla nas tę podróż celowo czy przypadkiem – niezależnie od tego, jaka jest prawda, nie bawiłem się tak dobrze, odkąd ostatni raz spędziłem godziny za kierownicą minivana.

Druga godzina

Ciągle prowadzę. Skręcamy na I-95, wężowatym kursem podążając na północ Florydy, blisko wybrzeża, choć nie na samym wybrzeżu. Rosną tu wyłącznie sosny, zbyt smukłe jak na swoją wysokość, zupełnie jak ja. Jednak w zasadzie widzę tylko drogę, mijam samochody, a od czasu do czasu one mijają mnie, i ciągle muszę pamiętać, kto jest przede mną, a kto za mną, kto się zbliża, a kto z wolna oddala.

Lacey i Ben siedzą teraz razem w środkowym rzędzie, a Radar z tyłu, i wszyscy grają w durnowatą wersję „Ali, Ali, dom się pali", w której mogą zgadywać jedynie rzeczy, których nie można zobaczyć.

– Ali, Ali, dom się pali, a w tym domu jest... coś tragicznie odjazdowego – zaczyna Radar.

– Czy to sposób, w jaki Ben uśmiecha się przeważnie prawym kącikiem ust? – pyta Lacey.

– Nie – zaprzecza Radar. – A przy okazji, nie roztkliwiaj się tak nad Benem. To obrzydliwe.

– Czy to pomysł, żeby na wręczenie dyplomów nie wkładać nic pod togę, a potem znaleźć się nagle w drodze do Nowego Jorku, podczas gdy ludzie w mijających cię samochodach są przekonani, że masz na sobie sukienkę?

– Nie – mówi Radar. – To jest jedynie tragiczne.

Lacey uśmiecha się.

– Z czasem polubicie sukienki. Spodoba wam się ta bryza.

– O, już wiem! – odzywam się z przodu. – W domu jest... dwudziestoczterogodzinna podróż minivanem. Odjazdowa, bo podróże samochodem zawsze takie są; tragiczna, bo benzyna, którą pożera ten samochód, unicestwi naszą planetę.

Radar odpowiada, że nie, a oni zgadują dalej. Nadal jadę sto szesnaście na godzinę, modląc się, żeby nie dostać mandatu, i grając w metafizyczną wersję „Ali, Ali, dom się pali". Tragicznie odjazdową rzeczą okazuje się niezwrócenie na czas wypożyczonych na zakończenie szkoły tóg. Jak Struś Pędziwiatr przelatuję obok stojącego na trawiastym pasie rozdzielczym radiowozu. Zaciskam obie ręce na kierownicy, przekonany, że gliniarz rzuci się za nami w pościg. Jednak tego nie robi. Może wie, że przekraczam prędkość tylko dlatego, że muszę.

Trzecia godzina

Ben znowu siedzi z przodu. Ja ciągle prowadzę. Wszyscy jesteśmy głodni. Lacey rozdaje każdemu po listku miętowej gumy do żucia, ale to chłodna pociecha. Spisuje więc gigantyczną listę wszystkiego, co powinniśmy kupić na BP na naszym pierwszym postoju. Lepiej, żeby to była wyjątkowo dobrze zaopatrzona stacja BP, bo zamierzamy wyczyścić łajdaczkę do czysta.

Ben nieustannie przebiera nogami.

– Możesz przestać to robić?

– Od trzech godzin chce mi sikać.

– Wspominałeś o tym.

– Czuję, jak siki rozpierają mi żebra – skarży się. – Serio, jestem przepełniony moczem. Stary, w tej chwili siedemdziesiąt procent wagi mojego ciała to siki.

– Aha – odpowiadam, zdobywając się na słaby uśmiech. To zabawne i w ogóle, ale jestem zmęczony.

– Czuję, że się rozpłaczę i z oczu trysną mi siki.

Nie wytrzymuję i wybucham krótkim śmiechem.

Kiedy kilka minut później znowu na niego spoglądam, Ben zaciska rękę na kroczu, miętosząc palcami materiał togi.

– Co u diabła? – pytam.

– Człowieku, m u s z ę iść do łazienki. Tamuję strumień.

– Ben odwraca się do Radara. – Ile jeszcze do postoju?

– Jeśli mamy zrobić tylko cztery przystanki, musimy przejechać jeszcze co najmniej dwieście trzydzieści kilometrów, co oznacza około godziny i pięćdziesięciu ośmiu i pół minuty, o ile Q utrzyma tempo.

– Utrzymuję tempo! – wykrzykuję. Właśnie minęliśmy od północy Jacksonville i zbliżamy się do Georgii.

– Nie dam rady, Radar. Daj mi coś, do czego mogę nasikać.

Zrywa się chóralny okrzyk: „NIE. Ani się waż. Trzymaj to jak mężczyzna. Trzymaj to jak wiktoriańska dama utrzymuje dziewictwo. Trzymaj to z godnością i gracją, jak prezydent Stanów Zjednoczonych ma utrzymywać pokój w wolnym świecie".

– DAJCIE MI COŚ ALBO NASIKAM NA TO SIEDZENIE. ALE SZYBKO!

– O, Chryste – mruczy Radar, odpinając swój pas. Przełazi na tył samochodu, pochyla się i otwiera chłodziarkę. Wraca na swoje miejsce, wychyla się i podaje Benowi piwo.

– Chwała Bogu, że jest odkręcane – wzdycha Ben, zbierając w garść togę i otwierając butelkę. Następnie opuszcza szybę, a ja obserwuję w bocznym lusterku, jak piwo przelatuje obok samochodu i rozchlapuje się na międzystanówce. Benowi udaje się włożyć butelkę pod togę bez prezentowania nam rzekomo największych na świecie jaj, podczas gdy my siedzimy i czekamy, zbyt zniesmaczeni, żeby patrzeć.

Lacey kończy akurat mówić: „Nie możesz po prostu wytrzymać", kiedy wszyscy to słyszymy. Nigdy wcześniej nie słyszałem tego dźwięku, ale i tak go rozpoznaję: odgłos strumienia moczu uderzającego w dno butelki po piwie. Brzmi niemal jak muzyka. Odrażająca muzyka o bardzo szybkim rytmie. Zerkam w bok i w oczach Bena widzę ulgę. Uśmiecha się, bezmyślnie patrząc w dal.

– Im dłużej czekasz, tym większa przyjemność – poucza. Odgłos wkrótce zmienia się z dudnienia sików o szkło w plusk sików w sikach. W tym momencie uśmiech Bena zaczyna powoli blednąć.

– Stary, chyba potrzebuję następnej butelki – alarmuje.

– Następna butelka na cito! – krzyczę.

– Następna butelka w drodze!

W kolejnej sekundzie widzę, jak Radar nachyla się przez oparcie tylnego siedzenia i z głową w chłodziarce wygrzebuje z lodu kolejną butelkę. Otwiera ją gołymi rękami, uchyla jedno z tylnych okien i przez szparę wylewa piwo. Natychmiast przeskakuje na przód i wciskając głowę pomiędzy Bena i mnie, podaje butelkę Benowi, którego oczy pląsają już teraz w panice.

– Ta ehm… wymiana będzie ehm… skomplikowana – zapowiada Ben. Pod togą dochodzi do gwałtownej szamotaniny, więc próbuję nie wyobrażać sobie, co się tam dzieje, gdy wtem wyłania się spod niej butelka po piwie Miller Lite wypełniona sikami (zdumiewająco przypominającymi Miller Lite). Ben umieszcza pełną butelkę w uchwycie na napoje, bierze od Radara pustą butelkę i wreszcie wzdycha z ulgą.

Tymczasem reszcie z nas pozostaje kontemplować siki w uchwycie na napoje. Droga nie jest szczególnie wyboista, ale amortyzacja minivana pozostawia nieco do życzenia, więc siki chlupoczą w szyjce butelki tam i z powrotem.

– Ben, jeśli ochlapiesz sikami mój nowiuteńki samochód, obetnę ci jaja.

Ciągle sikając, Ben odwraca się do mnie z szelmowskim uśmieszkiem.

– Musiałbyś mieć piekielnie wielki nóż, stary.

Po chwili nareszcie słyszę, jak strumień słabnie. Skończywszy sikać, Ben jednym zręcznym ruchem wyrzuca napełnioną butelkę za okno. W ślad za nią wylatuje druga. Lacey udaje, że wstrząsają nią torsje – a może naprawdę nią wstrząsnęły. Radar komentuje:

– Boże, czy ty zacząłeś dzisiejszy dzień od wypicia siedemdziesięciu litrów wody?

Ale Ben cały promienieje. Tryumfująco wyciąga w górę pięści i się wydziera:

– Ani kropli na siedzenie! Jestem Ben Starling. Pierwszy klarnet w Orkiestrze Marszowej Winter Park High School. Rekordzista w Pojeniu Antypody. Mistrz sikania w samochodzie. Wstrząsnąłem światem! Muszę być najlepszy!

Trzydzieści pięć minut później, pod koniec trzeciej godziny naszej wyprawy, Ben pyta nieśmiało:

– To kiedy się zatrzymujemy?

– Za godzinę i trzy minuty, jeśli Q utrzyma tempo – podaje Radar.

– Okej – uspokaja się Ben. – Okej. To dobrze. Bo muszę się wysikać.

Czwarta godzina

Lacey po raz pierwszy pyta: „Dojechaliśmy już?".
Śmiejemy się. Dojechaliśmy, ale do Georgii, stanu, który
kocham i wielbię z tej jednej jedynej przyczyny: ograniczenie prędkości wynosi tutaj sto dziesięć kilometrów na
godzinę, co oznacza, że mogę przyśpieszyć do stu dzie-
więtnastu. Poza tym Georgia przypomina Florydę.

Kolejną godzinę spędzamy na przygotowaniach do naszego pierwszego przystanku. To ważny przystanek, ponieważ jestem bardzo, bardzo, bardzo, bardzo głodny i odwod-
niony. Z jakiegoś powodu rozmawianie o jedzeniu, które
kupimy na BP, łagodzi skurcze żołądka. Lacey przygotowuje
dla każdego listę zakupów, zapisując je drobnym maczkiem
na odwrocie paragonów, które znalazła w swojej torebce.
Każe Benowi wychylić się przez okno, żeby sprawdził, po
której stronie jest wlew paliwa. Zmusza nas do nauczenia
się naszych list zakupów na pamięć, a potem nas przepytuje.
Wielokrotnie omawiamy szczegóły naszej wizyty na stacji
benzynowej; musimy ją przeprowadzić równie sprawnie
jak obsługę wyścigowego samochodu na pit-stopie.

– Jeszcze raz – zarządza Lacey.

– Ja zajmuję się benzyną – zgłasza się Radar. – Wkładam pistolet do baku i zaraz biegnę do środka, zostawia-
jąc pompujący dystrybutor, choć powinienem przez cały
czas przy nim stać, i podaję ci kartę. Następnie wracam
do tankowania.

– Idę z kartą do faceta za ladą – kontynuuje Lacey.

– Albo do babki – rzucam.

– To nieistotne – ucina Lacey.

– Ja tylko mówię – nie bądź taka seksistowska.

– Niech ci będzie, Q. Więc idę z kartą do osoby za ladą. Mówię jej lub jemu, żeby skanowała lub skanował wszystko, co przynosimy. A potem idę siku.

– W tym czasie ja zdejmuję z półek wszystko, co mam na liście, i zanoszę to do kasy – dodaję.

– A ja sikam. Następnie, kiedy już skończę sikać, idę po rzeczy z mojej listy – włącza się Ben.

– Przede wszystkim koszulki – podkreśla Radar. – Ludzie bez przerwy dziwnie się na mnie gapią.

– Po wyjściu z toalety podpisuję paragon – ciągnie Lacey.

– A w momencie gdy bak się zapełnia, wsiadam do minivana i odjeżdżam, więc lepiej, żebyście wszyscy w nim byli. Nie żartuję, zostawię wasze tyłki na stacji. Macie sześć minut – ostrzega Radar.

– Sześć minut – przytakuję. A Lacey i Ben powtarzają:

– Sześć minut.

– Sześć minut.

O 5.35 po południu, na tysiąc czterysta pięćdziesiąt kilometrów przed naszym celem, Radar informuje nas, że według jego tabletu przy następnym zjeździe będzie BP.

Kiedy wjeżdżam na stację benzynową, Lacey i Radar gotują się do skoku przyczajeni za przesuwnymi drzwiami na tyle samochodu. Ben odpiął już pas bezpieczeństwa, jedną rękę trzyma na klamce drzwi od strony pasażera, a drugą na desce rozdzielczej. Możliwie jak najdłużej utrzymuję najwyższą możliwą prędkość, a dokładnie na wysokości dystrybutora gwałtownie wciskam hamulec. Minivan zatrzymuje się z szarpnięciem, a my wyskakujemy na zewnątrz. Mijamy się z Radarem przed maską samochodu. Rzucam mu kluczyki, a potem gnam co sił w nogach do marketu. Lacey i Ben prześcignęli mnie przed drzwiami, ale tylko o włos. Podczas gdy Ben rzuca się do łazienki, Lacey wyjaśnia siwowłosej kobiecie (a jednak to kobieta!), że zamierzamy kupić mnóstwo rzeczy, że ogromnie się śpieszymy i żeby po prostu skanowała produkty, jak tylko rzucimy je na ladę, i że za wszystko zapłaci swoją kartą BP. Kobieta wydaje się nieco oszołomiona, ale się zgadza. Nadbiega Radar w trzepoczącej todze i podaje Lacey kartę.

Tymczasem ja biegam po alejkach, zabierając z półek rzeczy z mojej listy. Lacey jest na napojach; Ben na produktach trwałych; a ja na artykułach spożywczych. Grasuję wśród półek z chipsami tortilla jak gepard pośród rannych gazeli. Biegiem zanoszę na ladę naręcza chipsów, suszonej wołowiny i orzeszków ziemnych, następnie galopuję do alejki ze słodyczami. Chwytam kilka mentosów, kilka snickersów i… ach, tego nie ma na liście, ale co tam, uwielbiam nerdsy, więc porywam też trzy paczki nerdsów. Wybiegam z działu słodyczy i kieruję się do stoiska „delikatesowego", którego oferta ogranicza się do wiekowych kanapek z indykiem, przy czym ów indyk mocno przypomina szynkę. Biorę dwie kanapki. W drodze powrotnej do kasy zatrzymuję się, żeby porwać parę starburstów, paczkę Twinkies oraz nieokreśloną liczbę batoników energetycznych GoFast. Pędzę dalej. Ben stoi przy kasie w swojej todze, podając kobiecie T-shirty i okulary przeciwsłoneczne za cztery dolary. Lacey nadbiega

z litrami napojów gazowanych, napojami energetyzującymi
i butlami wody. Wielkimi butlami, tak wielkimi, że nawet
siki Bena ich nie zapełnią.

– JEDNA MINUTA! – krzyczy Lacey, a ja wpadam
w panikę. Kręcę się w miejscu, omiatając sklep oczami
i usiłując sobie przypomnieć, o czym zapomniałem. Spoglądam na moją listę. Wydaje mi się, że mam wszystko,
ale czuję, że zapomniałem o czymś ważnym. Co to było?
No dalej, Jacobsen. Chipsy, słodycze, indyk, który wygląda jak szynka, kanapki z masłem orzechowym i dżemem... i co jeszcze? Jakie są pozostałe grupy produktów
żywnościowych? Mięso, chipsy, słodycze i, i, i... ser!

– KRAKERSY! – przypominam sobie, może nieco zbyt
głośno, pędzę jak strzała do półki z krakersami i chwytam
krakersy serowe, krakersy z masłem orzechowym i na
dokładkę kilka paczek Ciasteczek Babuni z masłem orzechowym. Gnam z powrotem i rzucam je na ladę. Kobieta
przy kasie zapełniła już cztery plastikowe torby. W sumie
prawie sto dolarów i to nawet nie licząc benzyny. Będę to
spłacał rodzicom Lacey przez całe lato.

Tylko raz na moment nieruchomiejemy, następuje to
w chwili, gdy kobieta za ladą przeciąga przez czytnik należącą do Lacey kartę BP. Spoglądam na zegarek. Za dwadzieścia sekund powinniśmy odjeżdżać. Nareszcie słyszę,
jak drukuje się paragon. Kobieta oddziera go, Lacey pośpiesznie podpisuje, a Ben i ja zabieramy torby i pędzimy
do samochodu. Radar wyje silnikiem, jakby nas popędzał,
my zaś gnamy przez parking. W swojej powiewającej na
wietrze todze Ben mógłby przypominać czarnoksiężni-

ka, gdyby nie to, że wyzierają mu spod niej blade chude nogi, a w objęciach tuli plastikowe torby. Widzę pod sukienką tył nóg Lacey i jej napinające się w biegu łydki. Nie mam pojęcia, jak ja wyglądam, ale wiem, jak się czuję: młody, durny, niczym nieograniczony. Patrzę, jak Lacey i Ben władowują się do środka samochodu przez odsunięte drzwi. Idę w ich ślady, po czym ląduję na plastikowych torbach i Lacey. Kiedy z trzaskiem zasuwam drzwi, Radar dodaje gazu i z piskiem opon wyjeżdża z parkingu, tym samym przechodząc do historii jako ten, który w długiej i obfitującej w wydarzenia historii minivanów po raz pierwszy użył jednego z nich, żeby spalić gumę. Radar z dość niebezpieczną prędkością skręca w lewo na autostradę i z powrotem włącza się do ruchu na międzystanówce. Jesteśmy cztery sekundy przed planowanym czasem. I jak to się robi w pit-stopach na wyścigach NASCAR, przybijamy piątki i poklepujemy się po plecach. Jesteśmy dobrze zaopatrzeni. Ben ma mnóstwo pojemników, do których może oddawać mocz. Ja mam wystarczającą ilość suszonej wołowiny. Lacey ma swoje mentosy. Radar i Ben mają T-shirty, które mogą włożyć na togi. Minivan stał się prawdziwą biosferą – dopóki mamy benzynę, możemy tak jechać całą wieczność.

Piąta godzina

Zgoda, może jednak nie jesteśmy wcale aż tak dobrze zaopatrzeni. Okazuje się, że w ferworze zakupów Ben i ja popełniliśmy kilka umiarkowanych (chociaż nie fatalnych w skutkach) błędów. Podczas gdy Radar siedzi samotnie na przodzie, Ben i ja w drugim rzędzie foteli rozpakowujemy torby i podajemy zakupy Lacey, siedzącej na samym tyle. Lacey z kolei rozdziela produkty na grupy, wykorzystując zrozumiały tylko dla siebie schemat organizacyjny.

– Dlaczego NyQuil nie jest na tej samej kupce co NoDoz? – pytam. – Czy wszystkie leki nie powinny być razem?

– Q. Skarbie. Jesteś chłopakiem. Nie wiesz, jak to się robi. NoDoz jest z czekoladą i Mountain Dew, bo wszystkie te produkty zawierają kofeinę i pomagają ci nie zasnąć. NyQuil jest z suszoną wołowiną, bo mięso sprawia, że człowiek robi się zmęczony.

– Fascynujące – stwierdzam.

Kiedy podaję jej ostatnią jadalną rzecz z toreb, Lacey pyta:

– Q, a gdzie jest – no wiesz – dobre jedzenie?

– Hę?

Lacey wyciąga listę zakupów, którą dla mnie spisała, i czyta:

– Banany. Jabłka. Suszona żurawina. Rodzynki.

– Aaa… – mówię. – No tak. Czwartą grupą produktów żywnościowych jednak nie były krakersy.

– Q! – wścieka się Lacey. – Nie mogę jeść żadnej z tych rzeczy!

Ben ujmuje ją za łokieć.

– Ale przecież możesz jeść Ciasteczka Babuni. One ci nie zaszkodzą. Zrobiła je Babunia. Babunia nie zrobiłaby ci krzywdy.

Lacey zdmuchuje z twarzy kosmyk włosów. Wydaje się szczerze poirytowana.

– A poza tym – przypominam jej – są jeszcze batoniki GoFast. Są wzbogacone witaminami!

– Tak, witaminami i jakimiś trzydziestoma gramami tłuszczu – warczy.

Z fotela kierowcy zgłasza się Radar:

– Przestań mówić źle o batonikach GoFast. Mam zatrzymać samochód?

– Zawsze, gdy jem batonika GoFast – wtóruje mu Ben – nachodzi mnie myśl w rodzaju „A więc to tak komarom smakuje krew".

Rozpakowuję do połowy batonika GoFast o smaku krówki oraz ciasta czekoladowego i podsuwam go Lacey pod nos.

– Tylko to powąchaj – zachęcam. – Poczuj tę witaminową smakowitość.

– Przez was będę gruba.

– A także pryszczata – przypomina Ben. – Nie zapominaj o pryszczach.

Lacey bierze ode mnie batonika i niechętnie się w niego wgryza. Musi zamknąć oczy, żeby ukryć orgazmiczną przyjemność, nieodłącznie towarzyszącą degustacji GoFastów.

– O. Mój. Boże. Tak smakowałaby nadzieja, gdyby była batonikiem.

W końcu rozpakowujemy ostatnią torbę. W środku są dwa duże T-shirty, którymi Radar i Ben niezwykle się podniecają, ponieważ teraz mogą być facetami noszącymi gigantyczne koszulki włożone na śmieszne togi, zamiast po prostu facetami noszącymi śmieszne togi. Jednak gdy Ben rozkłada T-shirty, pojawiają się dwa małe problemy. Po pierwsze, T-shirt w rozmiarze L na stacji benzynowej w Georgii różni się od T-shirtu w rozmiarze L, powiedzmy, w sklepie Old Navy. Koszulka ze stacji benzynowej jest gigantyczna – bardziej przypomina worek na śmieci niż koszulkę. Jest nieco mniejsza od togi, ale nieznacznie. Lecz ten problem raczej blednie w porównaniu z drugim problemem, który polega na tym, że oba T-shirty mają wytłoczone na piersiach olbrzymie flagi Konfederacji. Na flagach zaś nadrukowane są słowa: TRADYCJA, NIE NIENAWIŚĆ.

– O nie, nie zrobiłeś tego – krzywi się Radar, gdy pokazuję mu, dlaczego się śmiejemy. – Benie Starlingu, pożałujesz, jeśli kupiłeś swojemu klasycznie czarnemu przyjacielowi rasistowską koszulkę.

– Stary, ja po prostu wziąłem pierwsze z brzegu.

– Już nie jestem twoim starym – mówi Radar, ale kręci głową i się śmieje. Podaję mu koszulkę, a on naciąga ją na siebie, kierując w tym czasie kolanami. – Mam nadzieję, że nas zatrzymają – dodaje. – Chciałbym zobaczyć minę gliniarza na widok czarnego mężczyzny w konfederackim T-shircie na czarnej sukience.

Szósta godzina

Z jakiegoś powodu odcinek autostrady międzystanowej I-95 tuż na południe od Florence w Karolinie Południowej jest najpopularniejszym miejscem na przejażdżkę samochodem w piątkowy wieczór. Grzęźniemy w korku na wiele kilometrów i chociaż Radar rozpaczliwie stara się naruszyć ograniczenie prędkości, w najlepszych momentach udaje mu się rozpędzić do pięćdziesięciu na godzinę. Siedzimy z Radarem na przodzie i żeby się nie martwić, gramy w właśnie wymyśloną przez nas grę o nazwie „Ten facet to żigolak". W tej grze trzeba sobie wyobrazić życie ludzi w jadących wokół nas samochodach.

Jedziemy równolegle z kobietą o latynoskiej urodzie, prowadzącą starą zdezelowaną toyotę corollę. Przyglądam się jej w zapadającym zmierzchu.

– Zostawiła rodzinę, żeby się tu przeprowadzić – zaczynam. – Jest tu nielegalnie. Wysyła pieniądze do domu w każdy trzeci wtorek miesiąca. Ma dwoje małych dzieci – jej mąż jest imigrantem. Jest teraz w Ohio – spędza w domu jedynie trzy, góra cztery miesiące w roku, mimo to między nimi ciągle całkiem nieźle się układa.

Radar wychyla się przede mną i przez ułamek sekundy taksuje ją wzrokiem.

– Chryste, Q, nie jest aż tak melodratragicznie. Jest sekretarką w firmie prawniczej – zobacz, jak jest ubrana. Zajęło jej to pięć lat, ale teraz jest już bliska uzyskania tytułu prawnika. I nie ma dzieci ani męża. Chociaż ma chłopaka. Jest raczej niestały. Boi się zobowiązań. Biały facet, trochę nerwowy, bo cała ta historia pachnie mu nieco *Malarią*[*].

---

[*] *Malaria* (ang. *Jungle Fever*) – amerykański melodramat podejmujący temat miłości dwojga ludzi o różnym kolorze skóry.

– Ma obrączkę – zwracam uwagę. Na obronę Radara muszę powiedzieć, że ja miałem czas jej się przyjrzeć. Kobieta jedzie po mojej prawej stronie, tuż poniżej mnie. Przenikam wzrokiem przyciemnione szyby jej samochodu i widzę, jak śpiewa do jakiejś piosenki; patrzy uważnie przed siebie. Jest tak wielu ludzi. Łatwo zapomnieć, jak przepełniony ludźmi jest świat – świat pęka w szwach od ludzi, a każdego z nich możemy sobie wyobrazić, tylko że nieodmiennie tworzymy sobie o nich niewłaściwe wyobrażenia. Mam wrażenie, że to ważna myśl, jedna z tych myśli, które umysł musi przyjąć powoli, jak pyton pochłaniający swą zdobycz, jednak zanim mogę ją przetrawić, odzywa się Radar.

– Ona nosi ją tylko po to, żeby trzymać na dystans takich zboczeńców jak ty – wyjaśnia.

– Może. – Uśmiecham się, podnoszę na wpół zjedzony batonik GoFast leżący na moich kolanach i odgryzam kęs. Znowu przez chwilę milczymy, a ja zastanawiam się, jak to jest, że możemy i nie możemy zobaczyć ludzi, myślę o przyciemnionych szybach pomiędzy mną a tą jadącą ciągle tuż obok kobietą, o tym, jak oboje siedzimy w samochodach z oknami i lusterkami ze wszystkich stron, wlokąc się koło przy kole na tej zatłoczonej autostradzie. Kiedy Radar znowu się odzywa, uświadamiam sobie, że on też nad czymś rozmyślał.

– Najciekawsze w „Ten facet to żigolak" – mówi Radar – to znaczy, najciekawsze w samej istocie tej gry jest to, że ostatecznie ujawnia ona o wiele więcej o osobie, która sobie wyobraża niż o osobie, która jest wyobrażana.

– Otóż to – mówię. – Właśnie o tym myślałem.

I nie mogę oprzeć się wrażeniu, że Whitman, przy całym przenikliwym pięknie swojej koncepcji, był jednak trochę zbyt wielkim optymistą. Możemy usłyszeć innych i możemy do nich podróżować, nie ruszając się z miejsca, możemy ich sobie wyobrazić, przy tym wszyscy jesteśmy ze sobą połączeni jakimś zwariowanym systemem korzeniowym, niczym niezliczone źdźbła trawy – jednak ta gra każe mi się zastanawiać, czy rzeczywiście możemy kiedykolwiek s t a ć s i ę drugim człowiekiem.

Siódma godzina

W końcu omijamy ciężarówkę z zarzuconą naczepą i z powrotem nabieramy prędkości, jednak Radar oblicza w głowie, że stąd do Agloe będziemy musieli teraz jechać ze średnią prędkością stu dwudziestu czterech kilometrów na godzinę. Odkąd Ben po raz ostatni ogłosił, że musi się wysikać, minęła już pełna godzina, a przyczyna tego jest prosta: śpi. Punkt szósta zażył NyQuil. Położył się na ostatnim rzędzie foteli, a Lacey i ja przypięliśmy go pasami bezpieczeństwa. To uczyniło jego posłanie jeszcze bardziej niewygodne, ale 1. zrobiliśmy to dla jego własnego dobra oraz 2. wszyscy wiedzieliśmy, że za dwadzieścia minut żadne niewygody nie będą miały dla niego jakiegokolwiek znaczenia, ponieważ będzie spał jak suseł. I to właśnie teraz robi. Zbudzimy go o północy. Tymczasem teraz, o dziewiątej wieczorem, w środkowym rzędzie

w tej samej pozycji do snu ułożyłem Lacey. Obudzimy ją
o drugiej nad ranem. Wymyśliliśmy, że będziemy spać na
zmianę, żebyśmy nie musieli stawiać powiek na zapałki
jutro rano, kiedy wjedziemy do Agloe.

Minivan stał się czymś na kształt bardzo małego domu. Ja siedzę na fotelu pasażera, który jest bawialnią. Moim zdaniem to najlepszy pokój w domu – ma mnóstwo
miejsca, a fotel jest dość wygodny.

Na wykładzinie pod siedzeniem pasażera rozciąga się
biuro, które zawiera kupioną przez Bena na BP mapę Stanów Zjednoczonych, wydrukowane przeze mnie wskazówki dojazdu oraz kawałek papieru, na którym Radar
nagryzmolił obliczenia dotyczące prędkości i trasy.
Radar siedzi za kierownicą. W salonie. Salon bardzo
przypomina bawialnię, tylko że w salonie nie można się
tak zrelaksować. Ponadto jest czystszy.

Pomiędzy salonem a bawialnią mamy panel sterowania,
inaczej kuchnię. Tutaj trzymamy obfite zapasy pasków suszonej wołowiny, batoników GoFast i magicznego napoju
energetyzującego o nazwie Bluefin, który Lacey dołączyła
do listy zakupów. Bluefin sprzedawany jest w małych szkla-
nych buteleczkach o wyrafinowanych kształtach i smakuje
jak błękitna wata cukrowa. Potrafi też utrzymać człowieka w stanie rozbudzenia lepiej niż jakikolwiek inny znany
ludzkości preparat, chociaż wprawia w niewielkie drgawki.
Uzgodniliśmy z Radarem, że przestaniemy go pić na dwie
godziny przed naszymi porami odpoczynku. Moja zaczyna
się północy, gdy wstaje Ben.

Drugi rząd siedzeń jest pierwszą sypialnią. To mniej atrakcyjna sypialnia, ponieważ znajduje się blisko kuchni i salonu, w których ludzie nie śpią i rozmawiają, a czasem z radia płynie muzyka.

Za nią znajduje się druga sypialnia, ciemniejsza, cichsza i, ogólnie rzecz biorąc, znacznie lepsza niż pierwsza sypialnia.

A za nią jest lodówka, czy też chłodziarka, zawierająca obecnie 210 piw, do których Ben jeszcze nie nasikał, kanapki z indykiem, który wygląda jak szynka, i trochę coli. O tym domu można powiedzieć wiele dobrego. Wszystkie pomieszczenia wyłożone są wykładziną dywanową. Są klimatyzacja i układ centralnego ogrzewania. We wszystkich pomieszczeniach zainstalowany jest system dźwięku przestrzennego. Co prawda powierzchnia użytkowa domu to zaledwie pięć metrów kwadratowych, jednak mieszkanie bez ścian działowych jest nie do pobicia.

Ósma godzina

Gdy tylko wjeżdżamy do Karoliny Południowej, przyłapuję Radara na ziewaniu i nalegam na zmianę kierowcy. Lubię prowadzić, a poza tym – ten pojazd to może i minivan, ale to mój minivan. Radar prześlizguje się do pierwszej sypialni, podczas gdy ja chwytam za kierownicę i trzymając ją pewnie, szybko przechodzę nad kuchnią na fotel kierowcy.

Odkrywam, że podróżowanie pozwala dowiedzieć się o sobie wielu rzeczy. Na przykład nigdy nie myślałem o sobie jako o facecie, który sika do prawie opróżnionej butelki po napoju energetyzującym Bluefin, jadąc przez Karolinę Południową z prędkością stu dwudziestu czterech kilometrów na godzinę – tymczasem w istocie jestem takim facetem. Ponadto nie wiedziałem wcześniej, że gdy zmieszać dużo moczu z niewielką ilością napoju energetyzującego Bluefin, otrzymuje się niesamowity, jaśniejący turkusowy kolor. Efekt jest tak ładny, że mam ochotę zakręcić butelkę i zostawić ją w uchwycie na napoje, żeby Lacey i Ben mogli na nią popatrzeć, kiedy się obudzą.

Jednak Radar ma inne odczucia.

– Jeśli natychmiast nie wyrzucisz tego gówna za okno, kończę naszą jedenastoletnią przyjaźń – grozi.

– To nie gówno – oponuję. – To siki.

– Precz z tym – warczy.

Więc śmiecę. W bocznym lusterku widzę, jak butelka uderza o asfalt i pęka niczym wypełniony wodą balon. Radar też to widzi.

– Mój Boże – mówi Radar. – Mam nadzieję, że to jedno z tych traumatycznych wydarzeń, które stanowi tak katastrofalne zagrożenie dla mojej psychiki, iż po prostu zapomnę, że kiedykolwiek nastąpiło.

Dziewiąta godzina

Dotychczas nie wiedziałem również, że można mieć dość batoników energetycznych GoFast. A jednak można. Zjadam zaledwie drugi kęs mojego czwartego batonika tego dnia, gdy żołądek podchodzi mi do gardła. Otwieram schowek w konsoli i odkładam go z powrotem do środka. Tę część kuchni nazywamy spiżarnią.

– Szkoda, że nie mamy jabłek – rozmarza się Radar.

– O Boże, czy jabłko nie smakowałoby teraz znakomicie? Wzdycham. Głupia czwarta grupa produktów spożywczych. W dodatku, chociaż przestałem pić Bluefina kilka godzin temu, ciągle czuję się wyjątkowo rozedrgany.

– Ciągle czuję się jakoś rozedrgany – oznajmiam na głos.

– Wiem, o czym mówisz – odpowiada mi Radar. – Nie mogę przestać przebierać palcami. – Spoglądam w dół. Radar bezgłośnie bębni palcami o swoje kolana. – Serio – dodaje – dosłownie nie mogę przestać.

– Jakoś nie jestem zmęczony, więc zróbmy tak: poprowadzimy do czwartej, a potem ich obudzimy i będziemy spać do ósmej.

– Zgoda – mówi Radar. Zapada cisza. Droga opustoszała. Jestem tylko ja i ciężarówki. Czuję, jak mój mózg przetwarza informacje jedenaście tysięcy razy szybciej niż normalnie, i przychodzi mi do głowy, że to, co robię, jest bardzo proste, że prowadzenie samochodu na autostradzie międzystanowej jest najłatwiejszą i najprzyjemniejszą rzeczą na świecie: jedyne, co muszę robić, to trzymać się między liniami, uważać, żeby nikt nie znalazł się zbyt blisko mnie ani ja zbyt blisko kogoś innego, i bezustannie zostawiać wszystko za sobą. Może Margo też zaznała takiego uczucia, ja jednak nigdy nie mógłbym odczuć go w samotności.

Radar przerywa ciszę.

– Cóż, jeśli zamierzamy nie spać do czwartej...

– ...to chyba powinniśmy otworzyć kolejną butelkę Bluefina – kończę jego myśl.

I tak właśnie robimy.

Dziesiąta godzina

Czas na nasz drugi przystanek. Jest godzina 00.13. Moje palce nie wydają się już palcami, wydają się samym ruchem. Kierując, łaskoczę kierownicę.

Gdy Radar znajduje najbliższą stację BP na swoim tablecie, postanawiamy obudzić Lacey i Bena. Podnoszę głos:

– Hej, słuchajcie, za chwilę się zatrzymujemy. – Żadnej reakcji.

Radar odwraca się i kładzie rękę na ramieniu Lacey.

– Lace, czas wstawać. – Nic.

Włączam radio. Znajduję stację ze starymi przebojami. Grają Beatlesi. Utwór nazywa się *Good Morning*. Podkręcam głośność. Żadnego odzewu. Więc Radar podkręca głośność jeszcze trochę. A potem jeszcze trochę. Gdy wchodzą chórki, zaczyna śpiewać razem z nimi. Wtedy ja też się włączam. Myślę, że w końcu budzą ich moje atonalne piski.

– Wyłączcie to! – krzyczy Ben. Przyciszamy muzykę.

– Ben, zatrzymujemy się. Chcesz się wysikać?

Milknie, a w głębi ciemnego samochodu słyszę kotłowaninę i zastanawiam się, czy Ben ma jakąś fizyczną metodę sprawdzania swojego pęcherza.

– Właściwie, chyba nie muszę – odpowiada.

– Dobrze, w takim razie zajmiesz się benzyną.

– Jako jedyny chłopak, który jeszcze nie sikał w tym samochodzie, zaklepuję łazienkę – ogłasza Radar.

– Sza – ucisza nas Lacey. – Cicho. Przestańcie gadać.

– Lacey, musisz wstać i się wysikać – przypomina jej Radar. – Zatrzymujemy się.

– Możesz kupić jabłka – kuszę ją.

– Jabłka – radośnie mamrocze Lacey słodkim głosikiem małej dziewczynki. – Lubię jabłka.

– A zaraz po tym będzie twoja kolej za kierownicą – ogłasza Radar. – Więc naprawdę musisz się obudzić.

– Lacey wstaje i już swoim normalnym głosem odpowiada: – Tego zbytnio nie lubię.

Zjeżdżamy z autostrady i mamy półtora kilometra do stacji BP, co nie wydaje się dużo, ale Radar mówi, że prawdopodobnie będzie nas to kosztować cztery minuty, a ponieważ ruch samochodowy w Karolinie Południowej daje się nam we znaki, możemy być w prawdziwych opałach na odcinku robót drogowych, które według tego, co mówi Radar, są godzinę przed nami. Ale nie wolno mi się martwić. Lacey i Ben otrząsnęli się już ze snu na tyle, by ustawić się gęsiego przy bocznych drzwiach, więc kiedy zatrzymujemy się przed dystrybutorem, wszyscy natychmiast wyskakują na zewnątrz, a ja rzucam klucze Benowi, który łapie je w locie.

Gdy Radar i ja żwawym krokiem mijamy białego mężczyznę za ladą, Radar zatrzymuje się, widząc, że facet się gapi.
– Owszem – mówi Radar bez zażenowania. – Mam na sobie togę z zakończenia szkoły, a na niej koszulkę z napisem TRADYCJA, NIE NIENAWIŚĆ – oznajmia. – A przy okazji, sprzedajecie tu spodnie?
Facet wygląda na kompletnie skonsternowanego.
– Mamy bojówki, tam przy olejach silnikowych.
– Doskonale – cieszy się Radar, odwraca się do mnie i mówi: – Bądź tak dobry i wybierz mi jakieś bojówki. I może jakiś lepszy T-shirt?
– Robi się i robi się – odpowiadam.
Bojówek, jak się okazuje, nie produkują w normalnie numerowanych rozmiarach. Do wyboru mam M i L. Porywam jedną parę w rozmiarze M, a do tego różowy T-shirt w rozmiarze L z napisem NAJLEPSZA BABCIA NA ŚWIECIE. Biorę też trzy butelki Bluefina.
Podaję to wszystko wychodzącej właśnie z łazienki Lacey i wchodzę do toalety dla dziewczyn, jako że w męskiej jest ciągle Radar. Nie przypominam sobie, żebym kiedykolwiek przedtem był w damskiej toalecie na stacji benzynowej.

Różnice:
Brak automatu z prezerwatywami
Mniej graffiti
Brak pisuaru

Zapach jest mniej więcej taki sam, co jest dość rozczarowujące.

Kiedy wychodzę, Lacey akurat płaci, a Ben trąbi klaksonem, więc po chwili konsternacji ruszam truchtem do samochodu.

– Straciliśmy minutę – Ben informuje mnie z fotela pasażera na przodzie. Lacey skręca na drogę, która zabierze nas z powrotem na autostradę międzystanową.

– Sorry – odpowiada Radar, który siedzi obok mnie w tylnym rzędzie, próbując wciągnąć pod togą swoje nowe bojówki. – Dobra wiadomość jest taka, że dostałem spodnie. I nowy T-shirt. Gdzie ta koszulka, Q? – Lacey mu ją podaje. – Bardzo śmieszne. – Ściąga togę i zamienia ją na koszulkę babci, podczas gdy Ben narzeka, że jemu nikt nie przyniósł spodni. Mówi, że swędzi go tyłek. I że po przemyśleniu sprawy jednak musi się wysikać.

Jedenasta godzina

Dojeżdżamy do odcinka robót drogowych. Autostrada zwęża się do jednego pasa i utykamy za ciągnikiem siodłowym z naczepą skrupulatnie trzymającym się maksymalnej dozwolonej prędkości, ograniczonej na odcinku robót do pięćdziesięciu pięciu kilometrów na godzinę. Lacey jest właściwym kierowcą na takie okoliczności; ja waliłbym w kierownicę, ona zaś jakby nigdy nic mile gawędzi sobie z Benem, aż w pewnym momencie spogląda na mnie przez ramię i mówi:

– Q, naprawdę muszę iść do toalety, a za tą ciężarówką i tak tracimy czas.

Kiwam ze zrozumieniem głową. Nie mam jej tego za złe. Ja już dawno temu zmusiłbym nas do postoju, gdyby sikanie w butelkę było dla mnie niemożliwe. To heroiczne z jej strony, że wytrzymała tak długo. Zjeżdżamy do całodobowej stacji benzynowej i mam okazję rozprostować moje gumowe nogi. Gdy Lacey przybiega z powrotem do samochodu, siedzę już na fotelu kierowcy. Nie wiem nawet, jak to się stało, że się tam znalazłem, dlaczego to ja siedzę za kierownicą, a nie ona. Lacey podchodzi do drzwi od strony kierowcy i widzi mnie za kierownicą, ja zaś mówię do niej przez otwarte okno:

– Mogę prowadzić. To w końcu mój samochód i moja misja.

– Naprawdę? Jesteś pewien?

– Jasne, jestem gotowy.

Wtedy ona energicznie odsuwa boczne drzwi i kładzie się na drugim rzędzie foteli.

Dwunasta godzina

Jest 2.40 rano. Lacey śpi. Radar śpi. Ja kieruję. Droga jest opustoszała. Nawet większość kierowców ciężarówek poszła spać. Jedziemy długie minuty, nie widząc zbliżających się z naprzeciwka świateł reflektorów. Ben nie pozwala mi zasnąć, paplając w fotelu obok. Rozmawiamy o Margo.

– Zastanawiałeś się, jak my właściwie znajdziemy to Agloe? – pyta mnie.

– Ehm, wiem mniej więcej, jak wygląda to skrzyżowanie – odpowiadam. – Zresztą oprócz skrzyżowania nic tam nie ma.

– I myślisz, że Margo będzie, ot tak, siedzieć sobie na bagażniku swojego samochodu z brodą wspartą na dłoniach i na ciebie czekać?

– To byłoby miłe z jej strony.

– Stary, muszę przyznać, trochę się martwię, że no – jeśli to nie pójdzie po twojej myśli – możesz być naprawdę rozczarowany.

– Ja po prostu chcę ją znaleźć – tłumaczę zgodnie z prawdą. Chcę, żeby była bezpieczna, żywa i odnaleziona. Chcę, żeby ta struna wybrzmiała do końca. Reszta jest drugorzędna.

– Tak, ale… no nie wiem – plącze się Ben. Czuję, jak na mnie patrzy z miną Poważnego Bena. – Tylko… tylko pamiętaj, że czasami nasze wyobrażenie drugiej osoby niewiele ma wspólnego z tym, kim ona naprawdę jest. Na przykład, ja zawsze myślałem, że Lacey jest tak atrakcyjna, cudowna i wyjątkowa, ale teraz, kiedy jestem z nią tak blisko… to nie jest dokładnie to samo. Ludzie są inni, kiedy możesz poczuć ich zapach i zobaczyć ich z bliska, rozumiesz?

– Rozumiem – przyznaję. Wiem, jak długo niewłaściwie sobie wyobrażałem Margo i jak dalece niewłaściwe były to wyobrażenia.

– Chcę powiedzieć, że przedtem łatwo było mi lubić Lacey. Łatwo jest lubić kogoś z oddali. Ale gdy przestała być tą niesamowitą, nieosiągalną istotą i stała się, no wiesz, jakby normalną dziewczyną z dziwacznym stosunkiem do jedzenia, często marudną i nieco apodyktyczną – musiałem w zasadzie zacząć lubić całkowicie inną osobę.

Czuję, jak oblewa mnie fala gorąca.

– Twierdzisz, że tak naprawdę nie lubię Margo? Po tym wszystkim? Siedzę w tym samochodzie już dwanaście godzin, a ty myślisz, że mi na niej nie zależy, bo nie...

– Urywam. – Myślisz, że skoro masz już dziewczynę, możesz sobie stanąć na górze wysokiej i wyniosłej, i mnie pouczać? Czasem jesteś takim d...

Milknę, bo tuż poza zasięgiem światła reflektorów zauważam coś, co wkrótce mnie zabije.

Na autostradzie stoją obojętne na wszystko dwie krowy. Ni stąd, ni zowąd pojawiają się w polu widzenia. Na lewym pasie łaciata, a na naszym – jakiś ogromny stwór blokujący całą szerokość naszego samochodu, stojący w bezruchu z odwróconą w tył głową i lustrujący nas tępym wzrokiem. Krowa jest nieskazitelnie biała. Wielka biała krowia ściana, na którą nie można wjechać, pod którą nie można przejechać ani której nie można ominąć. Można w nią tylko uderzyć. Wiem, że Ben też ją zauważył, bo słyszę, jak wstrzymuje oddech.

Podobno w takim momencie całe życie staje człowiekowi przed oczami, ale w moim przypadku tak nie jest. Ja przed oczami mam tylko niesamowicie wielką połać śnieżnobiałego futra, od którego dzieli nas już tylko sekunda. Nie wiem, co robić. Nie, nie w tym tkwi problem. Problemem jest to, że nic nie można zrobić, jedynie uderzyć w tę białą ścianę i zabić i ją, i nas. Gwałtownie wciskam hamulec, ale z przyzwyczajenia, nie w nadziei zapobieżenia nieuniknionemu; tego absolutnie nie da się uniknąć. Odrywam ręce od kierownicy. Nie wiem, czemu to robię, ale podnoszę ręce, jakbym się poddawał. Nachodzi mnie najbanalniejsza myśl pod słońcem: nie chcę, żeby to się zdarzyło. Nie chcę ginąć. Nie chcę, żeby ginęli moi przyjaciele. I przyznaję – gdy czas zwalnia, a moje ręce zastygają w górze i dana mi jest jeszcze jedna myśl – myślę o niej. Obwiniam ją za ten głupi, śmiertelny pościg – za wystawienie nas na niebezpieczeństwo, za zrobienie ze mnie jakiegoś szaleńca, który nie śpi przez całą noc i jedzie zbyt szybko. Gdyby nie ona, nie ginąłbym teraz. Zostałbym w domu, tak jak zawsze zostawałem w domu, i byłbym bezpieczny, i zrobiłbym tę jedną rzecz, którą zawsze chciałem zrobić, czyli dorosnąć.

Porzuciwszy kontrolę nad pojazdem, z zaskoczeniem dostrzegam jakąś rękę na kierownicy. Skręcamy, zanim orientuję się, dlaczego skręcamy, ale uświadamiam sobie, że to Ben ciągnie ku sobie kierownicę, obracając nas w beznadziejnej próbie ominięcia krowy, i nagle jesteśmy na poboczu, i nagle na trawie. Słyszę, jak buksują opony, podczas gdy Ben zdecydowanie i szybko kręci kierownicą w drugą stronę. Przestaję patrzeć. Nie wiem, czy moje oczy się zamykają, czy zwyczajnie przestają widzieć. Mój żołądek i płuca spotykają się w połowie drogi, wzajemnie się miażdżąc. Coś ostrego uderza mnie w policzek. Zatrzymujemy się.

Nie wiem dlaczego, ale dotykam swojej twarzy. Zabieram rękę i widzę na niej plamę krwi. Przykładam dłonie do ramion, przyciskając je do siebie, żeby przekonać się, czy wciąż tam są – i są. Patrzę na nogi. Też są na miejscu. Widzę szkło. Rozglądam się. Widzę rozbite butelki. Ben patrzy na mnie. Ben dotyka swojej twarzy. Wygląda dobrze. Obejmuje się, jak ja przed chwilą. Jego ciało nadal funkcjonuje. Tylko na mnie patrzy. We wstecznym lusterku widzę krowę. I nagle, poniewczasie, Ben krzyczy. Patrzy na mnie i drze się wniebogłosy głosem niskim, gardłowym i pełnym przerażenia. Przestaje. Coś jest ze mną nie tak. Robi mi się słabo. Czuję ogień w piersi. Wreszcie chwytam powietrze. Zapomniałem oddychać. Przez cały ten czas wstrzymywałem oddech. Kiedy na nowo zaczynam oddychać, czuję się znacznie lepiej. Wdech przez nos, wydech przez usta.

– Ktoś jest ranny?! – krzyczy Lacey. Odpięła już pasy, które przytrzymywały ją, gdy spała, i przechyla się nad oparciami, zaglądając do trzeciego rzędu. Kiedy się odwracam, widzę, że tylne drzwi wyskoczyły z zamka i się otwarły, i przez moment myślę, że Radara wyrzuciło z samochodu, lecz właśnie wtedy on się podnosi. Przesuwa rękami po twarzy i mówi:

– Nic mi nie jest. Nic mi nie jest. Czy nikomu nic się nie stało?

Lacey nawet nie odpowiada. Po prostu przeskakuje do przodu, między Bena a mnie. Pochyla się na kuchnią naszego „mieszkania" i przygląda się Benowi.

– Kochanie, gdzie jesteś ranny?

Jej oczy przepełnione są wodą jak basen w deszczowy dzień. Ben odpowiada:

– NicminiejestnicminiejestQkrwawi.

Lacey odwraca się w moją stronę, a ja, choć nie powinienem, płaczę, nie dlatego, że coś mnie boli, ale dlatego, że się boję, i że podniosłem ręce, a Ben nas uratował, a teraz ta dziewczyna patrzy na mnie, a patrzy na mnie w taki sposób, jak to robi mama, co nie powinno mnie rozrzewniać, a jednak coś we mnie pęka. Wiem, że rozcięcie na moim policzku to nic wielkiego i próbuję jej to powiedzieć, ale nie mogę przestać płakać. Przyciskając do rany swoje szczupłe i delikatne palce, Lacey krzyczy do Bena, żeby podał jej coś do bandażowania i po chwili do prawego policzka tuż przy nosie przytknięty mam niewielki skrawek flagi Konfederacji.

– Uciskaj to miejsce. Nic ci nie jest, boli cię gdzieś jeszcze?

Zaprzeczam. Wtedy dopiero zdaję sobie sprawę, że samochód ciągle pracuje, że ciągle jest na biegu, a zatrzymał się tylko dlatego, że stoję na hamulcu. Wrzucam na luz i wyłączam silnik. W ciszy słyszę, że z samochodu wycieka jakiś płyn – nie tyle kapie, co się leje.

– Chyba powinniśmy wysiąść – mówi Radar. Przyciskam do twarzy flagę Konfederacji. Odgłos wyciekającej skądś cieczy nie ustaje.

– To benzyna! Zaraz wybuchnie! – krzyczy Ben. Z impetem otwiera drzwi po stronie pasażera, wypada na zewnątrz i w panice puszcza się biegiem przed siebie. Przeskakuje płot z rozszczepionych bali i gna na złamanie karku przez skoszoną łąkę. Ja też wychodzę, ale nie aż w takim pośpiechu. Radar również jest już na zewnątrz i podczas gdy Ben wieje, gdzie pieprz rośnie, Radar się śmieje.

– To piwo – wyjaśnia.

– Co?

– Wszystkie piwa popękały – powtarza i ruchem głowy wskazuje szeroko otwartą lodówkę i wylewające się z niej litry pieniącej się cieczy.

Próbujemy przywołać galopującego przez pole Bena, ale on nas nie słyszy, zbyt zaabsorbowany wywrzaskiwaniem „ZARAZ WYBUCHNIE!". W szarym brzasku widzimy, jak jego toga unosi się, obnażając nagi, kościsty tyłek. Słysząc nadjeżdżający samochód, odwracam się i spoglądam na drogę. Biała bestia i jej łaciata przyjaciółka szczęśliwie zakończyły swój spacer w bezpiecznym miejscu na przeciwległym poboczu, gdzie stoją niezmiennie niewzruszone. Obróciwszy się, zauważam, że minivan zatrzymał się na płocie.

Oceniam szkody, gdy Ben wreszcie przywleka się do samochodu. Kiedy nas zarzuciło, musieliśmy otrzeć się o płot, bo na bocznych drzwiach jest głęboka bruzda, na tyle głęboka, że jeśli podejść do niej dostatecznie blisko, można zajrzeć do wnętrza vana. Jednak poza tym, wóz wygląda jak spod igły. Nie ma żadnych innych wgnieceń. Żadnych stłuczonych szyb. Żadnych przebitych opon. Obchodzę samochód, żeby zamknąć tylne drzwi i dokonać oględzin 210 rozbitych butelek ciągle pieniącego się piwa. Lacey odnajduje mnie i obejmuje ramieniem. Patrzymy na strużkę spienionego piwa spływającą do rowu melioracyjnego u naszych stóp.

– Co się stało? – pyta.

Więc mówię jej: już byliśmy martwi, gdy Ben, jak jakaś olśniewająca balerina na kółkach, zdołał wykonać samochodem ten perfekcyjny obrót. Ben i Radar wczołgali się pod minivana. Żaden z nich nie ma zielonego pojęcia o samochodach, ale przypuszczam, że robiąc to, czują się lepiej. Spod samochodu wystaje brzeg togi Bena i jego nagie łydki.

– Słuchaj! – krzyczy Radar. – Wydaje się, że wszystko jest w porządku.

– Radar – tłumaczę – ten wóz obrócił się jakieś osiem razy. Nie może być w porządku.

– W każdym razie w y d a j e   s i ę   w porządku – mówi Radar.

– Hej! – wołam, łapiąc Bena za jego adidasy marki New Balance. – Hej, wyłaź stamtąd. – Ben prędko wysuwa się spod podwozia, a ja podaję mu rękę i pomagam wstać. Dłonie ma czarne od smaru. Przyciągam go do siebie i obejmuję. Gdybym nie oddał kontroli nad kierownicą, a on tak sprawnie nie przejął kontroli nad naszym okrętem, z pewnością byłbym teraz martwy. – Dziękuję ci – mówię, zapewne zbyt mocno klepiąc go w plecy. – To było najlepszy manewr samochodem wykonany z siedzenia pasażera, jaki w życiu widziałem.

Ben usmarowaną ręką poklepuje mój zdrowy policzek.

– Zrobiłem to, żeby ocalić siebie, nie ciebie – tłumaczy.

– Uwierz mi, ani przez chwilę nie pomyślałem o tobie.

Śmieję się.

– Ani ja o tobie – rewanżuje mu się.

Ben spogląda na mnie, na ustach błąka mu się uśmiech, aż wreszcie się odzywa:

– To była cholernie wielka krowa. To była nie tyle krowa, co raczej lądowy wieloryb.

Śmieję się. Spod samochodu wyłazi Radar.

– Słuchaj, naprawdę myślę, że wszystko gra. Straciliśmy zaledwie jakieś pięć minut. Nie musimy nawet nadrabiać prędkością.

Lacey z zaciśniętymi wargami wpatruje się w bruzdę w karoserii.

– Co o tym myślisz? – pytam ją.

– Jedźmy – mówi.

– Jedźmy – głosuje Radar.

Ben nadyma policzki i wypuszcza powietrze.

– Głównie dlatego, że jestem podatny na presję grupy: jedźmy.

– Jedźmy – dołączam się. – Ale za cholerę już nie prowadzę.

Ben bierze ode mnie kluczyki. Wchodzimy do minivana. Radar nas pilotuje, gdy podjeżdżamy łagodnie nachylonym nasypem, i wyprowadza z powrotem na międzystanówkę. Do Agloe mamy 872 kilometry.

Trzynasta godzina

Co parę minut Radar zaczyna:

– A pamiętacie, jak wszystkich nas czekała pewna śmierć, a wtedy Ben chwycił za kierownicę i wyminął tę przeklętą gigantyczną krowę, zakręcając samochodem niczym wielką filiżanką z Disney World, i nie zginęliśmy?

Lacey wyciąga się przez kuchnię, kładzie rękę na kolanie Bena i oświadcza:

– Jesteś bohaterem, zdajesz sobie z tego sprawę? Za coś takiego dostaje się medale.

– Już to mówiłem i powiem to raz jeszcze: Nie myślałem o ratowaniu żadnego z was. Chciałem. Ocalić. Własny. Tyłek.

– Ty łgarzu. Ty bohaterski, czarujący łgarzu – droczy się Lacey i daje mu całusa w policzek.

Odzywa się Radar:

– A pamiętacie, jak leżałem przypięty dwoma pasami na tyle vana, a drzwi nagle się otworzyły i potrzaskały się butelki z piwem, a ja wyszedłem z tego bez jednego draśnięcia? Jak to jest w ogóle możliwe?

– Zagrajmy w „Ali, Ali" – proponuje Lacey. – Ali, Ali, dom się pali, a w tym domu jest… serce bohatera, serce, które nie bije dla siebie, tylko dla całej ludzkości.

– NIE JESTEM SKROMNY. JA PO PROSTU NIE CHCIAŁEM UMRZEĆ! – wykrzykuje Ben.

– A pamiętacie, jak kiedyś, dwadzieścia minut temu, jechaliśmy minivanem i jakimś cudem nie zginęliśmy?

Czternasta godzina

Gdy początkowy szok mija, zaczynamy sprzątać samochód. Kawałkami papieru staramy się pozgarniać jak najwięcej szkła z rozbitych butelek Bluefina, a zebrane odłamki wrzucamy do jednej torby, której pozbędziemy się później. Wykładzina w minivanie przesiąknięta jest klejącą się mieszaniną Mountain Dew, Bluefina i dietetycznej coli, którą próbujemy odsączyć kilkoma zebranymi serwetkami. Będzie jednak potrzebne gruntowne czyszczenie samochodu, a może nawet na samym czyszczeniu się nie skończy, ale przed Agloe nie ma na to czasu. Radar sprawdził, że na wymianę bocznego panelu będę potrzebował 300 $ plus koszt farby. Ta wycieczka robi się coraz droższa, ale odrobię wszystko latem, pracując u ojca w biurze, a to i tak skromny okup za Margo.

Po naszej prawej stronie wschodzi słońce. Policzek ciągle mi krwawi. Flaga Konfederacji przywarła do rany, więc już nie muszę jej przytrzymywać.

Piętnasta godzina

Wąski szpaler dębów przesłania rozciągające się po horyzont pola kukurydzy. Krajobraz się zmienia, ale nic poza tym. Wielkie autostrady międzystanowe jak ta jednoczą ten kraj: McDonald's, BP, Wendy's. Wiem, zapewne powinienem nienawidzić za to międzystanówek i wzdychać do niegdysiejszych sielanek, kiedy za każdym zakrętem można było zanurzyć się w lokalny koloryt... ale co mi tam. Lubię to. Lubię konsekwentność. Lubię to, że mogę oddalić się piętnaście godzin od domu, a świat zbyt wiele się nie zmieni.

Kładę się na tylnych fotelach, a Lacey przypina mnie dwoma pasami.

– Potrzebujesz odpoczynku – mówi. – Wiele przeszedłeś.

To niesamowite, ale nikt nie robił mi wyrzutów, że spanikowałem w bitwie z krową.

Kiedy odpływam, słyszę, jak się wzajemnie rozśmieszają – nie rozróżniam słów, ale słyszę intonację, wznoszące się i opadające fale przekomarzań. Lubię tak słuchać, po prostu wałkonić się na trawie. Wtedy postanawiam, że jeśli dojedziemy tam na czas, ale jej nie znajdziemy, oto co zrobimy: pojedziemy w Góry Catskill i wynajdziemy miejsce, w którym sobie posiedzimy, nacieszymy swoim towarzystwem, powałkonimy się w trawie, gawędząc i opowiadając sobie dowcipy. Może ta absolutna pewność, że Margo żyje – nawet jeśli nigdy nie zobaczę na to dowodu – sprawia, że wszystko znowu jest możliwe. Niemal potrafię sobie wyobrazić szczęście bez niej, niemal potrafię sobie wyobrazić, że jestem zdolny pozwolić jej odejść, zdolny poczuć, że nasze korzenie są połączone, nawet jeśli już nigdy więcej nie zobaczę tego źdźbła trawy.

Szesnasta godzina

Śpię.

Siedemnasta godzina

Śpię.

Osiemnasta godzina

Śpię.

Dziewiętnasta godzina

Kiedy się budzę, Radar i Ben głośno debatują nad imieniem dla samochodu. Ben chciałby go nazwać Muhammad Ali, bo tak jak Muhammad Ali przyjmuje cios i prze do przodu. Radar jest zdania, że samochód nie może nosić nazwiska realnej postaci. Uważa, że samochód powinien nazywać się Lurlene, bo to dobrze brzmi.

– Chcesz go nazwać Lurlene? – podniesionym głosem pyta przerażony taką perspektywą Ben. – Czy ten biedny pojazd nie dość już wycierpiał?!

Odpinam jeden z pasów i sadowię się na fotelu. Lacey odwraca się do mnie.

– Dzień dobry – mówi. – Witamy we wspaniałym stanie Nowy Jork.

– Która jest godzina?

– Dziewiąta czterdzieści dwie. – Włosy związała w kucyk, ale krótsze kosmyki opadają jej na twarz. – Jak się masz? – pyta.

No to jej mówię:

– Boję się.

Lacey uśmiecha się do mnie i kiwa głową.

– Ja też. Zbyt wiele może się wydarzyć, żebyśmy mogli na wszystko się przygotować.

– Masz rację – przyznaję.

– Mam nadzieję, że ty i ja pozostaniemy tego lata przyjaciółmi – mówi Lacey.

I z jakiegoś powodu mi to pomaga. Nigdy nie wiadomo, co człowiekowi pomoże.

Radar twierdzi teraz, że samochód powinien nazywać się Dzika Gęś. Pochylam się nieco ku przodowi, żeby wszyscy mnie słyszeli i oznajmiam:

– Drejdel*. Im mocniej nim zakręcisz, tym lepszy efekt.

Ben kiwa głową. Radar się odwraca.

– Myślę, że powinieneś zostać naszym oficjalnym nazwowym.

Dwudziesta godzina

Siedzę z Lacey w pierwszej sypialni. Ben prowadzi. Radar pilotuje. Przespałem ostatni postój, na którym kupili mapę stanu Nowy Jork. Agloe nie jest na niej zaznaczone, ale na północ od Roscoe jest tylko pięć czy sześć skrzyżowań. Zawsze myślałem o Nowym Jorku jako o rozciągniętej, niekończącej się metropolii, tymczasem tutaj są jedynie pofalowane, porośnięte bujną roślinnością wzgórza, z którymi heroicznie zmaga się nasz minivan. Kiedy rozmowa ucicha i Ben sięga do pokrętła radia, rzucam:

---

* Drejdel (jidysz) – czworościenny bączek służący do zabawy w tradycyjną żydowską grę hazardową w czasie święta Chanuka.

– „Ali, Ali, dom się pali", wersja metafizyczna! Ben zaczyna.

– Ali, Ali, dom się pali, a w tym domu jest... coś, co naprawdę lubię.

– Ja wiem – zgłasza się Radar. – To smak jaj.

– Nie.

– Czy to smak penisów? – zgaduję.

– Nie, kretynie – odpowiada Ben.

– Hm – próbuje dalej Radar. – Czy to zapach jaj?

– Tekstura jaj? – pytam.

– Wystarczy, osły, to nie ma nic wspólnego z genitaliami. Lace?

– Ehm, czy to świadomość, że właśnie ocaliło się trzy życia?

– Nie. I chyba wykorzystaliście już swoje szanse.

– No dobrze, więc co to jest?

– Lacey – oświadcza Ben i widzę, jak patrzy na nią we wstecznym lusterku.

– To miała być wersja *meta*fizyczna, ciołku – wytykam mu. – To musi być coś, czego nie można zobaczyć.

– To właśnie takie coś – tłumaczy się Ben. – To właśnie naprawdę lubię: Lacey, ale nie tę widzialną Lacey.

– O nie, zaraz puszczę pawia – krzywi się Radar, ale Lacey odpina swój pas i pochyla się nad kuchnią, żeby wyszeptać coś Benowi do ucha. Ben rumieni się w odpowiedzi.

– No dobra, obiecuję nie być ckliwy – zarzeka się Radar. – Ali, Ali, dom się pali, a w tym domu jest... coś, co wszyscy czujemy.

– Niesłychane zmęczenie? – próbuję zgadnąć.

– Nie, chociaż to wyśmienita propozycja.

– Czy to to dziwne uczucie, jakiego doznaje się od nadmiaru kofeiny, kiedy, no wiesz, kiedy razem z twoim sercem pulsuje całe twoje ciało? – włącza się Lacey.

– Nie. Ben?

– Ehm, czy wszyscy czujemy potrzebę wysikania się, czy to tylko ja?

– To, jak zwykle, tylko ty. Jeszcze jakieś propozycje? – Milczymy. – Prawidłowa odpowiedź jest taka, że wszyscy czujemy, że będziemy szczęśliwsi po wspólnym wykonaniu *a cappella* piosenki *Blister in the Sun*.

I tak właśnie się dzieje. Chociaż słoń nadepnął mi na ucho, śpiewam głośno jak wszyscy. A kiedy kończymy, mówię:

– Ali, Ali, dom się pali, a w tym domu jest… wspaniała historia.

Przez chwilę nikt nic nie mówi. Słychać tylko odgłos Drejdla pożerającego asfalt przy zjeździe z górki. Po chwili jednak odzywa się Ben:

– To właśnie to, tak?

Kiwam głową.

– Tak – potwierdza Radar. – Jeśli nie zginiemy, to będzie kapitalna historia.

Nie zawadziłoby też znaleźć Margo, myślę sobie, ale się nie odzywam. W końcu Ben włącza radio i znajduje stację z rockowymi balladami, przy których możemy razem śpiewać.

Dwudziesta pierwsza godzina

Po przejechaniu ponad 1770 kilometrów autostradami międzystanowymi nareszcie nadszedł czas, żeby z nich zjechać. Jazda z prędkością stu dwudziestu czterech kilometrów na godzinę na dwupasmowej autostradzie, która prowadzi nas dalej na północ, w kierunku Gór Catskill, jest absolutnie nie do pomyślenia. Ale damy radę. Radar, jak zawsze błyskotliwy taktyk, przeznaczył na ewentualny poślizg trzydzieści minut, nic nam o tym nie mówiąc. Pięknie tutaj, słoneczne światło późnego ranka zalewa starodrzew. Nawet ceglane domki w zapyziałych centrach miasteczek, przez które przejeżdżamy, wydają się w tym świetle błyszczeć nowością.

Razem z Lacey opowiadamy Benowi i Radarowi wszystko, co nam przychodzi do głowy na temat Margo w nadziei, że dzięki temu łatwiej będzie im jej szukać. Przypominamy im ją. Przypominamy ją sobie samym. Jej srebrną hondę civic. Jej proste jak druty, kasztanowe włosy. Jej fascynację opuszczonymi budynkami.

– Nosi ze sobą czarny notatnik – mówię.

Ben odwraca się do mnie.

– Dobrze, Q. Jeśli zobaczę w Agloe w stanie Nowy Jork dziewczynę, która wygląda dokładnie jak Margo, nie podejmę żadnych kroków. Chyba że będzie miała ze sobą notatnik. To ją zdradzi.

Zbywam go wzruszeniem ramion. Chcę ją sobie po prostu przypomnieć. Po raz ostatni chcę ją sobie przypomnieć, ciągle mając nadzieję, że ją znowu zobaczę.

Agloe

Dopuszczalna prędkość maleje z dziewięćdziesięciu do siedemdziesięciu, a następnie do pięćdziesięciu pięciu. Przejeżdżamy przez tory kolejowe i oto jesteśmy w Roscoe. Powoli jedziemy przez senne centrum z kawiarnią, sklepem odzieżowym, sklepem ze wszystkim za dolara i kilkoma zabitymi deskami witrynami.

Pochylam się i mówię:

– Potrafię ją sobie tam wyobrazić.

– No – przyznaje Ben. – Ale naprawdę wolałbym się nigdzie nie włamywać. Nie sądzę, żebym dał sobie radę w nowojorskim więzieniu.

Myśl o eksplorowaniu tych budynków nie wydaje mi się jednak szczególnie przerażająca, jako że całe miasteczko sprawia wrażenie opuszczonego. Wszystko tu pozamykane. Za centrum od głównej szosy odbija jednopasmówka przecinająca autostradę, a przy niej leżą jedyna dzielnica Roscoe i szkoła podstawowa. Skromne drewniane domy wydają się małe w porównaniu z rosnącymi tutaj gęsto wysokimi drzewami.

Wjeżdżamy na inną szosę i dopuszczalna prędkość znów stopniowo wzrasta, ale Radar i tak jedzie wolno. Nie przejechaliśmy nawet kilometra, kiedy po lewej stronie widzimy polną drogę bez tabliczki z nazwą ulicy.

– To może być tu – mówię.

– To tylko droga dojazdowa – przekonuje Ben, ale Radar i tak w nią skręca. Jednak rzeczywiście wygląda jak wytyczona w ubitej ziemi droga dojazdowa. Po naszej le-

wej stronie niekoszona trawa sięga do wysokości opon.
Nie widzę niczego szczególnego, chociaż obawiam się, że
nietrudno byłoby się ukryć na tym polu. Kawałek dalej
przed wiktoriańskim wiejskim domem droga kończy się
ślepo. Zawracamy i kierujemy się z powrotem na dwupa-
smówkę biegnącą na północ. Szosa przechodzi w Cat Hol-
low Road, którą jedziemy, aż dostrzegamy polną drogę
identyczną jak poprzednia, tym razem po prawej stronie,
prowadzącą do niszczejącej, przypominającej stodołę konstrukcji z poszarzałego drewna. Ogromne walcowate bale
siana stoją rzędami na polach po naszych obu stronach,
ale trawa zaczęła już odrastać. Radar jedzie nie szybciej
niż osiem kilometrów na godzinę. Wypatrujemy czegoś
niezwykłego. Jakiejś rysy w perfekcyjnie idyllicznym kraj-
obrazie.

– Myślicie, że to mógł być Sklep Wielobranżowy
w Agloe? – pytam.

– Ta stodoła?

– No.

– Nie wiem – odpowiada Radar. – Czy sklepy wielo-
branżowe przypominały kiedyś stodoły?

Robię długi wydech przez zaciśnięte usta.

– Nie wiem.

– Czy to… cholera, to jej samochód! – Lacey wykrzykuje mi tuż przy uchu. – Tak, tak, tak, tak, tak jej samochód,
jej samochód!

Radar zatrzymuje minivana, a ja się obracam, podążając wzrokiem za palcem Lacey wskazującym na pole za
budynkiem. Dostrzegam błysk srebra. Pochylając się tak,

że moja twarz znajduje się tuż przy twarzy Lacey, dostrzegam łuk samochodowego dachu. Bóg raczy wiedzieć, jak się tam znalazł, bo żadna droga nie prowadzi w tamtym kierunku. Radar zjeżdża z drogi, a ja wyskakuję i pędzę w kierunku tego samochodu. Pusty. Niezamknięty. Podnoszę pokrywę bagażnika. Też pusty, nie licząc otwartej, opróżnionej walizki. Rozglądam się dookoła i ruszam w kierunku czegoś, co – jak teraz jestem przekonany – jest pozostałością Sklepu Wielobranżowego w Agloe. Ben i Radar wyprzedzają mnie, gdy biegnę przez skoszone pole. Wchodzimy do stodoły nie przez drzwi, lecz przez jedną z wielu szerokich dziur powstałych w miejscach, w których drewniane ściany po prostu się rozpadły.

Wewnątrz budynku słońce przez liczne dziury w dachu rozświetla segmenty butwiejącej drewnianej podłogi. Szukając Margo, odkrywam różne rzeczy: przemokłe deski podłogi; zapach migdałów, jej zapach; stojącą w rogu starą wannę na nóżkach. Wszędzie jest tyle dziur, że to miejsce znajduje się jednocześnie wewnątrz i na zewnątrz.

Czuję, jak ktoś mocno ciągnie mnie za koszulkę. Obracam głowę i widzę Bena, jego oczy wędrują tam i z powrotem między mną a kątem pomieszczenia. Muszę wytężyć wzrok, żeby przeniknąć szeroki snop jasnego białego światła wpadającego przez sufit, ale dostrzegam ten kąt. Dwa długie, na oko sięgające mi do piersi brudne panele z szarego pleksiglasu opierają się o siebie pod kątem ostrym, z drugiej strony są zaparte o ścianę. To trójkątny boks, jeśli taka rzecz w ogóle jest możliwa.

Prawda jest taka, że okna, choć przyciemnione, i tak przepuszczają światło. Widzę więc tę wstrząsającą scenę, aczkolwiek w odcieniach szarości: Margo Roth Spiegelman siedzi w czarnym skórzanym biurowym fotelu, zgarbiona nad szkolną ławką i pisze. Jej włosy są znacznie krótsze – ma teraz postrzępioną grzywkę odsłaniającą brwi, a całą resztę zmierzwioną, jakby dla podkreślenia asymetrii – ale to ona. Żywa. Przeniosła swoją kwaterę z opuszczonego pawilonu handlowego na Florydzie do opuszczonej stodoły pod Nowym Jorkiem, a ja znalazłem ją.

Idziemy w stronę Margo, cała nasza czwórka, ale ona wydaje się nas nie zauważać. Nie przestaje pisać. Wreszcie ktoś – chyba Radar – mówi: „Margo. Margo?".

Margo staje na czubkach palców, opierając się rękami na górnych krawędziach ścian swojego prowizorycznego boksu. Jeśli jest zaskoczona naszym widokiem, jej oczy tego nie zdradzają. Oto Margo Roth Spiegelman, półtora metra ode mnie, ze spierzchniętymi wargami, bez makijażu, z brudem pod paznokciami i niemymi oczami. Nigdy nie widziałem, by jej oczy były tak martwe, ale z drugiej strony może nigdy przedtem nie widziałem jej oczu. Wpatruje się we mnie. Mam pewność, że patrzy na mnie, a nie na Lacey ani na Bena, ani na Radara. Nie czułem się tak obserwowany od czasu, gdy w Parku Jeffersona spozierały na mnie martwe oczy Roberta Joynera.

Margo stoi w milczeniu przez długi czas, a mnie zbyt przerażają jej oczy, żebym był w stanie podejść jeszcze bliżej. *Ja i to misterium – tutaj oto stoimy*, napisał Whitman.

W końcu Margo odzywa się: „Dajcie mi pięć minut" i na powrót siada, kontynuując pisanie.

Patrzę, jak pisze. Poza tym, że jest trochę brudna, wygląda, jak wyglądała zawsze. Nie wiem dlaczego, ale spodziewałem się, że będzie wyglądać inaczej. Starzej. Że ledwo ją poznam, kiedy ją w końcu ponownie zobaczę. Lecz oto ona – obserwuję ją przez pleksiglas – wygląda jak Margo Roth Spiegelman, owa dziewczyna, którą znam od drugiego roku życia – owa dziewczyna, której wyobrażenie pokochałem.

I dopiero teraz, kiedy zamyka swój notatnik i włożywszy go do leżącego obok plecaka, wstaje i do nas podchodzi, zdaję sobie sprawę, że to wyobrażenie jest nie tylko fałszywe, lecz także niebezpieczne. Jakże łatwo można dać się zwieść, wierząc, że człowiek jest czymś więcej niż tylko człowiekiem.

– Hej – zwraca się do Lacey, uśmiechając się. Najpierw obejmuje Lacey, potem podaje rękę Benowi i Radarowi. Unosi brwi i mówi: – Cześć, Q. – Obejmuje mnie szybko i niezbyt mocno. Chcę ją przytrzymać. Chcę, żeby się coś wydarzyło. Chcę poczuć jej przeciągłe łkanie na mojej piersi, chcę zobaczyć łzy spływające po jej pokrytych kurzem policzkach na moją koszulkę. Ale ona tylko ściska mnie szybko i siada na podłodze. Siadam naprzeciwko niej, Ben, Radar i Lacey robią to samo i wszyscy siedzimy teraz w rzędzie, twarzami zwróceni do Margo.

– Dobrze cię widzieć – odzywam się po chwili, czując się, jakbym przerywał niemą modlitwę.

Margo odgarnia grzywkę na bok. Wydaje się zastanawiać, co ma właściwie powiedzieć. W końcu mówi:
– Ehm, no więc... Hmm... Rzadko nie wiem, co powiedzieć, prawda? Ostatnio nieczęsto rozmawiam z ludźmi. Ehm... A może zaczęlibyśmy od wyjaśnienia, co wy tu, do cholery, robicie?
– Margo – zaczyna Lacey. – Chryste, tak się martwiliśmy.
– Niepotrzebnie – Margo odpowiada pogodnie. – Mam się dobrze. – Pokazuje nam skierowane ku górze kciuki.
– U mnie w porząsiu.
– Mogłaś zadzwonić i nam o tym powiedzieć – odpowiada jej Ben z odcieniem frustracji w głosie. – Oszczędziłabyś nam masę jazdy.
– Z mojego doświadczenia wynika, Krwawy Benie, że jeśli skądś się odchodzi, najlepiej odejść na dobre. A tak przy okazji, czemu masz na sobie sukienkę?
Ben oblewa się rumieńcem.
– Nie nazywaj go tak – warczy Lacey.
Margo mierzy ją wzrokiem.
– O mój Boże, ty z nim chodzisz? – Lacey nie odpowiada. – Nie mów mi, że ty naprawdę z nim chodzisz – powtarza Margo.
– Tak się składa, że z nim chodzę – odpowiada Lacey.
– I tak się składa, że jest wspaniały. A ty jesteś świnią. A teraz wychodzę. Miło było cię znów zobaczyć, Margo. Dzięki, że mnie przeraziłaś i sprawiłaś, iż przez cały ostatni miesiąc mojego ostatniego roku w szkole czułam się jak śmieć, i że kiedy cię wytropiliśmy, by się upewnić, że nic

ci nie jest, okazałaś się zwykłą świnią. Znajomość z tobą była prawdziwą przyjemnością.

– Wzajemnie. No bo gdyby nie ty, skąd miałabym wiedzieć, jaka jestem gruba?

Lacey wstaje i wychodzi, głośno tupiąc, a jej kroki wprawiają w wibracje kruszejącą podłogę. Ben idzie w jej ślady. Oglądam się i widzę, że Radar też już wstał.

– Nie znałem cię wcześniej, poznałem cię dopiero poprzez twoje wskazówki – oznajmia. – Ale wolę wskazówki niż ciebie.

– O czym on, do diabła, mówi? – pyta mnie Margo. Radar nie odpowiada. Wychodzi.

Naturalnie ja też powinienem wyjść. Są moimi przyjaciółmi – z pewnością bardziej oni niż Margo. Ale mam pytania. Gdy Margo wstaje i zmierza do swojego boksu, zaczynam od tego najoczywistszego.

– Dlaczego zachowujesz się jak jakiś okropny bachor?

Margo odwraca się na pięcie, zaciska pięść na mojej koszulce i krzyczy mi prosto w twarz:

– Jakim prawem zjawiacie się tutaj bez jakiegokolwiek ostrzeżenia?!

– Jak niby miałem cię ostrzec, skoro całkowicie wyparowałaś z powierzchni ziemi?! – Widzę, jak powoli przymyka powieki i wiem, że nie może odpowiedzieć, więc kontynuuję. Jestem na nią tak wściekły. Za… za… Nie wiem, za co. Za to, że nie jest Margo, której się spodziewałem. Za to, że nie jest Margo, którą, jak sądziłem, nareszcie właściwie sobie wyobraziłem. – Byłem przekonany, że nie skontaktowałaś się z nikim od tamtej nocy, bo miałaś ku temu jakiś ważny powód. I... to jest ten twój ważny powód? Żebyś mogła żyć jak menel?

Margo puszcza moją koszulkę i odsuwa się ode mnie.

– No i kto jest teraz bachorem? Odeszłam w jedyny możliwy sposób. Odrywając swoje życie jednym pociągnięciem, tak jak odrywa się plaster. I dzięki temu ty możesz stać się sobą, Lace może stać się Lace, każdy może stać się sobą, a ja mogę stać się mną.

– Tylko że ja nie mogłem stać się mną, Margo, bo myślałem, że nie żyjesz. Bardzo długo byłem o tym przekonany. I musiałem zrobić masę bzdurnych rzeczy, których normalnie nigdy bym nie zrobił.

Podciągnąwszy się na mojej koszuli, Margo znów krzyczy:

– Gówno prawda! Nie przyjechałeś tutaj, żeby sprawdzić, czy nic mi nie jest. Przyjechałeś tutaj, żeby uratować małą biedną Margo przed jej małym udręczonym Ja, żebym, bezgranicznie wdzięczna mojemu rycerzowi w lśniącej zbroi, zrzuciła przed tobą ubranie i błagała cię, byś spustoszył moje ciało.

– Bzdura! – wykrzykuję, bo w większości to bzdura.

– Tylko się z nami bawiłaś, tak? Chciałaś mieć pewność, że nawet kiedy już odejdziesz szukać nowych przygód, pozostaniesz dla nas osią, wokół której wszystko się kręci.

Margo odpowiada mi głośnym krzykiem, o jaki jej nie podejrzewałem:

– Ty nawet nie jesteś wkurzony na mnie, Q! Jesteś wkurzony na wyobrażenie o mnie, jakie przechowujesz w głowie od czasów naszego dzieciństwa!

Próbuje się ode mnie odwrócić, ale chwytam ją za ramiona, przytrzymując przed sobą, i pytam:

– Czy choć przez chwilę pomyślałaś, co znaczyło twoje odejście? Czy pomyślałaś o Ruthie? O mnie albo Lacey, albo o kimkolwiek, komu na tobie zależało? Nie. Oczywiście, że tego nie zrobiłaś. Ponieważ, jeżeli coś nie przydarza się tobie, to w ogóle się nie zdarza. Czy nie tak właśnie jest, Margo? Nie tak?

Margo przestaje się szamotać. Gwałtownie opuszcza ramiona, odwraca się i wraca do swojego biura. Kopniakiem przewraca obie ściany z pleksy, które z hukiem spadają na biurko i fotel, osuwając się na ziemię.

– ZAMKNIJ SIĘ, ZAMKNIJ SIĘ, TY DUPKU.

– Okej – mówię. Widok Margo całkowicie tracącej panowanie nad sobą pozwala mi dojść do siebie. Próbuję przemówić jak moja mama: – Zamknę się. Oboje jesteśmy zdenerwowani. A ja mam mnóstwo, no, nierozwiązanych problemów.

Margo siada na fotelu i opiera stopy na tym, co jeszcze niedawno było ścianą jej biura. Wpatruje się w kąt stodoły. Dzieli nas jakieś pięć kroków.

– Jak wy mnie w ogóle, u diabła, znaleźliście?

– Myślałem, że chciałaś, byśmy cię znaleźli – odpowiadam. Mój głos jest tak cichy, że dziwię się, iż w ogóle mnie usłyszała, jednak obraca się w fotelu i piorunuje mnie wzrokiem.

– Zapewniam cię, że nie chciałam.

– *Pieśń o mnie* – tłumaczę. – Guthrie naprowadził mnie na Whitmana. Whitman zaprowadził mnie do drzwi. Drzwi skierowały mnie do pawilonu handlowego. Odkryliśmy, jak odczytać zamalowane graffiti. Nie rozumiałem, co znaczą „papierowe miasta", ale ponieważ mogą także oznaczać osiedla, których nigdy nie zbudowano, pomyślałem, że pojechałaś na jedno z nich, żeby już nigdy nie wrócić. Myślałem, że leżysz martwa w jednym z tych miejsc, że się zabiłaś i z jakiegoś powodu chciałaś, bym cię znalazł. Więc pojechałem do kilku z nich, próbując cię tam znaleźć. Ale potem skojarzyłem mapę ze sklepu z pamiątkami z otworami po pinezkach na ścianie. Zacząłem uważniej wczytywać się w ten poemat i zorientowałem się, że chyba nie uciekałaś, tylko gdzieś się zaszyłaś, żeby planować. Żeby pisać w tym notatniku. Znalazłem Agloe z mapy, zobaczyłem twój komentarz na stronie dyskusji w Omniklopedii, opuściłem wręczenie dyplomów i przyjechałem tutaj.

Margo przygładza sobie włosy, jednak nie są już na tyle długie, by mogły zakryć jej twarz.

– Nie znoszę tej fryzury – zżyma się. – Chciałam wyglądać inaczej, ale... wyszło głupio.

– Mnie się podoba – przekonuję ją. – Jest ci w niej do twarzy.

– Przepraszam, że zachowałam się tak podle – oznajmia nagle. – Ale zrozum, wyrastacie tu jak spod ziemi i... napędziliście mi strachu.

– Mogłaś nam po prostu powiedzieć: „Słuchajcie, napędziliście mi strachu".

Margo prycha.

– Jasne, bo to zupełnie w stylu Margo Roth Spiegelman, którą każdy zna i kocha. – Margo milknie na chwilę, a potem dodaje: – Wiedziałam, że nie powinnam była pisać niczego na Omniklopedii. Pomyślałam tylko, że będzie zabawnie, kiedy to kiedyś znajdą. Sądziłam, że gliniarze jakoś natrafią na wpis, ale poniewczasie. Przecież na Omniklopedii jest jakiś miliard stron albo coś koło tego. Nigdy nie myślałam, że...

– Że co?

– A odpowiadając na twoje pytanie, często o tobie myślałam. I o Ruthie. I o moich rodzicach. Oczywiście, że myślałam. Może i jestem najpotworniejszą egocentryczką w historii świata, ale, Boże, myślisz, że bym to zrobiła, gdybym nie musiała? – Potrząsa głową. Teraz pochyla się ku mnie, wspierając łokcie na kolanach, i nareszcie rozmawiamy. Na dystans, ale mimo wszystko. – Nie wiedziałam, jak inaczej mogłabym wyjechać, żeby zaraz nie zawleczono mnie z powrotem do domu.

– Cieszę się, że nie jesteś martwa – mówię jej.

– Ja też – odpowiada. Uśmiecha się znacząco i po raz pierwszy widzę ten uśmiech, za którym tak długo tęskniłem. – To właśnie dlatego musiałam odejść. Nieważne, jak bardzo życie daje człowiekowi w kość, zawsze jest lepsze niż to drugie.

Dzwoni mój telefon. To Ben. Odbieram.

– Lacey chce rozmawiać z Margo. – Słyszę w słuchawce.

Podchodzę do Margo, podaję jej telefon i zastygam, podczas gdy ona siada z przygarbionymi plecami i słucha. Z telefonu dobiegają mnie jakieś odgłosy, po chwili Margo przerywa Lacey, mówiąc:

– Posłuchaj, naprawdę mi przykro. Po prostu strasznie się bałam.

W słuchawce zapada cisza. W końcu Lacey znowu zaczyna coś mówić, a Margo się śmieje i coś jej odpowiada. Czuję, że powinienem dać im nieco prywatności, więc udaję się na małe zwiedzanie. Na tej samej ścianie co biuro, ale w przeciwległym kącie stodoły Margo zbudowała coś w rodzaju łóżka – cztery palety, a na nich pomarańczowy dmuchany materac. Obok łóżka na osobnej palecie leży jej niewielka, starannie złożona kolekcja ubrań. Widzę też szczoteczkę i pastę do zębów oraz duży plastikowy kubek z Subwaya ustawione na dwóch książkach: *Szklanym kloszu* Sylvii Plath oraz *Rzeźni numer pięć* Kurta Vonneguta. Nie mogę uwierzyć, że Margo żyje w takich warunkach, w tym melanżu niedających się ze sobą pogodzić drobnomieszczańskiej schludności i odrażającego rozpadu. Z drugiej strony nie mogę uwierzyć, ile zmarnowałem czasu, wierząc, że mogłaby żyć w jakikolwiek inny sposób.

– Zatrzymują się w motelu na terenie Parku Catskill. Lace kazała ci przekazać, że rano wyjeżdżają, z tobą albo bez ciebie – zza moich pleców informuje mnie Margo. Kiedy słyszę, jak mówi „ty", a nie „my", po raz pierwszy zastanawiam się, co będzie dalej. – Jestem w zasadzie samowystarczalna – mówi, stojąc obok. – Jest tu wychodek, ale w nie najlepszym stanie, więc zazwyczaj jeżdżę do łazienki przy zajeździe dla ciężarówek na wschód od Roscoe. Mają tam też natryski, a prysznic dla dziewczyn jest dość czysty, bo niewiele kobiet jeździ ciężarówkami. Poza tym jest tam internet. Wszystko tutaj to jakby mój dom, a zajazd dla ciężarówek to mój domek letniskowy.

Śmieję się.

Margo mija mnie i przyklęka, zaglądając do palet pod łóżkiem. Wyciąga z nich latarkę i jakiś kwadratowy płaski przedmiot z plastiku.

– To jedyne dwie rzeczy, jakie kupiłam w ciągu całego miesiąca, nie licząc benzyny i jedzenia. Wydałam zaledwie jakieś trzysta dolarów. – Biorę od niej ten kwadratowy przedmiot i w końcu zdaję sobie sprawę, że to gramofon na baterie. – Kupiłam kilka płyt – mówi. – Kupię ich sobie więcej w mieście.

– W mieście?

– Tak. Dziś wyjeżdżam do Nowego Jorku. Stąd ten wpis w Omniklopedii. Chcę zacząć naprawdę podróżować. Pierwotnie tego dnia zamierzałam opuścić Orlando – chciałam pójść na ceremonię zakończenia szkoły, a potem w nocy razem z tobą wyciąć ludziom wszystkie te wyrafinowane kawały, a następnego ranka wyjechać. Ale nie mogłam już tego znieść. Poważnie, nie byłam w stanie znosić tego ani godziny dłużej. Więc kiedy dowiedziałam się o Jasie, pomyślałam sobie: „Wszystko mam już zaplanowane; zmieniam tylko dzień". Przykro mi tylko, że cię przestraszyłam. Próbowałam cię nie przestraszyć, ale na końcu tak się śpieszyłam. To nie był mój najlepszy numer.

Jeśli chodzi o sklecone naprędce plany ucieczki pełne wskazówek, ten był całkiem imponujący, pomyślałem. Jednak najbardziej zaskoczyło mnie, że chciała mnie włączyć również do swojego oryginalnego planu.

– Może mnie wtajemniczysz – zachęciłem ją, zdobywając się na uśmiech. – Wiesz, zastanawiałem się. Co było zaplanowane, a co nie było? Co to wszystko znaczyło?

Dlaczego wskazówki były skierowane do mnie? Dlaczego
odeszłaś? Tego rodzaju rzeczy. – Ehm, dobrze. Dobrze. Żeby opowiedzieć tę historię,
musimy zacząć od innej historii. – Margo wstaje i kieruje
się do swojego biura, zwinnie omijając butwiejące fragmenty podłogi, a ja idę w jej ślady. Grzebie w plecaku
i wyciąga czarny notatnik w moleskinowej oprawie. Siada na podłodze ze skrzyżowanymi nogami i poklepuje
miejsce obok siebie. Siadam. Margo stuka w zamknięty
notatnik. – No więc – mówi – ta historia zaczyna się dawno temu. Kiedy byłam chyba w czwartej klasie, zaczęłam
w tym notatniku pisać pewne opowiadanie. To była taka
historia detektywistyczna.

Przychodzi mi do głowy, że jeśli zabiorę jej ten notes,
będę mógł ją szantażować. Mógłbym go użyć, żeby zabrać
ją do Orlando, mogłaby wtedy znaleźć jakąś pracę na lato
i zamieszkać w jakimś wynajętym mieszkaniu do czasu,
aż zacznie się college i w ten sposób przynajmniej mielibyśmy dla siebie lato. Jednak tylko słucham.

– No, nie lubię się chwalić, ale to niezwykle błyskotli-
wa literatura. Żartuję. To nonsensowne, pełne pobożnych
życzeń i magicznego myślenia wypociny dziesięcioletniej
mnie. Występuje w nich dziewczynka, Margo Spiegelman, która jest jak dziesięcioletnia ja, pod każdym względem oprócz tego, że jej rodzice są mili i bogaci, i kupują
jej wszystko, czego zapragnie. Margo buja się w chłopcu
o imieniu Quentin, który jest zupełnie jak ty, pod każdym względem oprócz tego, że jest absolutnie nieustra-
szony oraz heroiczny, i gotowy umrzeć w mojej obronie,

i w ogóle. Występuje tam też Myrna Mountweazel, która jest zupełnie jak Myrna Mountweazel, tylko że ma magiczne moce. I tak na przykład, w tej historii, każdy, kto pogłaszcze Myrnę Mountweazel, przez następnych dziesięć minut nie może wypowiedzieć żadnego kłamstwa. Poza tym Myrna potrafi mówić. Oczywiście, że potrafi. Czy jakakolwiek dziesięciolatka napisała kiedyś książkę o psie, który n i e p o t r a f i mówić?

Śmieję się, ale nie mogę przestać myśleć o dziesięcioletniej Margo zabujanej w dziesięcioletnim mnie.

– Więc w tej historii – kontynuuje Margo – Quentin i Margo, i Myrna Mountweazel prowadzą śledztwo w sprawie śmierci Roberta Joynera, którego śmierć jest dokładnie taka, jak w prawdziwym życiu, prócz tego, że najwyraźniej to nie on strzelił sobie w twarz, tylko ktoś inny strzelił mu w twarz. I ta opowieść jest o tym, jak odkrywamy, kto to zrobił.

– A kto to zrobił?

Margo śmieje się.

– Chcesz, żebym ci zepsuła całą historię?

– Cóż – przyznaję – wolałbym ją przeczytać.

Margo otwiera notes i pokazuje mi jedną ze stron. Treść jest nie do odcyfrowania, nie dlatego, żeby pismo Margo było niewyraźnie, tylko dlatego, że oprócz poziomych linii tekstu zapis biegnie także pionowo w dół strony.

– Pismo krzyżowe – wyjaśnia. – Bardzo trudne do rozszyfrowania dla czytelnika, który nie jest Margo. Więc zgoda, zepsuję ci tę historię, ale najpierw musisz mi obiecać, że się nie wściekniesz.

– Obiecuję – obiecuję.

– Okazuje się, że zbrodnia została popełniona przez obłąkanego brata siostry uzależnionej od alkoholu byłej żony Roberta Joynera, ponieważ ów brat został opętany przez ducha złowrogiego egipskiego kota domowego. Jak mówiłam, naprawdę mistrzowska fabuła. W każdym razie, w tej historii, ty, ja i Myrna Mountweazel idziemy, by stanąć twarzą w twarz z mordercą, a on próbuje mnie zastrzelić, ale ty zasłaniasz mnie przed kulą własnym ciałem i giniesz bardzo heroicznie w moich ramionach.

Wybucham śmiechem.

– Bomba. Ta historia tak świetnie się zapowiadała, zabujana we mnie piękna dziewczyna, tajemnica i intryga, a potem ja kopię w kalendarz.

– No tak. – Margo uśmiecha się. – Ale musiałam cię zabić, ponieważ w jedynym innym możliwym zakończeniu musielibyśmy zrobić to, a w wieku lat dziesięciu naprawdę nie byłam emocjonalnie gotowa o tym pisać.

– Nie ma sprawy – mówię. – Ale w poprawionej wersji chcę sobie trochę pochędożyć.

– Może po tym, jak zostajesz zastrzelony przez czarny charakter. Dostaniesz pocałunek przed śmiercią.

  · – Jakże łaskawie z twojej strony.

Mógłbym wstać, podejść do Margo i ją pocałować. Mógłbym. Ale ciągle zbyt wiele mógłbym popsuć.

– W każdy razie skończyłam to opowiadanie w piątej klasie. Kilka lat później postanawiam uciec do Missisipi. Wszystkie plany tego awanturniczego wydarzenia zapisuję w tym właśnie notatniku, nadpisując tę starą historię.

I w końcu to robię – biorę samochód mamy, przejeżdżam nim dwa tysiące kilometrów, zostawiwszy wskazówki w zupie. Ta podróż nie była nawet przyjemna, naprawdę – czułam się niewiarygodnie samotna – ale to wspaniałe uczucie, wiedzieć, że to zrobiłam, rozumiesz? Zaczynam więc zapisywać krzyżowo kolejne intrygi – głupie kawały, pomysły na łączenie w pary pewnych dziewczyn z pewnymi chłopakami, ogromne kampanie owijania budynków papierem toaletowym, więcej sekretnych podróży samochodem i co tam jeszcze. Na początku szkoły średniej notatnik jest już w połowie zapełniony, a wtedy postanawiam, że zrobię jeszcze jedną rzecz, jedną wielką rzecz, a potem odejdę.

Margo zamierza powiedzieć coś jeszcze, ale ją powstrzymuję.

– Wiesz, zastanawiam się, czy to była kwestia miejsca, czy ludzi. I co by było, gdyby ludzie wokół ciebie byli inni?

– A jak możesz rozdzielić te rzeczy? Ludzie tworzą miejsce, a miejsce tworzy ludzi. Poza tym myślałam, że nie ma tam już nikogo, z kim mogłabym się zaprzyjaźnić. Myślałam, że każdy albo się boi, jak ty, albo nie jest niczego świadomy, jak Lacey. No i…

– Nie boję się aż tak, jak myślisz – przerywam jej. Bo to prawda. Zdaję sobie z tego sprawę dopiero, gdy wypowiadam te słowa. Ale to niczego nie zmienia.

– Właśnie do tego dochodzę – niemal jęczy Margo.

– Więc na początku szkoły średniej Gus zabrał mnie do Osprey… – Przekrzywiam głowę zdezorientowany. – Do tego pawilonu handlowego. I wkrótce zaczynam chodzić tam sama; siedzę tam sobie i spisuję plany. A pod koniec szkoły wszystkie plany zaczęły się kręcić wokół tej ostatniej ucieczki. Nie wiem, czy to dlatego, że czytałam w tym czasie moje stare opowiadanie, ale dość wcześnie uwzględniłam cię w tych planach. Pomysł był taki, że wszystkie te rzeczy mieliśmy zrobić razem – jak na przykład włamanie do SeaWorld, które było w oryginalnym planie – a ja miałam zrobić z ciebie twardego faceta. Ta jedna noc miała cię, no wiesz, wyzwolić. A potem mogłabym już zniknąć, a ty zawsze byś pamiętał, że to dla ciebie zrobiłam.

No więc plan rozrasta się do jakichś siedemdziesięciu stron, wszystko jest naprawdę dobrze dopracowane i już niebawem mam wcielić go w życie. Ale wtedy dowiaduję się o Jasie i postanawiam wyjechać. Natychmiast. Nie muszę kończyć szkoły. Jaki sens ma kończenie szkoły? Ale najpierw muszę pozamykać pewne sprawy. Więc tamtego dnia w szkole wyciągam notatnik i jak opętana próbuję dopasować mój plan do Bekki, Jase'a i Lacey, i do wszystkich, którzy okazali się nie być takimi przyjaciółmi, za jakich ich miałam, i wymyślam sposoby, dzięki którym, zanim porzucę ich na zawsze, dam wszystkim do zrozumienia, jak cholernie jestem na nich wkurzona.

Jednak ciągle chciałam to zrobić z tobą; ciągle podobał mi się ten pomysł, żeby stworzyć w tobie choć namiastkę tego czadowego bohatera z mojej dziecięcej historii.

Wtedy ty jednak mnie zaskakujesz – ciągnie Margo. – Przez wszystkie te lata byłeś dla mnie papierowym chłopcem – miałeś dwa wymiary jako postać na papierze i dwa inne, ale ciągle płaskie, wymiary jako osoba. Jednak tamtej nocy okazałeś się realny. Ta noc ostatecznie okazuje się tak dziwna i zabawna, i magiczna, że gdy nad ranem wracam do mojego pokoju, po prostu za tobą t ę s k n i ę. Chcę do ciebie przyjść i z tobą pobyć, i pogadać, ale już postanowiłam, że odejdę, więc muszę odejść. A wtedy, w ostatniej sekundzie przychodzi mi do głowy, żeby przekazać ci w spadku Osprey. Zostawić ci ten pawilon, żeby pomógł ci zrobić jeszcze większe postępy na polu niebycia takim strachajłem.

Więc postanowione. Szybko wymyślam coś konkretnego. Przyklejam plakat Woody'ego na zewnętrznej stronie rolety, zakreślam tytuł piosenki na płycie, podkreślam te dwa wersy z *Pieśni o mnie* innym kolorem, niż podkreślałam fragmenty, kiedy faktycznie czytałam ten poemat. Następnie, kiedy wychodzisz do szkoły, wchodzę do twojego pokoju przez okno i wkładam w drzwi kawałek gazety. Tego samego ranka jadę do Osprey, częściowo dlatego, że nie czuję się jeszcze gotowa, by odejść, a częściowo dlatego, że chcę posprzątać to miejsce dla ciebie. Chodzi o to, że n i e c h c i a ł a m, żebyś się martwił. Więc dlatego zamalowałam graffiti. Nie sądziłam, że je dostrzeżesz pod farbą. Wydarłam z kalendarza strony, które zapisałam, i zdjęłam ze ściany mapę, którą tam sobie powiesiłam, jak tylko zauważyłam, że jest na niej Agloe. A potem, ponieważ jestem zmęczona i nie mam dokąd pójść, zostaję tam na noc. Koniec końców spędzam tam dwie noce. Myślę, że po prostu potrzebowałam czasu, żeby zebrać się na odwagę. A poza tym, no nie wiem, może miałam nadzieję, że jakimś cudem znajdziesz to miejsce naprawdę szybko.

Wreszcie wyjeżdżam. Dotarcie do Agloe zajęło mi dwa dni. Od tamtej pory nie ruszam się stąd.

Wydaje się, że Margo skończyła, ale ja mam jeszcze jedno pytanie.

– Ale dlaczego akurat tutaj?

– Papierowe miasto dla papierowej dziewczyny – tłumaczy Margo. – Przeczytałam o Agloe w takiej książce o „niewiarygodnych faktach", kiedy miałam dziesięć czy jedenaście lat. I nigdy o nim nie zapomniałam. Tak naprawdę, zawsze gdy byłam na szczycie SunTrust – wliczając ten ostatni raz z tobą – patrząc w dół, wcale nie myślałam, że wszystko jest zrobione z papieru. Spoglądałam w dół i myślałam, że to ja jestem zrobiona z papieru. To ja, nie inni, byłam tą cienką, gniotliwą istotą. A prawda jest taka, że ludzie uwielbiają ideę papierowej dziewczyny. Zawsze tak było. I najgorsze jest to, że ja też ją uwielbiałam. Kultywowałam ją, rozumiesz?

Ponieważ to naprawdę wspaniałe uczucie, kiedy jest się ideą, którą każdy lubi. Jednak ja nigdy nie mogłam być tą ideą dla samej siebie, w każdym razie nie do końca. A Agloe jest miejscem, w którym czyjaś papierowa kreacja stała się realna. Kropka na mapie stała się realnym miejscem, bardziej realnym, niż mogliby to sobie wyobrazić ludzie, którzy ją stworzyli. Pomyślałam, że może tutaj wycięta z papieru dziewczyna również mogłaby zacząć stawać się realna. Dlatego wydało mi się całkiem sensowne, by tej papierowej dziewczynie, dla której liczyły się popularność i ciuchy, i podobne bzdury, powiedzieć: „Pójdziesz do papierowych miast i n i g d y już nie powrócisz".

– Tamto graffiti – wtrącam. – Boże, Margo, obszedłem tyle tych opuszczonych osiedli, szukając twoich zwłok. Naprawdę myślałem... myślałem, że nie żyjesz.

Margo wstaje i przez chwilę szuka czegoś w plecaku, a potem sięga po *Szklany klosz* i odczytuje:

– *Ale jak przyszło do działania, nie mogłam się zmobilizować. Skóra na przegubie mojej ręki była taka biała i bezbronna. Wydało mi się, że to, co chcę zabić, nie znajduje się ani pod skórą, ani w błękitnej pulsującej żyle, ale głębiej, utajone tam, gdzie bardzo trudno jest dotrzeć**. – Z powrotem siada obok. Siedzi teraz zwrócona do mnie twarzą, tak blisko, że stykają się materiały naszych dżinsów, chociaż nie dotykamy się kolanami. Margo oznajmia: – Wiem, o czym mówi Plath. Znam to głęboko utajone coś. Jest jak pęknięcia w człowieku. Linie uskoku, w których segmenty dobrze się ze sobą nie schodzą.

– Podoba mi się ten obraz – przyznaję. – Można o tym też myśleć jak o pęknięciach w kadłubie okrętu.

– O tak, właśnie.

– Pęknięciach, które w końcu sprowadzą cię na dno.

– Właśnie – przytakuje Margo. Mówimy teraz szybko, jedno przez drugie.

– Nie mogę uwierzyć, że nie chciałaś, abym cię znalazł.

– Wybacz. Jeśli to sprawi, że poczujesz się lepiej, wiedz, że jestem pod wrażeniem. A poza tym, fajnie, że tu jesteś. Dobry z ciebie kompan do podróży.

– Czy to zaproszenie? – pytam.

---

* Sylvia Plath, *Szklany klosz*, przekład Mira Michałowska, Czytelnik, Warszawa 1975, s. 225–226.

– Może. – Uśmiecha się.

Serce trzepocze mi w piersi już tak długo, że niemal wierzę, iż to upojenie da się zatrzymać na zawsze – ale coś kładzie się na nim cieniem.

– Margo, gdybyś tylko wróciła do domu na lato... Moi rodzice powiedzieli, że możesz mieszkać z nami, albo mogłabyś znaleźć pracę i jakieś mieszkanie, a na jesieni zacznie się college i już nigdy więcej nie będziesz musiała mieszkać z rodzicami.

– Nie chodzi tylko o nich. Natychmiast zostałabym wciągnięta z powrotem – wyjaśnia – i już nigdy bym się nie wydostała. Nie chodzi tylko o plotki i imprezy, i wszystkie te bzdury, ale o cały urok dobrze prowadzonego życia – college, praca, mąż, dzieci i całe to gówno – mówi.

Problem w tym, że ja, owszem, wierzę w college i pracę, i może nawet kiedyś dzieci. Wierzę w przyszłość. Może to wada charakteru, ale naprawdę wierzę.

– Ale przecież college poszerza twoje perspektywy – odzywam się w końcu. – A nie ogranicza.

Margo uśmiecha się z wyższością.

– Dziękuję, panie psychologu szkolny Jacobsenie – rzuca i zmienia temat. – Stale wyobrażałam sobie ciebie w Osprey. Zastanawiałam się, czy się oswoisz z tym miejscem. Czy przestaniesz zamartwiać się szczurami.

– Przestałem – potwierdzam. – Zacząłem lubić to miejsce. Nawiasem mówiąc, spędziłem tam noc balu pożegnalnego.

Margo uśmiecha się.

– Fantastycznie. Tak myślałam, że w końcu ci się tam spodoba. W Osprey nigdy się nie nudziłam, ale to dlatego, że za każdym razem musiałam wrócić do domu. Za to kiedy przyjechałam tutaj, czasem ogarniała mnie nuda. Tu nie ma nic do roboty. Odkąd tu jestem, głównie czytam. W dodatku stawałam się coraz bardziej nerwowa, bo nikogo tutaj nie znałam. I czekałam, aż ta samotność i nerwowość sprawią, że będę chciała wrócić. Ale tak się nie stało. To jedyne, czego nie mogę zrobić, Q.

Potakuję. Rozumiem ją. Wyobrażam sobie, że trudno jest wrócić, kiedy już raz przykryło się dłońmi lądy. Mimo to podejmuję jeszcze jedną próbę.

– Ale co zrobisz po lecie? Co z college'em? Co z resztą twojego życia?

Margo wzrusza ramionami.

– A co ma być?

– Nie martwisz się, no wiesz, że tak zostanie na zawsze?

– *Wieczność to kompozycja z chwil obecnych* – mówi. Nie wiem, co powiedzieć. Przeżuwam tę myśl, kiedy Margo oznajmia: – To Emily Dickinson. Jak mówiłam, dużo teraz czytam.

Osobiście uważam, że przyszłość zasługuje na naszą wiarę. Ale trudno jest dyskutować z Emily Dickinson. Margo wstaje, zarzuca sobie plecak na ramię i podaje mi rękę.

– Przejdźmy się.

Kiedy wychodzimy na zewnątrz, Margo prosi, żebym dał jej telefon. Wystukuje jakiś numer, a ja zaczynam się oddalać, żeby mogła swobodnie porozmawiać, lecz ona chwyta mnie za przedramię i zatrzymuje przy sobie. Tak więc wychodzę z nią na pole, podczas gdy Margo rozmawia z rodzicami.

– Hej, tu Margo... Jestem w Agloe w stanie Nowy Jork, z Quentinem... Ehm... No, nie, mamo, staram się tylko znaleźć słowa, żeby szczerze odpowiedzieć na twoje pytanie... Mamo, daj spokój... Nie wiem, mamo... Postanowiłam przeprowadzić się do fikcyjnego miejsca. Oto, co się zdarzyło... Hmm, no cóż, ja raczej i tak nie zmierzam w tamtym kierunku... Mogę porozmawiać z Ruthie?... Cześć, mała... Ale ja kochałam cię pierwsza... Tak, przykro mi. To był błąd. Myślałam... Nie wiem, co sobie myślałam, Ruthie, ale to nieważne, myliłam się, ale teraz będę już dzwonić. Mogę nie dzwonić do mamy, ale będę dzwonić do ciebie... W środy?... W środy jesteś zajęta. Mhm. Dobrze. Jaki dzień będzie ci odpowiadał?... Więc wtorek... Tak, każdy wtorek... Tak, ten wtorek też.
– Margo mocno zaciska powieki i zęby. – Okej, Ruthiaczku, możesz podać mi z powrotem mamę?... Kocham cię, mamo. Nic mi nie będzie, przysięgam... Tak, dobrze, ty też. Cześć.

Margo zatrzymuje się i zamyka telefon, ale trzyma go jeszcze przez chwilę. Widzę, jak czubki jej palców różowieją od mocnego uchwytu. Wreszcie upuszcza telefon na ziemię. Jej krzyk jest krótki, ale ogłuszający i dopiero, kiedy się rozlega, uświadamiam sobie panującą w Agloe skrajną ciszę.

– Ona najwyraźniej wyobraża sobie, że moim zadaniem jest sprawianie jej przyjemności i to powinno być moje najgorętsze pragnienie, a kiedy jej nie zadowalam

– zostaję wykluczona. Zmieniła zamki. To była pierwsza rzecz, jaką mi powiedziała. Jezu.

– Przykro mi – mówię, rozgarniając na boki kępę wysokiej do kolan żółtozielonej trawy, żeby podnieść telefon.

– Ale chyba fajnie było pogadać z Ruthie?

– Tak, jest urocza. Nie mogę sobie darować, że – no wiesz – nie rozmawiałam z nią.

– Tak – przytakuję.

Margo popycha mnie żartobliwie.

– Masz podnosić mnie na duchu, a nie dołować! – wyrzuca. – To właśnie twoja robota!

– Nie zdawałem sobie sprawy, że moim zadaniem jest sprawianie pani przyjemności, pani Spiegelman.

Śmieje się.

– Auć, aluzja do mamy. Co za cios. Ale należało mi się. Więc co u ciebie? Skoro Ben chodzi z Lacey, ty z pewnością zaliczasz nocne orgie z tuzinami cheerleaderek.

Spacerujemy powoli po nierównym gruncie. Pole nie wygląda na duże, ale kiedy tak idziemy, zauważam, że jakoś wcale nie zbliżamy się do widocznej w dali kępy drzew. Opowiadam jej o tym, jak opuściliśmy ceremonię wręczenia dyplomów, o cudownym obrocie Drejdla. Mówię jej o balu pożegnalnym, o kłótni Lacey z Beccą i o mojej nocy w Osprey.

– Tamtej nocy nabrałem pewności, że tam byłaś – wyznaję. – Ten koc wciąż tobą pachniał.

Kiedy to mówię, jej dłoń muska moją dłoń, więc ją ujmuję, bo czuję, że teraz mniej mogę popsuć. Margo podnosi na mnie wzrok.

– Musiałam odejść. Nie musiałam cię straszyć, to było głupie, powinnam była lepiej zorganizować odejście, ale musiałam odejść. Rozumiesz to teraz?

– Tak – mówię – ale myślę, że teraz możesz wrócić. Naprawdę tak uważam.

– Nie, wcale tak nie myślisz – odpowiada, i ma rację. Widzi to wypisane na mojej twarzy – rozumiem teraz, że nie mogę być nią, a ona nie może być mną. Może Whitman miał jakiś dar, którego ja nie mam. Dlatego ja muszę spytać rannego, w którym miejscu jest ranny, ponieważ sam nie mogę stać się tym rannym człowiekiem. Jedynym rannym człowiekiem, którym mogę być, jestem ja sam.

Przydeptuję trawę i siadam. Margo kładzie się obok mnie, podkładając plecak pod głowę. Ja również się wyciągam. Margo wyjmuje z plecaka kilka książek i podaje mi je, żebym też miał poduszkę. To *Wybór poezji* Emily Dickinson i *Źdźbła trawy*.

– Miałam dwa egzemplarze – oznajmia, uśmiechając się.

– To świetny poemat – stwierdzam. – Nie mogłaś wybrać lepszego.

– Szczerze mówiąc, to była spontaniczna decyzja, tamtego ranka. Przypomniałam sobie ten fragment o drzwiach i uznałam, że pasuje idealnie. Jednak później, kiedy tu przyjechałam, przeczytałam zbiór raz jeszcze. Nie czytałam go od lekcji angielskiego w drugiej klasie i teraz też mi się podobał. Próbowałam czytać wiele poezji. Usiłowałam rozgryźć – no wiesz, co takiego zaskoczyło mnie w tobie tamtej nocy? I przez długi czas sądziłam, że to był ten moment, kiedy zacytowałeś T.S. Eliota.

– Ale to nie było to – sprzeciwiam się. – Byłaś zaskoczona rozmiarem moich bicepsów i gracją, z jaką wyszedłem przez okno.

Margo posyła mi uśmieszek.

– Zamknij się i pozwól mi cię skomplementować, gamoniu. To nie była poezja ani twoje bicepsy. Zaskoczył mnie fakt, że pomimo twoich ataków paniki i całej reszty byłeś jednak jak Quentin z mojego opowiadania. No bo piszę na krzyż po tej historii już latami, zawsze czytając sobie stronę, po której akurat piszę, i zawsze się śmieję, myśląc sobie – nie obraź się – ale, myśląc sobie coś w rodzaju: „Boże, nie mogę uwierzyć, że kiedyś uważałam, iż Quentin Jacobsen to taki superprzystojny i superlojalny obrońca sprawiedliwości". Ale ty – no wiesz – właściwie nim b y ł e ś.

Mógłbym teraz obrócić się na bok i ona także mogłaby się obrócić. I moglibyśmy się pocałować. Tylko jaki sens miałoby całowanie jej teraz? To donikąd nas nie zaprowadzi. Wpatrujemy się oboje w bezchmurne niebo.

– Nic nigdy nie zdarza się tak, jak to sobie wyobrażamy – mówi Margo.

Niebo, przypominające współczesne monochromatyczne malowidło, przyciąga mnie swoją iluzją głębi i porywa ku górze.

– Tak, to prawda – przyznaję. Jednak zastanowiwszy się przez chwilę, dodaję: – Z drugiej strony, jeśli sobie niczego nie wyobrażasz, nigdy nic się nie wydarza.

Jednak wyobrażenia nie są idealne. Nie można całkowicie zanurzyć się w tę drugą osobę. Nigdy nie zdołałbym sobie wyobrazić wściekłości Margo z powodu tego, że ją znaleźliśmy, ani historii, którą spisywała krzyżowym pismem. Mimo to wyobrażanie sobie, że jest się kimś innym albo że świat jest inny, jest jedyną drogą do wnętrza. To właśnie ta maszyna zabija faszystów.

Margo obraca się w moją stronę i kładzie głowę na moim ramieniu. Leżymy tak, jak kiedyś wyobrażałem sobie nas leżących na trawie w SeaWorld. Potrzebowaliśmy tysięcy kilometrów i wielu dni, ale oto tu jesteśmy: jej głowa na moim ramieniu, jej oddech na mojej szyi; znużenie gęstnieje w nas obojgu. Jest teraz tak, jak chciałem, żeby było wtedy.

Kiedy się budzę, w zamierającym świetle dnia wszystko wydaje się bardziej matowe, od żółknącego nieba po źdźbła trawy nad moją głową, kołyszące się w zwolnionym tempie jak dłonie królowych piękności. Przewracam się na bok i widzę, że Margo Roth Spiegelman w dżinsach ciasno opinających jej nogi klęczy na ziemi kilka kroków ode mnie. Dopiero po chwili zdaję sobie sprawę, że kopie w ziemi. Podczołguję się do niej i zaczynam kopać obok. Ziemia pod trawą jest równie sucha jak pył na moich palcach. Margo uśmiecha się do mnie. Serce bije mi z prędkością dźwięku.

– Do czego chcemy się dokopać? – pytam.

– To nie jest właściwe pytanie – odpowiada. – Pytanie brzmi, kogo chcemy zakopać?

– Więc dobrze. Kogo chcemy zakopać?

– Kopiemy groby dla Małej Margo, dla Małego Quentina, dla Młodej Myrny Mountweazel i dla biednego martwego Roberta Joynera – wyjaśnia Margo.

– Myślę, że wiem, co kryje się za tymi pochówkami – mówię.

Ziemia jest grudkowata i sucha, poorana tunelami insektów jak na jakiejś opuszczonej mrówczej farmie. Wciąż na nowo zagłębiamy nasze gołe ręce w gruncie, każdej wydobytej garści towarzyszy mały obłok pyłu. Wykopujemy szeroki i głęboki dół. Grób musi być porządny. Wkrótce zanurzam się w dole aż po łokcie. Gdy ścieram pot z policzka, z rękawa mojej koszulki unosi się kurz. Policzki Margo zarumieniają się. Czuję jej zapach, pachnie jak tamtej nocy tuż przed tym, jak wskoczyliśmy do fosy w SeaWorld.

– Tak naprawdę nigdy nie myślałam o nim jako o realnej osobie – wyznaje Margo.

Kiedy się odzywa, korzystam z okazji, żeby zrobić sobie przerwę i przysiadam w kucki.

– O kim, o Robercie Joynerze?

Margo nie przerywa kopania.

– Tak. Mam na myśli to, że był czymś, co m n i e się przydarzyło, rozumiesz? Tylko że zanim stał się ową pomniejszą postacią w dramacie mojego życia, był – no wiesz – centralną postacią w dramacie własnego.

Właściwie ja też nigdy nie myślałem o nim jako o osobie. O facecie, który grzebał w ziemi jak ja. Facecie, który zakochał się jak ja. Facecie, którego struny popękały; który nie czuł, że korzeń jego źdźbła trawy jest połączony z ziemią. Facecie, który był popękany. Jak ja.

– No tak – odzywam się po chwili, wracając do kopania. – Dla mnie zawsze był tylko zwłokami.

– Żałuję, że wówczas nie potrafiliśmy czegoś zrobić – ciągnie Margo. – Żałuję, że nie mogliśmy udowodnić, jacy jesteśmy bohaterscy.

– Właśnie – przyznaję. – Fajnie byłoby mu powiedzieć, że w czymkolwiek tkwił problem, nie był to koniec świata.

– Niby tak, chociaż każdego coś w końcu i tak zabija.

Wzruszam ramionami.

– Tak, wiem. Nie twierdzę, że wszystko da się przetrwać.

Przetrwać da się wszystko, oprócz tego ostatniego. – Nabieram kolejną garść ziemi, tutejszy grunt jest znacznie czarniejszy niż ten w domu. Rzucam ziemię na kopiec za naszymi plecami i przysiadam. Czuję, że w głowie rodzi mi się pewna myśl i próbuję ująć ją w słowa. W naszym długim i obfitującym w wydarzenia związku jeszcze nigdy nie wypowiedziałem do Margo tylu słów naraz, jednak teraz to robię, odgrywam dla niej moją ostatnią sztukę.

– Kiedy myślałem o jego śmierci – co, jak przyznaję, nie zdarzało się często – zawsze myślałem, że, jak wtedy powiedziałaś, pękły w nim wszystkie struny. Ale można na to spojrzeć na tysiąc sposobów: może pękają nam struny, a może toną nasze okręty, a może jesteśmy trawą – nasze korzenie są tak współzależne, że nikt nie jest martwy, jak długo ktoś inny pozostaje żywy. Chcę przez to powiedzieć, że nie cierpimy z powodu braku metafor. Jednak trzeba uważać, którą metaforę się wybiera, bo to ma znaczenie. Jeżeli wybiera się struny, wtedy wyobraża się sobie świat, w którym można stać się nieodwracalnie po-rozrywanym. Jeśli wybiera się trawę, uznaje się, że wszyscy jesteśmy ze sobą połączeni nieskończoną liczbą więzi, że możemy użyć tych systemów korzeni nie tylko po to, żeby się wzajemnie rozumieć, ale żeby stawać się sobą nawzajem. Te metafory mają swoje implikacje. Rozumiesz, o co mi chodzi?

Margo potakuje.

– Ja lubię struny. Zawsze je lubiłam. Bo to właśnie tego rodzaju odczucie. Tylko że struny sprawiają, iż ból jawi się jako bardziej zgubny, niż jest w rzeczywistości. Nie jesteśmy tak krusi, jak struny każą nam wierzyć. Ale trawę też lubię. Trawa zaprowadziła mnie do ciebie, pomogła mi wyobrazić sobie ciebie jako realną osobę. Tylko że my nie jesteśmy różnymi pędami tej samej rośliny. Ja nie mogę być tobą. Ty nie możesz być mną. Można sobie dobrze wyobrazić drugą osobę – ale to wyobrażenie nigdy nie będzie doskonałe, rozumiesz?

Może jest raczej tak, jak powiedziałeś wcześniej: wszyscy jesteśmy popękani. Każde z nas zaczyna życie jako wodoszczelny okręt. Ale potem przydarzają się nam różne rzeczy – ludzie nas opuszczają albo nas nie kochają, albo nas nie rozumieją, albo my ich nie rozumiemy, więc tracimy, przegrywamy i ranimy się wzajemnie. I okręt zaczyna miejscami pękać. No a kiedy okręt pęka, koniec staje się nieunikniony. Kiedy do wnętrza Osprey zacznie dostawać się deszcz, nikt go już nigdy nie odnowi. Jednak zanim pęknięcia zaczną się otwierać i ostatecznie się rozpadniemy, mija wiele czasu. I to właśnie w tym czasie możemy się nawzajem zobaczyć, bo wtedy wyzieramy zza naszych szczelin i zaglądamy przez szczeliny innych do ich wnętrza. Kiedy zobaczyliśmy swoje prawdziwe oblicza? Dopiero kiedy zajrzałeś w moje szczeliny, a ja zajrzałam w twoje. Wcześniej patrzyliśmy zaledwie na wzajemne o sobie wyobrażenia, jakbyśmy patrzyli na roletę w oknie, ale nigdy nie zaglądali do środka. Lecz jak tylko okręt zaczyna pękać, do środka może dostać się światło. Światło może się wydostać na zewnątrz.

Margo podnosi palce do ust, jakby się skupiała albo zasłaniała przede mną usta, albo jakby chciała poczuć wypowiadane przez siebie słowa.

– Jesteś naprawdę wyjątkowy – mówi w końcu. Wpatruje się we mnie, są tylko moje oczy i jej oczy, i nic pomiędzy nimi. Niczego nie zyskam, całując ją. Ale już nie próbuję niczego zyskać.

– Jest coś, co muszę zrobić – wyznaję, a ona ledwie zauważalnie kiwa głową, jakby wiedziała, o czym mówię, i ją całuję.

Pocałunek kończy się dopiero wtedy, gdy Margo mówi:

– Możesz jechać ze mną do Nowego Jorku. Będziemy dobrze się bawić. To będzie jak całowanie.

– Całowanie jest naprawdę wyjątkowe.

– Mówisz nie.

– Margo, moje życie jest tam i nie jestem tobą, i ja…

Ale nie mogę powiedzieć nic więcej, bo Margo znowu mnie całuje, a kiedy mnie całuje, nabieram ostatecznej pewności, że zmierzamy w różnych kierunkach. Margo wstaje i wraca do miejsca, w którym spaliśmy. Wyciąga z plecaka swój moleskinowy notatnik, podchodzi z powrotem do wykopanego dołu i składa go w ziemi.

– Będzie mi ciebie brakować – szepcze, a ja nie wiem, czy mówi do mnie, czy do notatnika. Nie wiem też, kogo sam mam na myśli, kiedy odpowiadam:

– Mnie ciebie też. Z Bogiem, Robercie Joynerze. – Rzucam na notatnik garść ziemi.

– Z Bogiem, młody i heroiczny Quentinie Jacobsenie – mówi Margo i też rzuca garść ziemi.

Kolejna garść spada, gdy mówię:

– Z Bogiem, nieustraszona Margo Roth Spiegelman z Orlando.

I jeszcze trochę ziemi, kiedy Margo mówi:

– Z Bogiem, czarodziejski szczeniaku, Myrno Mountweazel.

Zgarniamy ziemię na notatnik i ubijamy wzruszony grunt. Trawa szybko odrośnie. Będzie to dla nas piękny niestrzyżony włos mogił.

Wracamy do Sklepu Wielobranżowego w Agloe, trzymając się za szorstkie od ziemi ręce. Pomagam Margo zanieść do samochodu jej dobytek – naręcze ubrań, przybory toaletowe oraz biurowy fotel. Drogocenność tej chwili, która powinna ułatwić nam rozmowę, czyni ją trudniejszą.

Pożegnanie stają się nieuniknione, kiedy stoimy na parkingu przed jednopiętrowym motelem.

– Kupię sobie komórkę i będę do ciebie dzwonić – obiecuje Margo. – I będę przysyłać ci maile. I robić tajemnicze wpisy na stronie dyskusji pod artykułem o papierowych miastach w Omniklopedii.

Uśmiecham się.

– Kiedy dojedziemy do domu, napiszę ci maila – mówię – i oczekuję odpowiedzi.

– Masz na to moje słowo. I jeszcze się zobaczymy. Z nami jeszcze nie koniec.

– A pod koniec lata, zanim zacznie się szkoła, może będę mógł się z tobą gdzieś spotkać.

– Tak – zgadza się Margo. – Tak, to dobry pomysł.

Uśmiecham się i kiwam głową. Margo odwraca się do mnie plecami, a ja zastanawiam się, czy ona rzeczywiście w to wszystko wierzy, gdy nagle widzę, jak kuli ramiona. Margo płacze.

– No to do zobaczenia. Będę pisał.

– Tak – zachrypłym głosem odpowiada mi Margo, nie odwracając się. – Też będę do ciebie pisać.

Wypowiadanie tych słów ratuje nas przed całkowitym rozpadnięciem się. Być może wyobrażając sobie te przyszłe chwile, czynimy je realnymi, a może i nie, jednak i tak musimy je sobie wyobrażać. Gwałtownie wydostaje się z nas światło, światło z impetem się w nas wlewa.

Stojąc na tym parkingu, uświadamiam sobie, że jeszcze nigdy nie byłem tak daleko od domu i że przede mną stoi dziewczyna, którą kocham, ale nie mogę za nią podążyć. Mam nadzieję, że tak postąpiłby bohater, bo niepodążanie za nią jest najtrudniejszą rzeczą, jaką kiedykolwiek zrobiłem.

Jestem przekonany, że Margo wsiądzie teraz do samochodu, jednak tego nie robi. Po raz ostatni odwraca się do mnie i widzę jej mokre od łez oczy. Fizyczna odległość między nami przestaje istnieć. Gramy na pękniętych strunach naszych instrumentów ten jeden ostatni raz. Czuję jej ręce na moich plecach. Jest ciemno, kiedy ją całuję, a mimo to oczy mam otwarte, tak jak ona. Stoi na tyle blisko, że mogę ją zobaczyć, bo nawet teraz, nocą, na tym parkingu na peryferiach Agloe, mam przed sobą widzialny znak niewidzialnego światła. Po pocałunku wpatrujemy się w siebie, dotykając czołami. Tak, w tej pękniętej ciemności widzę ją niemal doskonale.

Nota od autora

O papierowych miastach dowiedziałem się, kiedy na pierwszym roku studiów natknąłem się na jedno z nich w czasie podróży samochodem. Ja i moja towarzyszka jeździliśmy tam i z powrotem po tym samym opustoszałym odcinku szosy w Dakocie Południowej, szukając miejscowości, której istnienie obiecywała nam mapa – jeśli dobrze pamiętam, owa miejscowość nazywała się Holen. W końcu wjechaliśmy na czyjś podjazd i zapukaliśmy do drzwi. Przyjazna kobieta, która nam otworzyła, nie po raz pierwszy usłyszała to pytanie. Wyjaśniła, że miasto, którego szukamy, istnieje jedynie na mapie.

Przedstawiona w tej książce historia Agloe w stanie Nowy Jork jest w większej części prawdziwa. Agloe zaczęło swój żywot jako papierowe miasto stworzone w celu ochrony przed naruszeniem praw autorskich. Kiedy jednak ludzie podróżujący z tymi starymi mapami Esso coraz częściej o nie pytali, ktoś wybudował sklep, czyniąc Agloe miejscem prawdziwym. Branża kartograficzna znacznie się zmieniła, odkąd Otto G. Lindberg i Ernest Alpers wymyślili Agloe. Jednak wielu twórców map nadal zamieszcza na nich papierowe miasta jako pułapki chroniące prawa autorskie, o czym świadczy moje zdumiewające odkrycie w Dakocie Południowej. Sklep stanowiący Agloe już nie istnieje. A jednak jestem przekonany, że gdybyśmy umieścili go na powrót na mapach, ktoś w końcu by go odbudował.

Podziękowania

Podziękowania zechcą przyjąć:

– Moi rodzice Sydney i Mike Greenowie. Nie sądziłem, że to kiedyś powiem, ale dziękuję, że wychowaliście mnie na Florydzie.

– Mój brat i ulubiony współpracownik Hank Green.

– Moja mentorka Ilene Cooper.

– Wszyscy w wydawnictwie Dutton, a szczególnie moja niezrównana redaktorka, Julie Strauss-Gabel, Lisa Yoskowitz, Sarah Shumway, Stephanie Owens Lurie, Christian Fünfhausen, Rosanne Lauer, Irene Vandervoort oraz Steve Meltzer.

– Moja zachwycająco wytrwała agentka Jodi Reamer.

– Cała społeczność Nerdfighters, której członkowie tyle nauczyli mnie o tym, co znaczy być wspaniałym.

– Koledzy po piórze: Emily Jenkins, Scott Westerfeld, Justine Larbalestier i Maureen Johnson.

– Dwie szczególnie pomocne książki o zniknięciach, które przeczytałem, gromadząc materiały do *Papierowych miast*: *The Dungeon Master* Williama Deara oraz *Wszystko za życie* Jona Krakauera. Jestem również wdzięczny Cecilowi Adamsowi, wielkiemu umysłowi stojącemu za rubryką pytań i odpowiedzi „The Straight Dope", którego krótki artykuł o pułapkach chroniących prawa autorskie jest – o ile mi wiadomo – najlepszym źródłem dotyczącym tego tematu.

– Moi dziadkowie: Henry i Billie Grace Goodrichowie oraz William i Jo Greenowie.

– Emily Johnson, której uwagi po lekturze tej książki były nieocenione; Joellen Hosler, najlepsza terapeutka, jakiej mógłby sobie życzyć pisarz; kuzynostwo ze strony żony Blake i Phyllis Johnsonowie; Brian Lipson i Lis Rowinski z agencji Endeavor; Katie Else; Emily Blejwas, która udała się ze mną w ową podróż do papierowego miasta; Levin O'Connor, który nauczył mnie większości tego, co wiem o humorze; Tobin Anderson i Sean, którzy zabrali mnie ze sobą na eksplorację miejską w Detroit; szkolna bibliotekarka Susan Hunt i wszyscy ci, którzy ryzykują swoje posady, występując przeciwko cenzurze; Shannon James; Markus Zusak; John Mauldin i moi cudowni teściowie Connie i Marshall Uristowie.

– Sarah Urist Green, moja pierwsza czytelniczka, pierwsza redaktorka, najlepsza przyjaciółka i ulubiona współpracowniczka.

John Green
Gwiazd naszych wina

Książka jest wnikliwa i odważna, zabawna i ironiczna. Autor, pisząc o nastolatkach, w błyskotliwy sposób zgłębia w niej tragiczną kwestię życia i miłości.

Szesnastoletnia Hazel choruje na raka i tylko dzięki cudownej terapii jej życie zostało przedłużone o kilka lat. Nie chodzi do szkoły, nie ma przyjaciół, zmuszona do taszczenia ze sobą butli z tlenem i poddawania się ciężkim kuracjom. Nagły zwrot w jej życiu następuje, gdy na spotkaniu grupy wsparcia dla chorej młodzieży poznaje Augustusa, który jest nie tylko wspaniały, ale również, co zaskakuje Hazel, bardzo nią zainteresowany.

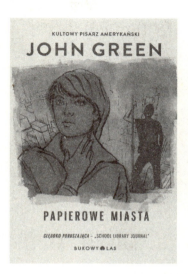

KULTOWY PISARZ AMERYKAŃSKI

JOHN GREEN

PAPIEROWE MIASTA

GŁĘBOKO PORUSZAJĄCA – "SCHOOL LIBRARY JOURNAL"

BUKOWY LAS

KULTOWY PISARZ AMERYKAŃSKI

JOHN GREEN

SZUKAJĄC ALASKI

MOCNA POWIEŚĆ – K. L. Going

BUKOWY LAS

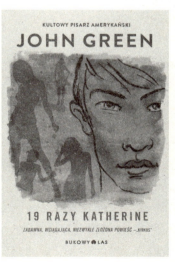

KULTOWY PISARZ AMERYKAŃSKI

JOHN GREEN

19 RAZY KATHERINE

ZABAWNA, WCIĄGAJĄCA, NIEZWYKLE ZŁOŻONA POWIEŚĆ –"KIRKUS"

BUKOWY LAS

MAUREEN **JOHNSON** JOHN **GREEN** LAUREN **MYRACLE**

W ŚNIEŻNĄ NOC

ŚWIĄTECZNE OPOWIADANIA O MIŁOŚCI

BUKOWY LAS

John Green
Will Grayson, Will Grayson

Pewnego zimnego wieczoru w Chicago przecinają się ścieżki dwóch Willów Graysonów. Nazywają się tak samo, ale do tej chwili żyli w zupełnie różnych światach. Teraz ich życie rusza w całkiem nowym i nieoczekiwanym kierunku. Po drodze jest miejsce na przyjaźń i miłość, muzykę i futbol, a emocjonalna plątanina znajduje kulminację w najbardziej szalonym i spektakularnym musicalu, jaki kiedykolwiek wystawiono na deskach licealnych scen.